U0680889

廣東旅游出版社
GUANGDONG TRAVEL & TOURISM PRESS
中国·广州

楚晚宁躺在床上，帷帐已经放落，
他隔着烟霭般层峦叠嶂的虚影，看着帐外的灯火。
他的脸很烫，心跳很快，思绪却凝住了，流得很慢。

墨燃抱着那棵树，哽咽的声音落入呼啸的海风里。他都做了什么……

今生的金成池，前世的巫山殿……

他拿刀子割楚晚宁的心！

何以窥不破，何以辜负卿？

目录

飞花流水，
孤岛如春。
皓月当空，
清云蔽日。
潮汐暗涌，
水天一色。
人间再好，
都比不过一句
『晚宁』。

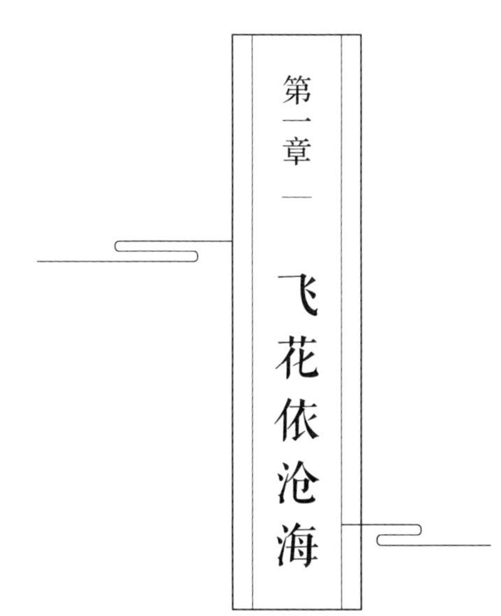

第一章——飞花依沧海

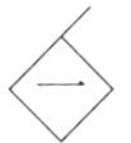

师尊不吃小孩

由于鲧掀起的气浪助长了风暴，这一场劫火焚了近乎大半沂州。原本只是来赴会的修士们仓皇御剑逃向四方，但火焰一直紧压在后头，穷追不舍，无数灵力不支的修士在与烈火追逐中败下阵来，被吞去了性命。

他们沿途飞经上修界离儒风门近的村镇，那些人根本不知道发生了什么，见儒风门方向的大火咄咄逼近，拖家带口跌跌撞撞地想要跑走，但血肉双腿又哪里能逃得过熔岩般的劫火？

“爹！”

“阿爹——阿爹！”

所过之处，尽是哭喊一片，薛正雍等人已将武器扩至最大，上头载满了拉上来的上修界百姓。

王夫人不住地安抚道：“都别哭了、别哭了，往里头坐一些，小心，互相拉住，不要再掉下去……”

但铁扇再扩，也就只能到那么大了，经过的城镇里有那么多人，根本救不过来，薛正雍跪在前头，俯身想再拉一个哭喊着的孩子，但才一用力，铁扇就承受不住，剧烈晃荡，他只得松了手，眼睁睁地看着那张布满泪痕，充满希望的脸瞬间在下方被抛远。

饶是铁骨铮铮的硬汉，也忍不住号啕大哭：“为什么？为什么啊？一个人受了委屈，就要这么多无辜的人替他殉葬吗？”薛正雍不住地哽咽，泪水滚滚而落，“这天底下难道还不够乱吗？枉死的人……难道还不够多吗……”

王夫人眼眶也红红的，她左右都紧搂着救上来的孩子，那两个孩子的父母把他们托上铁扇后，自己来不及上来，最终都被劫火吞噬了。孩子一直在哭，王夫人就抱着他们，不住地抚摸着他们的头发，想安慰，却也不知该说什么才好。

她向后望去，跟在他们身后的修士有十来个，很多都已经被火焰追上了，还有的从一开始就往别的方向逃，楚晚宁和墨燃都不在这里，她眸中含泪，在心中默默地祈愿这两个人平安。

不远处，依然昏迷不醒的薛蒙被姜曦抱着，火光照耀着他五官周正的脸庞，姜曦那柄华丽的佩剑不堪负重，在他脚下嗡嗡作响。

姜曦嫌恶地瞪了薛蒙一眼，他已经好几次萌生干脆把这小子丢下去烧了的念头，但看到铁扇上王夫人哀求着的眼神，还是阴沉着脸，抿着嘴唇，没有放手。

薛正雍哭着，又想去拉一个年岁更小，或许载得动的孩子，他虽有心，铁扇却是再也无能为力了。

再次将一只已经握住了的手松开时，薛正雍近乎崩溃，跪在那里，蜷着身子，因一己之力的绵薄而痛断肝肠……然而就在此时，银红流光闪过，姜曦挥手，袖中闪过光辉，将薛正雍无力再背负的女孩儿提到了自己的剑上。

那精美璀璨的长剑雪凰嗡鸣声更响了。

姜曦没有什么好脾气，抬腿蹬了它一脚，厉声道："喊什么？你要是有种，给我站着别动，等火来烧你。"

雪凰果然不响了，载着姜曦和另外两人，默默地往前飞着，但细长的剑柄看起来真的很费力，好像随时都会断裂。

姜曦飞至薛正雍旁边，极为嫌恶地瞥了他一眼，骂道："男子汉大丈夫有什么可哭的？能救就救，救不上来就算了，何必装腔作势。"

王夫人："师兄……"

"怎么，我说错了？"姜曦冷笑，他虽极为英俊，但嘴角的弧度刻薄恶毒，显得格外不近人情，"你若是当年没有跟他走，留在孤月夜，如今也不至于手无缚鸡之力，连自己御剑都不会。空出你的位置，你丈夫——这位满心苍生的好汉，便还能多救一个人呢。"

王夫人似乎被刺痛了，猛地低下头来，缓缓地合上了睫毛帘子，再也没有多说一句话。

在与他们相反的方向，遥远之处，墨燃的长剑也扩到极大，除了楚晚宁之外，上头也坐满了救来的上修界寻常百姓。

那些人哆嗦着，涕泗横流，茫然望着家园被火海吞噬，夷为平地。火焰映照着他们眼底晶莹的泪水，他们合上眼，哀哭一片。

在这样凝重的气氛下，墨燃沉默着，一直没有吭声。他不像薛正雍，没有多余的挣扎，知道不可能再负载更多的人了，便不再去看脚下湍急而过，哭喊震天的村镇。

"前面是海了。"墨燃的眉心微微蹙起，"师尊，我们往哪里去？"

"去飞花岛，你撑得住吗？"

飞花岛是离沂州最近的一个上修界小岛，墨燃听了点了点头，说："撑得住，但我对东海不熟，找起来要费些工夫，师尊，你看着他们，让他们清醒些，剑上太挤，要是睡着了，恐怕会掉下去。”

楚晚宁道：“好。”

墨燃御剑行了一个多时辰，当海平面升起一道旭日薄光，初阳东升时，他们破云而出，看到碧波粼粼的海面上出现了一座不算太大的环形岛屿。

飞花岛总算是到了。

这个岛屿虽属儒风门领辖，但地处荒僻，人烟稀薄，岛民大多是靠海为生的零散渔民，大户人家只有一个。他们隔着翻波怒海都瞧见了天边儒风门那场大火，心里惴惴，不知发生了什么，便都在院子里张望，唯恐天有异象，不敢入睡。

等到破晓，异象没有波及他们这里，但却有柄长剑载着一群人，乌泱泱地落到了潮湿的滩涂上，为首的是个身材高大、英俊绝伦的男人，脸颊上溅着斑驳血迹，显然是经历过一番恶战。

飞花岛没有什么修士，住的都是些普通人，因此人们看到他，都有些害怕，不知他究竟是善是恶，来此为何。

“啊呀，他们怎么脸上黑乎乎的……”

有人小声嘀咕，打量着墨燃身后的男女老幼。

“好像是从那大火里逃出来的呢……是从沂州来的吗？”

一个结实的渔民壮着胆子走近了，问道：“你们……你们是儒风门的人吗？”

“死生之巅。”墨燃把怀里的孩子递给楚晚宁，那孩子年岁太小，实在支持不住，为了不让他被挤下去，墨燃在御剑途中一直都抱着他，“儒风门出了些事，这些……都是沂州的居民，劫火烧得太旺，剑负重有限，实在救不了太多，我……”

他自顾自地说了一半，抬头见到渔民发蒙茫然的模样，这才反应过来自己讲得太快了。

飞花岛的人，又哪里清楚什么劫火，什么御剑术呢？

于是他抿了抿嘴唇，温声说道：“对不住，我之后再与你们细说。”他回头看了一眼身后蔫头耷脑、狼狈不堪的人群，“能不能先给他们弄些吃的和水？”

一个失去父母的垂髫小儿惊惶不安，慢慢地蹭到了墨燃腿边，伸出小手无助地揪着他的袍角。

墨燃低头垂眸，摸了摸他的头发，对那渔民说：“真的不好意思，叨扰了。”

飞花岛的居民大多淳良，很快就有人端来了茶水和点心，送过来给他们吃。墨燃把事情的始末简略地和岛民们说了，那些人半天合不拢嘴，呆呆地望着海平线上绵延不止的火光。

“儒风门……都烧光了？”有人不敢相信。

“南宫掌门仙逝了？”

墨燃道：“不是仙逝，是服下了凌迟果，被带到了其他地方。”

“凌迟果又是什么？”

“就是……”

楚晚宁站在旁边，看着墨燃慢慢地和渔民们解释，自己却没有上前。

他长得有些不近人情，眉眼间天生染着霜雪寒意，要他去和村人交涉，结果不会比墨燃去更好。

怀中，那个沉睡的孩子醒了，看到抱着自己的是个冷冰冰的陌生男子，不由得一愣，随即哇哇大哭起来，半点儿没有在墨燃怀里时的乖顺。

楚晚宁看了墨燃一眼，见墨燃还被村人围着，无法脱身，便有些无措，习惯性地板着脸对孩子说：“不要哭。”

那孩子扯着嗓子哭喊得更响了，口中还不住喊着：“爹爹，阿娘……我要爹爹，要阿娘。”

“不要哭。”楚晚宁生硬地哄着，“你，不要哭。”

“哇——阿娘……阿娘……”

楚晚宁没有办法，一手抱着他，一手想抬起来摸摸他的头发，岂料那孩子根本不愿意他碰，把头往后仰着，一张红通通的小脸挂满了泪水和鼻涕：“我想要阿娘，我想要爹爹，我想回家……”

这真是一筹莫展，楚晚宁从来没有哄过孩子，根本不知道说什么好。他忍不住思索起来自己该说些什么，才能稍稍安慰到这个小家伙。可是他一陷入沉思，眉头就不自觉地皱起来，衬得整个人犹如匣中三尺水，玄铁冰寒。

那孩子哭得正难受，蹬踹挣扎时冷不防看到楚晚宁的脸色，竟一下子噎住了，吓得半句话都不再说得出来，只是咬着嘴唇，眼泪像断线珠子，扑簌扑簌往下滚。

楚晚宁忽然想到了什么，单手解开乾坤囊，从里面摸出了一颗糯米糖，剥开糖纸，递给他。

“……”小孩含着泪水，滑稽地抽噎一声，望了望楚晚宁，又望了望他手中的糖果。

从小他娘亲就给他讲了一堆哄小孩子听话的故事，其中不乏凶恶可怖的修士，要把不听话的孩子用药迷晕了，抓去炼仙丹。

小孩子无声地噙着泪，瞪着他，忽然惊恐至极。

楚晚宁不知道对方是什么意思，有些茫然地回瞪着小孩，手里还举着那颗糯米糖。

他长一双凤眼，眼仁微微偏上，眼尾纤长，这种眸子虽然好看，但不笑的时候，却自有一种骄矜审夺的态度，哪怕是微笑，这双眼睛都会给他添上几分蔷薇花刺般的野气，含着挑衅，含着傲气。

但不是谁都消受得了这份傲气的，所以楚晚宁的面容虽俊，却天生不讨生人喜欢。

更不讨孩子喜欢。

“吃啊。”在剑上的时候，他见过墨燃用糖果安抚了几个小家伙。他如法炮制，却不明白为何不得其法。

小孩子抿紧了嘴唇，犹豫着，发着抖，然后缓缓摇了摇头。

他不要被做成仙丹……

“你……”

他话还没说完，那孩子就忍到了极限，害怕得哇哇大哭起来，哭得撕心裂肺地动山摇，令周围的人纷纷侧目。

楚晚宁没反应过来，仍茫然地举着那颗糯米糖，低声道：“挺甜的……”

他想说糖是甜的，可是小孩子把他前头说了一半的“你”也给连在一起，就成了“你挺甜的”，小脑袋琢磨了一圈儿，觉得这道士肯定是要拿自己来炼丹，而且要把自己炼成一颗很甜的仙丹，竟吓得放声号啕，哭声凶猛至极。

楚晚宁僵住了：“……”

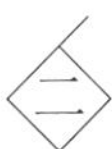

师尊，有人要赶我们走

他像抱着个烫手山芋，不知怎么办才好，见越来越多的人往他这里张望，耳朵尖不由得尴尬地涨红了。这时，一双手伸过来，从他怀里接过了那个小孩，楚晚宁松了口气，回头："墨燃？"

"嗯。"墨燃把小孩儿换到一只手里，托抱着，另一只手空出来，揉了揉楚晚宁的头发，他面色沉静，大约见了沂州的凄苦景象，眉宇间隐约压着一丝郁悒，只是望着楚晚宁的时候，他多少想勾起嘴角，别让自己的表情瞧上去太难看。

他要笑不笑的模样，并不如其他时候帅气，但却莫名让人觉得很温暖。

"你都和岛上的人说好了？"

"嗯，说好了。"

"沂州这场大火恐怕没有四五天是不会熄灭的，在这之前我们都得暂留在飞花岛，这岛上屋子不多，我们带了这么多人……"

"问了村长，说挤一挤，都还住得下。"

要墨燃去交涉这种问题总没有错，他更清楚该怎么和人沟通，长相什么的……想想之前帮忙收割稻子的时候，村里那些姑娘瞧他的眼神，楚晚宁也知道他比自己讨喜得多。

楚晚宁默默地思索了一会儿，心里也不知是什么滋味儿，他点了点头，道："辛苦你了。"

"跟我就别说辛苦了。"墨燃看了一眼他手中的糖果，心中了然，转头笑着哄怀中那个还不谙世事的孩子，"你呢，你怎么就哭了？"

"我要阿娘……要爹爹……"

墨燃见他那么小，走路都还蹒跚，爹娘却丧生火海，再也回不来，不由得酸楚，便拿额头蹭了蹭他的脸，低声宽慰道："爹爹阿娘……有些事情，要过些日子才能来陪你。你要乖，他们看到你才会高兴……"

他抱着哄了一会儿，那孩子竟逐渐安定了许多，虽然还在抽抽噎噎，但总不至于再大喊大哭了。

墨燃低头看着睫毛挂泪的孩子，楚晚宁则拿着糖果，静静地立在旁边看着他。

这个男人的侧颜很是好看，线条硬朗干脆，若放在书法篆籀里，便是颜筋柳骨，落笔遒劲雄浑，书成挺拔卓绝，轻而易举露出一张英俊绝伦的脸来。

他的轮廓硬朗，睫毛和眼神却是柔软的，宛如春叶舒展。

楚晚宁有些出神。

所以当墨燃把头探过来，咬住他递过来的糖果时，楚晚宁猛地收了手，惊得睁大了眼睛，问："干什么？"

墨燃含着糖果，朝他笑了笑，转头对那孩子眨眨眼。

他一仰头，将糖果卷进口中，喉结滚动，然后对孩子说："你看，不是什么可怕的丹药，是糖呢。"

楚晚宁："……"

他刚刚在神游，没注意听那小孩子和墨燃在讲些什么。

这时候他才重新将目光落在了孩子身上，那小孩怯怯地，却又认真地盯着墨燃看了一会儿，半天才小声惊讶道："啊，真的是糖呀……"

"是啊。"墨燃笑着说，"这个仙长哥哥这么好，怎么会抓你去炼丹呢？"

楚晚宁再次无语："……"

由于前一晚发生的事情实在太多，也太悚然了，墨燃并没有困意，安顿好了救出来的男女老幼，天已大亮。他一个人走到飞花岛的滩涂边，早晨的海岸线会退回很远的地方，露出潮汐涨时所看不到的滩涂。

独处的时候，重重心事就涌上来，拢在他眼底，成了一层挥之不去的阴霾。

他脱了鞋，沿着湿润的海岸线缓缓走着，脚印踩在湿润的泥沙上，在他身后留下两串歪扭痕迹。

其实关于徐霜林，还有很多他想不明白的地方，比如为什么大冷天的，那家伙却不爱穿鞋，总愿意赤着脚到处走来走去。

墨燃是个藏匿了很多过去，总也不被人善待的人。

或许正因如此，他很清楚徐霜林不惜一切，想要毁掉儒风门，想要毁掉江东堂，甚至搅乱整个上修界的心态。

被打压，被排挤，那并不是最痛的。

最痛的是被亲近之人背叛，明明什么错事都没做，怀着一腔热血，想要励精图治，成为一代宗师，却在修真界第一重要的"灵山大会"上，被千夫所指，说他耗费全部心血所创的独门法术，乃是窃其兄长……

受尽嘲笑白眼，永世不得翻身。

墨燃知道，这场浩劫过去之后，修真界必将面临一次重新洗牌，那些无论是脸面还是身上都饱受创伤的门派会认为：徐霜林真是个疯子。

或许只有曾经也磨牙吮血杀人如麻的墨微雨，才会在这静谧漫长的海岸线，在一个人静静散步的时候，忍不住去思索。

徐霜林，到底是个怎么样的人？

这个疯子，年少的时候，是不是也曾意气风发，在橘树林里苦练过剑术，待夜幕降临才疲惫又满足地回去，袖子里揣着摘下的一个鲜甜橘子，带给自己那位总在偷懒的哥哥吃？

那时候的他，并不知道哥哥虽一无所成，却能凭三寸不烂之舌，让自己于修真界再无立锥之地。

这个疯子是不是也曾埋首法术卷轴之中，冥思苦想，认认真真地蘸着墨，写下一段略显青涩的见解，然后不满意，咬着笔杆，又陷入深思？

那时候的他也不清楚，其实无论自己怎么努力，最后的结果都是污名落身，永无希望。

墨燃闭上了眼睛，海风吹拂着他的脸庞，阳光落在他的睫毛上，镀上了一层金边。

他想到了三生别院，“一饮孟婆水，忘却三生事”，徐霜林给自己住的地方取这个名字，仅仅是随性而为吗？

还有前世，前世的徐霜林蛰伏在儒风门，也应当和这一世是同样的目的，但那一次，他却在烽火之中为了叶忘昔战死……

叶忘昔。这个名字，也是徐霜林给她起的。

忘了什么？

他是曾经试图想要忘掉那些不公正、不公平的岁月，忘掉昔日的仇恨与辉煌，忘掉那一张张面目丑恶的脸吗？

还有徐霜林费尽心机，从无间地狱拖出的那具尸首——罗枫华的尸首，他要这具尸首做什么？

幻象里，徐霜林跟南宫柳说，只有得到施咒人的灵核，才能彻底破除戒指上的诅咒，但从最后的结果来看，徐霜林真正的目的绝不是帮助南宫柳解开诅咒。

空间裂缝，珍珑棋局，复生之术……

还有最后从裂缝里伸出来的那只手。

墨燃隐隐地觉得有哪个地方非常不对劲，他眉心紧蹙，思索着。

忽然，他蓦地睁眼。他想到一件事情——

当年在金成池边，老龙望月死时，曾经说过：“那个神秘人，在金成池以摘心柳之力，修炼着两种秘术，一是复生之术，二是珍珑棋局。”

那时候它并未提及“时空生死门”。

也就是说，对于徐霜林而言，他在乎的只是复生之术和珍珑棋局这两个法术，珍珑棋局不必多说，是为了行事方便，操控棋子。

复生之术呢？他想要谁复生？

墨燃想了想，觉得答案有两个：一个是容嫣，另一个是罗枫华。

听徐霜林的意思，容嫣曾经喜爱的人其实是徐霜林，后头因为某些变数，她最后与徐霜林断绝，反而嫁给了他哥哥。

但是再仔细推断，又觉得应当不是她。

如果徐霜林当真喜爱容嫣，喜爱到想尽办法也要让她复生，前世又为何杀掉她唯一的儿子？

更重要的是，这家伙很早就以“霜林长老”的身份蛰伏在南宫柳身边了，如果他是为了用复生之术让容嫣复生，那当初在金成池边，为什么不直接阻止她被献出去祭祀？

不是容嫣。

墨燃转过头，望着被旭日染红的大海，细碎潋滟的波涛不断蔓延涌起，潮汐正在随着太阳的东升，而以肉眼可见的速度往回升涨，天地之间一片金碧辉煌。

——是罗枫华。

墨燃几乎可以笃定，徐霜林要复活的人，是罗枫华。

儒风门的事情远没有表面上露出来的那么简单，就像这海潮涨落，那些破碎的贝壳，色彩危险艳丽的海星，都在天明之时，被滚滚浪潮覆盖在水波之下。

海水涨得很快，细碎的砂石被海浪冲刷着，蔓延至他漫步的滩涂。

足下忽然一凉，墨燃低下头，浪花已经翻涌上来，拍打着他的脚背。

“哗——”

他动了动修匀的脚趾，觉得有些冷，转身想要走回沙滩上穿鞋，一回头，却瞧见楚晚宁从漫天红霞中向他走来，神情淡淡的，单手拎着被他随意扔在沙地里的鞋袜，递给他。

“怎么光着脚，这么冷的天。”

墨燃随他走到了沙坡高处，在巨石嶙峋的一片石滩岸边坐下，抖干净脚上沾着的泥沙，重新穿上鞋。虽然他做过许多对不起楚晚宁的事，但是楚晚宁依旧是世上最好的师尊，会关心他，照料他。

——看到他赤着脚走来走去，会忧心他着凉。

“儒风门的事情你怎么看？”

“没那么简单。”

“我想也是。”楚晚宁的眉头自昨晚开始就几乎没有舒展过，纵使此刻有着短暂的平和与安宁，他的眉宇之间依然洇染着郁悒，他看着墨燃穿上鞋袜，又将视线投向那茫茫大海。

海平面冉冉升起的旭日烧出一片绚烂金红，和极远处沂州未熄的大火交织在一起，竟是难分彼此。

“徐霜林被空间裂缝拉去了哪里，实在难查。”楚晚宁道，“若是他存心不想让人发觉，销声匿迹，恐怕十年八年都没有人捉得住他。”

墨燃却摇头道：“他忍不住十年八年，精力恢复后，应当就会有所动静。”

“怎么说？”

墨燃就把自己的猜测跟楚晚宁讲了一遍，又说：“罗枫华的尸身，不是真正的肉身，是在无间炼狱里重修的‘义肢’，离开鬼界，缺了阴气供养，很快就会溃烂腐朽。所以我猜最多一年，就算他准备得不齐全，也会有新的动静。”

楚晚宁没有作声。

他做事或是思考，素来慎之又慎。对于这种说不准的事情，他不会像墨燃这样大胆假设。但是听一听墨燃的假设，也是无妨的。

“那只手呢？”楚晚宁问，“最后接南宫絮走的那只手，你有什么猜想？”

墨燃摇了摇头：“第一禁术，我知道得太少了，不好说，不知道。”

这句话却不是真的，虽然墨燃不想再对楚晚宁说谎，但有些事情，他实在无法和楚晚宁言明。

他不敢说。

真的，他从记事起，有过的安稳日子就少得可怜，两世加在一起，恐怕都不会超过一年。

一个颠沛流离了几十年的人，忽然让他坐下来，给了他一壶热茶，一捧篝火，他怎么舍得再起身离开，怎么舍得亲手打碎这一场好梦。

所以他只能说不知道。

但心里却躁动不安，他几乎可以肯定那只手的主人不会那么简单。否则前世的徐霜林为什么没有这么快做出搜集五大灵体，肆意屠戮的事情来？如果不是有复生的人授意他，蛊惑他，按正常的事情发展，徐霜林在这个时候应当还没有想好究竟要怎么复活罗枫华……

更何况，当年金成池，徐霜林操控的白子曾经对楚晚宁说：“你若以为世上通晓三大禁术的人只有我一个，那么你恐怕是活不了太久了。”

墨燃觉得徐霜林一定清楚，有些原本不该存活在这个世界的人，来到了这个世界。但同时他又觉得，徐霜林虽知有复生者，却不知道他墨燃也是复生的。

不然在儒风门大打出手的时候，他为什么不直接揭穿墨燃的老底？他那个记忆卷轴，只要取得一些墨燃的记忆，往劫火中这么一放，饶是楚晚宁待墨燃再好，恐怕也不会再要这个徒弟。那么一切就都结束了，他墨微雨将会永无翻身之日。

徐霜林为什么不这么做？

有以下两种可能。

第一，他出于某种原因，不能够这么做。

第二，他还不知道自己的底牌。

但无论是哪种可能，墨燃此刻都很被动，他手上掌握的线索实在太少了。如果对方小心谨慎，不再留下蛛丝马迹，那他恐怕只能站在明处，等那一把泛着寒光的刀子，随时刺向他的后背。

墨燃抿起嘴唇，浓深的睫毛垂落，轻轻颤动着。

管不了那么多了，前世他活在仇恨之中，自私自利，做尽了疯狂事。这一世，无论结局如何，他都想尽力地去过好每一天，尽力地去弥补那些亏欠的人，尽力地保护好师尊、师昧、薛蒙，保护好死生之巅。

——尽力地去留住这曾经求而不得的片刻暖意。

正兀自出神，忽有渔民匆匆忙忙跑来，对墨燃他们喊道："不好了，两位仙君，出事了！"

墨燃吃了一惊，手在地上一撑，立刻跃起来，问道："怎么了？"

"岛上的大户主前些日子出海，今晨刚刚回来，她……她听村长说了事情经过，对村长的处置很不满意，大发脾气，说什么也不肯让那些老人孩子住在空出来的屋子里。这会儿她已经把所有人都赶出来啦，你们带来的那些人，都……都在外头站着呢。"

渔民心肠好，说着说着眼眶就有些湿润了。

"真可怜，这大冷天的，连件衣服被子都不愿意给……大户主还说……"

楚晚宁也站了起来，脸色阴郁："她还说什么了？"

"她还说……方才这些沂州来的人，吃了飞花岛的干粮，喝了飞花岛的水，要……要跟他们清算银两，如果没付清，就……就抓起来，统统当奴隶……留在岛上使唤……"

他话还没说完，楚晚宁已然盛怒，月白色华袍翻飞，他们朝着岛心村寨疾行而去。

师尊的锦囊

飞花岛虽然贫穷，但大户主显然生财有道，过得十分富庶。

她穿着蝙蝠纹洒金绸缎褙子，罩着件一看就是昆仑踏雪宫产的极品雪纱外衣，黑白参半的长发绾得极为光滑严实，上头簪满点翠珠花，眉毛用上等螺子黛描浓，敷粉抹脂，唇点绛红。脖子上勒着一圈质地温润的珍珠链子，耳朵挂着两枚金光璀璨的耳坠，镶嵌着鸽子蛋大的红宝石，沉甸甸地扯着她那俩耳瓣。

她是个年过半百的女人，芳华早已不在，身材略显臃肿，脸上皱纹横生，若是存心打扮一番还好，但她显然认为往身上穿戴越多华贵的东西，就越能显得自己格外貌美，所以反倒陷在这一堆闪闪发光的珠翠里，像一只披红戴绿的老鳖。

老鳖坐拥着整个飞花岛一半的地皮，她说话，村长都不敢吭声。

此时此刻，艳阳升起，这只红花配绿叶的老鳖施施然来到广场，坐在早已为她备下的红酸枝蝠鹿太师椅上，打量着从沂州来的那些流民。

“怎么就给收下了？”她翻起沉重油腻的眼皮，不阴不阳地瞅了村长一眼，“银两都没付，给他们屋子住做什么？饭呢，吃了多少？”

“没吃多少……都是村里人自己家剩下，吃不下的。”村长咕哝道。

老鳖娇滴滴地哼了一声，说道：“那也得付钱呀。这大米麦子，不都是从我孙三娘的土地上种出来的？今年收成不好，我还开仓赈济了岛上每户十斤大麦粉、一壶油呢。给你们吃倒是无所谓，都是自己人，但你们拿三娘我的粮食来救济沂州的流民，恐怕不太好吧？”

“三娘子说得是。”村长赔笑道，“但是你看，这些小丫头老头子的，大冷天的多可怜，你是菩萨心肠，要不就算了吧？”

老鳖小眼一瞪：“怎么能算了呢？钱啊，都是钱呢。”

村长：“……”

“每家拿出多少东西给他们吃了？”老鳖问，“方才让你们去记账，记了吗？”

村长没辙，只得道：“记了，理出来了。”说着把一本小册子递到老鳖孙三娘手里，孙三娘哗啦一抬手，仅右手一个腕子上就五彩斑斓地戴了九个手镯钏子，金的银的玉的各色宝石的，差不多遮了她半只小臂。

“嗯。”她懒洋洋地看完了，把账本一合，掐指一算，说道，“你们这些人属猪啊，真能吃，才这么一会儿，居然啃了岛上的二十六个馒头，咱们的馒头个儿大、实在，收你们九十银不过分。另外，喝了半缸子淡水，那可都是我从沂州运回来的，沂州卖我三金一缸，我总得算上路费折损，卖给你们四金一缸，半缸就是二金，一共二金九十银。对了，张姐——”

被点到名字的面善女人一抖，忙抬头：“啊，三娘子。”

孙三娘笑道：“你家馒头做得最好吃，和面的时候，里头都搁着猪板油的，也得算账。”

“这……蒸十个馒头也才用豌豆大的一粒猪油，这怎么算进去？”

“怎么不好算呀，十个馒头用豌豆大的一粒猪油，折算下来，我收一个铜板总不过分。”

“……”

“这样算起来就是二金九十银一铜了。”孙三娘说，“另外，你们在我地皮上的屋子里睡觉，屋子虽然不是我的，但地皮是我的，你们一共睡了半个时辰，半个时辰的费用是每人七十铜。”

她说着，扭头问身边的管事儿：“他们一共几个人？”

“回三娘，一共四十九个。”

“不对啊，之前不是说五十一个吗？还有两个呢？”

话音未落，忽听得有个阴沉的声音：“在这里。”

楚晚宁虽未着白衫，而是着偏深的月白衣袍，但依旧风华无双，有霜雪气息，一双微微飞扬的眸子里，瞳仁清澈，却冰冷倨傲，犹如出鞘的锋利刺刀。

孙三娘是寻常人，但见到修士，却并不畏惧。

她做了大半辈子生意人，尽管吹毛求疵锱铢必较，却不犯事儿，溜着边儿恶心人。

因此她不紧不慢道：“原来是位仙君，难怪不用睡觉。这些人都是你救来的吧？来得正好，麻利点儿，给钱。”

村长低声道：“三娘，这二位不是儒风门的，是死生之巅的仙君，你不用这么……”

“我管是哪个门派，我认钱不认人。”

楚晚宁瞥了一眼蜷缩在一起，冷得瑟瑟发抖的那些流民，一抬手，落下一道金红色结界，用来给他们驱散寒意，而后转头：“你要多少？”

“两金九十三银四百三十铜。”

孙三娘虽然让人恶心，但此时他们也无别处可去。楚晚宁知道自己若是得罪了她，就是连累自己带来的一群人，因此虽面色极差，还是自乾坤囊里取出钱袋，丢给她。

“里面大约有八十金。”他的钱大部分搁在薛正雍那里，如今身上的余财还真的不多，“我们要住七日左右，你点点，看看够不够。”

“不够。”

孙三娘哪里会自己亲自动手，把钱袋径自交给手下，让手下在旁边清点。

“八十金最多只够你们住三天，且还没有算饭钱。”

“你——”

“仙君要是不服气，我可以和你细细算这笔账。生意人明算账，每笔我都能跟你讲出个由头来。”

这时候墨燃也赶来了，他身上带着的钱也不多，和楚晚宁的加在一起，勉强够五十二个人四天的吃住。

孙三娘收了细软，咧着鲜红的嘴唇笑道：“留你们四日，四日之后，若是没钱，我可不会管劫火熄了没有，你们都得马上走人。”

为了节省用度，这天晚上，楚晚宁没有吃饭，他将传音海棠抛入江海之中，尝试着与薛正雍取得联系，而后回到自己暂居的小屋里。

这屋子比他在玉凉村农忙时住的更简陋，由于岛上空房不多，大家都需要挤一挤，楚晚宁不习惯和陌生人共处一室，便只能和墨燃睡一起。

这会儿陋室内的灯亮着，墨燃人却不在，不知道去了哪里。

楚晚宁脱了外袍，那袍衫虽然制式华贵，但料子却不比他往日穿的白衣好，上头沾着劫火焚出的灰烬，还有血渍。他倒了一木桶热水，正准备动手清洗，门开了。

楚晚宁抬起眼皮瞥了他一眼：“去哪儿了？这么晚回来。”

墨燃进了屋子，他带回来一个竹编饭盒，外头风有些大，天又很冷，他便把饭盒揣在怀里，抬起眼眸，鼻尖冻得红红的，笑道：“去三娘府上要饭了。”

楚晚宁一愣：“你去要饭？”

“开玩笑的。”墨燃道，“我带了些吃的回来。”

“什么吃的？”

“馒头。”墨燃有些不好意思，“还有一碗鱼汤、一碗红烧肉，可惜没有甜点。那个孙三娘盯得太严实，村子里的人都怕她，没人敢再给我东西，我就去她府上找她，拿一把随身带的银匕首跟她换的。”

楚晚宁皱眉道：“她也太黑心了，你那把银匕首我知道，上头还嵌着灵石，怎么就换了这么点东西？”

“不止这么一点，我跟她讲价，换了五十二份，每个人都有，瞧着厨房送出去的。”墨燃笑着说，“所以师尊你不用担心别人，乖乖地把这些都吃了吧。”

楚晚宁是真有些饿了，坐到桌边，先喝了好几口热鱼汤，然后拿起馒头，就着红烧肉啃了起来。孙三娘吝啬，给的肉不多，且大部分很肥腻，楚晚宁不爱吃，但蘸着肉汤嚼馒头，味道却也不错，他啃了一个，又去啃第二个。

墨燃看了一眼冒着热气的水桶，问道：“师尊要去洗衣服？”

“嗯。”

“外袍而已，我帮师尊洗了吧。”

“不用，我自己去。”

墨燃道：“没事的，我正好也要去洗，顺带而已。”

他说着就去床铺上拿起自己先前丢着的几件换下来的衣物，而后拎着木桶走了出去。

院内月色正明，墨燃仰头看了一眼，心道不知薛蒙和伯父他们怎么样了，叶忘昔和南宫驷如今又去了哪里。再看大海那边的劫火，依然滚滚如血潮，日夜不熄，烧得焦烟冲天。

宋秋桐，还有……那个人。

那个前世他恨之入骨，为之屠尽整个儒风门的人，恐怕都已葬身火海了吧。

墨燃叹了口气，不再去想。他放下木桶，兑了些水缸内的凉水，卷起衣袖开始洗衣服。

楚晚宁这家伙，做机甲也好，写卷轴也好，都是有条不紊、一丝不苟，可一旦让他做一些洗衣做饭的事情，就总是一团糟。

比如墨燃在完全把衣衫浸入水里前，会习惯性地先把乾坤袋、暗袋查看一遍，以免有什么重要的东西进水，但楚晚宁却经常不记得要做这一步。

“……”

面对从楚晚宁衣袍里摸出来的一堆零碎玩意儿，墨燃陷入了沉默。

这都是些什么？

海棠手帕。

还好，还算正常。

各种丹药。

也没什么毛病。

一把糖……

墨燃有些无语，仔细看了看，好像还是自己在玉凉村的时候买给他的牛乳糖。

还没吃完吗？

再往下翻，墨燃吓了一跳。

——引爆符？

墨燃脸都青了，举着那张浸了一半水、湿答答的符，几乎是悚然的。

楚晚宁这人的心有多宽？能把引爆符不加任何禁锢地就这样直接揣在身上！虽说点燃自爆的可能性甚微，但这也太危险了，闹着玩儿吗？

墨燃皱着眉头，忙把他的衣服再仔仔细细从头查了一遍，把引爆符、冰冻符、镇魂符统统都清了出来，发现居然那个画着小龙的升龙符也被楚晚宁粗心大意地落在了里面。

要是看都不看，这些符都得泡汤，很大一部分就没有用了，楚晚宁也真是……

墨燃无奈地摇了摇头，暗道：以后师尊的衣裳，绝不能让他自己来洗。

正想着，忽然一个小小的、藕白色的东西从暗袋里滑落了出来。墨燃浑不在意，以为又是什么法咒灵符，随手拿起，瞥了一眼。

就这一眼，他怔住了。

那是一个陈旧的锦囊，绣着合欢花，瓣叶都已失色，不复初时鲜艳。

有些疑惑，又有些茫然，他隐约觉得这个东西很熟悉，一定在哪里见到过，但是隔得太久了，他一时间想不起来。

墨燃摩挲着这个小锦囊，漆黑的眉宇紧锁着，眼里闪着明暗不定的光。往事一桩桩一件件飞速流过，他在湍急的岁月中试图寻到这一朵合欢盛开的源泉。

轻盈微凉的布料，年久淡去的颜色。

他拿在手里细看，翻来覆去，却怎么也想不起来。他担心里头又装着类似引爆符的危险物件，于是将它打开一道口子，看了一眼。

“……”

是一缕头发。不对，再仔细一看，其实是两缕头发。

系在一起，绕在一起，天罗地网，严丝合缝。在匆匆忙忙过去的时光里，它们一直缠绕着，陪伴着彼此，乍一瞧，还以为是一束，其实这两缕墨色，早已难舍难分。

“头发？”

墨燃怔忡，眼前闪过一点灵光。他喃喃道：“锦囊……合欢锦囊……”

忽然，他想起一件往事。

鬼司仪——

彩蝶镇鬼司仪跟前，金童玉女替他们剪下两缕头发，收在了合欢锦囊里，交到了楚晚宁手中。

墨燃知楚晚宁这人恋旧，分明看上去淡淡的，不把任何事放在心上，实际上却比谁都重情重义。以前墨燃替他收拾屋子，总能从他房内找出些毫无作用的旧物，比如薛正雍除夕送给诸位长老的窗花“福”字，薛蒙第一次抓获的大妖兽的毛，还有自己刚拜他为师时，在他书房里笨拙摹下的几页书帖。

墨燃攥着这柔软的布料，掌心微颤，心绪骤然激荡，又是感到无限酸楚，又是感到温暖汩汩涌上胸膛。

原来师尊一直都存着和自己伏魔之路上留下的纪念品，连这多年之前的锦囊，竟也不曾丢弃。

师尊……楚晚宁……

墨燃的眼前已是氤氲一片，他紧紧握着这破旧的锦囊，在飞花岛皎洁的月色下，独自怔忪良久……

师尊，我不是故意偷看你的锦囊

楚晚宁吃最后一个馒头的时候，身后的门开了，墨燃捧着一堆东西走了进来，把那些东西都搁在了床上。

“师尊，你外袍里有些没拿出来的符纸零碎，我都给你放在这里了。”

他说完，就低着头又走了出去。

墨燃虽心绪激动，很想和楚晚宁提及锦囊一事，但又实在不好意思直接拿着锦囊去和对方说，总觉得被楚晚宁知道自己偷看了他的秘密很不好。何况楚晚宁的脸面薄，不喜欢把感情摆在明面上，之前在金成池求剑路上，别人夸他是好师尊，他都能尴尬得走路同手同脚，自己的嘴那么笨，万一哪句话说错了，让他尴尬了，那该如何是好。

墨燃这样想着，抿了抿嘴唇，可又忍不住抬头，复朝屋子那边张望，只见糊着窗户纸的“回”字形旧木窗子里，透出熟金色烛光，烛火摇曳，明明灭灭，连带着墨燃胸腔里初萌的暖意也在柔软地战栗、拂动。

屋子里，楚晚宁最后一个馒头下肚，想擦一擦手指，于是走到床边，从那堆杂物里拿出海棠手帕。

他叹了口气，心道自己记性真是不好，洗衣服之前也不知道先把里头的东西都取出来，倒让墨燃看了笑话。

“嗯？”

还未想完，忽然在一堆符的遮掩下，他看到一根纤细红绳。

楚晚宁心中咯噔一下，伸手想要去把红绳牵出来看看，但手指顿在空中，竟是不敢往前，犹豫片刻，他收了手，探入衣襟，去摸自己贴近心脏的位置。

一摸之下，他倏忽色变。

他的合欢花锦囊，真的不在身上！

楚晚宁脸色顿时变得极为难看，僵了半晌，想起来了——薛正雍定做的这件礼袍内衫的暗袋做得微微倾斜，锦囊柔滑，他怕一不小心就会弄掉，所以就把合欢花锦囊收在了外衣的口袋里。

再端详那堆杂物，他更是如遭雷殛，动弹不得。

糖果之类的细小东西，都被摆在了最上头，下面是符，唯有那一根红绳，欲盖弥彰地藏在最底下，藏它的人好像涨红着脸，连连摆手说："我没看见，我什么都没有看见。"

"……"

半晌之后，楚晚宁屏住呼吸，怀着一线奢望，握住那根红绳的一头，将它从凌乱的符中抽出来。

——果然。

锦囊的红绳被动过了，和他习惯系的方式完全不同。

墨燃看了他的锦囊！看完之后还此地无银三百两地把锦囊埋在了杂物的最下面！

就和墨燃猜想的一样，楚晚宁这人虽重情重义，却极讨厌别人瞧见他的重情重义，从前别人夸他一句"真是个好师尊"，他便尴尬到同手同脚，此刻这明显是留作纪念的旧物被与他同行的本尊瞧了个一清二楚，楚晚宁的脑袋便轰的一声，仿佛血流汹涌，内心再无法平静，整张脸和烧红了的炭火一般滚烫。

就在这时，身后传来"吱呀"一声，楚晚宁没有回头，从铜镜里看着墨燃拎着木桶，走进屋来。

他们谁都没有说话，铜镜仍有些模糊，楚晚宁只能瞧见一个高大的身影立在门口，却瞧不清那个身影脸上究竟是什么表情，眼里又流淌着怎样的色彩波光。

纵使对自己重复了百遍要镇定，楚晚宁的心跳还是没来由地很快，他不想让墨燃瞧出自己的尴尬，于是拆开高马尾，将发带咬住，低下头来，佯装在镜子前重新绑头发。

他觉得自己真是聪明，咬着发带，就有了不用开口和对方打招呼的理由，那就——

忽然一只手抚上了他的耳坠，楚晚宁的身子猛地一颤。他本就不常与人肢体接触，很不习惯，更何况碰到他耳坠的人还是墨燃。楚晚宁依旧垂着眼眸，他怀疑自己此时抬头，哪怕光线幽暗，哪怕铜镜模糊，身后的人都能看出他红得不正常的脸。

他只咬着发带，竭力镇定，说："你洗好了？"

"嗯。"

男人的声音低沉，微哑。

楚晚宁感觉他靠过来，离得那么近，身上有着从寒夜里带来的凉气。墨燃替他拢着旁边滑下来的碎发，欲语还休："师尊，我刚刚……"

"……"

他要说什么？楚晚宁咬着发带，垂着眼帘。

似乎要问的话太难启齿了，墨燃顿了顿，终究转了话题："算了，没什么。这么晚了，还扎头发，是要出门吗？"

楚晚宁道："没，就出去洗个碗。"

"我帮你。"

楚晚宁道："我有手有脚。"

墨燃在他身后笑了一下，似乎也是没话找话地尴尬而笑："有手有脚不错，但是师尊也笨手笨脚啊，怕是会磕到。"

楚晚宁："……"

见他不说话，还以为他是不高兴了，墨燃敛去笑容，认真道："外头水凉，你记得兑点热的端出去。"

楚晚宁应了一声，有点像"嗯"，又有点像"哼"，含混不清的鼻音，但是很好听。

"这镜子好糊。"

"太久不用了。"

"师尊瞧不清吧，发带给我，我替你梳头。"

楚晚宁咬着雪青色的发带，还没有来得及拒绝，墨燃就把那发带握在了手里，既然这样，自己总不好再咬着，只得悻悻地松了口，一边由着墨燃帮自己扎马尾，一边还故作矜持地冷哼着："你会不会扎？扎得不好还不是要我自己重来。"

"师尊你忘了？在桃花源，都是我给你扎的发辫。"

楚晚宁蓦地无言，夏司逆是他丢人的过往，他才不想再提，便闭着眼睛，蹙着眉，由着墨燃帮他梳绑。

"怎么还没好？"

墨燃就低沉地笑："你啊，总是那么急。别急，就快了。"

师尊，你买我吧

楚晚宁扎好了马尾，就去了外头洗碗，三个碗，洗了很久也没见他进屋。

墨燃坐在床上，有些焦躁不安，手指无意识地抠着床沿缝，时不时往窗外看一眼。

怎么办?

他在想。

今天晚上，该怎么睡?

这个时候，暖帘撩起，楚晚宁夹带着外头的寒意，捧着洗好的碗回到了屋子里。墨燃还没来得及瞧清楚，他已背对着自己，坐在了桌边。

“师尊还不睡？”

楚晚宁没有回头，淡淡地说：“我还有些事要忙。你困了先睡。”

“我也不困。”墨燃道，“师尊要做什么？我帮你。”

“你帮不了，我想今晚多做些凝音海棠。”楚晚宁说着，一抬手，指尖拈拢，凝出一朵金灿灿的娇嫩海棠，放在桌上。

这种海棠是由楚晚宁的灵力聚成，可以收纳短暂的话语，用以传信，这是他的独门秘术，其他人确实无法效仿。

但墨燃有些不解，他来到桌边，拉出一张椅子反过来坐下，结实的手臂枕着椅背，下巴则又枕着手臂。

“师尊做这个干什么？”

“拿来卖。”

“嗯？”

听出墨燃声音里的微微吃惊，楚晚宁抬起眼皮，淡淡看了他一眼：“我们的钱不够留宿飞花岛七日，那个孙三娘不是要做生意吗？那我也跟她做，凝音海棠，终年不败，金光璀璨，你瞧她满身金银首饰哪个不是在发光的，我看她就是喜欢亮晶晶的东西。做好了，明天我去街上卖，我看她要不要。”

墨燃忍不住笑了出来：“师尊要……卖花？”

楚晚宁的脸色微微一变，大约不想把自己和巷子里卖白兰花的大姑娘们划归一处，十分生硬道：“法术做的花，不能算花。”

“那明天我和你一起去卖。”

楚晚宁不吭声，低头又飞快地凝了四五朵，而后闷闷地道：“随你吧，只要你不嫌丢人。”

“哪里丢人了？”墨燃拿起其中一朵，闻了闻，花朵很轻，没有香味，光华流转的样子雍容别致，金光映照着他英俊的脸、漆黑的睫，他笑道，“那孙三娘怕是要哭着求师尊卖给她，师尊打算一朵卖多少钱？”

“一百朵都花不了太多灵力，卖三枚铜板一朵，怎么样？”

墨燃：“……”

楚晚宁又看了他一眼，微微皱起眉，犹豫道：“多了？”

墨燃叹了口气，没说多，也没说少，只道：“明日师尊别开价，我来卖。”

“为何？我做的花，我自己定价。”

“三枚铜板。”墨燃伸出三根手指在楚晚宁面前哭笑不得地晃着，“师尊，你是北斗仙尊，这是你的晚夜海棠，修真界求都求不来的东西，你卖三枚铜板？”

“也没人问我要啊。这东西除了好看，能传音，也没别的用途，我觉得这个价差不多了。”

墨燃都要被他气笑了：“那你都卖给我，好不好？我这会儿就给你钱。”

楚晚宁停手，一朵凝了一半的海棠失去灵流支撑，落下一片金灿灿的花瓣来，他竟然真的伸出掌心，淡淡道：“成交。”

“……”

墨燃无语半晌，去摸钱袋，这才想起来自己和楚晚宁身上的余钱都已经被那只老鳖榨光了，不由得微微尴尬。

抬眼却见楚晚宁似笑非笑地瞧着自己，不由得更是难堪，他嘀咕道：“师尊早就知道我没钱了，还……”

楚晚宁觉得他好笑，便道：“你自己夸下海口，说要买的。”

“我……”墨燃真是自己挖坑自己跳，一时不知说什么好了，他垂眼看了楚晚宁的手一会儿，忽然发现楚晚宁方才在外头洗了很久的碗，硬生生把热水洗成了冰水，指尖都冻红了。

墨燃也没来得及多想，几乎是习惯性地就握住了桌上那伸着的五指。

楚晚宁吃了一惊，他伸出去要钱的手，钱没有要到，却忽然落入了温热宽厚的掌心里，他下意识猛地抽开。

“做什么？！”

“……”

墨燃只是想给楚晚宁暖一暖手，觉得心疼。

可遇上这么大反应，他却是万万没有料到，一时也呆住了。

两个人在昏黄的烛火下对视，忽然间烛泪噼啪，发出一声爆响，打破了这一刻的死寂。

楚晚宁自知敏感过了头，一时不再吭声，抿着唇，有些尴尬。

“师尊……”

楚晚宁：“……”

“你是不是……”话说了一半，就哽住了，饶是他没问完，楚晚宁依旧硬邦邦道：“不是。”

墨燃一愣：“什么不是？”

“不管你说什么，答案都是不是。”楚晚宁蹙着眉，竖起尖锐的刺，像龇牙咧嘴捍卫自己领地的猫，不让生人靠近，“手拿开。”

墨燃便把手拿开了，继续搁在椅背上，很老实的模样。

楚晚宁继续凝花，把方才掉落了一朵花瓣的海棠凝完，他有些愠怒，愠怒里包含着更多的无措，过了一会儿，墨燃说：“师尊，其实我刚刚，就是想问一句，你是不是冷，想给你……暖暖手。”

“我不冷。”

骗人，方才摸到的那只手，分明是冰的。

大约觉得两个人这样坐着委实尴尬，楚晚宁说：“没什么事你就睡吧，明天带你去卖花。”

“……”

以前他常说的是“带你去修行”“带你去打坐”“带你去看书”。

带你去卖花什么的……

墨燃想忍着，却没有忍住，黑眼睛里含着笑，映着烛火里的人，他鼻音浅浅地“嗯”了一声，但却没舍得动。

“去睡啊。”

墨燃看了那床铺一眼，却是坐着没动。

他决定，说什么也不能比楚晚宁先睡。

既然自己吃不准该睡床还是该打地铺，那就看楚晚宁的意思，如果到时候楚晚宁睡在了靠里头的位置，明显给自己腾地方，那他就睡床。

如果楚晚宁躺在了正中央，那他就睡地上。

一切都以师尊为第一，师尊想要他怎么样他就怎么样。这才叫待师尊好。

“你坐着做什么？”楚晚宁皱起眉头。

墨燃一抬手，细长五指一合，竟凌空以灵力，捻出了一只火红色的蝴蝶。

楚晚宁：“……”

“卖钱。”墨燃笑道，指尖轻弹，那火红的蝴蝶翩然飞起，落到了楚晚宁搁在一旁的海棠花堆里，“我这个比较贵，我黑心，十金一只。”

楚晚宁瞧着那只碍眼的蝴蝶飞来飞去，停在他的海棠花上。

楚晚宁的脸都黑了。

“墨微雨！”

“怎么了……”

他怒得不知道该说什么，该怎么说。

最后他竟压抑着，只不尴不尬地声音嘶哑说了句：“三枚铜板一只，不能再多了。”

墨燃哈哈笑了，笑了一会儿，又捻出了一只火红的蝴蝶，递过去，那蝴蝶温柔地落在了楚晚宁指尖的海棠上。

“我卖给别人就是十金，我觉得这价很合适。”

“那你卖给我！”楚晚宁铆着一口气，恶狠狠道，“我再拿去卖，总之不能比我的海棠贵。”

想了想，他又补上一句：“但我身上没有钱，等回了死生之巅，再给你。”

墨燃笑着，捻出第三只蝴蝶，轻轻吹了一口气，那蝴蝶绕着楚晚宁翩跹起舞，墨燃枕在自己小麦色的结实胳膊上，温和道：“说什么呢。”

“你难道还想说概不赊账吗……”楚晚宁微微扬起下巴，眉眼犹带恼怒的潮湿，神情却很倨傲，他想好了，要是墨燃真的敢说不赊账，那他定当拿出师长之仪，好好管教一下这个不知天高地厚的男人。

不知天高地厚的男人却笑得更明朗了，他梨窝深深，鼻音浅浅，说道：“不是，我是想说……”

想说什么？楚晚宁严阵以待，威风凛凛。

“你买我的蝴蝶吧。”他枕着自己的胳膊，无比认真地凝视着楚晚宁，温柔笑道，“我卖给你，不要钱。”

楚晚宁怎么也没有料到会得到这样的回答，愕怔之下，脸蓦地红了。

夜已很深了，灵蝶和海棠堆了满屋，早就够卖了。但他们却都在等对方歇息，谁都没先起身去睡觉。

“师尊。”

“嗯？”

“你累不累？太晚了，你要不先歇息了吧？”

“不用，我习惯了。”

于是又过了一个时辰。

“墨燃。”

“嗯？”

“你怎么还坐着？”

“我再多凝些蝴蝶，师尊要是困，就先去睡，我再等等。”

楚晚宁竭力克制打哈欠的欲望，忍耐地咬着后槽牙，因为连续两个晚上不得安眠，眼眶有些红，还倔着：“我还不困。”

墨燃：“……”

不知又过了多久，屋子里的蝴蝶和海棠都快堆成山了，金红交织，绚烂夺目，墨燃有些昏昏沉沉地抬起头，忽然愣怔。

楚晚宁实在太累，已经伏在桌上睡着了。

他的指端还凝着半朵未曾聚形的海棠，花瓣随着呼吸微微颤抖，墨燃走过去，轻手轻脚地将那半朵残花摘下，搁在桌上，而后将他扶去了床上，让师尊好生歇息。

师尊装睡

楚晚宁已经两天没有合眼了，睡得极沉，墨燃的动作又轻柔，所以当他被扶到床上去的时候，依旧没有被惊扰。

墨燃把他放在床的中央，手垫着他的脖颈，让他的头搁在枕头上，而后替他盖好被子。

谁知楚晚宁睁开眼睛，忽然醒了。

“……”

一时间谁都没有作声，墨燃僵硬在原处，楚晚宁更是由昏沉瞬间转为惊愕，一双凤目圆睁，对上墨燃的眼。

楚晚宁猛地警醒了：“你做什么？”

墨燃俯身拉严了床帷，直起身子，在床边坐挺。

他低头望着躺在床上的楚晚宁，嗓音低缓：“我见师尊睡熟了，就想帮你把床帷放下来，没有想到还是吵醒你了。”

楚晚宁没作声，靠在枕上，微侧过头，看着他。

刚被松开床头环钩的暗黄色帷幔在墨燃身后悠悠拂动着，外头的烛火变得那么氤氲模糊，犹如冬日窗上凝着的水雾。太暗了，年轻男人的俊挺脸庞几乎无法瞧清，黑夜里只有一双眼是灼热明亮的，像是碎落星辰。

墨燃忽然唤他：“师尊。”

“嗯？”

“有件事，我想问你。”

“……”

借着黑暗，做徒弟的胆子似乎也大了起来。

楚晚宁内心揪紧，心道：他是不是要问那个锦囊？

他面上波澜不惊，胸中却洪波涌起。

——这个时候装睡，还来得及吗？

墨燃道：“我睡哪里？”

楚晚宁：“……”

于是忙碌纠结了大半个晚上，这天夜里，墨燃还是打了地铺——

“床太小了。我还是睡地。”

“有多出来的被褥吗……”

“有一床。”

“会不会冷？”

“不会，我再多铺点稻草就是了。”

墨燃说着就去外头拿稻草，抱了一堆稻草回来，在地上利落地铺了起来。楚晚宁被他方才那么一折腾，暂时没了睡意，就侧着身子支着脑袋，单手撩着床帷，默不作声地瞧着这人忙碌着以迅雷不及掩耳之势给自己铺好了一张地铺。

“……”

“睡了，师尊好梦。”

男人和衣躺下，给自己拉上被子，一双墨黑的眼睛温柔且踏实地望着床上的楚晚宁。

楚晚宁：“嗯。”

瞧墨燃一副“我很老实”的样子，楚晚宁便也松了口气，摆出“我很高冷”的样子，状似漫不经心地放下床帷，躺好。

结果墨燃又坐了起来。

“干什么？”

“熄灯。”

男人起身，将烛火吹灭了。

屋子里陷入了沉寂，床上床下躺着各怀心事的师徒二人，望着在一片无极长夜中，幽幽亮着的海棠和蝴蝶。

“师尊。”

“又怎么了？你还睡不睡了？”

“睡。”墨燃的声音很温和，在夜里，尤其柔软，“只是忽然想跟你说一件事。”

“我想说……师尊睡觉，不必那么拘谨，总睡在角落里。”

他声音里带着一丝笑意，低沉，但很好听。

楚晚宁：“我习惯了……”

“为什么？”

“房间总是太乱，之前翻身摔下去过，被地上的锉刀划了道口子。”

墨燃听了，半天没作声。

楚晚宁等着，没有动静，就问：“怎么了？”

“没。”墨燃说，但他的声音好像近了一些，楚晚宁侧过头，隔着模糊轻柔的帷幔，借着海棠与蝴蝶的荧光，瞧见他把地铺拉得离自己近了一些。

墨燃重新躺下来，笑着说："有我在的时候，师尊不用担心，摔下来不会被扎到。"

他顿了顿，似是随意地说了句："有我。"

"……"

过了一会儿，墨燃听到床上的那人轻轻哼了一声，幽幽说："你胳膊上的肉那么硬，要是磕到了，不见得比锉刀好多少。"

墨燃："……"

可是如何睡得着呢?

屋子里太安静了，能听到对方微弱的呼吸声，能听到辗转反侧的动静。

墨燃把手枕在脑后，睁着眼，望着满屋子飞舞的火红灵蝶，一只灵蝶翩然飘落，停在了床帐上，洇得帷幔一片温柔薄红。

在这样的岑寂里，墨燃忽地想起了一件事——

当年在金成池，将自己从摘心柳梦魇中救出来的人，依稀在自己耳边说过一句话。

那一刻意识模糊，他也不确定那句话究竟是不是自己的幻觉。但如今想来，他却忽然觉得或许不是听错。

或许是真的。

他听到楚晚宁在那个时候，说了一句："我也……特别在乎你。"

墨燃的心跳得越来越快，往日里一些不曾注意到的细枝末节都在这一刻抽枝发芽，翻出鲜嫩的叶蕊，长成通天的繁茂大树。

"我也特别在乎你。"

是特别的……

格外的……

楚晚宁从来都是这样，当时在金成池醒后，楚晚宁不愿意承认救他的人是自己，或许正是因为说了这样显然流露无限关切的话。因为他这样不喜表露心绪的性格，墨燃多少次错过了他待自己的真情，竟致误会师父从来不关心自己。

错失与误会重重叠加，乃至前世最后，铸成大错……

墨燃思及此，心下大震，忽觉不愿再隐藏半点儿真心，凡事都要坦诚才好。

他猛地坐了起来，声音沙哑道："师尊！"

"……"

饶是床帏里的人没有动静，墨燃还是说了下去："我今天，在洗衣服的时候，拾到了一样东西，是……"

床帷内很安静。

"你知道是什么吗？"虽心如潮涌，可话到嘴边，又忽然情怯，有太多感情一时无法用言语表达，他居然这样蠢头蠢脑地去问楚晚宁。

对方久久没有应答。

墨燃犹豫着，眼神湿润漆黑："师尊，你还醒着吗？

"你听到我说话了吗……"

罗帷轻掩的床榻上，楚晚宁再无动静，似乎是真的已经睡着了。墨燃等了许久，不甘心，几次伸手想去掀开帘子，却又顿住。

"师尊。"

他嗫嚅着，又卧下。

声音很轻，有些软。

"你理理我。"

楚晚宁当然不会理他。

他整个人都是混乱的，一向令他引以为傲的清明头脑已是一片乌烟瘴气。他躺在床上，睁着眼睛望着暗色的回纹帐幔，听着帐幔外那个人温柔却又带着焦躁的呢喃。

他悄悄把被子往上拉，蒙住下巴、口鼻，只露出一双明亮的眼睛。

然后，他把眼睛也盖住了，整个人藏到了棉被里面。

他当然听到了，可是他才不会去回答——

如此尴尬之事，自是万万不能说破的，他才没有留着那个锦囊，没有如此珍视所历往事，哼……

"师尊？

"真的睡了吗……"

过了一会儿，楚晚宁听到墨燃轻轻地叹了口气。

他便以被蒙头，在黑暗里，想到那被扯开过红绳窥见内里的旧锦囊，他暗劝自己从容，却终是脸颊滚烫，忍不住偷踹了一脚被子。

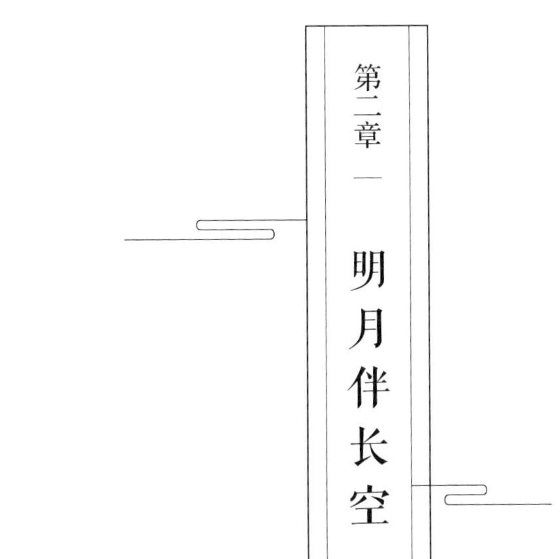

第二章 — 明月伴长空

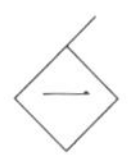

师尊卖花

第二天一早，楚晚宁顶着黑眼圈起床，他昨晚上根本没有睡好，因此整个人显得格外阴沉，一张原本就很冷淡的脸庞结着薄冰，没什么热气。

他推门出去，瞧见墨燃正在外头洗衣服。

——大早上为什么要洗衣服？昨晚不是洗了吗？

看到他从屋里出来，墨燃竟显得有几分尴尬，他的脸上沾着皂角搓出的泡沫，转头和楚晚宁打招呼 ：“师尊。”

“嗯。”

“孙三娘还算守信，收了钱，一早就把吃的挨家挨户送来了。我放在院子里的那张小石桌上，师尊快去吃吧。”

“那你呢？”

“我吃过了。”墨燃的手臂浸在粼粼水波之下，线条遒劲而清爽，“等师尊用过了早饭，我们就一起去卖蝴蝶和花。”

孙三娘给的吃食很单调，但量却不小，馒头居然有三个。

他坐在小院里慢慢啃着馒头，旭日东升，阳光透过头顶葡萄架上攀绕的枯藤洒落，在桌上切割成斑驳交错的光影。

金色的海棠和红色的灵蝶一出现，就在飞花岛那终年不变、冷冷清清的集市里激起了轩然大波，岛上的渔民都拥过来看，哪怕今天原本不打算逛集市的，都被吸引了过来——

“有花！”

“花有什么奇怪的，你难道没见过花吗？”

“金色的海棠！灵力做的！一年都开着呢！还可以传音！”

“哇！在哪里在哪里？”

——如此乌泱泱涌来一群人。

“有蝴蝶！”

“蝴蝶有什么好看的，春天一抓一大把。”

“红色的！灵力做的，可以驱小邪小祟呢！而且特别好看，还很听话，不会乱跑，就在你附近飞！”

“啊！真的啊？在哪里在哪里？”

乌泱泱地又涌来一群人。

孙三娘在府中高卧，闲适间也得了这个消息，便忍不住带着几个随从去了街市。还没走到门口，就瞧见远处人群密集地涌出一道道金红色的光辉，不住地有人在啧啧惊叹。

她心如蚁咬，斥开围观的乡民，走过去看。

只见昨天来的那两个仙君，一个笑容灿烂，在那边招蜂引蝶地变戏法，招揽着生意；另一个则面无表情，一脸冷漠地抱臂立在树下，一言不发，沉默不语。

“卖蝴蝶、卖蝴蝶——”英俊的男人回头对另一个面容寡淡的男人笑道，“师尊，你怎么不吆喝？”

吆喝？楚晚宁心中冷哼。

他就不知道“吆喝”这两个字怎么写。难道要他没羞没臊地跟墨微雨这个粗鄙之人一样，在众目睽睽之下喊“卖花，卖海棠花”？想都别想。

“蝴蝶怎么卖？”觉得这样的仙物一定很贵，众人踟蹰良久，总算有个胆大的上来问价。

墨燃道：“十金一只。”

楚晚宁在他身后咳嗽一声。

墨燃道：“三枚铜板一只……”

“这么便宜？”周围的人都惊到了，纷纷上前要来买，墨燃就左递一只蝶，右递一朵花，正忙碌着，忽瞥见远处一个衣衫褴褛的小女孩吮着手指头，渴望地看着这里的热闹景象。

墨燃笑了笑，也没多说，倏忽五指一合，凝出一只极为漂亮的凤尾蝶，轻轻一吹，蝴蝶就那么隔着人海，飘到了她旁边，落在她发辫上。

女孩愣怔，满脸愕然，迟疑地走了几步，然后又停下来，摇了摇头。

她没有钱……别说三枚铜板了，一枚都没有。

墨燃朝她摆了摆手，用口型跟她说了句“送你的”，然后眨眨眼，笑着又将头转开，继续忙碌。

孙三娘眼瞅着那些金光灿灿的漂亮灵物被买走，有爱美的姑娘把海棠花戴在乌黑的发髻间，霎时满头乌发熠熠生辉，竟是光彩照人，说不出的贵气。她便有些忍不住了。

“这些蝴蝶和花，我都要了。”

墨燃抬起眼，笑容不熄：“我就说是谁这么大手笔，原来是三娘。”

“还剩多少朵？数一下，我全部拿回府里去。”

“这可不行。”墨燃笑道，“凡事总得有个先来后到，其他人比你先来呢，他们还没有买完，我总不能先把东西让给你。”

孙三娘望了望那群挤着的乡民，登时有些着急，生怕卖完，说道：“那我加价。”

“我做不了主。”墨燃说，“我就是帮忙打下手的，价格的事，你得去问我师尊。”

孙三娘就到树下，找到了一脸高冷的卖花道长楚晚宁。

“仙君，你那些花和蝴蝶都卖给我吧，咱们都是生意人，价格好商量。”

楚晚宁冷淡开口：“十金一只。”

旁边墨燃听了，忍不住笑出声来，转过头却对上楚晚宁那双长夜无极的黑色凤眸，一时好笑里又生出茂盛的柔软，不由得咧嘴挠头，梨窝深深的模样很是好看。

孙三娘富得流油，这些钱于她而言不过是小数目，很快她就指挥着家丁将那些晚夜海棠和凤尾蝶都带走了。

回到府上，她立刻喜滋滋地梳了个高髻，往上面插了五十余朵流光溢彩的金色花朵，又让那些蝴蝶绕着自己翩翩起舞。家丁们瞧她满头金光，远看简直像一根融化燃烧着的蜡烛，不由得好笑，但苦于是自家主子，只得憋着，憋得肋骨都快断了，总算没有笑出声。

孙三娘没乐和太久，外头有人来报，说那两个仙君在集市又卖起了别的东西。她闻言一惊，顶着一头华光乱闪的云髻，被蝴蝶簇拥着，再次往集市奔去。

“卖蝴蝶——卖蝴蝶——”

孙三娘挤过去，叉着腰怒不可遏：“刚才不是都被我买完了？怎么又有？”

墨燃眨眨眼：“新做的。”

“既然可以新做，那方才为何要卖我十金一只？！”

墨燃笑了：“你想啊，你早上起来，去一家很多人排队的生煎铺买生煎，别人都在排队，你要插队，掌柜的就跟你说，要先吃可以呀，不过你得多付钱，这有没有错？”

孙三娘气道：“你、你这奸商，你……”

她正想着该怎样反驳这个人的歪理，忽见得旁边那个一直不吭声的仙君走了过来。楚晚宁指尖光华一闪，竟凝出一朵并蒂双生的海棠。

孙三娘虽然气恼，却也被吸引了注意，问道：“这又是什么？怎么和之前的不一样？”

“这种海棠另加了焕颜术，睡前放在床头，能让你次日容光焕发，效用约为十五日。”楚晚宁漫不经心地把花递给了墨燃，对墨燃道，“去卖吧，一百金一朵。”

“慢着，”孙三娘唯恐等会儿这俩人又要说出什么插队要另外再加钱的道理，虽然心中气极，但还是说，“别拿走，这朵我要了。你还能做几朵？我都要了！”

楚晚宁说：“同样的法术不想施太多遍，只做三朵。”

“那就三百金，给你。”

“墨燃收钱。”楚晚宁说着，低头凝了另外两朵，一并交给了孙三娘，然后开始凝第四朵。

孙三娘不乐意了：“你不是说只做三朵？”

“这朵加的是妙音诀。”楚晚宁淡淡道，“配在身上，能使女子声音变得动听。”

孙三娘虽贪财，但更贪岁月年华，她眼巴巴瞧着这位死生之巅的仙君凝出一朵又一朵奇妙的海棠花，恨得牙痒痒，却也只能道：“好好好，我买、我买。”

晚上回去关了门，师徒二人坐在桌边把钱两一算，发现足够供带过来的一行人吃好喝好直到对岸火熄了，楚晚宁把一半的银两推给墨燃，一半收好，说道：“临行前，把剩下的还给孙三娘。”

墨燃一怔：“为什么？”

“飞花岛离沂州路途遥远且物资贫乏，吃穿用度极为不便。但你看岛上渔民，大都能温饱，是不是有些奇怪？”

“嗯……”他这样说，墨燃细细琢磨，确实觉得如此。

楚晚宁道：“去稍微打听一下就知道了。我今天在你收拾摊子的时候，去找了村长，问了他一些事情。其实这个孙三娘，原本是沂州儒风门的人，因为她天资不高，师父没怎么管过她，拜入师门五年，仍只会浅显剑术。”

墨燃微微吃惊：“她是儒风门的人？那师尊是不是见过——”

“没有。”楚晚宁道，“村长说，她十七岁那年，跟着儒风门的修士来飞花岛收新弟子。那些名门修士仗着路途遥远，岛上又都是些凡人，被欺负了也不可能千里迢迢赶去儒风门兴师问罪，所以就在那段时日，对岛民为非作歹，吃白食，抢钱甚至……”

“甚至？”

“甚至淫掠少男少女。”

“……”

楚晚宁道：“孙三娘气不过，便与师兄师姐争执了起来，她身轻言微，性子却烈，得罪了同门，最后遭其暗算，被一个师兄刺了一剑后，又被推下海崖。”

墨燃喃喃道：“竟是这样？难怪之前听村长劝她说什么不是儒风门的人，没想到……唉……”

“嗯。她命大，那一剑没有刺中要害，她落海之后，被正在捕捞的渔民瞧见。那渔民膝下本有两个女儿，奈何去得都早，那渔民便在救了她之后，收她为义女，教她渔猎，教她做生意。后来她义父过世了，她就承其衣钵，渐渐成了这飞花岛的第一大户。”

楚晚宁顿了顿，说道。

“你也听到了，她说飞花岛上今年收成不好，各家各户都是她在开仓赈济。孙三娘生意虽精，却只在修士身上剥钱，从不多拿岛民毫厘，甚至会补贴穷困。”

墨燃没作声，却想起日间在集市里看到的那个渴望海棠的小女孩。

那样的寒酸打扮，污脏面貌，一看就是失了爹娘的。

可她却不瘦，脸颊鼓鼓囊囊的，眼睛里透着清冽的光。若不是有人在接济她，这么小的孩子靠乞食为生，不早该面黄肌瘦吗？

“孙三娘一年出海二十余次，每次往返颠簸，都要七八天，算来她大半生是在海上度过的。你看她宅邸奢华，富庶至极，何苦年过半百，还要在风浪里来去，每年不辞劳苦地把岛上的东西拿去沂州卖钱，又去沂州淘来物资，带回飞花岛？”楚晚宁道，“她分明已不差钱了。”

“我知道了……”墨燃听完，心中难受，立即起身拿起那一半钱就要走。楚晚宁唤住他。

“去哪儿？”

“我去把多赚她的，都还给她。”

“坐下。”

楚晚宁淡淡道。

“你怎么这么傻！”

“嗯？”

“你看孙三娘这种人，性子刚烈，极是要强。她最恨的就是修士……你说你这样过去把钱给她，她会不会乱棍把你从府上打出来？”

“……”

墨燃想了想，顿觉背脊有些痛，不由得叹了口气，问：“那该怎么办？”

“我跟村长说了，等我们走之前，把这些余钱都给他，让他找个机会转交给孙三娘。”楚晚宁道，“那时候我们人都走了，钱财终归是能让飞花岛的岛民过得更好的东西，她不会不要。”

墨燃垂眸思忖片刻，而后点了点头。

“师尊说得是，就按师尊说的去做。”

楚晚宁叹了口气，说道：“这世上总有许多事情，不能仅看表面就做定夺，甚至有的时候，表象之下的那一层，都未必就是真相。我时常告诫自己，需沉下心来，判断人也好，事也好，须慎之又慎，但有时仍旧忍不住。”

他这番话，说得墨燃心里极不是滋味。

单看表面就做定夺——判人良莠是非，判事善恶对错，这不就是他曾经对楚晚宁做过的事情吗？

除了他，红尘往来的大多数人，极难在激烈的感情面前保持一双清明的眼、一颗冷静的心，去想一想，去看一看那些遮盖在尘沙之下的真相。

他之于楚晚宁，南宫驷之于自己的母亲——他们谁不是因为被情绪蛊惑了神志，被表象蒙蔽了双眼，最终铸下了痛不能回首的过错？

或许只有楚晚宁这种人，看似冷漠不近人情，却执着地在心里给每个人都留有转圜余地，尽量不以最大的恶意揣度每一件事。所以墨燃越去了解他，就越会发现，原来这个瞧起来比谁都暴躁的北斗仙尊，有着一颗未经戾气浸染的心。

这个人骄矜冷淡的面容下藏着的，其实是仁慈宽容的魂灵。

他因为这样的魂灵而越发怜惜楚晚宁，心中生起极强的保护欲。或许正因为从尸山血海里蹚来，沾过满手血腥，所以他越发能够明白，这世上没什么比赤子之心更难能可贵的东西了。

那是硝烟里的羌笛，战壕中的花朵。

于是，曾经为祸天下的踏仙君，在这样的魂灵跟前，默默地想——

若有一日，师尊需要，那么哪怕遍体鳞伤，血泪流干；哪怕死无全尸，灰飞烟灭；哪怕要祭上自己的头颅和残损不堪的魂魄——

他都要护好这个干干净净的北斗仙尊。

“在想什么？”

“哦，没什么。”墨燃笑了，“不过是在想一些小事。”

“小事？”

墨燃抿了抿嘴唇，忽然记起早上去集市的时候，楚晚宁跟自己说过想要学一学御剑之术，便道：“师尊，你跟我来。”

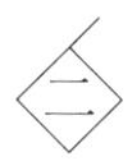

晚宁

两人来到飞花岛的一处海崖边，那里怪石嶙峋，下头就是波涛汹涌的大海，海浪撞击在岩石上顷刻碎成万点雪沫，四周几乎什么都没有，唯剩茫茫海天，一轮新月。

墨燃召来与自己定契的那把佩剑，而后转头问楚晚宁："师尊为何不会御剑？"

"不是不会。"楚晚宁说，"是不擅长。"

"怎么个不擅长法？"

楚晚宁一挥衣袖，神情里多了几分矜傲，但耳朵根却红了："我只能在离地面不高的地方飞。"

墨燃有些惊讶，御剑这种东西，离地一寸和离地百米，所消耗的灵力都是一样的，既然楚晚宁能在离地不高的地方飞，没道理不能升到高空去，便说："师尊你试一试，我看看。"

楚晚宁倒是没有召剑，而是面容寡淡道："我平日不愿御剑，是觉得武器终究需被敬重，踩在脚下，未免不妥。"

不知道他为何忽然解释起来，但墨燃还是点了点头。

"师尊说得不错。但……我们总不能躺在剑上，或者挂在剑上飞吧？"

楚晚宁一时语塞，抬头却见月光下，那个男人笑吟吟地瞧着自己，不由得恼恨，说道："平日里，若有急事，我都是用升龙结界飞行的。"

墨燃微怔："那条小龙？"

"它可以变大。"楚晚宁道，似乎稍微挽回了些颜面，但很快又有些尴尬，"不过遇到儒风门之变那场大火，就全然没有用武之地了。它怕火。"

墨燃恍然："所以师尊要学御剑，是想——"

"以备不时之需。"

墨燃不吭声了，沂州滚滚浓烟，怒焰火海，吞噬了多少生命。那个时候，楚晚宁立在自己剑上，看着下面的凡人被劫火吞噬，一簇簇地被烧成灰，连根碎骨都不会剩下，而堂堂仙尊却什么都做不了，不能御剑去载任何一个人，当时的楚晚宁，会是什么心情？

难怪这个出门宁愿乘马车，都懒得御剑的人，会忽然间跟自己的徒弟提出这样的要求。

“我知道了，师尊不必担心，我一定好好教你。”

听他这么说，楚晚宁也没作声，垂落眼帘，不知道在想些什么，但他最后还是叹了口气，抬手道：“怀沙，召来。”

一道金光倏忽凝起，墨燃便在这静谧安详的海天月色里，再次见到了那把前世和他生死对决时才出现过的神武。

楚晚宁的杀伐之刃——怀沙。

那是一把一看就很楚晚宁风格的长剑，这世上恐怕没有第二个人，能比楚晚宁更适合当它的剑主了。它纹饰寡淡，通体镏金，因为金光太刺目，甚至微微泛着苍白。那光芒源源不断，十分从容地从剑身上流淌下来，垂落于夜色之中，犹如燃烧着的烟花线，又像滑落的白色细沙。

“这是怀沙。”楚晚宁看着它，说道，“你没见过，它戾气太重，我不常用。”

墨燃心情复杂，半晌点了点头，低沉道：“是把好剑。”

夜风习习，墨燃踏上了自己那把佩剑的剑身，脚尖微动，佩剑就驯顺地缓缓抬起，离地数寸。

墨燃回头对楚晚宁说：“师尊也试试。”

楚晚宁也站在了怀沙上，怀沙四平八稳地也上升了数寸，载着楚晚宁原地绕了一圈。

“这不是挺好的吗？”墨燃说，“再起来一些试试。”他说着，控剑飞到了约为五尺的位置，低头朝楚晚宁笑了笑，“上来这里。”

“……”

楚晚宁抿了抿嘴唇，不吭声地将怀沙升到与他齐平的位置。

墨燃道：“没什么问题，师尊，你不是会吗？我们再——”

他蓦地住嘴了，因为他忽然注意到楚晚宁脸色苍白，整张脸的线条绷得极紧，一双垂落的睫毛如风中卷草般簌簌颤抖着，似乎在竭力忍着什么。

墨燃低头看了看，才离地五尺不到的距离。再抬头，他难以置信地瞪着楚晚宁。

他心中忽然有个非常荒谬的想法——师尊不会御剑，该不会是因为……恐高吧？

墨燃：“……”

这就非常尴尬了，他也觉得匪夷所思。楚晚宁这个人轻功很好，巍峨楼宇说上就上，说下就下，足尖一点掠地数丈，这样的人怎么会恐高？可是观察立在剑上的这个人，确实是面色难看，目光游移，哪怕极力按捺，眉宇间依旧透出薄薄的惶然。

墨燃试探道："师尊？"

楚晚宁的反应有些激烈，他倏忽抬头，夜风拂乱了他的碎发，但他也不抬手去掠，一双吊梢凤目里闪着恼意，在纷乱的额发后头迸溅着警惕的火花："嗯？"

"扑哧。"

"你笑什么？！"

"我是嗓子干了，咳嗽。"

墨燃拼命忍着笑，他想，没跑了，原来真的是恐高，难怪刚刚解释了那么多，就是想给自己留点儿颜面。

那既然师尊要留颜面，做徒弟的当然也得配合着师尊给台阶下。

墨燃道："御剑确实是越往高处就越难，我一开始，也是上到五尺就上不去了，要多练。"

"你以前也上不去？"

"嗯。"

第一次御剑就腾飞百丈高空的墨微雨，温柔地点了点头。

"没准五尺都没有，我不敢往地上看，所以大概……三尺？总之薛蒙他能轻而易举地把我一脚踹下来。"

楚晚宁的心微微定了一些。御剑恐高这种事情，他一直没好意思和任何人说，但现在看起来，也没什么丢人的。

"师尊，你尽量别往下面看。"

"嗯？"

"你就看着我。"墨燃悬在上方，想了想，又降下来一些，"别管上升了多少，只要想着飞到跟我齐平的位置就好。"

楚晚宁就咬着牙，又往上升了一些。细狭光滑的剑身踩在脚下，原本温和的夜风在这个时候于他而言，也变得像蛇一般湿冷，蹿进他的衣襟里游弋匍匐，咝咝吐芯。

"别往下看、别往下看。"墨燃不住和他耐心地重复着，把手伸过去给他，"你过来，抓住我的手。"

楚晚宁学得认真专注，说道："不用，我自己可以。"

墨燃就没有再勉强他，楚晚宁的脾气他清楚，这个人想要自己来的时候，若不是什么大事，最好由着他。

一个做惯了参天巨木的人，是不习惯依托于人的。

陪在他身边，与他比肩，才能让他自在且舒适。

佩剑一点点地攀升，到了某个高度之后，哪怕楚晚宁不去看地面，指尖也忍不住在广袖之下微微颤抖了。

他头皮发麻。

墨燃瞧出了他的紧张，便道 ：“不用怕，这和轻功是一样的。”

“不一样。”楚晚宁道，“轻功是靠自己，御剑是……”

“御剑也是靠自己啊。”

“御剑是靠剑！”楚晚宁怒道。

墨燃 ：“……”

他有些明白过来为什么自己的师尊轻功一流，但却在御剑时恐惧了——楚晚宁从不习惯依靠任何东西，他靠的一直都是自己，所以也只有在靠自己的时候，他会觉得最安心。

这个认知让墨燃心口发酸，觉得很心疼。

他说 ：“没关系的，师尊，你要相信怀沙。”

可楚晚宁神态虽镇定，眼里的焦躁和慌乱却是藏不住，墨燃见他额头都渗出了细汗，脚下也开始不稳，心道不妙，不能再这样下去。如果楚晚宁这个时候从剑上跌下来了，恐怕心理阴影会更深。

他当即道 ：“我们先下去。”

楚晚宁对此求之不得，两个人落下地面，他缓了一会儿，问道 ：“飞了多高？”

墨燃存心多报一些，就说 ：“五十余尺。”

楚晚宁果然吃了一惊，睁大了眼眸 ：“这么高？”

“是啊。”墨燃笑了，“师尊这么厉害，下次飞的话，五百尺都不在话下了。”

“……”

听到五百尺，楚晚宁原本就有些发白的脸色越发难看了，他摆了摆手，没有吭声，盯着怀沙发呆。

墨燃想了想，说 ：“这样，师尊，我先带你飞一圈，再适应适应。”

“你不用带我，又不是没带过。”

“可是之前，师尊没怎么在御剑途中往地面看过吧？”

这倒让他说中了，每次搭乘别人的剑，他总是尽量看着那个人的后背，或者别的某个点，竭力想着自己还稳稳地待在地上。

墨燃再次把自己的佩剑召来，特意将它变得宽大了一些，自己先踏了上去，而后转头对楚晚宁温和道 ：“来，上来。”

楚晚宁暗自咬牙，还是一掠而起，轻飘飘地落在了剑柄上。

墨燃道 ：“站稳了。”言毕脚尖一点，佩剑得了令，瞬息扶摇而上，直入云霄。楚晚宁初时习惯性地闭上眼睛，但听到墨燃在他耳边的笑声，便又猛地惊醒，打起精神往下面看去。

不看还好，这一看，楚晚宁浑身的汗毛都竖起来了。

墨燃这个浑蛋，带着他以极快的速度朝着云天深处飞去，飞花岛被远远抛在身后，变得越来越远，耳边是狂风呼啸而过的隆隆声，衣袍都被夜晚寒气浸得冰凉，脚下除了这把佩剑没有任何倚靠，他们往大海上方飞掠，夜晚蓝黑色的海水像上古巨兽张开黑洞洞的大嘴，吞噬着往来生灵。

冰凉的睫毛在窸窣地颤抖着，楚晚宁下意识地又要闭眼，却听到墨燃在身后说："别怕，不会有事的。"

"我……没有怕。"楚晚宁脸白如纸。

墨燃笑了："好，不怕就不怕。那你要是觉得冷了，或者无趣了，你就跟我说，我带你返回岛上。"

楚晚宁没吭声，他知道墨燃是在给自己留面子。

毕竟一个在剑上冻得发抖的仙尊，也要比一个在剑上骇得发抖的仙尊威风。

墨燃见他有些受不住，又死倔着不肯开口，于心不忍，便道："我再将剑变得大一些。"

他抬手将佩剑扩了五六圈，足以让他和楚晚宁并肩站着。

"师尊，再过几天，沂州的劫火就要熄了，我们回死生之巅去，但带来的那些人，该怎么办？"他说着话，试图放松楚晚宁这把紧绷的弓弦。

楚晚宁也真是厉害，居然还能思考，他说："带去蜀中。"

"嗯？"

"先带去蜀中，沂州劫火过后，就是一片焦土，不能住人。"

墨燃道："好。"

他望着楚晚宁苍白的脸，过了一会儿，实在心疼，便问："回去吗？"

"再等等。"

墨燃就又把剑扩了几圈，让楚晚宁坐下来，坐着看会比站着要好受很多。他开了结界，楚晚宁扭头问他："你这是做什么？"

"驱寒结界而已。"墨燃的目光很温和，"太高了，会冷。"

楚晚宁也就由着他去了。

那结界和自己的一脉相传，极为相似，甚至光华流转之间薄膜上凝成的也是海棠花，只不过自己的是金色，墨燃的是红色。

有了这一层半透明的结界，尽管知道除了驱寒没有任何作用，但忽然就觉得四周多了一道防护，或许是透过这层结界看下去的海洋不再黑得骇人，总之楚晚宁绷着的身子逐渐松弛，渐渐地，呼吸也不再那么凝滞。

墨燃坐在他身边，笑道："师尊，你看那边。"

"什么？"

“瞧见了吗？”

楚晚宁往他指的方向看了半天，蹙眉道：“除了月亮，什么都没有。”

“就是月亮。”

楚晚宁微微一愣，说：“有什么好看？地上瞧也是一样的。”

墨燃笑了：“我还是第一次和师尊坐在一起赏月。”

楚晚宁没回应，过了一会儿，当墨燃以为他不会再说什么的时候，他忽然轻声道：“也不是没有一起看过。”

“什么……”

墨燃有些意外，扭头看着他。

月华镀在楚晚宁清俊的脸庞上，他的皮肤犹如寒夜里的洁白花瓣，两帘浓深的罗帷下，眼里好像有比海水更深幽的回忆。

“太久了，你应该忘了。”楚晚宁道，“没什么。”

墨燃一时不知该说什么，他活过的岁月比眼前楚晚宁的更久，很多往事不再那么棱角分明，以至于楚晚宁记着的过去，自己却并不一定还藏在心里。

他望着楚晚宁的侧颜，觉得愧疚，但那愧疚里却又忍不住滋生出一丝一缕的甜蜜来。他甚至又忍不住想起了那个锦囊，想起了昨天将要说出口的话——楚晚宁是那么珍视他们经历过的一点一滴，彩蝶镇、金成池……

天裂时，豁出了性命去救自己。

这世上不会再有一个人待他如此了，虽然他的师尊性情疏冷，一腔热血淌于冷面之下，做了好事从不愿与人说，付出一切也只习惯默默无声，关心死生之巅的徒弟也只会在桥洞下暗暗地给淋雨的弟子开结界庇护……

墨燃越来越觉得，有些话，他就是应当与师尊宣之于口的，不该如前世一样被掩埋，淹没在滚滚岁月当中。

他不说，晚宁又怎么知道自己如今有多珍重多珍重他？

他只望把尘世间他能给予的宝贵事物都呈在他的师尊面前，包括他这一颗拳拳之心。

“师尊。”

“嗯？”

胸腔里热血涌动，激昂澎湃。他喉咙里很渴，盯着楚晚宁的时候，那双眼睛极亮。

御剑之上，天地之间，给了墨燃一种模糊的错觉。

好像他们俩在这个世上已不剩任何羁绊，过往的爱恨情仇也都没有发生，一切都像透过轻云洒落的月色一般恬静纯澈。

楚晚宁见他良久不作声，便回头，问他：“怎么了？”

墨燃没有答话，前世今生的种种错付、追悔、弥补、纠葛，都在他的脑海中一一闪过。这一刻他顿觉自己还能与楚晚宁在瀚海之上，明月之下这样御剑相伴，实是天地间最难能可贵的事情，哪怕棋差一步，眼前人或许都已不在他身边了。

他心如潮涌，不由自主地靠了过去。

然后，他忽然发觉，开了结界之后，楚晚宁虽然稍微缓过来一些了，但依旧抿着青白的嘴唇，脸色很差。他双手抱臂，细长的手指下意识地交叉握着胳膊，紧紧攥着冰凉的布料。

楚晚宁害怕的时候，抓的都不是别人，而是自己。

墨燃怔了一下。

而后，眼底的色彩化作了细碎的星星点点的光亮，犹如渔火，很温柔。

他嘴唇微抿起，带了柔软又苦涩的笑意，片刻之后，他不再犹豫，伸手触碰他寒凉的手背。

"你……"楚晚宁吃了一惊，苍白的脸上涌起一抹绯色，却低哑而警觉地，"干什么你？"

他想把手抽走，可是墨燃握住了，如同握住从前不可挽回的遗憾，如同握住余生不可再得的唯一。他握住了，就不肯再放掉。楚晚宁几乎没有和人握过手，尽管薛正雍啊、禄存长老啊总喜欢和人拉着手亲切地说话，但他们都碍于楚晚宁的威严，没有对他这样做过。这种感觉对他而言是很陌生的，他只觉得自己冻成冰的五指落进了一只极为温暖的大手里，从掌心到指尖，都被严丝合缝地裹住。

"别总靠着自己了。"墨燃说道，"我在这里，你可以靠着我。"

那样一双要人性命的漆黑双眼，庄严而郑重、温柔而真诚地凝视着他。楚晚宁的心跳刹那间如滂沱暴雨一般忐忑，点点滴滴敲在他的魂灵之间。

他不敢再去看墨燃的眼睛，猛地转开了脸，低下了头。

楚晚宁从来矜傲又从容，此刻却好像忽然踏进自己浑然不知的领地，身上的甲胄都被剥下，尖锐的指爪都被剪去。在墨燃突如其来的直白面前，楚晚宁惯用的拆招好像都无效了。

墨燃再也不允他回避，不允他掩藏住自己至善至热的心，他撬开了他的蚌壳，用直勾勾的眼神，望着里面莹白颤抖的肉。那含光的珍珠也好，柔软的蚌肉也罢，就都赤裸裸地露在了墨燃的眼皮底下。

这个骄矜又从容的人，就丢盔弃甲，忽然感到惶急又无措。

他从来没有这样接应过任何人，哪怕是徒弟的最炙热、最直白的真情。该说什么？

他……

他完全不知道该怎么办，又急又紧张，眼眶都有些红了。

墨燃眼神沉炽，盯着他良久，声音低沉沙哑道："楚晚宁……"

"你叫我什么？"

"是我言错……"

楚晚宁此刻的身子绷得比先前还紧了，心跳比初时御剑更快，他不习惯，太不习惯。

他努力拾掇自己的阵脚，堕入这深渊前，最后一次垂死挣扎。

他低垂着眼帘，说："嗯，知道自己言错，那也不是无药可……"

墨燃心很热，终于不假思索，脱口而出："晚宁。"

——救。

最后一个字，楚晚宁还没有来得及说出口。

再听到这一声带着叹息的温柔声音时，他脑中嗡嗡作响，霎时一片空白。

墨燃嗓音低哑，他凝视着他，心中如战鼓擂响怦怦不止："晚宁，其实这几天，我有些话，一直想问你。"

"……"

心烫得厉害，墨燃紧紧攥着楚晚宁的手，手指在发抖："不，我不问你了。"

楚晚宁才松一口气，却听得墨燃说了下一句。

"我什么都不问你了，我只想告诉你。"

墨燃斩钉截铁，永不回头。

终于一口气，倾尽了全部勇气——

"我不想你只是我的师尊。"

心脏在剧烈震颤着。

"晚宁……原谅我这样大逆不道地唤你的名字，因为我……我已不仅仅是把你当师尊在看，你是世上待我最好、最珍视我的人，是我的至亲。

"我孤独了许久，只能羡慕别人阖家团圆，有至亲至爱为伴，我原以为这世间不会再有一个人，能够那样地关心我、爱护我，在意我与他经历的一点一滴。我知道你天性内敛，凡事总爱默默付出，不愿旁人觉察……但我逐渐觉得，若是我始终不把一切与你剖白得清清楚楚，那会后悔一辈子的。

"我在乎你，不仅仅是徒弟对师尊的在乎，是……是我胆大包天，我……我……

"我心如君，匪石匪席，不可卷转。"

——晚宁，你知道吗，我已像你一样。我将像你一样，视你为天上地下四海列国再也不会遇见的至亲，独一无二。

这种感情早已逾过了师徒之情，如同我在失去母亲后，以为再也无法获得的深切羁绊。

它令我想亲昵地唤你的名字，想像你保护我一样保护着你，想永永远远地陪伴君侧，永志不改。

再也，不会改变。

楚晚宁愣了好久好久，他真的不知该说些什么，他心下大恸，全无章法。

怎么会……

怎么会……

他肯定是听错了，他那么难看，那么凶狠，那么不会说话，那么没有情趣，他一无是处糟糕透顶，注定孤独孑然一身。谁会愿意视他为至亲，不可替代的唯一羁绊？

僵了很长时间，楚晚宁才声音沙哑地、没头没脑地说了句："我脾气很差……"

"你对我很好。"

"我、我年纪太大了。"

"你看上去比我小。"

楚晚宁几乎有些急了，他茫然且无助地："我那么丑……"

这回轮到墨燃怔住，他睁大眼睛，凝视着面前那个俊美至极的男人。他不明白，为什么这样好看的人，竟会自惭形秽。

楚晚宁见他不吭声，心中更是慌乱空白，低头道："我是不合适的，尊主英武非凡，待你也善，你便说他是你的至亲，也是比我好的，比我更配。"

"……"

"我很不好，很不合适，最不合适。"

这样默默地念叨着，他听到墨燃的叹息，竟比今晚的月色更温柔："唉，你和我说的根本不是一回事……既然这样……师尊，你愿不愿意看一下我的眼睛？"

楚晚宁："你的眼睛？"

墨燃目光温润，倒映着一个白衣男人的身影，他说："看到了吗？那是世上最好看的人。"

楚晚宁瞪着他，虽然心绪已汹涌不已，但那张冰冻三尺非一日之寒的脸庞上并没有太多的表情。

他又轻声说："晚宁。"

楚晚宁似乎被刺了一下，手指颤抖，片刻之后，他蓦地低下头，"晚宁"二字像是一把尖刀，扎进他的心坎里。楚晚宁的眼眶红了，大概是一生中从未有人以这样的亲近平等而又热忱的语气唤过他的名字，他竟不知自己听到这简简单单两个字，会是这样的反应。他很着急，几乎都要急哭了，他说："我不好的。我没有……我没有和任何人这样相处过。"

我没有过一个真正的归处，没有一段深切的纠葛。

——从来没有人，会因为与我为亲，而感到开心，感到骄傲，感到珍贵。

三十二年了。

没有人真正同我为伴，与我为至亲至交。

墨燃听到这句话，看着眼前那个低着头，连脸都不愿意抬起来的男人，忽然觉得那么疼那么疼，疼得心脏皲裂，筋骨揉碎。

那是他的光明啊，却蒙尘了近乎半生。

他疼得不知该说什么好，不知该怎么说才好。

他不住地说："有的、有的。"

有人在乎你。我最在乎你。

你是有人要的，你有人要的，不要再那么自卑了，不要再那么傻，把最好最好的自己说得那样一文不值。傻瓜。

傻瓜楚晚宁。

我愿意为你的取暖之地，为你一生的归处啊，纵使你没有亲人，从此往后，也不会再孤独了。

过了好久，墨燃问他："那你呢？"

"什么……"

墨燃垂着眼帘，睫毛簌簌："我……我那么笨，那么不懂事，那么不靠谱，我……我还做过许多不能原谅的错事。"

他顿了顿，小声道："你会接受我吗？

"我……我能胆大妄为地猜想你是愿意的吗？我知道你待我最好，视我最珍，就像那个锦囊……"

楚晚宁原本已经把脸抬起来了，一听他这样说，蓦地对上那双柔黑的眼，竟又不知所措，别过脸去。

墨燃清清楚楚地看到楚晚宁的耳根红了，红到了花枝般秀丽的颈。

"那个锦囊……"

"别说。"楚晚宁忽然闷闷出声，这下是整个面庞都红了，"不许说。"

墨燃望着楚晚宁，瞳水里光影流动，月光萦绕流淌。

瀚海之上，月色之下，他们的身影交叠，似两个孤独的灵魂就此贴合，找到了归处。

墨燃明白，楚晚宁……也接受了他，接受了这一份比师徒之情更厚重的感情，答允了他从此私下可以唤他的名，如同亲眷，将为唯一。

历经生离死别，走遍四海人间。

这一刻，他终于知晓了。

师尊，何以辜负卿

对于楚晚宁而言，这是第一次与一个人这般相处。

他从来都高高在上，孑然一身，从未有过如寻常人一般的亲近关系。此时他觉得够了，甚至觉得上天给予他的太多了，多到令他无所适从，不知如何应对。

当天他们从剑上落地，楚晚宁二话不说转身就跑，跑了两步，觉得步伐趋急，又慢下来。

慢下来走了没两步，听到墨燃在身后跟着他，他惶急之下，便又开始疾走。

"……"

墨燃看着他大步流星，心里又痒又疼，又热又软。

眼见着楚晚宁埋头走向一棵大树，墨燃立刻道："小心！"

"砰！"

还是撞了个正着。

他忙过去，问："疼吗？让我看看。"

楚晚宁捂着额头没吭声，过了一会儿，又往前走。

墨燃想跟，结果听他说了句："你别跟着我。"

"我……我也要回去休息啊。"

"你先站着吹一会儿风，吹凉了再进来。"

吹凉了？墨燃笑了，怎么吹凉？

与你倾诉所想，这一夜，心都是暖的。

但他还是听话，没有继续跟着。他站在清冷的月色下，目送着楚晚宁走远，直至消失在墙垣后不见，而后走到那棵楚晚宁不慎撞过的树前，静了一会儿，把额头贴在树干上。

树痂粗糙，他闭上双眼。

楚晚宁……

愿意为他至亲，愿意让他称呼自己为"晚宁"。

飞花流水，孤岛如春。

皓月当空，清云蔽日。

潮汐暗涌，水天一色。

人间再好，都比不过一句“晚宁”。

饶是他言辞匮乏，资质愚笨，这一刻亦是心潮澎湃，文思如泉涌。

他以额头碾着树皮，想要镇定……

不行，做不到。

他再也镇定不了，忍不住，凉不下来，他闭着的双目在微微颤抖，睫毛间隙里浸着柔情与狂喜，他的嘴角卷起，脸颊边的酒窝越来越深，盛载着的蜜意越溢越多。

楚晚宁接受了他的请求。

——接受了他。

是……是他最在意的那个人，是世上最好的那个人，是他余生都想要保护的那个人，是楚晚宁……是楚晚宁……

堂堂前踏仙君，现修真界墨宗师，居然就在这荒蛮无人烟的洁白沙地中，抵着一棵枝叶瑟瑟的大树，闭着眼低着头，肩膀微颤，笑出声来。

因为楚晚宁接受了他，所以他闻到的风都是甜的，听到的涛声都是甜的。

他低眸笑着，可是笑着笑着，却哭了。

他像个疯子一般咧着嘴，流着眼泪，好甜，可是心却好痛。

楚晚宁……

待他那么好。

无论经历过什么，都像没有丢弃掉那个锦囊一样放弃他。

一直在守护着他……

他忽然想知道，是从什么时候起，楚晚宁就一直站在自己身后，默默地陪着，默默地等着，等他浪子回头，等他转身伸手，等他重归那一颗少年之心。

楚晚宁，等了多久？

这一世，上一世。

叠在一起，二十年？

比二十年更久。

他是尘烟看透的墨微雨，知道这世上无价的便是岁月。

权势之下，翻手为云，覆手为雨，珍玩宝藏、佳人蜜语都会源源不断地涌来，唯有岁月，逝者如川，再不可追。

一个人，愿意用万两黄金换你，那是有所图。

一个人，愿意用前程似锦换你，那是因为爱。

而一个人，愿意用二十年的年华，最好的岁月来渡你，来等你……

且不吭声，不求回报，也不求结果……

那是因为傻。

真的、真的太傻了。

墨燃喉头凝涩，苦意漫上舌根，汹涌成潮，他想——

楚晚宁，你真的……太傻了。

为何如此？怎能如此？

我墨微雨何德何能……能让你如此。

你是世上最好的人，而我呢？

满手血腥，死不足惜，万人唾骂，永世不得超生。

我欺负你，憎恨你，辜负你，我害死了你。

你根本不知道我都做过些什么……

你根本就都不知道！

墨燃抱着那棵树，哽咽的声音落入呼啸的海风里。他都做了什么……

今生的金成池，前世的巫山殿……

他拿刀子割楚晚宁的心！

可是楚晚宁呢？

沉默得像磐石，江流石不转，刀子戳在心里，他也和没事人一样，照顾他，宽容他，陪伴他。

直到死。

——直到死。

他大笑，他痛哭，水天月色里只有他一个人，没有人看得到，他趋于疯狂。

踏仙君……墨微雨……都……做了什么……

都做了什么！

是瞎了，还是智昏？

何以窥不破，何以辜负卿？

楚晚宁躺在床上，帷帐已经放落，他隔着烟霭般层峦叠嶂的虚影，看着帐外的灯火。

他的脸很烫，心跳很快，思绪却凝住了，流得很慢。

比起外头那个因为魂灵罪恶，而无法体会到纯粹甜蜜的人，楚晚宁显得那么简单、干净。

他将五指伸开，展在眼前，愣怔地回想着刚才发生的事情。这只手已经许久没有感受过旁人的温暖了，等回神时，他发现自己已用一只手覆上了另一只手，犹在借此回忆那种陌生的温度。

“吱呀。”

就在这时，门忽然被推开，卷入的夜风激得床帐飘动。

楚晚宁猛地翻了个身，阖眸装睡。他听到男人走进房间，走到床前，高大的身影遮住了微弱的烛火，即使隔着帘子，也能感到光线骤暗。墨燃的影子投在床上，压迫着他，令他有些喘不过气来。

“师尊，你已经睡着了？”

墨燃的声音很温柔，不知为什么，带着些沙哑，好像浸了海水般苦咸。

楚晚宁不答。

墨燃就在原处立了一会儿，而后窸窸窣窣地，似乎是怕吵醒楚晚宁，便又在昨天睡的地方，规规矩矩，老老实实地给自己打了个地铺，再吹灭了烛火。

屋内霎时陷入一片黑暗，甚至因为没了那堆满屋的灵蝶和海棠，这黑比昨晚更深邃。

他和衣躺下。

楚晚宁松了口气，但这一口气还未完全松开，就听得墨燃又从地上起来。而后，床帐轻动，他撩开了他的床帐。

楚晚宁的心提到了嗓子眼，他一动不动，依旧是蜷缩着睡熟的模样，还尽力调匀自己的呼吸，希望不被对方发觉丝毫异样。

今晚的事发生得太超乎他游刃有余的范畴了，他仍然不知该如何面对。

可是，不知道是不是因为感受到了他细微的战栗，还是因为听到了他不争气的加速心跳，墨燃安静地站了一会儿，然后俯身——

俯得有些低，楚晚宁几乎能感受到他的气息，炽热的胸膛好像就要压下来。

那个人就这样低低地看了他一会儿，将他鬓边的一缕碎发捋到耳后，而后被褥窸窣，帮他盖好了暖被。

夜很黑，楚晚宁忍不住扑簌颤动的睫毛没有被墨燃看到。

也正因夜很黑，所以楚晚宁也没有觉察到，在那个青年倾身照料他时，竟有一滴温热的泪水从脸颊滑落，无声无息地，洇到枕被之间……

师尊的回忆

第二日清晨，楚晚宁很早就醒了。

但他没有起床，因为他从帘子里悄悄往外看出去，发现墨燃还在睡，简单的地铺，紧挨着床沿。

隔着帘子看得不那么真切，清曦透过窗户纸洒落进来，红彤彤带点金色的光芒，被裁成狭长剪影，照在墨燃英俊的脸庞上。

楚晚宁很久没有看过他的睡颜了，他安静地瞧着，瞧得很仔细，凝视的时间很长。

长到让他不由自主地想起了墨燃刚被薛正雍带回死生之巅的那一年。有些腼腆的少年，开心时却能迸发出火一般的灿烂热烈，没事就爱黏着自己，说什么也要拜自己为师。

赶都赶不走。

通天塔前一见，楚晚宁执意不收徒，因为觉得“他瞧起来最温柔，我最喜欢”这句话简直荒谬，不可信。

为此，他晾了墨微雨十四天。

听人说，墨微雨为了拜入他门下，想办法询问了薛正雍、王夫人、师明净，还有薛子明。

最后也不知道谁给他出的馊主意，让他学程门立雪，站在红莲水榭外头等人。早上楚晚宁出门了，就问安，求拜师，晚上楚晚宁回去了，继续问安，求拜师，如此风雨无阻，滴水也能穿石。

楚晚宁对此行径的反应是：呵。

他视若无睹，走了。

他不喜欢被别人这样激烈地追逐，他这个人，自己感情寡淡，便也只愿意应对那些同样平和寡淡的情绪。

不知是不是自幼所处的环境所致，少年很会察言观色，大约是感受到了楚晚宁的冷意，他只死缠烂打了两天，就没有再追着楚晚宁央求拜师。

但他每天照例还是来红莲水榭，替楚晚宁把院门前的枯枝落叶都清扫干净了，看楚晚宁出来，就杵着扫帚，挠着头，笑道：“玉衡长老。”

晨曦里不说早起，薄暮里也不问安好。

就那么简简单单的一句“玉衡长老”，然后他只是笑。

楚晚宁不看他，自顾自地走掉，他也不恼，在他身后，哗哗地扫着落叶。

这样相安无事地过了十天，有一日清晨，大约因为红莲水榭的荷花一夜之间开了十余朵，香气馥郁，让楚晚宁心情极好。

他推门而出，见到绵延曲折的清幽山径上，少年墨燃正低着头，专心致志地拾级而上，扫着叶片，有一片叶子大约是卡进了石缝里，格外难清理，他便俯身去拾，准备丢到草丛中。

抬头的一瞬间发现了楚晚宁站在山门前，他愣了一下，随即咧嘴笑了，卷了半袖的胳膊露在外头，他举着还没有来得及扔掉的枯叶，朝楚晚宁挥手——

“玉衡长老。”

声音很清澈，带着鲜果清甜，明明不响，却好像在峰峦之间弥久回荡，一片皓白浮云流淌而去，阳光自云端倾泻而下，穿林透叶，竹林间起风了，瑟瑟萧萧。

楚晚宁于原处站了一会儿，瞳仁被忽然耀眼的晨光浸成了琥珀色，他微微眯起眼，一瞬间竟觉得少年手中的枯叶似乎也不再那样死气沉沉了，变得和那个灿烂笑着的人一般绚烂夺目，流光溢彩。

他不动声色地走下石阶。

墨燃早已习惯了他的冷淡，也不以为意，只如往常一样，自觉地立到了一边，等着楚晚宁过去。

那天，楚晚宁一级台阶一级台阶从容而下，也如往常一样，走过墨燃的身边。

然后，他忽然微微侧过脸，瞥了少年一眼，声音清冽如泉，沉静如湖。

他说：“多谢。”

墨燃愣了一下，随即眼睛就亮了，忙摆手说：“不用、不用，都是弟子应当做的。”

楚晚宁道：“我没打算收你当徒弟……”

但语气神态，都不再如初时坚决。

他说完之后就转过身，继续往前走，末了却又不知为何，大约是觉得于心不忍，又回头看了墨燃一眼。

结果他看到那个少年居然丝毫不觉得心堵，竟拄着扫帚兴奋地在原地跳了几下，那张年轻的脸上满是蓬勃朝气，散发着无尽的光和热。

——原来这家伙根本没有在意后半句，只听到了一句“多谢”，就开心成这样了吗？

又这样过了几日，有一日，下雨了。

雨不算太大，楚晚宁从来都是个懒得拿伞也难得开结界的人，估摸着走到善恶台也不过一炷香的时间，淋湿了也没关系，到时候用法术蒸干就好。

他推门出去。墨燃还在。

不过他今天倒是没有在扫地，扫帚被他搁在了一边，他撑着一把油纸伞，蹲在地上，背对着楚晚宁，正全神贯注地捣鼓着个什么东西，一侧肩膀微微耸动着，他身子矮小，蹲着就更小，伞又大，还是深褐色的，瞧上去很是好笑，就像一朵春雨里冒出的蘑菇。

楚晚宁忍着淡淡的笑意，走到他身后，轻咳一声，问："在做什么？"

"啊。"少年吃了一惊，回过头来，仰头看着他。

第一句话是"玉衡长老"。

还没等楚晚宁应声，他睁大了眼睛，就说了第二句话："你怎么没打伞？"

还没等楚晚宁回答，他就站起来，踮起脚尖，努力把手中的油纸伞举高，说了第三句话："这个给你。"

但他还是太矮了，站的台阶又比楚晚宁低一级，很努力了，伞才勉强遮住楚晚宁的头顶，但力道又没稳，风一吹，手没拿住，伞瞬间倾斜，成串的水珠统统落进了楚晚宁的衣领，顺着脖子流进去。

于是，还没等楚晚宁作声，墨燃又火急火燎地忙着说："对不起、对不起！"

楚晚宁："……"

墨燃说第一句的时候，他可以答："嗯。"

墨燃说第二句的时候，他可以答："不需要。"

墨燃说第三句的时候，他可以答："你自己留着。"

但墨燃说了第四句，一迭声的"对不起"，楚晚宁都有些无言以对了，垂着眸，看不出神情究竟是寡淡还是阴郁。最后他只是叹了口气，接过了墨燃手里的伞，端端正正地打在了二人头顶。

他抬起眼皮看了看墨燃，想了片刻，又绕回了最初的那句话。

"你在做什么？"

"救蚯蚓。"

楚晚宁以为自己听错了，皱了皱眉头，问："什么？"

墨燃笑了，酒窝深深，很是可爱，他有些赧然地挠了挠头，磕磕巴巴："救……救蚯蚓。"

楚晚宁垂下眼帘，目光落在墨燃垂着的那只手上，那只手里握着一根树枝，滴滴答答往下落着水，应当是从地上拾起来的。他再往前看，石阶上果然有一只蠢笨的蚯蚓在水潭子里躺着，慢慢地蠕动。

“等雨停了，这些从泥土里跑出来的蚯蚓就该晒成蚯蚓干了。”墨燃有些不好意思，“所以我想把它们都弄回草丛里。”

楚晚宁淡淡问：“用树枝？”

“嗯……”

瞧见对方面色清冷，墨燃大约是担心被玉衡长老看不起，便急着道：“我、我倒不是怕用手，就是小时候阿娘跟我说过，蚯蚓不能用手捉，会烂皮烂肉……”

楚晚宁摇了摇头：“我不是在说这个。”

他言毕，微微抬手，指尖凌空一点，只见一道细软的金色柳枝竟从青石长阶的缝隙里钻出来，柳枝裹住那条在水潭里躺着的蚯蚓，将它托着放回了附近的草丛中。墨燃睁大眼睛，很是吃惊：“这是什么？”

“天问。”

“天问是什么？”

楚晚宁乜了他一眼，说道：“是我的武器。”

墨燃显得更惊讶了：“长老的武器……这么……这么……”

“这么小？”楚晚宁替他把话说了出口。

墨燃：“嘿嘿。”

楚晚宁一拂衣袖，神情漠然：“它自然有凶狠的时候。”

“那，我能看看吗？”

“最好永远别瞧见。”

当时的墨燃还没有明白过来楚晚宁说这句话的意思，他转头又去瞧着柳藤从石阶的各个裂缝里探头，将那些糊里糊涂浸泡在雨水里的蚯蚓全都卷着，送回到湿润的泥土中，渐渐露出了羡慕的神色。

楚晚宁忽然问：“想学吗？”

墨燃愣怔，随即蓦地睁大眼睛，惊喜得不知该说什么才好，最后只会连连点头，一张俊俏的小脸涨得通红。

楚晚宁道：“明日晨修后，去善恶台后面的竹林，我在那里等你。”

他说完，洁白丝履踩在潮湿的石阶上，他执着油纸伞，径自往山下走去，墨燃愣愣瞧着他衣袂如风的飘然背影，半晌之后，猛地反应过来楚晚宁的言下之意，刹那间脸涨得更红了，眼睛亮得出奇。

墨燃再也顾不得地面潮湿，立即跪下叩首，尚稚嫩的嗓音里尽是热切与欣喜。

“是，师尊！”

“……”这次楚晚宁没有赞同，也没有阻止，只在原地站了片刻，而后继续行远，雨点敲在伞面，点点滴滴，犹如箜篌一阕。

直到他的背影消失不见，墨燃才从地上站起，也直到这个时候，他才发觉，自己的头顶不知什么时候已撑开了一道金色的半透明屏障，流淌着五瓣花影，替他遮去了细密的风雨。

楚晚宁记得当年薛正雍得知他的决定时，又是宽慰又是意外，问了他一句："玉衡，你怎么就愿意收他了？"

那时候，自己坐在善恶台的高座上，手里仍捏着墨燃给他的那把油纸伞，细长指节若有若无，磨蹭过古拙的伞柄，最后淡淡说了句："方便他救蚯蚓。"

薛正雍"啊"了一声，豹目睁得溜圆，倒有些像猫。

"救什么？"

楚晚宁没有再答话，只是垂望着青竹伞骨的眼眸里，逐渐有了一点点笑意。

转眼，都过去这么久了。

他当年收为弟子的那个少年，初时淳质，后行歧路，但幸好，到头来，少年还是长成了一个端端正正的仙君，没有叫他失望。

一点藕白色的指尖探出床帐，楚晚宁从熹微的缝隙里，凝神瞧着墨燃的睡颜。

那个少年如今已是个既英俊又挺拔的男子，五官比从前更加深刻分明，眉眼之间尽是稳重成熟的气息。

只是和当初一样，墨燃睡着的时候，眉心总会微微蹙着，他打小就是这样，两排睫羽垂得很低，仿佛快要被沉甸甸的心事压得再也不能抬起。

楚晚宁觉得有些好笑，心道这人年纪轻轻，哪里来的那么多愁绪忧思？

正这么想着，忽见得墨燃卷翘的长睫毛微微一动，眼睛缓缓睁开。

"……"

楚晚宁的手指立时一僵，想将手收回来，装睡。

可是墨燃这个人很奇怪，他不太有年轻人的起床气，反而倒有些上了年纪的人才有的做派，换句话说，他清醒得很快。

而且莫名其妙地，他似乎对睡眠环境周遭的细微变化，有着极为敏锐的直觉——好像常年都面临暗杀危险，一步一移，如履薄冰。

楚晚宁还没有来得及把指尖从帐子缝隙里抽回去，墨燃的视线就已经准确地落在了那一点指尖上。

楚晚宁："……"

事关玉衡长老的脸皮和清誉，千钧一发之际，楚晚宁灵机一动，干脆翻了个身，整个手都伸出床帐，懒懒散散地垂在了床榻边。

这样看起来，刚刚就全然不是在偷掀帘子了，而是睡熟的人翻了个身，手臂伸展，无意间探出了床帐。

墨燃哪里能想得到严肃死板的楚晚宁能想到这种主意，轻易就被蒙混了过去，他怕吵醒楚晚宁，于是轻手轻脚地起身。

但他没有马上走，而是捉起了楚晚宁露在外头的手腕，小心翼翼搁回了被褥之中。做完这些，过了一会儿，楚晚宁才听到门扉“吱呀”被推开的声响。

墨燃出去了。

楚晚宁微微舒展眼眸，看着门外透进来的朦胧天光，兀自出了很久的神。

师尊的小烛龙

当劫火终于熄灭，一行人准备御剑离开时，楚晚宁想看看自己近期御剑练习的成果，并不打算再坐墨燃的佩剑。

当然，勉强能在二十尺低空飞行的玉衡长老也没有打算踩着怀沙穿越浩瀚大海，所以当众人站在怪石嶙峋的滩涂，一一被墨燃拉上变大的长剑时，楚晚宁掏出了自己的升龙符。

指尖滴血，点于龙鳞之上，那条聒噪的小纸龙便又忽地从画面活了过来，腾空而起，翻了好几个筋斗，继而绕着主人哇哇大喊起来。

“哎呀，楚晚宁，多年不见，甚是想念，这次你又求本座帮你做什么事呀？”

“载我去对岸。”

“呔！本座乃是开天辟地鸿蒙初始的第一真君衔烛之龙，怎可做那骡马驴子的活儿，不载、不载！”

众目睽睽之下，这条只有手掌大的小纸龙摇头摆尾吱吱嘎嘎，身躯虽薄弱，嗓门却洪亮。有小孩子听着它的话，忍不住笑出声来。

楚晚宁的脸色沉郁了不少，抬起手掌，倏地燃了一丛金色的火焰，声音低沉道：“不载便烧。”

小龙气得仰倒，径直摔在了沙滩上，张牙舞爪，吹须瞪眼：“哪有你这样的，凶悍不讲理，薄情又无耻，难怪这么多年每次看到你，你都是一个人！”

墨燃闻言回头，似乎想说什么，但想了想，周围人那么多，楚晚宁又要面子，所以还是没有说出口，只是笑着摇了摇头。

楚晚宁怒道：“就你话多！”

说着他一挥手掌，掌心中的火团径直朝着地上的小龙甩去，但他也不是真的想烧它，火球声势浩大，却擦着龙须落在滩涂礁石上，小龙吓得哇地大叫一声蹿天而去，嗷嗷直转，胖爪子拍着自己的胡须。

“本座的尾巴呢？本座的须须呢？本座……本座的脑袋呢？还在吗？还在吗？！”

“再啰唆就不在了。”楚晚宁咬牙切齿道，掌中又聚起嗞嗞作响的金色光华，

"变大。"

"嗷呜呜呜呜……"小龙半真半假地号啕了半天，正拿爪子凄凄切切地弹挥着并不存在的泪水，绿豆眼却忽地瞥到了楚晚宁刺刀般雪亮的眼神，不由得一个寒噤，呜呜呜的余音，便骤然以一声滑稽的"嗝"收尾。

它软绵绵地从地上爬起来，这回可真像一条纸龙了，浑身无骨，虬髯耷拉，它又打了个嗝，委屈兮兮地说："就这一次，下不为例。"

"依你。"

反正上回乘它的时候，它也是这么说的。

纸龙便抻开四足，似乎在舒展筋骨，而后它喉咙间发出尖锐的鸣叫声，一道金光从它幼嫩单薄的躯壳内蓦地溢散出来，向周遭散去，那金光越来越强，最后将纸龙吞噬殆尽。

"吼——"

陡然间，纸龙喉间尖厉细小的鸣音忽地转成雄浑可怖的怒嗥咆哮，刹那间那团金光闪过紫电雷鸣，周遭狂风乍起，海岸惊涛翻涌，众人都被刺得睁不开眼来，纷纷或是低头，或是以袖遮脸。

楚晚宁眯着眼睛，长马尾和宽大衣袍都被劲风吹得猎猎振拂。待金光熄灭，众人环顾，却见方才那条小龙已经不见了，海滩上静悄悄的，什么都没有。

"咦？不见了？"

有胆大的小孩子脆生生地惊讶道，但话音未落，就听得头顶上端传来响遏行云、声震九霄的嗥吼，怒海翻腾，风云激荡。

众人惊愕惶恐地仰起头，几许寂静，忽然浓重的云层后冲出一条威风巨龙，它怒目圆睁，指爪遒劲，仅是龙须便有百年树木那般粗壮。它在云间翻滚盘旋，虎虎生风，忽地它向上一仰，而后猛地向地面俯冲——

罡风四起！

"呀！"

"阿爹！"

失去了双亲的孩子被吓到了，还是习惯性地哭喊着叫爹爹，墨燃忙将他抱起，轻声安抚。

楚晚宁大概没有想到自己又吓到了小孩，愣了一下，见那巨龙一冲而下，立时道："你慢些。"

"嗷？"

硕大无朋的巨龙闻言，居然发出了一声透着呆气的哼哼，而后砰的一声落在了石滩上，慢慢地垂下了身子。

这巨龙庞大，坐在它身上便和坐在陆地上没有太多不同，也难怪楚晚宁不喜欢御剑，却愿意乘龙高飞。

墨燃有意让楚晚宁自在一些，便逗怀中的孩子："你要不要跟那个哥哥一起坐这条衔烛之龙？"

那孩子却不愿意，把脸埋在了墨燃肩头，小声说："悄悄告诉你，我不喜欢他……"

墨燃也和他说："悄悄告诉你，你不喜欢他，肯定有人喜欢他。"

"啊？"小孩愣了一下，但毕竟纯洁天真，又悄悄问，"谁呀？"

墨燃又逗他："不告诉你。"

"你们在说什么？还走不走了？"楚晚宁并不打算与众人同乘，便淡淡看了他们一眼，而后御龙腾起，刹那间升上百尺高空，消失在云中。

由于剑上带人，不能飞得太快，到了傍晚时分，他们才抵达蜀中无常镇，楚晚宁比他们先行降落，跟镇中几家大户打了招呼。无常镇是最受死生之巅照拂的城镇，只要仙君开口，他们都会尽力照做。

从沂州带来的那些灾民，都被几位大户主领了回去照顾，墨燃抱着的那个孩子临走时还依依不舍地回头和他挥手。

"恩公哥哥，以后见。"

"嗯，以后见。"墨燃笑道，站在余晖里，目送着他们走远。

楚晚宁厌烦这种别离之景，原地站了一会儿，转身就走。墨燃忙跟了过去，与他一同走回门派。

两个人默不作声地走到山门石阶前，一步一步拾级而上，树影摇曳，暮色昏黄。墨燃想起了楚晚宁曾在灵力耗尽时，背着重伤昏迷的自己匍匐着爬回山巅，再看他如今还能好好地站在自己身边，与自己同归，不由得百感交集。

漫漫长阶，他渴望这条路长一些，好让他能陪伴着他一起走，久一点，再久一点。

遥遥长阶，他又渴望这条路短一些，若是能短一些，当年背着自己回家的楚晚宁受的苦，是不是就能少一点，再少一点？

就这样一路到山巅，巍峨山门已清晰可见。

忽然，一个披着白色银狐斗篷的颀长身影自婆娑树影里出现，两人还未看清，就听得那人唤了一声。

"师尊？！"

楚晚宁微惊，站定脚步，抬起了头。

师昧自高几级的台阶走下，余晖下一张脸清若芙蕖，明艳鲜丽，那灼灼光彩照得漫天红霞都黯然失色。他当真是俊美极了。

师昧显得很惊喜，笑道："太好了！你们总算回来了！"

墨燃没有料到会忽然遇上他，有些惊讶，便问：“师昧是要出门吗？”

“嗯，我正要下山去替尊主买些东西，没想到先见着师尊和阿燃。几天前尊主收到了师尊的传信海棠，但没见着人，总归放心不下……”

楚晚宁说：“我与墨燃均无恙。派中其他人呢？”

“都没什么事。”师昧道，“少主虽然受了黑子摆布，但所幸控制时辰不长，未损心脉。这几日由贪狼长老悉心医治，今晨已能下床走动了。”

楚晚宁叹道：“那就好。”

师昧笑了笑，看了墨燃一眼，而后温柔地垂落眼帘，作揖道：“虽然很想多聊一会儿，但孤月夜送来的药材，若是再不去取，就该让送药的人久等了。我得先行一步，师尊、阿燃，晚上见。”

“嗯，你去吧。”楚晚宁道，“回头再说。”

两人前后到了丹心殿外，一推门，却被眼前的情形震了一下，均是无言。

只见死生之巅的主殿里头，密密麻麻摆满了金银绸缎、宝树珊瑚、法器灵石，从尽头高座一路铺到门口，以至于楚晚宁连大门都只能推开一半，还有一半已经被一堆闪闪发亮的炼器晶石挡住了，动弹不得。有这些东西也就算了，不知什么古怪的原因，殿中居然还立着三十余个惴惴不安的绝色美女。

而薛正雍呢，正哭笑不得地在跟一个身穿淡红色衣衫的火凰阁弟子说理。

“不行，这个真的不行，其他可以收，这些歌姬还是请你带回去，退还给阁主。我们这里真的不听小曲儿，也不爱看跳舞，谢了谢了。”

墨燃跟着楚晚宁走进去，那三十几个姑娘就站在门边，立时就有一股浓重的脂粉香气扑鼻而来，他本就对调配出的香气敏感，没忍住，登时“阿嚏阿嚏”打了四五个喷嚏。

薛正雍忙回头，见到两人，登时大喜。

“阿燃，玉衡！你们可算回来了！快、快帮我来劝劝这位……呃……这位使者。”

楚晚宁微微扬起眉毛：“什么使者？”

未等薛正雍答话，那弟子便满面堆笑，回过头来，热切地说道：“在下火凰阁大弟子，奉阁主命令，特来与死生之巅结盟的。”

楚晚宁：“……”

结盟这种事情当然不可能轻率，三个人合力劝了那人半天，才把人给送走，薛正雍看着使者远去的背影，重重地叹了口气，擦着额头上的细汗：“你们知道吗？这些天上修界的大小门派来了好多人，都说要和死生之巅修好。我这些年与他们交集不多，以往愿意搭理咱们的，也就是昆仑踏雪宫，这一回三个五个的全都挤过来送礼，突然变得那么热情，我都不知道该怎么应对。”

楚晚宁闻言蹙眉，问道：“这段时日，上修界什么情况？”

薛正雍嗟叹："三十年河东，三十年河西了。"

"怎么说？"

"乱套啦。"薛正雍说，"徐霜林那个疯子，回忆卷轴爆出了那么多恩恩怨怨，即便知道这是他的复仇之心在作祟，可那又能改变什么呢？儒风门自是不用多说，江东堂已经四分五裂，孤月夜和踏雪宫彻底交恶，如今是仇人见面分外眼红，还有无悲寺……"

他说到这里，猛地想起怀罪大师是楚晚宁的师尊，不由得住了嘴。

楚晚宁却只是淡淡地道："无悲寺空门净地，前住持却卷入儒风门立嗣之争，且用心险恶，自然也已声名扫地。"

"嗯……"

听他这样不留情面地说自己的师门，薛正雍和墨燃都下意识有些困惑地看着他。

楚晚宁抿唇不再言语，过了一会儿，才又问："南宫驷呢？"

"不知道，劫火熄灭后就没有听到过他和叶公……叶姑娘的消息了。"

墨燃闻言，不由得低低"啊"了一声，面露忧色。

难道两世了，这两个纯善君子，仍是得不到善终吗？

见他神情有异，目光晦暗，薛正雍转头看他："燃儿怎么了？"

墨燃无法说实话，只得道："我是在想，徐霜林如今行踪未定，他二人与其瓜葛颇深，担心会受牵连。"

"你也别太挂怀，所有门派都已经派人在彻查修真界一切异样的法术源泉了。"薛正雍道，"除非南宫絮接下来没有大动作，不然的话，必会被找到行踪。南宫公子和叶姑娘或许是暂困山林，不便与外头联系而已。"

墨燃道："嗯，但愿如此。"

他们又继续问了这几天发生的变数，薛正雍虽得海棠传信，知道楚晚宁他们先前在飞花岛度日，但也有些不清楚的后续，所以也反过来问了他们一些近况，聊了半个多时辰，这才因为各自有事要处理，便散了。

既然回了死生之巅，当晚忙完了事务，楚晚宁便去孟婆堂吃饭。

他推开红莲水榭的门，忽见得竹叶萧瑟的山径小路，青石长阶上，安静地立着一个人。

听到动静，那人回过头来，万丈霞光在他身后肆无忌惮地晕染泼墨，将他英俊的脸颊描上一层金边。

墨燃笑着对楚晚宁说："师尊。"

楚晚宁洁白丝履微顿，记忆忽然重叠，他好像又看到了墨燃第一年来死生之巅时，每日站在自己门前，目送自己出门，等待自己归来。

只不过，少年不复，当年的玉衡长老，也早已成了他口中唤了千万遍的师尊。

“你在这里做什么？”

“等着跟你一起吃饭。”

楚晚宁的目光落到他手中拎着的一个食盒上，他说道：“我今天想去孟婆堂，好久没去了，不想待在水榭里进食。”

墨燃微怔，而后明白过来，笑了：“师尊误会，这个食盒是空的，我刚刚去给薛蒙送了些饭，他胃口不好，我借了个小灶，给他煮了一碗挂面。”

没有想到墨燃居然会给薛蒙送吃的，在楚晚宁记忆里，这两个人素来不睦。虽然是堂兄弟，但凑一起没一炷香的工夫就能斗得你死我活。

也不知道从什么时候起，也许是五年沉睡错过太多，又或许是墨燃和薛蒙的年岁都已渐长，总而言之，在当师父的没有发觉的时候，这两人早已冰释前嫌，关系渐趋缓和。

如今虽离兄友弟恭相去甚远，但至少薛蒙捏泥人，会记得捏一只丑巴巴的墨燃，而墨燃也会在薛蒙病的时候，亲手煮一碗挂面，送到他的榻边。

楚晚宁叹了口气：“他怎么样？我之前去瞧他的时候，他还在睡。”

“这会儿已经醒了，吃了面，又想出来走走，好不容易才被我劝回去躺着。”墨燃道，“珍珑棋局不比其他，中了黑子的人，哪怕被控不深，也当好好休息一段时日。”

“嗯。”

楚晚宁虽应着，心里却有些疑虑。

——这轻描淡写的一句话，说者无意，听者有心，他忽然隐约觉得有哪里不太舒服，好像墨燃对于珍珑棋子的损耗利弊过于清楚，过于淡然了。

“师尊？”

楚晚宁回过神来，墨燃笑着问：“在想什么？”

“没什么……”应当是自己多虑了吧，墨燃如今好歹也是宗师了，对禁术有所了解，也不算奇怪。

他岔开话题，说道：“去哪里吃？我不想到外面。”

“我也没有想去外面吃啊。”墨燃揉了揉鼻子，低笑道，声音温雅，“只是想和你一起，去哪里吃都可以。”

楚晚宁虽然仍因两人如今的关系变化而感到有些不适应，却也想不出任何理由拒绝墨燃，于是最终与墨燃一起，来到了热热闹闹的饭堂。

一顿饭客客气气吃到尾声，楚晚宁起身欲将托盘收走，墨燃却唤住他：“师尊，等一下。”

"怎么了？"

墨燃伸出手，指腹将要触上楚晚宁脸庞的瞬间，却停住了。

他收回手来，在自己嘴角点了点，笑道："你这里，有一粒米。"

"……"

楚晚宁在原处僵了一会儿，而后放下托盘，仿佛十分镇定地用手帕把米粒擦了，而后抿了抿唇，低声道："还有吗？"

墨燃笑着说："没了，很干净。"

楚晚宁既羞恼又尴尬，端起托盘飞速逃离了饭堂。

师尊，我戒辣了

有一天晨修，薛蒙趁着周围没人，压低声音喊住墨燃："喂，我问你个事儿。"

"什么事？"

"师尊是不是生病了？"

墨燃吃了一惊："怎么这么说？师尊哪里有恙？我怎么不知道？"

"你不知道？"薛蒙摸了摸自己的下巴，"奇怪了，那你怎么最近总是看他，还一副关怀备至的样子。"

听薛蒙这样一说，墨燃算是明白过来了，轻咳一声，垂眸道："你想什么呢，别咒师尊。"

"我没有咒他啊。"薛蒙顿了顿，又喃喃道，"那你老盯着他做什么？"

"你看错了。"

"我又不瞎。"

"你瞎。"

"我瞎？那你是狗！"

两个二十多岁的大男人正幼稚地争执着，高台上楚晚宁听到这边有异动，清清冷冷看了下来，两人便蓦地闭嘴了，各自低头誊抄背诵着手下的草药卷宗，只是胳膊肘还抵在一处暗暗相互较劲。墨燃和他抵了一会儿，倏忽放松了力道，毫无征兆地把手抽开。

薛蒙用力过猛，陡然失去了墨燃那边的阻碍，居然直接就哐当一声栽倒在了墨燃身上。

墨燃拍腿大笑："哈哈哈。"

薛蒙怒极，也没管周遭安静氛围，大着嗓门道："你不要脸！你阴我！"

"墨微雨，薛子明。"眼见着自己徒弟又要丢人现眼，楚晚宁有些怒，抬起凤眼，蹙着剑眉，低沉道，"要吵架外头去，别在这里扰众人清修。"

"是，师尊。"墨燃立刻稳重了。

薛蒙也不情不愿地住了口。但他还是气呼呼的，觉得自己刚才那一摔有点儿跌面子，想了想，"刺啦"裁了一小片纸，在上面写了几个大字，团起来，朝墨燃桌上丢去。

"啪嗒。"

没想到纸团丢过了头，一只纤细白腻的手将它从摊开的书页上拾起来，师昧疑惑不解地将这皱巴巴的纸张展开，看了一眼上头写的字。

"你就是盯着了！你是不是有什么企图？是不是想要师尊传你独门心法？"

字下面还画了一只狗，重重打了个黑色的叉。

师昧："……"

待晨修散后，薛正雍找到了楚晚宁，说是沂州那边几经查探，确定因劫火一事，五年之内都不能再住人，所以从上修界带来的那批流民，如今都需要安置于死生之巅的领辖村镇内。

"我带回的那些，已经着手让人帮忙在无常镇、丰禾镇、白水村安顿了，还有你和阿燃带回来的那些。"薛正雍说，"无常镇塞不下那么多人常住，还是带一半去玉凉村吧，那里也缺年轻人。"

楚晚宁道："确实是放在玉凉村比较合适。"

薛正雍点了点头："玉凉离得不远，你们早些去，要安置的人有点儿多，这些柴米油盐的，蒙儿弄不清楚，我让师昧跟你们一同前往，他能帮些忙。"

楚晚宁道："好……"

对于玉凉村的村民而言，楚晚宁与墨燃已算是旧识了，村长两天前得了薛正雍的消息，因此一早就在村口，等着死生之巅的仙君们到来。那位菱儿姑娘也在，许久不见，她出落得越发水灵标致，见到墨燃，就忙和他去打招呼。

墨燃有些意外，但还是笑了笑："姑娘没有去上修界？"

"不去了，幸好没去，要是跑到沂州，怕连命都没有了。"菱儿心有余悸地拍了拍自己饱满的胸脯，"我还是先在下修界待着，村里这段时日也越来越好了……从前是我们巴望着往上修界去，这还是头一回，瞧见上修界的人往咱们这里来。不走了、不走了。"

"是啊。"有人听到她的话，也跟着附和道，"凡事都是山不转水转，有薛尊主在，说不准再过十年二十年，上修界的人都眼巴巴地往我们这边跑呢。"

师昧温柔道："下修界清苦百年，但所谓江有对岸，海有彼端，总不会只有我们这边一直受苦，如今也该过上好日子了。"

他一边说着，一边把王夫人吩咐他带来的草药膏分给众人，墨燃也拿了一罐细看，发现上头居然有孤月夜的蛇形纹章，不由得惊讶："这是……寒鳞圣手制的药品？"

"嗯，前些日子，姜掌门派人送来的。"

楚晚宁听了，说道：“姜曦比火凰阁会送东西，蜀中多鬼魅邪祟，最缺的就是灵丹妙药，送来这些，尊主很是惊喜。”

“可不是嘛。”墨燃喃喃道，“还都是寒鳞圣手炼制的丹药，说夸张些，活死人肉白骨都不在话下，唉……”

“唉”还有后半句话没说出来——唉，姜曦真的好富啊。

当年在轩辕阁，楚晚宁买的貘香露才那么几瓶，要价就是两百五十万金，结果姜掌门挥挥手，一送就是一马车。

墨燃默默地把药罐子放回了褡裢里，暗自叹了口气，心道：儒风门确实是完了，但是下一个冒头的显然是孤月夜，轮不到死生之巅，下修界要崛起，恐怕还需百年岁月。

忙碌了大半天，到了傍晚，那些沂州流民的吃穿用度都被安排好了，屋舍也都收拾干净，师徒三人准备动身离开，但村长却执意要留他们一块儿吃饭，盛情之下，却之不恭，于是他们就跟着村长，到了玉凉村的宗祠里。

村中宗祠总是会办一些重要的红白大事，除夕吃年夜饭，元宵看大戏，也都是在这宗祠里头，或者在宗祠外的大院里。这一天，由于来了许多上修界的流民，从今以后要在玉凉村常住，所以村人准备了三十余桌酒席，烹羊宰牛，蒸米煮面来款待众人。

村长居然记得楚晚宁不吃辣的，特意安排了一桌清淡的菜，请玉衡长老和沂州一些吃不惯辣子的人落座。

那些人都是墨燃和楚晚宁救出来的，在飞花岛的时候就已经识得了这位冷冰冰的仙君，但识得归识得，跟他坐在一起吃饭，一桌子人都十分紧张。出于礼节，他们不能起身换位子，于是一顿饭吃得十分尴尬，其他桌都在说笑喝酒，这一桌就各自闷头默默动筷子，谁都不吭声。

墨燃手艺好，在伙房帮忙，等最后一道菜上来了，他才从后厨出来，蜜色的脸上沁着细细的汗，眼神很亮，鼻梁很挺，是人群里拔尖抢眼的英俊模样。

“灌汤包子来啦——”大娘举着大托盏，上面堆满小蒸笼，嗓门吼得洪亮，“每桌都有，每桌都有，每桌十二只，六只荠菜鲜肉，六只香菇鲜肉，要趁热吃！”

墨燃笑着，帮大娘挨桌把小笼汤包递过去。

“谢谢墨仙君！”

“谢谢仙君！”

更有熟悉墨燃的小孩子脆生生嚷道：“谢谢微雨哥哥！”

菱儿的目光绕着他，也挪不开，尽管知道这人并不喜欢自己，也不会喜欢自己，却仍克制不住地想要看着他——

哼，反正看看总没关系。

“谢谢墨仙君。”送到她这一桌，她朱唇如点绛，柔声谢过。

墨燃朝她笑了笑，那是一个不躲闪，也不带任何模糊暧昧的灿烂笑容，反倒把方才想趁机偷眼的菱儿弄得有些不好意思了，她赧然地低下了头。

还剩最后两桌没送到，一桌有楚晚宁，一桌有师昧，他二人口味不同，因此并没有坐在一起，墨燃先给楚晚宁那桌送去，楚晚宁蹙眉道：“别再忙了，饭都冷了。”

再给师昧那桌送时，师昧则笑道：“阿燃到底是手巧，多谢。”

“哈哈，还好，帮大婶打了下手而已。”

墨燃说着，转身折返，师昧以为他要去拿碗，便腾出些长凳的空座，说道：“坐这里吧，这桌我方才多要了一个碗，你不用去拿了。”

墨燃愣了一下，随即挠头笑道：“我坐师尊那桌。”

“你什么时候不吃辣了？那边都是不吃辣的才去。”

“戒了。”墨燃说。

师昧沉默半晌，眸底深黑，他倏忽笑了：“听说过戒酒水，戒烟叶子的，没有听说过有人要戒辣椒。”

“其实也算不上戒，太久不吃，就不想吃了。”墨燃朝师昧挥了挥手，笑着往厨房跑，“拿碗去了，你乖乖地坐着吃啊，再不吃汤包就冷了。”

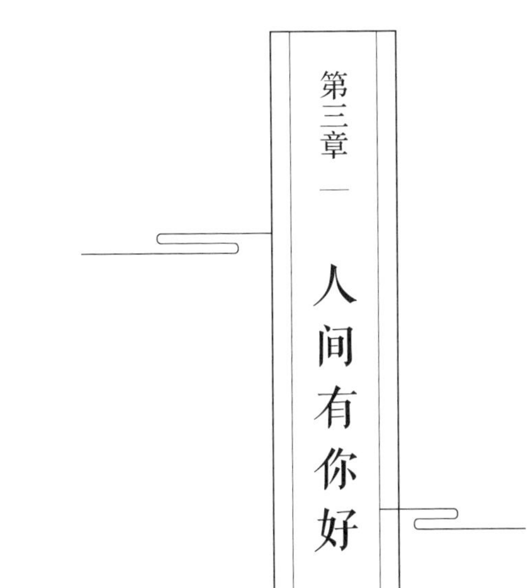

第三章 — 人间有你好

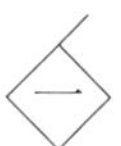

师尊，我让你等了好久

他很快去而复返，除了给自己盛了满满一碗米饭，还揣了个食盒，坐到了楚晚宁身边。

楚晚宁有些意外，犹豫着："你……不去师昧那一桌吗？"

墨燃一愣："我为什么要去那一桌？"

听他这样说，楚晚宁垂眸轻咳："我以为那边的菜合你口味。"

墨燃展颜笑了，在他耳边道："师尊在哪里，哪里就合我口味。"

楚晚宁这回整个耳朵都红了，只顾埋头吃饭。

墨燃先看了一眼楚晚宁碗里，果然只有简简单单的几根青菜，一块豆腐，而那笼汤包早就被桌上其他不懂事儿的孩子抢着吃完了。

墨燃就递给他那个竹编小食盒。

"什么东西？"

墨燃小声道："小笼，六个蟹黄，六个虾仁，我专门做给你的……嘘，别作声，快吃吧，我就知道你上了餐桌，从来抢不过别人。"

"……"

一张桌子上，就自己在吃小灶，这也太明显了，楚晚宁觉得有些丢人，不愿意动。但看到墨燃的黑眼睛认真而诚挚地望着自己，脸颊上居然还沾着些面粉屑末，拒绝的话又说不出口了。

何况那句"专门做给你的"，听来实在很是令人心暖。

楚晚宁没有说话，过了一会儿，默默打开食盒，然后竖起竹篾盒盖，此地无银三百两地吃起了鲜香热乎的蟹肉小笼，浓郁烫口的汤汁从吹弹可破的面皮里汩汩淌出，浸得心都是暖的。

"好吃吗？"男人巴巴地望着他，希望得到嘉许似的眼神。

楚晚宁咬了咬筷子，说："还不错，你也尝一个。"

"我不吃了，都是给你的。"墨燃笑了，黑眼睛都是光和热，"你喜欢就好，再吃个虾仁的看看？"

男人心无旁骛，颊边的面粉衬着一双黑亮眼眸，更是让人觉得可怜又可爱。

用过晚饭，村长邀众人去宗祠外头看戏，戏台就搭在河边，铜钹一响，胡琴弹拨，台子上小生、旦角、生角、花脸、丑角依次登场。演至热闹处，水袖流舞，脸谱惊变，角儿手擒飞金走彩的火锁，口含松香喷管，仰起头鼓瞪着眼怒而一喷，刹那间烈火熊熊，照得珠翠头面闪闪发光，博得满堂看客欢呼喝彩。

这种戏法楚晚宁原是不愿意看的，一是因为凡间把戏太过拙劣，他一眼就能瞧透玄机，未免失去了很多乐趣与刺激，二是因为看戏的人摩肩接踵，场面热闹非凡，令他无福消受。

他没兴趣，师昧也没什么兴趣，两人均打算离开，墨燃没说话，走在他们身旁，最后回头看了戏台一眼。

师昧温和道："走吧，太迟回去，尊主该担心了。"

"嗯。"

墨燃不多言语，低头跟上。可是走了没几步，就听到楚晚宁淡淡问了句："你想看？"

"演的是王恺和石崇斗富，挺有意思的。"

他没说想看，也没说不想看，但楚晚宁安静地听他说完这句话，便道："那回去看完再走吧。"

师昧微怔："师尊，留下来吃晚饭已是耽误了交付委任的时辰，如果再留下来看戏……"

楚晚宁道："就看这一出，看完就走。"

师昧很温柔，笑着说："好，听师尊的。"

三人便又回到戏台前，挤进那热闹翻沸的人群中。沂州的那些流民很多先前不曾来过川蜀，没有瞧过戏，被那飞舞的水袖，缭乱的变脸惊得啧啧而叹，个子矮小的孩子看不见台面，有的被大人举着骑在脖子上，有的则爬到台面上踮着脚张望。

"王赐我那珊瑚玉树，宝气华光——"

台上的"王恺"和"石崇"铆足着劲儿攀着富贵荣华，脸红脖子粗地要将对方压下一头。

"五十里紫绸铺归路，何人可当？"

"好！哈哈哈，再来一段！"

看戏的众人眼里都盈着光亮，小孩子嘴里塞着糕点，腾出手来，跟着大人拼命拍巴掌。

这不是仪态万千的上修界，没人傻乎乎坐着看戏，清清冷冷呷一口茉莉花茶，侍从捏背，婢女掌扇，台下的冷气逼得台上的戏子都唱得意兴阑珊，滋味索然，一曲《霸王别姬》听起来都像王八别蛐蛐。

这些人浑朴古拙，热火朝天，全都站着鼓掌，踮脚吆喝，热闹非凡。楚晚宁站在这前胸贴后背的浪潮中，竟不知当如何应对，像他这种无趣的人，大概宁愿在上修界坐着听王八别蛐蛐，也不愿意在人群里看王恺斗石崇。

跟他一样不喜欢这激烈情绪的还有一个人。

师昧站了一会儿，似乎是被唢呐铙钹的声音震得有些头疼，但还是好脾气地立在原处，直到旁边一个大汉因为看到“击碎珊瑚树”那段而热血沸腾，霍的一下跳起来猛拍巴掌，竟然不小心撞到了旁边另一个汉子捧着喝的茶，那热茶哗地全部溅在了前面的师昧身上。

“啊呀！对不住！对不住！”

“仙君，实在是不好意思啊，你看我这粗手大脚的。”

师昧忙道：“没关系，不碍事。”

但衣服却是弄脏弄湿了，他叹了口气，有些无奈地对楚晚宁说：“师尊，要不我先回去了，回去换身衣衫，再和尊主述一下委派结果。”

楚晚宁道：“好，自己路上当心。”

师昧笑了笑，和墨燃也打了招呼，便先行离开了。楚晚宁觉得他这脱身技法不错，要不自己也找个人撞一下？这样就不用被群情热烈的人潮给包得脱不开身了。正这样思量着，忽听得周围又是一阵呼喝欢腾，他抬眼往台上望去，原是扮饰王恺的那个角儿演到激愤处，气得虬须直吹，含着火包，忽地往河面吐出一道巨大的热焰。

“轰——”

河流潋滟，粼粼水波被浸成橙红色。

“哇！好！”

“再吐一次！再来一次！”

“……”楚晚宁就有些不明白了，这有什么好看的……让薛蒙过来，不用火包都能烧个百回千回。

兴味索然间，楚晚宁忽瞥见旁边墨燃的笑容，那高大的男人根本不需垫脚，就那么平静地站在原处，谁都挡不到他的视线。他英俊的脸庞被火光照亮，酒窝深深，目光柔和却深邃，里头仿佛闪动着谁都瞧不真切的心事。

觉察到楚晚宁的目光，他回头，却笑得更明朗了，黑眼睛好像有些湿润，又好像什么都没有，只是楚晚宁的错觉而已。

“小时候常去戏园子院外听这出，每次都等不到戏看完，就被管事的大爷赶走了。”墨燃的语气随意而平和，“这还是头一次把一整出听全了……师尊喜不喜欢？”

“……”

楚晚宁望着他的眸子，最后说道——

“嗯，还不错。”

墨燃笑容绽放，夜幕好像都亮了，台上忽起幽幽吟唱，一出落幕，一出又起，黛眉如烟，靛羽瑟瑟，“大王意气尽，贱妾何聊生——”

“哦，霸王别姬。”墨燃转头看了一眼，笑道，“走吧，斗富看完了，心满意足啦，我们回去吧。”

“再看一会儿。”

“嗯？”

“不算无聊，再多瞧几出也无妨。”

墨燃微微扬起眉，似是惊喜，随即粲然笑道：“好。”

《别姬》《金山寺》《判双钉》《坐楼杀惜》。

一出接着一出，没人离去，随着时间渐晚，人们反而变得越发欢欣鼓舞，精神奕奕。

有老大爷跟着台上的阎婆子念：“良言一句三冬暖，恶语伤人六月寒——”

演到激烈处，宋江暴起杀人，赢得满堂喝彩，掌声甚至盖过了舞台上戏子的唱腔，楚晚宁被喝高了的村人笑着推搡拍肩膀，却端的是无路可退，又不好发作，正为难时，一双温热的手搭住了他的肩膀。

他回过头，正对上墨燃的眼睛，这个男人不知什么时候已站到了他身后去，笑了笑，把他带过来，让他靠着自己，不再被周围人所扰。

“师尊，谢谢你陪我。”墨燃在他耳边说，嗓音低沉微哑，很是温柔，“我知道，其实你不喜欢。”

“想多了……我喜欢的。”

墨燃轻轻笑了，不再讲话。

火光闪烁，楚晚宁忽然就很想与他再说些什么，于是开口：“墨燃……”

“哈哈哈，好！”

他的声音微弱，顷刻就被喧哗人声吞没殆尽。

墨燃问：“嗯？”

“没什么……”楚晚宁又不知该说什么了。

墨燃静了一会儿，却忽然道了句：“师尊，我知道其实一直以来，都是你对我最好。”

“……”

心跳骤然激烈起来。

“是我太笨了，从前不懂师尊。”

咚咚咚，心如擂鼓，台上的铙钹声都好像要被自己胸腔里的余响遮盖。

“对不起。”

“……”

“从今往后，我都不会再弄错了。”

眼前烟火缭乱，耳中嗡嗡鸣响，楚晚宁心绪如潮涌，慢慢地什么都辨不清，他只想着墨燃说的这些话，想着幼时孤独无助的墨燃，想着他们是怎样一路走到今天的……周围一切都如台上之戏一样虚无，唯有身后那个人是真实存在的，正如风曾经并没有颜色也没有踪迹，而如今却都成了鼻尖萦绕的墨燃的气息。

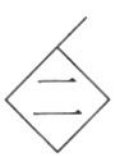

师尊送我礼物啦

自那次在村里看了戏之后，楚晚宁便常常独自下山去，而且一去就是好半天，他也不和别人说自己去做什么，连墨燃也摸不着头脑。

终于有一日，在他们晚饭过后，楚晚宁忽然把墨燃叫到后山附近一个人迹罕至的空旷地方，对他说："给你一样东西。"

"什么？"

"闭上眼睛。"

墨燃照办了，只听得窸窣声响，隔着薄薄的眼睑，他能感到似有流动的光在周围亮起。

"好了，睁开吧。"

墨燃睫毛轻颤，张开眼眸，不禁愣住。

他看见后山石壁之上，晃动着村里唱戏的影子，生旦净末丑，各司其职，他睁眼时正巧那角儿含着松香喷管一吐，火光映亮了一整面石壁，也映亮了墨燃深色的眼。一曲终了，画面又转为江南曲榭，楼台亭阁，吴侬软语的歌女在轻拨琴弦，戏子唱腔婉转，水袖一拂，云肩烁珠，便道出半幅烟雨水乡。

而这投壁幻景的源头，竟是楚晚宁手中一个做工精细的木盒。

楚晚宁轻咳一声，说道："那日……你说你幼时喜爱听戏，却常常没有机会听完整场，所以我……"

所以他记住了墨燃当时那一闪而过的黯然神色，回来后他就抽时间，制作了一个机关木盒，注以仙术，而后带着这个木盒去民间收录了许多戏的影像，封存其中。

楚晚宁仍是不喜欢表达太多，说了一半，便将那机关木盒递到墨燃手中，别过脸道："只是些粗浅法术，不用花太多心思，你若是不喜欢——"

"我喜欢得很！"墨燃立刻说道，心中感动至极，他这才意识到原来这些天楚晚宁常常独自下山去，竟是为了给自己做一个这样精巧的物件。

从前楚晚宁制作夜游神，是为穷苦百姓，他竟还心生怨恨，觉得他的师尊只顾大义，无甚感情，此时此刻他捧着这个天上地下独一无二的木盒，陡然间意识到这是楚晚宁只为他一个人制作的，更为激动。

他为表自己对这木盒爱不释手，马上就低头摆弄起来，然而楚晚宁所制机关精巧复杂，墨燃等不及，还没得楚晚宁指点便开始把玩，竟不慎把走马灯的幻影给关了。楚晚宁见状，不由得觉得好笑，再无尴尬之意。

“对……对不起，晚宁，它不会被我弄坏了吧……”

“不会，你再打开便是了。”

“是按这个机关吗？还是……”

楚晚宁还未来得及说话，就听到近处草垛有簌簌异响，后山多妖，他蓦地一惊，与墨燃一同回过头去，就见着一个人从竹林暗处走来，手上提着一盏幽幽摇曳的风灯，衣摆在风里拂动。

那人静默良久，愕然道：“你……你们……怎么在这里？”

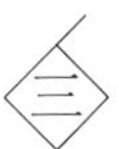

师尊，萌萌真好骗哈哈哈哈

来人容貌俊美，气质桀骜，黑白分明的眼睛睁得滚圆，风灯照映着他的脸。

是薛蒙。

楚晚宁一时说不出话来，给墨燃单独制作百戏木盒一事，他自己都觉得有些不好意思，若是让薛蒙见着了询问，那就更尴尬了。他有些不安，不知道薛蒙看见了多少，听见了多少，几许沉默后，是墨燃先打破了寂静。

“啊，我有点儿事，正在和师尊说。”

薛蒙微微眯起眼睛，他方才走过来，隐约听到树林里有奇怪的声音，一时好奇便来看看。

他万万没有想到，灯光闪烁之下，照亮的会是这两个人。

薛蒙都蒙了，所以他甚至没有和楚晚宁按规矩问候打招呼，而是脱口而出一句——你们怎么在这里？

这个地方结界未破，不需修补；

没有香草奇花，毫无景致可言；

所处偏远，闲逛逛不到这里来。

但薛蒙也绝对想不到师尊会这样费心，亲手给墨燃做一个除了听戏之外无甚用处的小木盒——自然地，墨燃也不愿让薛蒙发现，在他看到薛蒙的一瞬间，他就立刻把木盒收到了身后。

开玩笑，小凤凰那么会比较，若是让他知道了此事，他非得缠着楚晚宁，让晚宁也替他做个什么独一无二的东西出来。

墨燃是万万不愿意的，就想搪塞着哄薛蒙离去。

但薛蒙哪里是那么好打发的人，他依旧觉得不对，喃喃着自问：“有什么话要在这里说？”

楚晚宁正欲开口解释，但墨燃示意他不要开口。

这个人若是说谎，三岁小孩都骗不过，还是自己来说比较好。

于是墨燃脸不红心不跳地道：“嗯……傍晚前，我在这里发现了一只桂花糖年糕。”

楚晚宁："……"

薛蒙蒙蒙地："啊？什么东西？"

"一只修炼成精的桂花糖年糕。"墨燃一本正经地说，"大约只有十寸高，头上顶着一片荷叶，还有尾巴，尾巴尖燃着一盏蓝灯。"

"这是什么怪物？图鉴上从未看到过。"

墨燃笑道："我也没见过，所以在想，会不会是前些日子儒风门的镇妖宝塔毁了，放出来一些早已绝迹的妖兽，就带师尊来看看。"

听他这么说，薛蒙立时松了口气，不知为何心中备感宽慰，从方才起就绷得紧紧的脸总算重新变得线条生动起来。他提着风灯走了过去，左顾右盼，问道："那你们找到年糕精了没有？"

"没有。"

薛蒙瞪着他："我又没问你，我问师尊呢。"

楚晚宁说："没找到……"

墨燃笑了起来："那只糖年糕可能害怕看到师尊，怕被师尊当饭后点心吃掉，就立马躲起来了。"

楚晚宁愣怔，而后怒斥："墨微雨！你是又想去藏书阁抄书了吗？"

如此闹了一番，薛蒙初时的困惑渐渐烟消云散。

这时候墨燃问他："说了这么多，也说说你吧，你来这里做什么？"

薛蒙便咕哝道："我来替我阿娘找菜包。"

墨燃扬了扬眉宇："就是新捡回来的那只胖猫？"

"嗯。"

"橘色的，头上有个'王'字花纹，只吃鱼不吃肉的那只？"

"对啊，你瞧见它了没？"薛蒙叹了口气，显得很是无奈，"那么胖，却能跑得很，从前山找到后山，人能去的地方我可都去遍了，就是没有它的影子……"他像忽然想到什么，蓦地瞪大了眼睛，惊道，"啊！你说它会不会被年糕精吃掉了？"

"……"

墨燃其实很想笑，但还是忍住了，化作一声轻咳："这个，我瞧糖年糕那么小，虽然是只妖怪，但也没什么用处，如果是菜包遇到它，该担心的其实不是那橘猫，而是糖年糕吧。"

薛蒙摸摸下巴，想了一下菜包的体形，赞同道："不错……你说得很对……"

楚晚宁道："后山危险，你别再往前了，我帮你去找。"

薛蒙忙摆手："岂敢劳烦师尊。"

楚晚宁道："左右无事，替你找一会儿，然后我便要去丹心殿赴长老会了，墨燃一起吧，找起来快一些。”

墨燃：“……”

没过一阵子大家都忙了起来，各门派觉得徐霜林多活一天，这安稳觉就不能多睡一天。他们求助天音阁——那是独立于十大门派之外的一个公审组织，擅长查办疑难杂案，可徐霜林做事太狠绝，没有留下线索，天音阁阁主表示爱莫能助。

到了月末，李无心有些按捺不住了，便发了英雄帖，邀大小门派的掌门、主事长老前去灵山赴会商讨。

楚晚宁和薛正雍自然也去了。

上一回群雄齐聚灵山，还是薛蒙、南宫驷他们论剑的时候，转眼修真界格局发生了巨变，原本属于儒风门的坐席空空如也，火凰阁也一蹶不振，新推的掌门是个讲话都磕巴的后生，缩在人堆里不吭声，无悲寺禅门大师们谨言慎行，绝口不提前住持之丑事……

薛正雍回想起当日，群雄并至，融融和气的景象，竟觉得恍如隔世，不由得发出低低哀叹来。

坐上，姜曦被推为第一尊主，彻查南宫絮一事将由他筹措统率。他这人和之前的第一尊主南宫柳完全不同，南宫柳整天笑嘻嘻的，无论地位尊卑，都是客客气气，不爱得罪人。

姜曦呢？众掌门才把唱票的结果亮出来，请他主持，他便冷冷淡淡，且毫不客气地坐到了先前南宫柳坐的尊位上。

南宫柳坐这个位置之前，一力推辞，三番却让，多少把谦虚恭谨的戏做足了，坐上去之后更是言辞恳切说半个时辰的冠冕堂皇之词——承蒙看得起啊，诸君多提携啊，有错多担待啊——唾沫横飞。

姜曦就说了三个字：“应该的。”

他竟然说这个位置应该就是他坐的。

姜掌门，富是真富，狂是真狂，脾气差是真的差，脸皮厚也是真的厚。

薛正雍忽然想起一件事，低声和楚晚宁咕哝道：“灵山大会他没来，不止一次。”

楚晚宁对这些权谋争端不了解，微蹙黑眉：“怎么说？”

“我是说，自从南宫柳当了第一尊主，儒风门被公认为第一大派，姜曦就没有来参赴过任何掌门会……”

楚晚宁打量了姜曦一会儿，说道：“此人心高气傲，看得出来不愿屈居废物之下。”

薛正雍有些冤枉：“我也不愿意屈居废物之下啊。”

楚晚宁淡淡笑了："尊主是隐忍，不算屈居。"

正说着话，忽有一个孤月夜的随侍小趋而至，在他们案席旁停下，作了一礼，而后捧上一个锦盒。

薛正雍回头问道："怎么啦？"

那随侍摇摇头，指指耳朵，又指了指嘴，竟是个不能说话也听不到声音的聋哑之仆。

楚晚宁留心打量他，发觉此人和普通的孤月夜弟子不一样，颈部绕着一个银色的蛇形项圈。

"寒鳞圣手？"

哑仆发觉楚晚宁在看他的项圈，连连点头，又鞠躬，把盒子举过头顶，呈递给他。

那盒子上头也有精致的蛇形纹章，薛正雍看了，对楚晚宁说道："他应当直属寒鳞圣手门下。"

他说着，便往孤月夜的坐席那边看去，果然瞧见天下第一药门大宗师——寒鳞圣手华碧楠，正戴着面纱帽笠，露一双眼，静静地凝视着他们这边。

师尊，你是我的灯

见楚晚宁转头，华碧楠眼里似乎有一抹笑意，他从宽大的青碧色真丝袍袖下伸出一只洁白细腻的手，柔和地往前摊了摊，示意楚晚宁收下面前的锦盒。

楚晚宁点了点头，对那哑仆道了句："多谢。"

哑仆见他收了盒子，这才低低又鞠一躬，回到主人身边去了。

薛正雍惊讶道："玉衡，你认识寒鳞圣手？"

"不认识。"楚晚宁看着面前那个盒子，"认识我就不需要在轩辕会花上两百五十万金，去买他的貘香露了。"

"那他给你这个做什么？"

"我也不知道。"楚晚宁说，"打开看看。"

锦盒打开了，里头居然整整齐齐地又码了五瓶色泽温润的貘香露，还有一封信函。

楚晚宁拆开看了，信上内容倒也简单，说是知道楚宗师在轩辕阁花了高价拍了露水，自觉貘香露不值这个价，一直想再奉五瓶，但一直不得机缘与宗师相见，如今灵山一会，得此良缘，望君收下。

薛正雍当即道："我看他是想结交你。"

"……"

这种礼物，若是不收，便是拂了对方的面子，楚晚宁遥遥谢过了华碧楠，却在底下将锦盒交给了薛正雍。

薛正雍喜道："给我？"

"给贪狼长老……"楚晚宁道，"我总觉得这个华碧楠有点儿怪，轩辕阁每年拍出他那么多高价药品，都是价格虚高，他难道一个一个地补偿过来？"

薛正雍嘀咕道："我觉得不奇怪，毕竟高价是有，高得像你出的价这么离谱的，头一回听说。"

楚晚宁面有薄怒，说道："不过有所需而已，有什么离谱的。总之你把这五瓶都给贪狼，我想这里头毒什么的，应当是没有，但让贪狼学些貘香露的配制之法，倒也不算浪费。"

“你不需要了？”

“我……”

说来也觉得奇怪，那些荒诞不经又真实无比的梦，最近越来越少了，除了刚从儒风门出来的那几天，楚晚宁偶尔梦到些支离破碎的场面，其余夜晚均是好梦。

再喝貘香露，也是暴殄天物，楚晚宁觉得没必要再留着这样好的药。

在灵山待了两三天，再回死生之巅时，墨燃却不在了。

薛蒙道：“除妖去了。”

楚晚宁眉心起了一道薄痕：“又有妖？这个月第十九只了。”

“都是从儒风门金鼓塔里跑出来的。”薛蒙叹气道，“抓了好多，都关到了咱们的通天塔里，但是通天塔不比金鼓塔，塔身小，镶嵌的灵石符咒又没有儒风门的厉害，再这样下去怕是塔先受不住了。”

薛正雍道：“下回李无心再来，让他带一点儿到碧潭山庄去，镇在他的圣灵塔里。”

薛蒙笑了：“这倒也是个好主意。”

薛正雍道：“孤月夜也可以分一点儿，听说他们的摘星塔比儒风门的金鼓塔还要大上一圈儿……”

这回薛蒙不愿意了，竖着漆黑的眉毛，怒道：“不要！”

“怎么了？”

“我不喜欢那个姜狗，他特讨厌，通天塔塞爆了我都不愿意把自己门派抓着的妖怪送给他！”

楚晚宁摇了摇头，不愿再听他们父子嚷嚷，便先行离去了。

他回水榭睡了一觉，果然又是一夜好眠，再无旧梦打扰，一觉睡醒，已是残阳如血，夜色浸满了大半天穹，唯有一丝晚霞血痕留在天边。

这个时候孟婆堂已经没有饭了，但他有些饿，收拾衣冠，推门出去，准备到无常镇转一圈，吃些点心。

结果他正巧看到墨燃除妖归来，走在通往红莲水榭的青石长阶上。

一见他，墨燃就笑了：“师尊，听伯父说你在睡觉，正想来唤醒你。”

“有事？”

“没事。”他说，“只是想来找你，一起走走。”

“去哪里？”他们一齐问。

楚晚宁愣了一下，墨燃也愣了一下。

随即道：“听你的。”他们又一齐说。

墨燃忍不住咧嘴笑了。“哪里都好。”

楚晚宁其实很高兴，但他依旧习惯淡淡地，其实他的高兴不淡，很浓，像枝头淡绯色的西府海棠。

他说："那走吧，去镇上看看，吃点儿东西。"

他甚至没有问墨燃除妖如何，顺不顺利，他们之间如今很是默契，当他站在竹扉外，瞧着墨燃黑衣猎猎，暗金色卷草纹的边在夜色里闪着微光，他就明白一切安好，无须多言。

他们一同来到无常镇上。这些年无常镇越来越好，从原本的三横街三竖街，扩至到如今的六横街五竖街，差不多大了一圈儿。

"刚来死生之巅的时候，这里尚未入夜就已家家户户柴门紧闭，院外撒着香炉灰，门上悬挂八卦镜，檐下系着镇魂铃。"楚晚宁看着眼前人来人往，华灯初上的景象，如是说道，"如今除了这小镇名字没变，其余的，都快要认不出来了。"

墨燃笑道："有死生之巅在，以后只会更好。"

两人沿着镇上重新铺设过的青石主街走着，一路上吹糖人的，拉皮影戏的，支摊子卖小食烧烤的，吃咕咚锅的，琳琅满目，熙熙攘攘，天街悬挂一排排灯笼，照着夜市热闹，人间烟火。

墨燃见了那"咕咚锅"的摊子，想起了自己、薛蒙，还有夏司逆曾经一起在这里吃过，便笑着拉住楚晚宁："师尊，吃这个吧，这家有你最喜爱喝的豆奶。"

他们在吱嘎作响的小竹椅子上落座，天很冷，但是配菜炒菜的大师傅却热得厉害，光着膀子，擦着汗，挪过来问："两位仙君，要些什么？"

楚晚宁道："鸳鸯锅。"

墨燃说："菌菇清汤锅。"

"你不是要吃辣吗……"

墨燃垂眸微笑，嗓音温和低缓："想戒。"

楚晚宁愣了一下，隐约明白过来墨燃为何忽然不愿再吃辣的。

"你没必要戒……"

墨燃道："没有，我只是喜欢。"

"……"

墨燃又点了些炒菜，可惜小摊子上不做精致的甜点，他就要了三罐胖瓷壶装着的豆奶，而后坐着等菜上来。

周围都是吃饭的人，男女老幼，乌发白霜，汤锅的水汽滚滚升起来，炉灶的火光腾腾升起来，吆喝和划拳，说笑与私欲，都在这鼎沸的烟火热气，菜香酒暖里汇聚成一湖一海的温柔。

人间好平凡，红尘好热闹。

墨燃十五岁之前，食不果腹，吃不到这些好酒好菜。

当了踏仙君后，万人之上却也依旧得不到这般真切的安宁。现在都有了。

忽地火舌腾起，原来是掌勺的汉子掂锅落菜，大火从大锅内呼地卷了上来，映得那赤膊汉子浑身一层细腻的铜色油光，油盐酱醋依次下，遒劲的臂膀筋肉抖动，一盘爆炒顷刻出锅。

正是热乎时候，菜立即端上桌来。

“油爆双脆！”打下手的小二哥吆喝道。

前世的踏仙君，诸般佳肴讨好不得，却不知为何，竟被这“油爆双脆”惹得笑出声来。他细长十指交叠，点在线条流畅的下巴处，一双纤长浓深的睫毛微微动着，五湖四海的光华都在此刻汇集于那两帘墨色上，把黑暗染得明亮。

楚晚宁问：“你笑什么？”

“不知道，就是很高兴。”

楚晚宁就不说话了，墨燃的笑容那样灿烂，让他的心底也明快起来。

他们吃过饭，仰头看了看天色，觉得似乎要下雨，但下头的人们似乎浑不在意，依旧不紧不慢地消遣着这灿烂的夜晚。

他们走过一家灯笼铺，墨燃忽然停下脚步来，站在那边看。

楚晚宁顺着他的目光望过去，原来那老手艺人正在悉心地裱糊着一盏宝塔灯笼，有另一盏相似的，已经做好了，底下有座托，是河灯。

“老伯，劳烦，请给我拿这一盏宝塔灯。”

没有问价，也没有问墨燃喜不喜欢。

楚晚宁走过去，将金叶子递给了耄耋之年、佝偻着身子在认真做灯的老人，而后把那盏河灯随意地递给了身后立着的徒弟。

“拿着。”

墨燃既惊且喜，甚至还有些茫然：“给我的？”

楚晚宁没说话，提着吃饭时未喝完的半壶酒，左右看了看，视线落在远处水流潺潺的小河边，他向那边走去。

灯火一明一暗，后又灼灼亮起，灯花璀璨，赢得浮屠庄严。

墨燃捧着河灯，喃喃道：“从小就想放一次，每年都没钱。”

“是啊。”楚晚宁淡淡看了他一眼，“你最穷了。”

墨燃笑了。

河水在静谧平缓地流淌着，楚晚宁不愿下到石阶上去，他懒，于是就那么闲适地抱臂靠在廊桥之下。白衣道长靠着深黑色桥柱，握着系有鲜红穗子的酒壶，仰头喝了一口酒，而后微微侧过脸，檐角红灯笼的朦胧微光洒在他瓷玉般细腻的脸庞上，他神情淡然，目光却有藏不住的温度，他就这样看着河岸边那个开心的、捧着河灯、手脚略显笨拙的人。

傻瓜，这有什么好玩的。

但他还是眼睛一眨不眨地瞧着墨燃走到河边，絮絮叨叨地和宝塔灯说了许多话，最后俯身将它轻轻搁在了河面，一缕金红光辉倒映在粼粼河水中，墨燃划动了两下水面，送浮屠远行。

那天，墨燃在漆黑的河边立了很久。不是节日，除了他，河上没有其他人放灯。

只有那一盏小小的宝塔灯笼，散发着微弱而固执的光辉，在漫无边际的长夜寒水里行远、行远，继而变成一点颤动萧瑟的星火，最后被黑暗吞噬，消失不见。

墨燃就默默地站在那里，谁都不知道他在想什么。

他看到了最后。直到泱泱河面，再也没了光明。

下雨了，雷雨。雨点打浮萍，轻叩粉墙黛瓦。

众人笑着惊呼而散，冬季鲜少有这样突然下起来的瓢泼大雨，小摊小贩们争相拿褐色油布盖住用以讨生活的锅碗瓢盆、工具器皿，推着小板车匆匆四下逃散，去躲这场豪雨。

楚晚宁一时也有些木然，算来惊蛰虽已不远，但此时还未出冬，这雨也下得太过焦急了。

他站在廊桥下，雨打风吹，只沾湿了他的一点点衣角，倒是墨燃匆匆地从下头河滩跑上来，衣服都湿了，脸也湿漉漉的，眼睛也湿漉漉的，很黑。

墨燃望着他，有些温柔，又有些不好意思地笑着。

“开个法术，自己烘干。”

“嗯。”

如此大雨并不妨碍仙君们出行，尤其墨燃和楚晚宁这种宗师，用一个小结界便能干干净净地回到死生之巅去。

但他们谁都没有打开这个结界，而是并排立在廊柱下，等雨停。

等了很久，雨势没有渐弱的意思，天地间都是雾蒙蒙湍急一片，方才还热闹非凡的夜市顷刻消散了，就像被这冷雨冲淡的水彩，打湿的墨画。

墨燃说：“这雨好像没打算停。”

楚晚宁淡淡道：“这雨下得像是有毛病。”

墨燃哈哈笑出声，笑了一会儿，转过头对楚晚宁说：“怎么办？回不去了。”

“……”

楚晚宁知道自己应当答他“你不修行吗”“你不会开个结界吗”“怎么就回不去了”……但是他也知道墨燃是想与自己不用拘泥于礼数地多独处一会儿，于是便没有这样说，只是抬头，看着茫茫夜雨。

“雨太大了，今晚就别回门派了，路那么远，会着凉的。”墨燃道，“我们去最近的客栈，好不好？现在就去。”

师尊，你真好

两个人急急寻着大雨里摇曳的红灯笼，跑进一家客栈里。

客栈的小二正在打哈欠，大约觉得这么大的雨，这么迟了，是没有旅人再来投宿的，因此见两个人湿漉漉地闯进来，吓了一跳。

墨燃紧紧地握着楚晚宁的手腕，手心那么烫，好像都要把水汽蒸干了。

他抹了一把顺着英俊的脸庞往下直淌的水珠，说："住店。"

"啊，好、好，这是两间上房的钥匙，一共……"

"不。"墨燃，说，"我们只要一间。"

楚晚宁："……"

节俭是美德，一间就一间。

屋里没掌灯，墨燃走到窗边，去点那西窗旁的烛台。

外头风吹雨斜，屋内很黑，但镂着葡萄藤纹的窗户是开着的，外头别家的灯火模糊地亮着，晕着些微弱的光。

墨燃站在敞开的窗户前，秀丽纤细的鹤鸟铜烛台边，白茫茫的雨幕衬着他高大的身影，那个剪影显得挺拔，俊秀，轮廓分明，拨弄着火刀火石时，纤细卷翘的睫毛显得格外鲜明，像两只黑色的蝴蝶。

他是修行之人，要点个火，原本没有那么麻烦，但他却偏偏愿意像个最寻常不过的人，用最寻常不过的方式，踏实而安静地去点那一缕光明，让心蕊明暗亮起，蜡炬软为红泪。

"小时候我不明白，为什么会有人喜欢雨雪天。那时候不会法术，有时下了大雨，会没地方躲，要是下大雪，那就更糟糕了，又冷又饿，甚至连碗粥都寻不到，只有一次……"灯亮了，墨燃忽然一顿，回过神来，没有把话说完。

他借着火光转身，看着外面瓢泼的豪雨，静了好久，才轻咳几声，又说道："其实现在我知道为什么那些人会喜欢雨雪天了，因为他们喜欢在窗边看雨幕看大雪……就是这种感觉。

"不管下雪下雨，自己都有一个温暖的容身处。"

他顿了顿，回头看着楚晚宁。

“和重要的人一起。”

楚晚宁看着他，不知为何，觉得他温柔带笑的眼睛里，除了暖意，似乎也有些浅淡的伤心。

楚晚宁道：“你先在屋里坐一会儿吧。”

“你去做什么？”

“方才在楼下看到了柜上摆着好酒，我去买一壶上来，边喝边聊。”

楚晚宁说着，便下楼去。

但他并不是真的要去买酒，他只是想到了墨燃放河灯时的背影，想到了墨燃看社戏时的眼神，又想到了墨燃说起自己年幼时无处躲雨，雪天无处寻粥的往事，忽然觉得心里很不好受。

墨燃在醉玉楼长大，与那段时光有关的事情，墨燃似乎总有意回避，楚晚宁并不知道他过的日子具体是什么样的，为什么会有雪天吃不上饭的情况，但既然墨燃不想多说，他也就不多问了。每个人都有自己的秘密，他只知墨燃是值得相信的就好。

他这样想着，找到店小二，给了对方一锭银子：“能借一下厨房吗？”

煮粥对楚晚宁而言也不算太容易的事，他对着灶台琢磨自己是不是把水放多了。

“不对，好像是要再加一杯水……

“不对，似乎又多了一点。

“唉，盐是现在放吗？”

他正自言自语着，忽听得背后有人道：“最后放。”

楚晚宁：“哦……”

应完之后，蓦地一凛，楚晚宁睁大眼睛，回过头去，就见墨燃似笑非笑地倚在门边，望着他。

楚晚宁：“你……你怎么下来了？”

墨燃站直了身子，走到他身边：“来看师尊买酒。”

楚晚宁的耳根顿时红了，他说：“我只是自己饿了，所以……”

“我知道。”墨燃自然不会去戳穿他，内心又酸涩又满足，所有的温柔、感激、缱绻，都化作了一声轻轻的“师尊”。

“嗯？”

“谢谢你。”

粥煮得不算太成功，墨燃手把手地教了他一遍，味道还是不尽如人意。但他不介意，两人把粥端回房内，墨燃全都喝了，然后笑道：“真好喝，好暖和。

以后下雪天，你都煮给我，好不好？”

楚晚宁坐在烛影摇曳大雨滂沱的窗边，捧着一盏姜茶。

那是墨燃最后借着灶台煮的，给他驱寒用的。

他抿着嘴没有答应余生都会在雪天里给他煮一碗热粥，他还因自己下去笨拙煮粥的样子被墨燃瞧见了而有些窘迫，于是只是哼了一声，慢慢喝了一口热姜茶。

姜茶暖胃，热流仿佛淌入心肺。

墨燃瞧着他喝姜茶的样子，笑了笑，低下头去，饮尽了碗里最后一点儿剩下的米汤……

这一夜，暴雨激烈，屋内却暖，茶酒相饮，彻夜相伴。

红烛昏罗帐，直烧到天明。

第二天清晨，楚晚宁醒来，天光透过一丝窗缝滑入屋内，他听到雨点敲击在黛瓦上的声响，雨很大，仍没有停。

他觉得头有些疼，昨夜或许是因为喝了些酒睡过去的，他又做了些光怪陆离的梦，那些一闪而过的碎片仿佛水槽里翻滚的鱼鳞，闪着斑驳黏腻的光亮，浮浮沉沉。

他想要去回忆，可那些鳞片越沉越深，最后彻底被吞没在了黑暗里。

他闭了闭眼，起身望去，见墨燃还没醒。

楚晚宁于是自己起身，先穿衣洗漱。

昨夜两个人的衣服都湿了，衣衫正挂在木架上晾着，此刻虽已干，但布料皱巴巴的，楚晚宁试着去抚平，可惜无济于事。

他只得这样将就着穿上去，并暗自期望不会被死生之巅的人看出任何异样，一边这样想着，一边去整叠衣襟。

忽然有人在他背后低唤：“师尊。”

楚晚宁吓了一跳，墨燃不知什么时候已经醒了。

“早……”

“早什么……迟极了。”楚晚宁没有回头，自顾自地穿着衣衫。

墨燃倏地笑了，带着浅浅鼻音，而后伸出手，替楚晚宁整理着脖颈间挂着的吊坠。

“这个是驱寒的，要贴身放着，不然没有效用的。”

楚晚宁像是忽然想到什么，回头看他。

昨晚睡前他就无意间瞥见墨燃脖颈间系了个什么，但那时候光线昏暗，他也不曾多瞧，这个时候仔细一看，竟是一枚和自己一样的龙血晶吊坠。

“你……”楚晚宁一愣，“你在儒风门的时候，不是说，这个吊坠只有最后一个了吗？怎么——”

他倏地闭嘴了。

因为他看到墨燃笑吟吟地望着自己，梨窝融融，目光柔软。

他陡然明白了墨燃那时并未说真话，这吊坠根本就不是只剩了最后一个啊——这小子鬼心思倒多！

楚晚宁不由得瞪了他一眼，不再说话，只埋头整理着自己的衣裳。

“早些回去吧。”最后被徒弟“涮”了的他才板着脸道，“再晚旁人会问，我也懒得解释。”

墨燃驯顺道：“都听师尊的。”

他静了须臾，忽又温柔地对楚晚宁说：“师尊，你别生气，我只想与你有一样的东西。”

楚晚宁道：“武器一样了还不够？”

“越多越好。”

楚晚宁便道：“那便把我的衣服也送你一套吧，穿出去都是一模一样的了。”

这分明只是一句略带责备的玩笑话，墨燃望着他出神，却当真了，笑着说：“师尊，你真好。”

楚晚宁：“……”

这小兔崽子……

两人返回门派，一路上悠悠闲闲，无事可做，楚晚宁就开始琢磨昨晚自己怎么又做了那些稀奇古怪的梦。

“师尊。”

“嗯？”

他闻声蓦地回过神来，却发觉他们已经到死生之巅门口了。

红色的海棠结界之下，墨燃笑着朝他招手：“去哪里？往这边走啊，那边是红莲水榭，我们先去孟婆堂吃点饭，你再回去吧。”

两个人到了孟婆堂，墨燃还是坐在他面前，但周围人来人往，喧闹聒噪，他们反倒不如往日那般自若，低着头吃着碗中的食物。

那群爱拿楚晚宁打赌的弟子不由得窃窃私语起来。

“今日玉衡长老怎的不和墨师兄说话？”

“不但不说话，连看都不看他一眼呢。”

“好奇怪，墨师兄也不给玉衡长老夹菜了，平时不是挺巴结的嘛……他们怎么了啊，吵架了？”

"你和你师尊吵完架之后还会继续坐一桌吗？"

"哈哈，说得也是。"

正交头接耳着，忽见楚晚宁站起来，又端着碗去给自己添了点粥，中途白衣飘飘经过他们身边，好事之徒便都不说话了，埋头乖乖啃着包子馒头。

等楚晚宁坐回去之后，他们便又硕鼠般窸窸窣窣讨论开了——

"你们有没有觉得玉衡长老今天有点儿奇怪？"

立时有人点头："有！就是说不出哪里奇怪，好像是衣服？"

五六双眼睛偷偷瞄了半天，忽然有个小弟子"啧"了一声，说道："好像太皱了，没平时那么一丝不苟了。"

他这么一说，众人都发现确实如此，嘀咕了半天，都觉得玉衡长老昨晚应当又去后山禁地除了些邪祟，补了些小天漏之类的。

这些弟子佩服他，仰望他，最多也只会觉得他有趣，但从没有谁会真正把他当作一个普普通通的人来看待，不认为他会和人下山游玩，更不认为他会淋雨湿衣。他若是有什么不同寻常之处，大家总认为一定是捉妖除魔所致，而无其他可能。

当一个人被众人抬上神坛，那么他就只能不开口，不动作，凡事规规矩矩，清清冷冷，否则棋差一着，都是错的。

所以后来，当楚晚宁愿为保护墨燃与天下为敌，宁背污名时，许多人都觉得自己的神祇坍塌了，觉得愤怒觉得恶心觉得匪夷所思觉得不能接受。

但他们都忘了，把一个人架在高处顶礼膜拜，逼迫他每一步都按照众人的期待去走，逼迫他从头到脚都为了众人的诉求而活，不允许他有半点儿自己的生活与情感，不允许他活出丝毫世俗烟火，不允许他像大家一样犯错，玩笑，礼数略失，甚至不认为他会像寻常人一样在乎一个人，这本身就是一件很残忍且强人所难的事情。

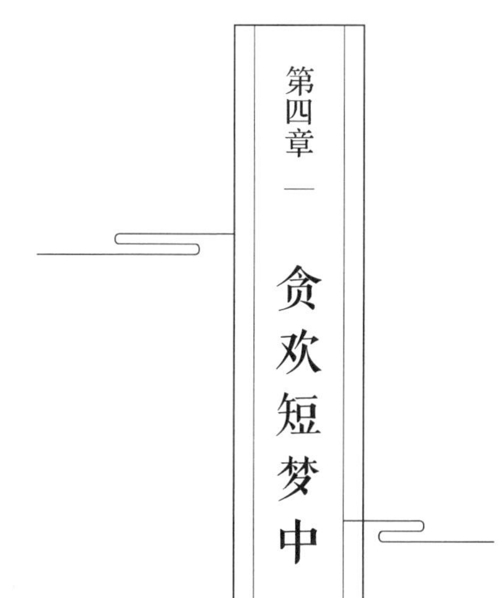

第四章 —— 贪欢短梦中

师尊再次闭关

又过了一些日子，蜀中大雨依然没有停，竟似妖异之兆，白帝城外的滚滚江河里出现了大量死鱼死虾，民间有诸多水系恶兽出没，死生之巅众长老及弟子几乎都奔赴了各村镇斩妖除魔，楚晚宁和墨燃因各自法力都极为强悍，此时便不会被安排在一处浪费实力，一个去了云峡口岸，一个前往翌州。

儒风门百年基业，金鼓塔里羁押着无数妖兽，一朝覆灭重整旗鼓，乱象终出。

除蜀中之外，孤月夜、火凰阁、无悲寺等辖地城镇，原本属于上修界的太平领域，也频频生出妖兽吃人、残杀平民的惨案，一时间又分去了众门派许多人力、精力，探查徐霜林的下落就更加缓慢了。

墨燃灵力惊人，如今行事更是稳重，只花了四天，就迅速使翌州安稳下来，返回死生之巅时，听说楚晚宁已经回来了，不由得心中一喜，顾不得休息，就想去红莲水榭寻他。

结果红莲水榭大门紧闭，再一问，薛正雍奇怪道："闭关啊，玉衡没跟你说吗？"

"又闭关？"墨燃吃了一惊，"师尊是受伤了吗？"

"受什么伤，不是说心法原因吗？他每七年都要闭一次关的，上回闭关的时候，你还去照看过他呢，怎么就忘了。"

薛正雍这么一说，墨燃才记起，确实有这么一件事——当时他刚刚拜了楚晚宁为师，才过了大半年，楚晚宁就说自己年轻时躁进，身有旧疾，虽无大碍，但是每隔七年都要闭关静修一旬。

一旬十日，十日内楚宗师修为衰微，近乎凡人，需要打坐静修，身体才能恢复。这期间他每日只有一个时辰能恢复神识，进些水，吃一点点东西，其余时候则绝不能被人打扰，更加不能受伤，所以楚晚宁都会事先在红莲水榭周围布下最强悍的结界，只容薛正雍、薛蒙、师昧、墨燃四人进入，以安度劫难。

上次闭关的不久前，他刚与楚晚宁因为"摘花"一事起了矛盾，他被楚晚宁责罚后就有些心灰意懒，所以师尊十日静修，他一日都没有去陪护，而是跑去帮伯父整理藏书阁。

思及当年，墨燃心中不安，当即道：“我去看看他。”

“你不用去，他入关前说过了，和上次一样，让薛蒙守前三日，师昧守中间三日，你最后四天再过去陪他。”

“我只是想去瞧他一眼……”

“这有什么好瞧。”薛正雍笑道，“上次这个关口，不也是蒙儿、师昧陪着，你还有什么不放心的？何况你过去了，蒙儿看到你，就得和你说话，吵到玉衡就不好了。”

墨燃想想也是，便答应了没去，当天晚上却没睡着，辗转反侧大半宿，到了天蒙蒙亮时才勉强睡了一两个时辰。

醒来后，墨燃觉得不行。

他还是忍不住，想去看看楚晚宁，哪怕远远瞧一眼也好。

红莲水榭大门虽闭，结界遍布，但墨燃是楚晚宁的徒弟，那结界并不会阻拦他，至于那青碧竹子落成的柴扉就更是个摆设了，墨燃轻功一掠，就平稳地落在了院内。每次楚晚宁打坐修行，都习惯在莲池深处的一个青竹亭子里，这回应当也一样。

果然，远远就瞧见烟波池上，莲叶丛中，那雅致的竹亭四面轻纱拂动，楚晚宁席地静坐，白衣铺泻一地。

薛蒙站在他旁边，大约觉得外面的阳光灿烂，于是将一面的雪纱束起，让师尊也能晒到些暖阳。冬日的晨曦流入亭内，照耀着楚晚宁略显苍白的面庞，大约是打坐中也感到了这阵暖意，他脸上渐渐有了些血色。

又过了一会儿，楚晚宁因周天循环所致，额头渐渐沁出细汗，薛蒙就拿旁边雪白的巾帕给他擦了擦，擦完之后忍不住抬头，左右看了看，嘀咕道：“好奇怪，怎么觉得有人在瞪着我……”

墨燃不是瞪，是盯。

他听到薛蒙的呢喃，板着脸打算离开。

谁知一个没控制住，脚下声音大了些，薛蒙当即甩出一枚寒光熠熠注满了灵力的梅花镖，厉声喝道：“谁？！”

梅花镖倒是小事，徒手就接住了，但听他这么一声喊，墨燃只得从竹林里掠出来，自莲花池面掠过，轻轻跃在了竹亭内。

薛蒙瞪大了眼睛，愕然道：“你怎么——”

“轻点儿。”墨燃立时捂住他的嘴，压低声音道，“你怎么喊这么大声？”

“唔唔唔——唔！”薛蒙挣扎了半天，猛地从墨燃手中挣脱，脸都涨红了，气呼呼地捋了一把散下来的头发，怒道，“你还说我？你小贼似的躲在树丛里看什么？”

“我就怕你和现在一样嚷嚷……”

“我嚷嚷师尊又听不到！”薛蒙恼道，“泯音咒啊，你没瞧见师尊已经给自己施了泯音咒吗？除非你把他的咒给解了，不然你对着他耳朵喊他都听不到你在说什么……”

他啰唆地嚷着，墨燃倒是愣了一下：“泯音咒？那伯父怎么说怕我过来吵到你们？”

“我爹他肯定是觉得你刚从翌州回来太累，想让你自己先休息。”薛蒙无语道，“他的话你也信，自己也不知道先想一想，师尊哪次闭关不是对自己先施了这个那个咒诀的，方便我们在旁边舒服自在些，你都不动动脑子，真是笨得要命。”

墨燃：“……”

见墨燃准备在亭子里坐下来，薛蒙忙去拉他：“哎，你干吗？”

墨燃道：“既然这样，我也留下。”

薛蒙道：“谁要你留下啊，说好了前三天是我守的，你又要跟师尊卖乖了，走走走，别抢我的活儿干。”

“你一个人照顾得好他吗？”

“我怎么照顾不好了，我又不是第一次照顾师尊闭关。”

见薛蒙恼怒，墨燃也不好说什么，犹豫了一会儿，正准备走，忽然瞧见桌上摆着的茶盏，叶片宽大，色深，闻之有淡淡的调和之香，便问：“昆仑产的雪地冷香茶？”

“咦？你怎么知道？”

“……”他怎么会不知道，这茶是薛蒙自己最喜爱喝的，薛蒙总愿意把自己最心爱的东西都奉给师尊享用，但却没有仔细想过这些东西给楚晚宁到底合不合适，楚晚宁喜不喜欢。

“雪地冷香性寒凉，师尊原本就是寒性体质，你再给他喝这种茶，他能舒服吗？”

薛蒙愣了一下，脸有些红了，窘迫地解释：“我也没有想那么多，我只知道雪地冷香是好茶，我……”

“去换些月季香茶，添两勺蜂蜜，等他醒了再冲水泡给他喝。我去做些点心备着，一会儿再给你送来。”

薛蒙想给自己挽回点颜面，忙道：“点心不能吃，这十天要辟谷。”

“我知道，但伯父说了，稍微吃一点还是可以的。”墨燃说着，摆了摆手，出了竹亭子，往水榭外头走去，“回见。”

薛蒙望着他的背影，怔忡地出了会儿神。

他觉得墨燃对师尊的了解好像突然比自己对师尊的了解多了很多，而且有些事情总让他觉得怪怪的……比如那天他在后山遇到他们，墨燃对他说他们是在抓年糕精。他对稀奇妖物毫无抵抗力，只想一睹真容，于是连着好几个月黑风高夜埋伏在后山打算捉一只来瞧瞧。

可是他都快被后山蚊子颁发“感动蚊子最佳饲料”奖了，别说年糕精，连个掉落的糖年糕都没见着。他再仔细回想，当时墨燃说年糕精时，师尊脸色有些微妙，便暗叫不好——墨燃不会是在“涮”自己吧？

师尊在一些小事上也不会管他们，他们三个弟子间互开玩笑，只要无伤大雅，楚晚宁都不会无聊到去点破。

薛蒙越想越觉得自己是被墨燃那狗东西欺骗了，就不知道如果墨燃真骗了他，那么那天在后山，墨燃与师尊究竟是在做什么。

他望了望墨燃远去的背影，然后又低下头，忍不住望向师尊的侧脸——

他皱了皱眉头，终于是好奇心占了上风，他想这几日多留意墨燃瞧一瞧有什么线索。

到了楚晚宁闭关的第六日，薛蒙做了个决定——

他打算暗中跟着墨燃看看。

这是师昧侍奉楚晚宁的最后一天，换班原本应当在午夜，但墨燃这天早早地在孟婆堂吃过晚饭，提了一盒点心，便径直往红莲水榭去了。薛蒙没想到他居然这个时辰就打算去把师昧换下来，剩下的饭也不再吃，猫着腰就追了上去，一直跟着墨燃走到红莲水榭外，墨燃从正门走，他缓了一会儿，效仿墨燃之前做过的，翻墙进门。

此时夕阳未落，弯月已出，天穹卸了流光溢彩的妆，唯剩眼尾一抹残红还未揩拭，那壮丽的晚霞洗尽铅华，脂粉涨腻，被黑沉沉的夜色吞没，星辰如水。

墨燃提着食盒，遥遥看到师昧背对着自己，走进竹亭，他似乎并没有听到墨燃走来的动静，在楚晚宁面前停下。

墨燃笑了笑，正打算出声与他打招呼，却忽见得他手中隐隐闪过一道寒光，指向正在打坐的楚晚宁，墨燃愣了一下，脑中电光石火，他蓦地喊道——

“师昧！”

脊背生寒，汗毛倒竖。

他这两世历经的生离死别实在太多了，以至于到了今日，一点点风吹草动，他都能草木皆兵。所谓“一朝被蛇咬，十年怕井绳”，红莲水榭曾经停放楚晚宁的尸身两年整，直到他死的那一天。

他其实并不喜欢这里，踏进红莲水榭，他总能想到他前世人生的最后一段岁月，楚晚宁躺在莲花之中，双眸永阖，再无生气。

所以他下意识觉得红莲水榭是灾地，有着幽深不见底的咽喉，会吞噬掉人世间的最后一捧火。

师昧回过头，垂下手，那银光便在袖中隐匿："阿燃？……你怎么来了？"

"我——"

墨燃心跳狂乱，一口气上不来，什么都不顾，黑眉蹙立道："你手里……"

"手里？"

师昧愣了一下，复抬手，只见他手中握着的是一把梳子，纯银打铸，尾背上镶嵌着舒通经络的碎灵石。

墨燃有些语塞，半晌才道："你……在给师尊梳头？"

"嗯，怎么了？"师昧上下打量着他，而后微微蹙起秀丽的眉，"脸色这么难看，是不是外头出了什么事？"

"没，我只是……"

墨燃说了一半，说不下去了，脸却由苍白而至微红，所幸夜色昏暗，叫人看不真切。顿了一会儿，墨燃把脸微偏，轻咳一声："没什么。"

师昧依旧默默地望着他，而后似乎明白了什么，神情愕怔，犹豫着开口道："你难道以为……"

墨燃忙道："我没有。"

毕竟师昧也是待他极好的人，是他视如亲人的人，他也为自己那一瞬间的误解而感到心惊，只觉得很对不起师昧，所以"我没有"三个字脱口而出。

师昧没有说话，良久，才道："阿燃。"

"嗯？"

"我都还没有说后半句。"师昧轻轻叹了口气，"你又何必这么急着否认。"

此言一出，无疑昭示了师昧已明白方才那一瞬间，墨燃竟将他手中的银梳误认作了凶刃。

虽然这是因楚晚宁两世身死而产生的恐惧，方才背对着墨燃站的无论是谁，薛蒙也好，薛正雍也好，他大概都会生出那须臾的战栗。但是面对师昧，墨燃冷静下来，心里仍是难受的。

他垂眸道："对不起……"

记忆里，师昧遇人遇事总是温柔宽和，极少有冷淡或是责怪他人的时候。但这天晚上，荷花池旁，师昧望着墨燃，却良久不曾作声。

起风了，满池莲叶翻卷，红莲轻舞。

师昧说："人不如旧也就罢了，但是阿燃，相识近十载，我在你心里，何至如此不堪。"

他的声音轻柔、平静，没有太多剑拔弩张的怒火，也没有半点儿哭天抢地的委屈。墨燃看着他的眼睛，如两泓清冽泉水，好像什么都已看透了，但却什么都不想计较，不想再多言。

师昧将那把银光流溢的梳子递到了墨燃手中，淡淡道："师尊阖目冥思前，让我之后替他将发辫束上，既然你来了，就交给你吧。"

"师昧……"

师昧已与他擦肩而过，脚步平缓，却不曾回头，独自离开了万叶萧瑟的红莲水榭。

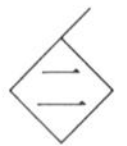

师尊，我与薛蒙……

这世上对墨燃而言最重要的人，除了楚晚宁，便是师昧了。

尽管他渐渐也会觉得师昧变得陌生，觉得这个身材高挑，眉目间尽是风韵的男子像是另外一个人；尽管最初那碗抄手只不过是师昧得了吩咐，替楚晚宁送来的，但墨燃想，无论怎样，师明净都是当初的那个师明净啊。

是在黑暗与潦倒中，朝他微笑，向他伸出手来的同伴。

是在落寞和不甘时，陪伴着他，愿意给他安慰的师兄。

他想起来师昧也是个孤儿，在这世上一个亲人都不再有，薛蒙又心高气傲，虽然与师昧交好，但是这么多年了，师昧都没有唤过薛蒙的名字，而是毕恭毕敬地称他为少主。

真正能与师昧称一个“友”字的，大约也只剩下自己。

结果自己也伤了他的心。

薛蒙匿在竹林中，双手抱臂瞧了半天，就瞧见墨燃一动不动地守在那里，把玩着银梳，似有心事。

等了小半个时辰，没见得有什么动静，薛蒙觉得自己像个白痴——

他越站越尴尬，越站越觉得自己莫名其妙，站到最后，薛蒙挠了挠头，转身欲走，但他和墨燃果然是同门师兄弟，两个人犯了几乎一样的错误——

一时放松，没有控制住脚步声。

墨燃站起来，隔着纱帘沉声道：“谁？”

“……”

月色下，薛蒙不情不愿、不尴不尬地踱了出来，眼神躲闪，轻咳一声。

墨燃愣了一下：“你来做什么？”

“只许州官放火，不许百姓点灯吗？”薛蒙不敢去看墨燃的眼神，目光飘忽，倒是振振有词，但脸却红了，“我也只是想来看看师尊。”

墨燃心念一动，薛蒙也不傻，估计那次在后山的事，还有自己之前偷看他们的事，他后来也觉出不对劲儿来了。墨燃隐约明白过来薛蒙尾随自己的可能，不由得面色僵凝，但他很快调整好了自己的神情，在薛蒙尚未觉察之前，就恢复了镇定。

“既然来了，就坐一会儿吧。”

薛蒙也不推辞，跟着进了竹亭里。

墨燃问他：“想喝茶还是酒？”

“茶。”薛蒙道，“喝酒会醉。”

桌上酒与茶都有，墨燃生了红泥小炉，夜色里火焰亮起，照着他五官分明的脸，他把八宝茶在炉上煮着，兄弟二人一个坐在竹亭长椅上，一个靠着亭柱，等着水沸茶熟。

薛蒙问他：“你怎么这么早？原本应当师昧再值半宿的。”

“左右无事，就过来了。”墨燃笑了笑，“你不也是吗？”

薛蒙一想，好像确实如此。

墨燃应当也是和自己一样，是很关心师尊的，毕竟天裂一战后，墨燃渐渐地转变，如今多年已过，他和当初那个锱铢必较的少年已今非昔比。楚晚宁用性命救下的徒弟，终于长成了一个磊落端正的男人。

垂下睫毛，薛蒙沉吟片刻，倏地笑了。

墨燃问：“怎么？”

“没，想起了上一回闭关的事情。”薛蒙道，“那时候你还不服气师尊，足足十天，你就来看了他一眼，然后就说自己能耐不够，怕是伺候不了他，跑去爹爹那里整理藏书。我那时候还在心里生你的闷气，没有想到过了七年，你会变成这样。”

墨燃静了一会儿，而后道：“人都是会变的。”

薛蒙问道：“那要再给你一次机会，让你回到七年前，你还跑不跑？”

“你说呢？”

薛蒙便认真想了想，而后道：“怕是会想十天十夜，都陪在师尊身边了。”

墨燃垂眸笑了。

“哼，你笑什么。”薛蒙换了个姿势，一只脚架在了竹亭长椅上，手肘闲适地搁着，头颈微微后仰，目光流转至眼尾，瞧着自己的堂兄，“如今你我对师尊的心意都是一样的，我是怎么想的，你应当也差不了太多。”

墨燃垂眸：“嗯。”

薛蒙又望向亭角风铃，说道：“挺好的，当初师尊身殒，我怨憎他用性命换了你的性命，但今日看来，你这人也并非全无良心。”

墨燃不知该说些什么，又“嗯”了一声。

铃铛璁珑，叮叮当当在风里作响。

几许沉默，薛蒙忍不住转头，目光灼灼，眉心微蹙，忽然问他：“喏，那什么，其实有件事，我想问你。”

“你说。”

“你……你跟我说句实话，那天在后山，你们……”

墨燃其实知道薛蒙一直想问这个问题。

七弯八拐那么久，还是没有逃过。他等着薛蒙说下去。

但薛蒙总觉得自己受骗了很丢人，嗫嚅半天，最终还是硬着头皮道：“你们真的……是在找桂花糖年糕吗？”

须臾寂静。

水开了，丝丝缕缕的水汽，在寒凉的夜色里此消彼长，聚合又散去。

墨燃轻咳一声：“可以喝茶了。”

薛蒙瞪着他：“你可别骗我，你们真的是在找桂花糖年糕吗？”

“……”

墨燃去桌前提起漆黑的铸铁壶，一人一杯，斟满茶，然后叹道：“如果我们不是在找桂花糖年糕，还能是在做什么？”

“你——”

“师尊轻易不会诓你，你不信我，总得信他。”

薛蒙似是被捏住了七寸的小蛇，立刻道：“我没有不信他，只是……”

只是小事师尊未必会管啊！

“那就喝茶吧。”墨燃叹了口气，“成天想些什么呢，都是些有的没的。”他低头，吹了吹蒸腾的热气，氤氲水雾中，他的面容显得那么英俊，却又有些模糊不清，如镜花水月，叫人看不真切。

八宝茶温热，口感咸醇，薛蒙慢慢地喝了几口，那汩汩热流淌过心肺，他感觉好受了点，这才道：“哼！我告诉你，你可别想背着我从师尊那边讨什么便宜。我特别在乎师尊，我才是他的首席弟子，要不是看那天你是和他单独在一起，我才懒得问那么多呢，我只是关心师尊而已……”

“我知道。”墨燃说，“我也一样。”

薛蒙侧过脸，望着他。

墨燃靠着亭柱，杯中茶未尽，他又饮一口，而后道：“方才还因为这个，误会了师昧，你至少比我好些，不至于那么冲动。”

薛蒙略奇：“难怪见他跟你说了没两句就走，你误会了他什么？”

“不说也罢……”墨燃苦笑，“我比你还能胡思乱想。”

薛蒙皱皱鼻子：“他是个可怜人，饥荒中人们易子而食，如果不是被爹爹救回来，他都要成了饥民锅里的肉了……师昧一直待你挺好的，你可别欺负他。”

墨燃道：“嗯，我知道，先前也是一时激动，以后不会了。”

两个人在亭中守着楚晚宁，你一言我一语，不咸不淡地聊着。

这种感觉很奇妙，墨燃望着月光下，薛蒙那张俊秀的、天生有些傲慢的脸。就是这个人前世在自己胸口开了个窟窿，后来每一次见面都伴随着泪与血。

没有想到他们还能这样心平气和地说说话，月下荷塘，烹茶煮酒。

是的，煮酒。

茶喝完了，薛蒙也没打算走。

墨燃就又热了一壶酒，小酌几杯，只要不醉，都是无伤大雅的。

但他似乎高看了薛蒙的酒量。

他们师徒四人，千杯不倒的是楚晚宁，自己也算凑合，师昧的酒量就很差了，但最无可救药的是薛蒙。

两小杯梨花白，这个人就有些晕头晕脑，讲话也大舌头了。

墨燃担心惹祸，忙把酒都收了，不再给他喝。

薛蒙意识虽混沌，但还没全失，还是清醒的，脸红彤彤的，笑了笑，说："收起来好，我……我是不能再喝了。"

"嗯。"墨燃道，"你快回去歇息吧，自己能走吗？不能走我传音让伯父过来。"

"哦哦，不用他过来、不用他过来。"薛蒙笑眯眯地摆摆手，"我自己能走回去，还认路的。"

墨燃不放心，伸出一根手指放到他面前："这是几？"

"一。"

他又指指楚晚宁："这是谁？"

薛蒙笑了："神仙哥哥。"

"好好说话……"

"哈哈，师尊啦，我认得的。"薛蒙抱着柱子笑道。

墨燃蹙着眉头，暗骂薛蒙这家伙的酒量怎么一年比一年差，仍不安心，又指自己问他："那我呢，你看清楚，别开玩笑，我是谁？"

薛蒙呆了一会儿。

时光仿佛在这一刻与旧影重叠，当年孟婆堂除夕，薛蒙也是醉了，认得师昧的脸，说楚晚宁是神仙哥哥，而后瞧着墨燃，哈哈笑着说墨燃是狗。

墨燃不动声色地望着他，准备他如果再开口说一个"狗"字，就先偷偷把薛蒙摁着揍一顿，然后再叫薛正雍过来把这小醉鬼领回去。

但薛蒙呆呆地望了他好一会儿，脸上露出古怪表情，最后嘴唇张开，微微嘟起，似乎是要发"狗"这个音。

墨燃打算伸手捂他的嘴。

"哥……"

尚未抬起的手僵住了，薛蒙目光蒙眬地望着他，慢慢地、小声地喊了一声：“哥。”

墨燃愣了一下，仿佛被蜂蜇，刺痛弥漫成剧痛，剧痛又因那剧毒而变得酸麻。他喉头哽住，一句话都说不出来，只愣怔地望着薛蒙的脸，年轻的、傲慢的、意气风发的五官。

在这张脸上，墨燃见惯了仇恨、愤怒、鄙薄——

却从来没有见过他此刻这样的神情。

薛蒙摩挲着自己腰间的龙城佩刀，那是墨燃不惜艰险斩下大妖精魅，夺了极品灵石，送来替他熔嵌的。

没有这把刀，他或许夺不下灵山大会的第一；没有这把刀，他或许就只能沦为寂寂无名的修士，背负仲永之伤。

他清醒的时候，出于自尊与颜面等这样那样的原因，从未好好地跟墨燃说过一个“谢”字，但他其实很难受——每日擦拭龙城的时候，都是思绪万千,百感交集。

尤其是从儒风门回来之后，知道是墨燃从徐霜林手下救了自己，薛蒙就更是煎熬，醒来之后，听说墨燃和楚晚宁仍下落不明，他失声痛哭。人人都以为他只是在哭自己的师尊而已，只有薛蒙自己清楚，那天晚上，他抱着龙城佩刀，躺在病榻之上，望着黑暗，声音嘶哑地说了一声——

“哥，对不起。”

你在哪里……你和师尊……都还好吗……

墨燃说不出话来，也挪动不了脚步，整个人像是定住了，就那样僵硬地站在原处。

昨日种种如逝水，自眼前湍急而过。

他想到前世的死生之巅，薛蒙独自上山，站在凄冷的巫山殿里，红着眼眶追问楚晚宁的下落。

薛蒙说：“墨微雨，你回头看看……”

他想到自己当了踏仙君之后，薛蒙与梅含雪伏击刺杀，梅含雪阻绝他的路，薛蒙怒喝着，面容扭曲狰狞，弯刀刺入他的胸膛，鲜血狂飙。

薛蒙说：“墨微雨，谁都救不了你，这世上容不下你！”

他想到一桩桩一件件的仇恨，愤怒的，炽热的，龙蛇舞动。

他想到这一世楚晚宁身死当日，薛蒙猛地跃起咆哮着将他摁在墙上，颈间动脉暴突，薛蒙困兽般怒号着：“你怎么可以说他不救你……你怎么可以说他不救你！！”

忽然，心念一闪，他眼前仿佛亮起一道微光。

或许是墨燃这样僵硬地站着实在太久了，久到让他脑海里浮现最早、最模糊的那段记忆。

他好像看见了两个少年，一个瘦得厉害，瑟缩惊惶，如被抽打惯了的弃犬，不安地蹲在弟子房小桌子前的条凳上，小手紧紧攥着，护在膝头，一动也不动，那是他自己。

还有一个少年，面如雪玉，俏傲可爱，犹如羽翼鲜亮骄傲耀眼的雉鸟。他站着，腰间配着一把漂亮的弯刀，一脚踩在椅子上，用漆黑滚圆的眼睛一眨不眨地睥睨着他。

“我娘让我来看看你。”少年薛蒙哼唧道，“听说你就是我堂哥？……长得可真寒碜。”

墨燃不吭声，低着头，不习惯被人这样紧盯着打量。

薛蒙问：“喂，你叫什么名字？墨……那个墨……啥？跟我说说，我不记得了。”

“……”

“问你话呢，怎么不吱声？”

“……”

“你是哑巴吗？！”

三番不见响，少年薛蒙气笑了：“都说你是我堂哥，看你唯唯诺诺，瘦小不堪，风一吹就跑了，我哪里有这么丢人的哥哥，真是笑话。”

墨燃低下了头，越发不肯理他。

就这样沉默着，忽然眼前闯进一抹鲜红，递给他这抹鲜红的人太粗暴了，几乎戳到了他的鼻尖，墨燃呆了一会儿，才发现那是一串糖葫芦。

“给你的。”薛蒙道。

“反正我也吃不了。”

他带了一盒点心，随意扔在桌上，施舍般的态度，但墨燃愣怔地看着，只觉得他很阔气，慷慨大方，以前从来没有人愿意给他这么多东西，连跪着求都没有。

“我……这……”

“什么？”薛蒙皱起眉，“什么我这我这的，你要说什么？”

“这一串，我都可以吃吗？”

“啊？”

“其实只要一颗就够了……你吃不下，我再……”

“你有毛病吧？你是狗啊？吃别人剩下的东西？”薛蒙瞪大了眼睛，匪夷所思道，“当然都是你的啦！这整串，这整盒，都是你的啊！”

漆木点心匣子做工精美，上头有金粉描画的仙鹤祥云，是墨燃从前见都没有见过的大气做派。

他不敢伸手，黑眼睛却一直盯着匣子，看得薛蒙心里都有些发毛了，干脆抬手替他打开了点心匣。浓郁的奶香、果香、豆沙泥香混在一道，三横三纵，一共九个，有的金黄酥脆，有的粉嫩软香，还有的皮子晶莹剔透，吹弹可破，影影绰绰能瞧见里头绵软的红豆沙。

少年薛蒙看都不看一眼，把这一整盒点心都推到他面前，不耐烦道："快吃吧，要是不够，我那儿还有，根本吃不完，刚好分给你。"

这个小公子的态度恶劣，语气也很不好，黑白分明的滚圆眸子还往上翻着，一副鼻孔朝天看不起人的德行。

但递给他的点心果子是香甜的，软糯的。

隔着两世的苦涩，血腥，那一点点邈远的甜味，似乎就这样回到了舌尖。墨燃看着月光下薛蒙醉醺醺的脸庞，薛蒙也眯缝着眸子，瞅着他，过了一会儿，薛蒙笑了，醉意使然，也不知道在笑些什么。

他松开抱着的柱子，似乎想挨过去拍一拍墨燃的肩膀，但是步履不稳，他蹒跚着，竟跌到了墨燃怀里。

"唔……哥……"

墨燃愣怔着，而后慢慢垂下了眼帘，轻轻拍了拍薛蒙的后背，夜风吹拂，他的碎发遮住了半张俊脸，没有人知道墨燃究竟是怎样的神情，很久之后，酒量太差的薛蒙呼呼地靠在他怀里睡着了，这时，墨燃才声音沙哑地说了一句——

"薛蒙，对不起，我不配当你哥哥……"

师尊给了我命

楚晚宁闭关结束的那天，死生之巅来了个不速之客。

“当当当。”

大清早，红莲水榭的门就被焦急地叩响了。

墨燃正在服侍楚晚宁更衣，这个人修行刚刚结束，十天冥思放空，整个人都有些迷糊，听到叩门声，颇为冷淡地说了句：“请进。”

墨燃：“扑哧。”

“你笑什么？”

“师尊在门口布了结界，除了我和薛蒙、师昧，他们谁能进来？”

楚晚宁这才想起，便抬手把结界解开。外头火急火燎地来了个传信的弟子，满身酒气，跟只没头苍蝇似的：“玉衡长老，不好啦，丹心殿门口来了个大妖！”

两人互看一眼，立刻往丹心殿赶去。

大老远地，墨燃就瞧见一只硕大的葫芦正在满广场打转，一群长老和弟子在旁边哭笑不得地看着。

墨燃：“大妖？”

胖葫芦：“咕噜咕噜咕噜啵。”

见到楚晚宁和墨燃来了，薛正雍眼前一亮，直拍大腿：“啊！玉衡！醒得正是时候！有救了有救了，快来！”

楚晚宁还有些蒙，不过他天生长得清冷，即使蒙蒙的，脸瞧上去依旧高深莫测：“嗯？”

“又是一个从金鼓塔里逃出来的妖物。”薛正雍苦着脸，又是好气，又是好笑，“赖在这里不走啦——酒色葫芦！”

楚晚宁抬眼去看那满场疯跑的大葫芦，两人高，浑身散发着珍珠光泽，葫芦口一阵冒着桃红色烟雾，一阵又喷出汩汩酒浆，果然是传闻里的酒色葫芦妖。

楚晚宁道：“这妖不伤人。”

“但它灌人酒啊！”

此言不虚，酒色葫芦撵着一群小弟子满场跑，只要追上一个，就立刻裂开一道口子，往人家嘴里喷酒，一边喷还一边发出意义不明的“咕噜咕噜啵”。

楚晚宁：“……”

“听说它只服气比它酒量好的人。”薛正雍眼巴巴地说，“玉衡，你看……”

楚晚宁有些头疼地抚了抚额角，掠下场，召出天问，横于酒葫芦前。

“别跑了。”他说，“我陪你喝。”

胖葫芦大喜过望，来回摇晃，裂开的口子立刻上扬，噗的一口酒浆小箭一般朝着楚晚宁清俊的脸上喷去，岂料楚晚宁一个避闪，从容不迫地躲过了这口酒，众人只见得金光一闪，胖葫芦已被天问紧紧勒住。

“换种喝法，你有没有杯子？”

“咕噜啵！”胖葫芦的裂口里吐出一只小葫芦瓢，清冽地装满了酒，“啵！”

楚晚宁便在众人注视之下，席地而坐，和酒色葫芦对酌起来。

“咕噜啵啵啵！”

“不错，再来一盏。”

“啵！”

“梨花白有没有？”

“啵啵啵！”

薛正雍惊愕道：“玉衡，你好像听得懂它说话？”

“嗯。”楚晚宁道，“这类妖物的话，总能懂一点儿。”

酒色葫芦：“啵啵啵！”

墨燃就笑道：“师尊，这次它说什么？”

楚晚宁：“在和我聊天，说它很久没有晒过太阳了。”

酒色葫芦显得很高兴，不知为什么，显然也听懂了楚晚宁的话，便亲昵地凑过去，又殷勤地给他倒了一大瓢酒。

“这次是梨花白？”

“啵！”

“我不爱女儿红。”

“啵……”酒色葫芦“哗”的一下把酒倒了，又换了一盏。

众人惊呆，俱是说不出话来。

眼见这一人一妖从早上喝到中午，人不醉，妖开心，大家瞠目结舌，丹心殿门口聚集的人越来越多。

薛蒙和师昧也来了。

墨燃见到师昧，想起之前的误会，心中愧疚，便想主动与他道个歉，岂料师昧余光一瞥见他，转身就走。

薛蒙瞧出了门道来，便拿手肘捅了捅墨燃：“他好像还在气你上次误会他。”

墨燃便有些忧愁："那该怎么办？"

"和他聊聊吧，你们这样，我夹在中间也里外不是人。"薛蒙道，"快去，反正这里也没你什么事。"

墨燃看了一眼正在和酒葫芦斗酒的楚晚宁，觉得确实一时半会儿也不会有什么问题，就对薛蒙道："那我先去找他，你在这里别走，看着师尊，要是有什么情况，马上告诉我。"

追上师昧并没有花太多工夫，墨燃在舞剑坪前唤住他："师昧！"

"……"

"师昧！"

师昧停下脚步，转过身，安静地看着他："阿燃找我有事？"

"没……"墨燃摆摆手，蹙着眉，"我来是想跟你说，上次的事情，真的是我不好。"

"你讲哪件事？"

墨燃愣了一下，微微睁大眼眸："什么？"

师昧神情依旧浅淡温和，起风了，他捋过自己鬓边的碎发："是红莲水榭里你误会我要对师尊做什么，还是玉凉村一起吃饭的时候，你们都不和我坐一桌？或者是更早，师尊醒来的时候我去给你们送酒，你从头到尾都没有跟我讲过一句话。哪一件？"

完全没有想到他居然会提起那么早之前的事情，墨燃一时茫然，过了好久才道："你……你那么早就生我气了？"

师昧摇了摇头："生气算不上，但也会在意。"

"……"

"阿燃，自打师尊苏醒之后，你就一直在刻意疏远我。"

墨燃便无言了。他确实在刻意疏远师昧。他们俩曾经走得那么近，近到楚晚宁都看在眼里，清清楚楚。

师昧安静地凝视着他，过了一会儿，说道："你刚来死生之巅的时候，我就跟你说过，我也无父无母，朋友不多，从此之后，我们就是一家人。"

"嗯……"

"那你为什么变了？"

墨燃不由得愣了一下，忽然意识到自打从鬼界回来，他与师昧说过的话，加起来也没有几句。

曾经是那样形影不离的两个人，如今却渐行渐远，墨燃也有些犹豫，自己是不是做得太过了。

他道："对不起。"

“也没什么好对不起的……”师昧把目光转开了，“算了吧，就这样了。”

“你别生气了。你生气，我……也不好受，你对我一直都很好。”

师昧终于淡淡笑了一下：“我对你很好，那比起师尊呢？”

墨燃道：“这不一样。”

师昧望着远山，说道：“我记得你以前跟我说过，我待你好，给了你许多温暖。那师尊呢？”

墨燃道：“他给了我命。”

师昧良久不答，最后长叹：“弗如也。”

墨燃看他这样，心里越发不好受，说道：“本就没有什么好比较的，人和人都是不一样的，你——”

师昧没有等他把话说完，侧着脸，逆着风，抬手拍了一下墨燃的胸膛：“好了，你不用说了。我知道你的意思，其实我也不是那么计较的人，但你之前这样误会我，我真的很难过。”

“嗯……”

“翻篇了吧，谁都别再想了。”

墨燃黑眸温润，半晌点了点头，几乎是感激地说：“好。”

师昧身形修长，靠在舞剑坪的玉栏边，望着下面林叶瑟瑟，过了一会儿——

“回去吧。”

“你那年想说什么？”

几乎是同时开口，墨燃愣了一下：“哪年？”

师昧说：“天裂那年。”

墨燃这才想起当初彩蝶镇天裂，自己那一句未曾说出口的话，一时僵住。

师昧道：“你当初有一句话没跟我说完，我不知道你想说什么，现在能问问你吗？”

墨燃刚想回答，忽然听得身后丹心殿传来一声巨响。

他与师昧脸色皆是一变，墨燃道：“是师尊那边！”

师昧也无暇闲聊了，说道：“快回去看看。”

两人一同转身急掠向主殿方向，到了丹心殿门前，发现偌大的广场上居然又多了第二只胖葫芦。

墨燃惊道：“这又是个什么？！”

薛正雍掩面道：“酒色葫芦。”

“到底有几只？！”

“两只，一只酒，一只色。它们是并蒂双生的。”薛正雍简直头都要炸了，“和玉衡斗酒的那只是弟弟，这会儿来的这只是哥哥。”

墨燃眉心抽搐，过了一会儿才反应过来："酒葫芦喜欢和人斗酒，那色葫芦……"他脸色发青地转过去，瞅着那只滴溜溜打转的桃红色胖葫芦。

薛正雍不无尴尬道："色葫芦能极尽天下诱惑之能事，它只听从最为纯澈之人的命令。"

墨燃扭头道："薛蒙！"

师昧"咦"了一声，说道："薛蒙怎么不在？去哪里了？"

薛正雍指着那只色葫芦："已经在葫芦里接受试炼了……他说要为玉衡分忧。"

墨燃松了口气："那没事，这世上如果连薛蒙都不纯澈，那就没有纯澈的人了。"

话音刚落，就听到"砰"的一声炸响。

薛蒙整个人被从色葫芦的葫芦口里喷了出来，重重地跌在了人群中央，那动静之大，众人为之侧目，连在和酒葫芦喝酒的楚晚宁都跟着回过了头。

师昧愕然道："怎么了？"

另有人惊讶道："该不会连少主都……"

"咯咯咯。"薛蒙涨红着脸，摇摇晃晃地从地上站起来，一双眸子又怒又羞，朝着色葫芦吼道，"你——你这妖孽，你你你……你臭不要脸！"

墨燃来回打量，发现薛蒙不知何时已换了一套金红色的吉袍，只觉得又是好笑又是好奇："这是怎么回事？"

薛正雍只是抚额，简直说不出话来。

师昧道："这个我听说过，色葫芦其实并不是好色，而是痴情，它想找个世上最干净、最痴心，心里没有任何人的伴侣成亲。据说被吸进葫芦里的人，都会身处一间新房中。"

"然后呢……"

"然后色葫芦的元神就会变成新娘或者新郎的模样，但无论新娘新郎，都是遮着面孔的，要等对方亲手去揭开。"

墨燃道："揭开看到的是色葫芦本尊吗？"

"自然不是，揭开看到的东西会因人而异，色葫芦对付每个人都有它自己的点子，它是妖，想法有时十分古怪，叫人捉摸不透，甚至有些荒谬，不过，如果是特别好色的人，据说看到的就会是……"师昧轻咳一声，有些尴尬，"不着寸缕的绝色男子或者女子。只有最纯澈的人，才能看到色葫芦的本体。"

墨燃难以置信地转头看向在原地气得头冒青烟的薛蒙："那薛蒙看到了什么？"

他实在无法相信薛蒙有心上人，但也绝不信薛蒙眼里能看到赤条条的美人。

但薛蒙实打实地被色葫芦喷出来了，并且看色葫芦原地蹦蹦跳跳滚来滚去乐不可支的样子，显然还瞧了薛蒙好一通笑话。

师昧于心不忍，替薛蒙打圆场，说道："可能是色葫芦一时误判……"

他话还没说完，就听薛蒙掣出龙城，指着色葫芦怒吼道："你居然变个我自己的幻象来迷惑我！你还让幻象里的我穿女装！你……你个破葫芦！！你胆敢羞辱我！！！"

"……"死生之巅的许多弟子，包括墨燃在内，寂静须臾，想忍，但没有忍住，而后全都哈哈哈地笑出了声。

最是自恋薛子明，孔雀开屏水仙照影，色葫芦变出的新嫁娘，薛蒙一撩盖头，看到的居然是自己浓妆艳抹的脸——

"情理之中。"墨燃尽力忍着，不让自己笑得太夸张，中肯地点了点头，"薛蒙当个姑娘，应当是很漂亮了。"

他还没乐完，就听得薛正雍头疼不已地喊了一声："玉衡，要不等摆平了酒葫芦，这只色葫芦，你也帮着给治治？"

师尊，你是如何降服色葫芦的？

死生之巅有三位最为孤高，最为清白之人。

薛蒙。

贪狼长老。

楚晚宁。

薛蒙已经被色葫芦丢出来了，贪狼长老不是室子之身，他早年娶过一个妻子，但是那女子身子羸弱，婚后不久就病故了，据说贪狼长老学医，也是因为不愿意再看身边有人因病离去。

所以只剩下了楚晚宁。

“玉衡长老肯定可以摆平。”

“是啊，少主都不行，只能靠少主的师尊啦。”

墨燃在一边听得上火，一筹莫展间，墨燃急病乱投医，竟对薛正雍道：“要不，我去试试？”

薛正雍来回打量他，颇为委婉地说：“燃儿，要降服色葫芦，第一条要求就是不曾有过情史。”

墨燃：“……”

那边，酒葫芦已经被楚晚宁灌得晕头转向，最后扑通一声栽在地上，青烟散过，成了一只小小的碧玉葫芦，安静地躺在地上。薛正雍上前将酒葫芦收入乾坤囊，喜道：“哈哈，真不愧是玉衡，来，色葫芦色葫芦。”

楚晚宁神色如常，只是睫毛垂落，不愿与薛正雍直视：“不去。”

薛正雍愣住了，别说他愣住了，周围一干弟子长老都愣住。

“为……为什么？”

“喝多了……累。”

薛正雍又不傻，千杯不醉楚晚宁，说累是虚言。

他盯着那个清凌凌的白衣男人猛看，直把楚晚宁看得好不耐烦，拂袖转身。薛正雍忽然恍然，一时错愕，竟脱口而出：“玉衡，你该不会——”

楚晚宁的耳根蓦地红了，他怒而回首，凤眸如电：“胡说什么？”

薛正雍“不是室子”四个字还没说出口，自己都有些受不了，心道怎么可能，楚晚宁是什么人。

晚夜玉衡，北斗仙尊，他若是有过什么露水情缘，谁信？

薛正雍急得拍腿：“那你、那你试试看啊，不然这葫芦一直在这里转悠，虽然不伤人，但也麻烦死了。而且这酒色葫芦皮硬，恐怕花个三年五载都削不掉它一层皮。”

“……”楚晚宁的目光掠过人群，众弟子都殷切地望着他。

楚晚宁心中暗骂。但此刻进退两难，要是就此拂袖去了，恐怕以后多生是非口舌，他想了想，便道：“那我试试。”

色葫芦转眼就把楚晚宁纳入了葫芦肚里，然后在原地摇头晃脑地打起转来。死生之巅众弟子浑然不疑，都笃信楚晚宁进去，色葫芦定然也能被他降服。

楚晚宁睁开眼。

这葫芦肚内别有天地，自成一帘幽梦。

和传说中一样，色葫芦里果然红烛高照，喜帐低垂。往前去，但见一张红酸枝大床铺着厚被，撒落花生红枣，毡褥帐幔衾绹一应俱全。

有位一看就是葫芦变的老妇人立在暖房门口，笑眯眯，满头青碧色长发，咧开嘴，连牙齿也是青碧色的。

楚晚宁心知自己绝无可能降服色葫芦，也懒得废话，便上前和那老妇人说：“奶奶，你把我送出去就好，不必让我掀盖头。”

老妇人和颜悦色地开口：“嗯哼嗯哼。”

“……”

没想到这老妇人不通人语，也没有酒葫芦那么机敏，不能明白楚晚宁的意思。楚晚宁没有办法，只得叹了口气，硬着头皮走到了床前。

床榻上端坐着一个人，上衣玄色绣暗龙纹，下裳纁色绣凤羽，足踩赤舄，落着盖头，瞧不清脸。

老妇人蹒跚且从容地走过来，手中砰地烟雾腾起，浮出一根青玉如意，她递到楚晚宁手中，而后做了个“请”的动作。

楚晚宁青着脸站了片刻，深吸了口气，然后走上前。

老妇人催促道：“嗯哼嗯哼。”

“知道了，别急。”

如意起，红绸落。

楚晚宁微微地睁大眼睛：“你是……”

凤烛罗帐之间，一个戴着九旒珠冕的男子抬起眼帘，光影在他苍白而英俊的脸庞上流淌，一双黑眸子戏谑讥嘲，他微抬着下巴，朝着楚晚宁笑了一下。

楚晚宁不由得愣住——

这个人是墨燃没错，可是面容有些病态的白皙，眼神也恹恹的，整个人的神情都相当古怪。

“又与师尊相见了。”见他愣着，那男子便伸出手，蓦地捉住了楚晚宁的臂腕。他指尖冰凉，盯着楚晚宁的那双眼又戾又狠，犹如兀鹰。

墨燃咧开嘴，笑起来，笑容却不暖，而是白齿森森。

“本座甚是欣慰。”

——什么乱七八糟的！

楚晚宁又是好气又是好笑，心道这色葫芦果然是如传闻中一样，想法匪夷所思，荒诞不经，变出来的人竟是这样莫名其妙。

“松开。”

墨燃没有松手。

楚晚宁便扭头对那青发老太太道：“让他松手。”

话音未落，墨燃倏地站起，楚晚宁只来得及看到他头戴的珠冕在晃动，天旋地转，待他回神，已被推倒，受制于人，忽然“砰”的一声响，“墨燃”仿佛感知到了什么。他猛地愣了一下，难以置信地瞪着楚晚宁。

趁此机会，楚晚宁一把将他推开，手中金光灼灼，天问已倏地亮起，朝着这个幻象里的“墨燃”劈斩下去。

瞧见那天问之光，“墨燃”更是惊愕至极，脱口而出：“你竟然……你竟然是……”

柳藤落下，花火四溅。

“墨燃”吃痛，却也不反抗，而是惊愕至极地睁大着双眼，过了一会儿，一阵薄烟起。

那个青碧色头发的老太太消失了，“墨燃”也消失了。

花烛暖房里，跪着一个青色头发，耳朵尖尖，容貌极其俊俏的陌生年轻男子。

楚晚宁余怒未消，从榻上起身，一双含情也含怒的凤眸狠狠瞪着这个家伙，嗓音低沉危险，犹如被惹怒的虎豹。

他咬牙切齿道：“孽畜。”

这个年轻男子正是“色葫芦”的元神，色葫芦盯着楚晚宁，脸上已是了无人色，又惊又惧：“是您……”

楚晚宁正恼，猛地转头瞪他：“什么是我是你？”

色葫芦却已吓得瑟瑟发抖，扑通一声跪拜在地，连连磕头：“晚辈不知是……”他好像连楚晚宁的名字都畏惧说出，打了个寒战，又继续用力叩首，“请仙君恕罪，请仙君恕罪。”

“……”

早些年楚晚宁斩妖除魔，降服了不少精怪鬼魅，天问在那些牛鬼蛇神之中有赫赫威名，曾有小妖瞧见他就吓得一动也不敢动。

他没有想到这色葫芦也是同样德行。

楚晚宁收了天问，阴沉着脸，从榻上起来，盯着那不住磕头的年轻男子，无语半晌，说道：“送我出去。”

“是、是！”

那色葫芦哪里还敢怠慢，立刻念动咒诀，只听得“砰”的一声，原地烟雾起，楚晚宁被这雾气迷得睁不开眼，待迷雾消散，能看清眼前事物时，他已经回到了丹心殿前的广场上。

周围立刻拥来几个人。

“师尊，没事吧？”

“玉衡，你收拾得太好了！”

“师尊师尊，有没有受伤？”

那烟雾有些葫芦腐烂的味道，楚晚宁被熏得有些晕，缓了一会儿才注意到色葫芦也已消失了，自己面前的青石板上，静静地躺着一只桃红色的小葫芦。

楚晚宁想了一下方才的幻境，仍感觉有些耻辱，不愿多说，只高深莫测地对薛正雍说：“把这两只葫芦都收了吧，放去镇妖塔里养着。”

薛正雍道：“好……呃……”

但他目光却停落在楚晚宁身上，来来回回，颇有些犹豫。

楚晚宁被他盯得发怵：“怎么了？”

“没什么……”

不过薛正雍的表情绝对不是在说“没什么”，而且楚晚宁忽然发现，除了他，周围一圈人也都在用一种好奇和好笑皆有之的眼神偷偷打量着他。楚晚宁转过头，就连墨燃也有些尴尬地望着他，小麦色的脸庞有些红。

“怎么……”

这回“了”还没问出口，楚晚宁就知道原因了。

他低下头，看到自己的衣服。

原来不知什么时候起，大约是进到色葫芦肚子里的那一刻，他身上的服裳就被换成了一件和薛蒙差不多样子的吉袍黼衣，正是与人成亲拜堂时才该穿的衣裳。

楚晚宁：“……”

玉衡长老吉服降妖一事，很快就成了死生之巅津津乐道的话题。

而众弟子最热衷于讨论的便是——“不知道玉衡长老在葫芦肚子里，究竟娶了谁。”

有人不嫌自己命短，兴高采烈道：“肯定是个天仙般的美女。”

有人嫌自己命长，挤眉弄眼道：“没准是个天神般的美人。”

有人很珍爱性命，便一本正经地说：“长老掀开盖头，看到的应该就是色葫芦本身吧，如果看到别的东西，色葫芦是不会高兴的，他也就没有办法降服这个妖怪。”

众人嫌弃这个珍爱性命的尿货，都觉得他没趣儿，摇着头四下散去了。

不过，死生之巅还有一个最英勇不怕死的猛士——

这一日，天色阴沉，晨修暂停，墨燃便一大早悄悄地带了点心，趁人不注意，溜去红莲水榭寻找楚晚宁。

两人吃过饭，这位众人口中的“天仙美女”“天神美人”便笑吟吟地望着楚晚宁，问道：“师尊，你究竟是怎么降服色葫芦的，与我一个人说一说，好吗？”

师尊，我竟是燃妹了吗？

楚晚宁想起那个脑瓜不同于凡人的蠢葫芦变出的离奇幻象，哼了一声，神情莫测，不复多言。

墨燃笑得更明朗了："不知色葫芦在师尊面前化作了什么……"

楚晚宁就更生气了，拂袖道："懒得说。你若再喋喋不休，现在就走，不许你在此多留。"

这下墨燃果然老实了，抿了抿嘴唇，似乎有些委屈，但总还算是乖巧本分，黑润的眸子望着他，很有些温软撒娇的意思："哦，那我什么都不问了，好师尊，你别赶我走。"

"师尊就师尊，不要加个'好'。"楚晚宁有些招架不住，却还推他蹭过来的脑袋，板着脸道，"不要乱叫。"

"可是只叫师尊的话，一点儿都不亲近啊。"

"有吗？"

墨燃就循循善诱地："你看，我人前就叫你师尊，独处的时候若是也一直唤你师尊，那多没意思，对不对？"

楚晚宁不上当："不对。"

墨燃一招不行又换一招，拉着楚晚宁不停地唤："师尊、师尊、师尊。"每一种唤法都甜甜腻腻，令楚晚宁背脊发毛。到了最后楚晚宁忍无可忍，把旁边一本书砸在了墨燃脸上。

"住口。"

书卷很厚，砸下来却很轻，不痛。

墨燃笑着把书本拿下来，露出后面那张英俊绝伦的脸庞："我怕我这样唤习惯了，人前也会不小心乱叫师尊。所以，还是想个别的称呼吧。"

楚晚宁眉锋蹙起："你唤了别的称呼，难道就不会叫习惯了，跑到人前去喊？"

墨燃就叹气："你怎么总也不咬钩。"

"……"楚晚宁越发不悦，便低头理着自己的书本，不再理睬趴在桌上吹着眼前碎发的徒弟。

这样相安无事了一会儿，墨燃很是失落地道：“我想从师尊这里讨些好呀。”

“嗯？”

“师昧和薛蒙都叫你师尊。我也叫你师尊，什么区别都没有，我、我其实要得也不多，就想讨些不同的……只有我能唤的。”

楚晚宁停下手上的动作，直起身子，看着他：“你都已经能直呼我名字了，还嫌不够？”

“不够……再找一个只有我能用的称呼吧，我也不会经常唤啊。”墨燃浓密纤长的睫毛垂落，在鼻翼处打下细碎的影，“就偶尔……也不可以吗？”

“……”

“实在不可以就算了。”墨燃显得越发失落，“不叫就不叫了。”

最后还是楚晚宁让了步。

大约是虚长了墨燃十岁，还是会忍不住年轻人的软磨硬泡，撒娇央求。

“师尊你说，我该想个什么称呼才好？”墨燃兴高采烈地问。

楚晚宁恹恹地说：“随意。”

“怎么能随意，这是很重要的事情呢。”

墨燃冥思苦想了很久，但脑中匮乏，尽是戏文，甚至还有些搞笑，于是道：“楚郎？”

楚晚宁着实有些被恶心到了，阴着脸问：“那需要我叫你燃妹吗……”

“楚哥？”

“你是真的很想我叫你燃妹吧……”

“哈哈哈，确实不太好。”墨燃挠着头，又皱眉思索着。

楚晚宁见他这样绞尽脑汁，脸上终于忍不住有了些浅笑，摇了摇头：“我看你还是别想了，这样苦思冥想出来的，有什么意思，反而还别扭。”

墨燃觉得他说得有道理，但又不甘心，最后笑道：“那等以后，我一定好好想想，想一个最合适的给你。”

日子就这样过着，蜀中的雨断断续续下了半个月，这一天总算是放晴了，见了好太阳。

墨燃踩着深深浅浅的积水，在竹林间走着。今日恢复晨修，但楚晚宁没有来，听人说他去了后山，去教璇玑的几个笨徒弟投掷梅花镖。

还没走到练靶场，就听到楚晚宁沉冷的声音：“手要放松，梅花镖夹在食指与无名指的指缝中，灵力从指尖出，使之在指端流散，待边缘发出金光时，再朝目标投掷。”

“沙——”

光听声音，墨燃都知道那几个弟子又落了空，一个个都哀叹起来。

“天哪，真的好难。”

“长老，您能再演示一遍给我们瞧瞧吗？”

楚晚宁道：“金光散出时，梅花镖会微微发烫，仔细感受，不要用眼睛去看。”

“不看也能投准？”

楚晚宁还未回答，就听身后一个带着笑的嗓音：“当然能投准。”

楚晚宁回过头：“你怎么来了？”

那群新弟子道：“墨师兄。”

其中还有一个极其娇俏可爱的女弟子，一瞧墨燃脸就红了，跟着手忙脚乱地抱拳。

墨燃没有多理睬璇玑的徒弟，而是径直走到楚晚宁面前，说道：“师尊不如蒙上眼睛丢给他们看看？”

“好……”

得了允许，墨燃拆下自己头上的雪青色发带，三指宽，遮住楚晚宁的眼睛，发带系得紧，却不勒人，丝绸的触感像是流水，末梢在风中猎猎拂动。

楚晚宁道：“梅花镖。”

璇玑长老的弟子上来一名，把自己的那枚梅花镖递给楚晚宁。

楚晚宁道：“三枚。”

“啊？”那弟子虽疑惑，但依旧从暗器囊里又取了两枚，呈给他。楚晚宁细长冷白的手指摩挲着梅花镖冰冷的金属质感，抿了抿唇，而后一言不发，也不多作停留，只见得他指尖一点，电光石火间，飞镖已从他指隙间掠出——

“铮——铛！”嗡鸣脆响。

“哎呀，打中了！靶心中红！但是只有一枚啊。”

楚晚宁不吭声，墨燃淡淡地道：“还有两枚在你们身后的靶子上。”

那些新入门的弟子闻言不信，纷纷回头去看，结果一看之下，尽是悚然。剩下两枚铁镖一左一右，深嵌在完全反方向的靶子里，正中红心。

沙沙竹林中，晨曦流淌，璇玑的弟子震惊得说不出话来，楚晚宁则抬手摘了蒙眼的雪青色绸带，风眸微掀，睫毛翊动。

他把发带交还给墨燃，说道：“方才那第一声响，是三枚梅花镖在空中各自相撞的声音，灵力控得好，就能使其中两枚受到反作用力，朝反方向飞袭，应战之时常可出其不备，以得先机。”

众弟子面面相觑，忽然有个年纪小的，满脸憧憬地嚷道：“长老，这……这该怎么练？有诀窍吗？”

楚晚宁说：“墨燃，把你的手给他们看看。”

墨燃笑着把手伸出去了，弟子们围作一团，争着要看看墨燃手上有什么玄机，结果瞅了半天，什么都没有瞅出来。

“都看出些什么来了？”

一名弟子说：“长老恕罪，弟子愚钝，实在瞧不出。”

“墨师兄的手瞧上去好像特别有力气些？”

众人七嘴八舌，轮到了她，她红着脸，一时紧张，竟脱口而出道：“手指很长。”

墨燃愣了一下，也不知道他们到底都在观察些什么，干脆收回了自己的手，挠了挠头，回头看着楚晚宁。

楚晚宁虽不知道手指长代表着什么，但他却不是迟钝的人，瞥了一眼那女弟子娇憨羞涩的模样，心中隐约就明白过来肯定不是什么好事，脸色渐沉，拂袖冷然道：“都在看些什么有的没的。”

见他眉宇间隐有怒色，那些弟子吓了一跳，不由得一个个都低下头去。

墨燃感到了气氛的僵凝，他倒不希望楚晚宁事后又被说成不近人情，于是笑着，主动道：“是茧啊。”

他说完这句，又看了楚晚宁一眼，然后才说：“指尖磨破，结茧，再磨破，反复近百次，就能准确地控制灵力了，没有什么捷径可走。”

陪他们练到中午，大多数弟子能大致掌握门路了，楚晚宁便不再多留。别人的徒弟，点拨一番是无所谓，但若是教得太细心，反倒会让璇玑长老不舒服。楚晚宁如今也不是十五六岁刚出山的少年了，这些人情世故，他终归是懂了一些。

他与墨燃一同踱出竹林，来到奈何桥边。

他们走得很近，并肩而行。

眼见着午饭时间快到了，墨燃知道两人常去的客栈近日新出了一道甜点，楚晚宁必定会喜欢，便提议道：“师尊，今晚我们出去吃吧……”

话没说完，前头忽然急匆匆跑来个人，墨燃立即站直了高挺的身子，抿了抿唇，立在旁边不再说话。那人一路过来，行礼道：“玉衡长老，有要事，尊主请您速去丹心殿。”

楚晚宁问：“怎么了？”

“来了客人，带了重要的消息，是跟徐霜林有关的，薛掌门一个人打不定主意，一大早把所有长老都叫过去商议了，就差您了。”

楚晚宁听到“徐霜林”三个字，立时往丹心殿奔去。

墨燃紧随其后，说：“等等我，我与徐霜林交过手，或许帮得上忙。”

两人一齐飞快地以轻功嗖嗖掠过，不一会儿就到了丹心殿前。

推门进殿，满堂寂静，除了薛正雍和诸位长老之外，大殿内还立着两个浑身是血的人。

墨燃的视线落在其中一人背后的剑匣上，觉得有些眼熟，片刻之后，他蓦地睁大了眼睛，脸色陡变：“叶忘昔？！”

师尊最厉害啦

听到有人唤他，叶忘昔回过头来。她神情虽然憔悴，但精气神却并没有墨燃想象中那么差。

见了墨燃，叶忘昔垂眸，与他行了一礼，依旧是男子礼数——她改不掉这个习惯——她说道："墨公子。"

墨燃看了看她，又看了看她身边的南宫驷。

他不由得问："你们……这是从哪里过来的？怎么一身都是血……"

叶忘昔道："我们从沂州出发，途中遭遇厉鬼邪祟，难免衣冠不整，抱歉。"

墨燃正欲再问，薛正雍道："燃儿来了？也好，都进来说吧。"

楚晚宁进了屋子，径直坐到了自己的位置上，整整衣冠，望向南宫驷。

他与南宫驷虽无师徒之名，却也有启蒙之恩，他看了南宫驷片刻，心中难免酸楚，但出口却只是简简单单的一句："你们都还好吗？"

自儒风门亡派以来，这是第一次有人见到他们，会问他们过得好不好。

南宫驷的眼眶刹那间就有些红了，他猛地把头低下，掌捏成拳，闭目忍了好久，才克制住想要在楚晚宁面前落泪的冲动，声音沙哑道："没……没事，都还过得去。"

楚晚宁却轻轻叹了口气，垂下了眼帘，没有再多言。

他并没有信南宫驷的话，沂州路远，两个年轻人这样摸爬滚打过来，怎可能不受苦。

薛正雍很心疼，帮着解释道："玉衡，你方才没有来，是这样的，南宫公子和叶姑娘发现了一些线索，特意赶来告诉我们。"

"听说了，与徐霜林有关？"

"嗯。"

楚晚宁道："坐下讲吧。"

墨燃便去搬了椅子过来，但南宫驷和叶忘昔觉得自己身上又脏又臭，并不愿意落座。楚晚宁也不勉强他们，顿了一会儿，问："那天沂州一别，你们后来去了哪里？"

南宫驷道："我和叶忘昔因劫火，被迫在一河之隔的薇山暂避。"顿了顿，他继续道，"薇山地势荒僻，不便传信，叶忘昔又受了伤，所以大火熄灭后，我们休养了一阵子，然后才回到了……回到了儒风门。"

如今听南宫驷提及这个自己初入红尘投身的门派，已感物是人非，楚晚宁也说不清是怎样的滋味，半晌，叹道："那里应当是寸草不生了。"

"宗师说得不错，寸草不生是真的，但是废墟之中却爬出了一些东西。"

楚晚宁抬眸问："什么？"

"这些虫子。"

南宫驷打开自己面前一只血迹斑斑的口袋，敞开一半，虚掩一半，里头装满了嗡嗡乱窜的小虫，绿壳有黑斑，三大两小一共五个斑点，虫尾散着淡淡血腥气。这些虫子大多数都还安分地拥在袋子里，似乎怕光，但有少数已经飞了出来，停在丹心殿的墙壁上、廊柱上，爬过的地方洇出一道又一道血痕。

墨燃识得这种虫子，噬魂虫。这种虫子只生活在沂州儒风门附近的血池里，是一种活不活、死不死的虫子，靠吃人肉和灵魂为生。

几乎所有的长老都觉得这种虫子极其恶心，禄存甚至直接拿帕巾捂住了口鼻，他受不了这种臭味。

"我们在废墟之中发现了这些噬魂虫。"南宫驷道，"我原以为是附近血池里的虫子被吸引了，所以飞了一些到这里来，但后来发觉不是。"

"怎么说？"

"虫子太多了。我和叶忘昔走过儒风门七十二城，砖缝里、泥垢里、骨灰里，密密麻麻都是这种噬魂虫。我们觉得不对劲儿，仔细查看之后，发现不但有成虫，还有幼虫……宗师应当明白我的意思。"

楚晚宁不了解蛊虫，初时还有些怔忡，但随即细想，便想通了。

血池在薇山旁边，与沂州隔了一条大河，噬魂虫翅膀之力薄弱，成虫闻到死人的气息扑腾过去几只，这勉强说得通，但是幼虫呢？

幼虫怎么可能自己长着腿蹚过河流，越过山川，自己来到儒风门的焦土之上。

楚晚宁蹙眉道："有人提前放置于此？"

"嗯，我是这么觉得的。"

贪狼长老在一旁听了，恍然大悟："这种噬魂虫能储存灵力，灾劫过后，怨灵遍地，沂州修士众多，虫子吃了修士的魂灵，就成了一粒粒储藏了不同属性灵力的种子。有了这成千上万的种子，哪怕不需要用自己的法术，也可以驱动大多数的法阵。"

那么放虫子的人会是谁？有谁能事先预料到沂州这场劫难？有谁需要外界

灵力？

没有人回答，但答案不言自明。

——只有始作俑者，徐霜林，或者该称他原名，南宫絮。

薛正雍道："所以上修界、下修界这段时日，一直靠着法术痕迹来寻找徐霜林，结果他用的根本不是自己的力量，而是虫子的？"

南宫驷道："嗯，确实如此。"

薛正雍沉吟道："唔……探测法术，从来都只能探测人的痕迹，确实探测不了兽类妖类的痕迹。如果徐霜林用了这个办法，的确能掩藏踪迹很长时间。"

他又问贪狼："能靠追踪虫子，找到徐霜林的下落吗？"

贪狼道："不可能，噬魂虫下通幽冥，吃饱了魂灵碎片后，就全部往地下走，根本查不出去向。"

听到此处，薛正雍忽地想起了什么，说道："既然往幽冥走，为何不去问一问怀罪大师？他应该能知鬼界事。"

楚晚宁却立即道："不必去问他。"

"为什么？"

"找他也无用。"楚晚宁道，"他不愿插手红尘，什么事都不会说的。"

楚晚宁曾是怀罪的亲传弟子，此时此刻他这样斩钉截铁地说出这句话，众人虽然迷惑不解，但不好再多说些什么，大殿内瞬间又陷入了沉默。

半晌，薛正雍喃喃道："那该如何是好？既然徐霜林能利用蛊虫的灵力躲避搜捕，我们再怎么查都是无用的，难道就由着他去？"

楚晚宁提议道："换个搜捕思路，行不行？"

"怎么说？"

"尊主，徐霜林走的时候，带走了三样东西，你可还记得是哪三样？"

薛正雍掰指数道："罗枫华的灵核、南宫……"他看了南宫驷一眼，心中暗叹，放轻了声音，"南宫掌门，还有一把神武。"

楚晚宁道："好，一个人做事总会有他的目的，他在急着逃离时，仍然坚持要带走这三样东西，绝不会是闲着无聊。那么依尊主之见，徐霜林此人，带走他哥哥做什么？"

"嗯……报仇？"

"那他拿走神武，又是为了做什么？"

薛正雍想了想："靠五种纯澈灵力，撕开鬼界裂缝。"

"撕开鬼界裂缝是为了得到罗枫华的灵核。"楚晚宁道，"他没有必要撕开第二次。"

"那是为了什么？"

楚晚宁说：“我觉得有一种可能，他是为了复生之术。”

薛正雍愣了一下：“但复生之术……不需要五种至纯灵力也能施展，怀罪大师不就曾经施展过吗？”

楚晚宁摇了摇头：“怀罪曾说，世上复生之法并非完全相同，所以尊主不必以他施展的作为参考。”

贪狼听到这里，冷笑一声：“玉衡长老空口无凭，如何就敢妄自揣测，徐霜林做这些是为了修习复生禁术？”

楚晚宁道：“凭他带走的最后一样东西，罗枫华的灵核。”

大殿之中，楚晚宁的声音平稳低沉，有条不紊。

“多年前，我曾在彩蝶镇审过一个枉死的姑娘，那姑娘年幼时曾遇到一个浑身是血的疯子，他塞给她橘子吃，还说她的眼睛长得很像自己的一位故人。那个疯子最后还说了一句话——‘沂州有男儿，二十心已死’。”

二十岁，那是南宫絮被栽赃，被众人抨击永世不得翻身的年纪。

那一年灵山大会，他意气风发，心高气傲，觉得只要凭借自己一身才华，毕生努力，就能拥有公平公正，拥有所有自己应当得到的东西。

可是他倾尽努力，得到的却只有一世骂名。

手中利刃，心中抱负，竟敌不过哥哥舌灿莲花，溜须拍马。

他恨。

恨到深处无处可申冤，所有人都在嘲笑他，指责他，唾弃他。

最终活人成了死人，死人成了厉鬼。

厉鬼从残山恨血里爬出来，要向这世上所有正人君子，讨回自己应得的公道。

“这个疯子而今不用多说，就是徐霜林，那么故人是谁？罗纤纤的眼睛像谁？”

“长得相似又都姓罗……”薛正雍愕然道，“该不会是罗枫华吧？”

楚晚宁道：“我觉得应当是罗枫华。在金城湖底，徐霜林尝试珍珑棋局与复生之术这两样术法，珍珑棋局是为操纵他人，复生之术是为了谁？他一共才带走两具躯体，南宫掌门的，罗枫华的，总不至于是为了南宫掌门。”

薛正雍喃喃道：“但是他复活罗枫华做什么？罗枫华不是曾经陷害他的人吗？”

“人心难测，不可妄言。”楚晚宁道，“不过他带走罗枫华的躯体，除了使之复活，我想不到别的用途。”

众人便都默然了，仔细思量，他们都觉得楚晚宁分析得确实不错，可依旧是无凭无据。说到底，这些终究只是他们的推论而已，这个问题的答案，恐怕只有此刻不知隐匿于何处的徐霜林自己才能回答。

散会之后，墨燃思忖良久，当天晚上，他去暖阁找到了薛正雍。

薛正雍在查阅典籍，翻看一些与“噬魂虫”有关的内容，希望能得到些追查徐霜林下落的线索。

“伯父。”

“燃儿？这么晚了，还不去睡觉？”

“睡不着，有件事情想问问伯父。”

薛正雍抬起下巴，示意他落座。墨燃也不啰唆，开门见山地问道：“伯父知不知道，罗枫华……也就是徐霜林的师父，究竟是个怎么样的人？”

“罗枫华啊。”薛正雍皱起眉，苦思冥想了半天，摇了摇头，“我与他接触得很少，具体也说不上来，大概就是……端正、刚毅、公正，寡言少语但脾气其实很好，做事情也有魄力，不会拖泥带水，他当儒风门掌门的那段时日，还曾派弟子来下修界伏魔除妖。”

墨燃道：“所以总而言之，他除了谋篡了南宫家的掌门之位，其他地方都没有什么可被人诟病，对不对？”

薛正雍叹了口气：“对啊，岂止是没有什么可被人诟病，他根本就是个好人啊，我都想不明白，像他这样的人，怎么会对自己的徒弟下这么狠的诅咒。”

墨燃沉吟片刻，忽然道：“伯父有没有觉得，你方才对于罗枫华的形容，有点儿像一个人？”

薛正雍愣了一下：“你是想说玉衡……得了吧，玉衡脾气哪里好了？”

“不是，是另外的人。”

“谁啊？”

墨燃道：“叶忘昔。”

“啊……”薛正雍慢慢地将虎目睁圆了，三个字在他唇舌间无声地咀嚼，再缓言道出，“叶忘昔……”

这个人宽仁而刚毅，坚韧而不屈，和记忆里那个只当了短短一年掌门的罗枫华，确实十分相似。

“像吗？”

“像……”薛正雍逐渐就有些惊讶，因为叶忘昔与罗枫华性别不同，年岁相差又大，在儒风门的地位也不一样，所以他先前根本没有把这两个人摆到一起比较过，此刻被墨燃这么一提点，才惊觉这两个人简直是一个模子刻出来的，一模一样。

薛正雍越想越吃惊，尘封已久的回忆一一浮现，他甚至能模糊地记起罗枫华还只是儒风门客卿的时候，穿着的衣服和叶忘昔惯穿的那一套都极为相似。

还有两个人的言谈举止，讲话语气。

甚至是拉弓的方式——

年轻时他也见过罗枫华挽弓，那次是庆贺南宫柳生辰，儒风门也邀请了薛家俩兄弟，薛正雍记得飞雪连天之中，罗枫华只三指紧钩弓弦，尾指绷起，箭镞嗖地破空而出，划破茫茫白絮，百步外的一只雪妖兔应声倒地。

周围人都在夸他弓法了得，罗枫华只是温柔地笑了笑，随意将弓箭反手一挽，挎在左手手臂上，指尖下意识地摩挲着弦身。

那是一套行云流水的动作，自在逍遥，最后的收尾也与别人那种威风凛凛、声势浩大的不一样。

薛正雍在旁边看了，觉得惊艳，便记住了。

天裂之战时，叶忘昔和南宫驷一同使弓箭，南宫驷的羽箭凌厉，但薛正雍却对他没有太大印象，倒是对叶忘昔，一轮飞羽箭用完，总是会习惯性地把弓挎到左臂臂弯，反手一挽，指尖亦是下意识地摩挲弓弦，薛正雍当时就忍不住多看了两眼，似乎觉得那温柔而流畅、潇洒而自若的架势，像极了某个人。

他猛地一拍脑门，说道：“哎呀，真的……真的真的真的！简直如出一辙！”

墨燃扬起眉道：“什么如出一辙？”

“射箭的样子，罗枫华简直跟叶忘昔太像了，一模一样、一模一样！”

墨燃看着薛正雍惊叹连连的样子，不由得笑了，但是他说：“伯父此言差矣。”

“啊？哪里错了？”

墨燃道：“因果错了。”

“因果？”

“嗯，不是罗枫华像叶忘昔。”墨燃叹道，“是叶忘昔，像极了罗枫华。”

他说这句话的时候，眼底的光很亮，他觉得自己这次终于可以确定了，一定没有猜错：徐霜林的复生之术，就是要复活罗枫华。

他虽然不知道儒风门当年之事里，到底还隐藏着多少秘密。但是两世了，上一世徐霜林可以为了叶忘昔而死，这一世负尽儒风门唯不负她，为什么？

他不认为徐霜林只是单纯因为叶忘昔是自己的义女，就不忍心下手。

徐霜林这个人，看上去洒脱得很，说什么“沂州有男儿，二十心已死”，给自己住的地方起个名字叫“三生别院”，一副要把前尘过往都忘在脑后的德行，甚至给义女取名字，取得都是那么赤裸裸。

忘昔。

忘掉昔日的自己，故人；忘掉过去的仇恨，恩情。

但徐霜林却在不知不觉间把叶忘昔培育成了那个怎么也忘不掉的倒影，把这个被人抛弃的孤儿，养育成了另一个人的模样。

这个殷切希望自己忘掉所有往事的人，却或许自始至终，都活在了回忆的泥淖里。

至此，墨燃心里已隐约有了猜测，大约是因为自己也曾在黑暗里疯魔，他觉得自己对徐霜林举止的预判，应当要比其他人更准确。不过，他的这些想法都不太方便与别人说，只能自己先这么估摸着，静观其变。

第二日，翻遍典籍无果的薛正雍又召来众人，说道："毒虫异兽是孤月夜的长处，在儒风门旧址发现了噬魂虫，不如先通报姜曦。"

璇玑赞同道："天下第一药师寒鳞圣手在姜曦麾下，让他想办法查，应当不会有错。"

但楚晚宁却皱了皱眉，问叶忘昔："叶姑娘，你从小到大，可曾见过你义父豢养任何毒虫毒兽？"

"不曾。"

"那么医术与驯兽术呢？可曾涉猎？"

"他……只养过一只鹦鹉，其他莫说是异兽精怪了，便是普普通通一只幼犬，他都没有心思收留，医术就更是浅薄了。"

楚晚宁听完，对薛正雍道："噬魂虫一事，先别告知孤月夜。"

"为何？"

"徐霜林既然不擅长医术，也不擅长驯兽术，那么喂饲驱使蛊虫的就不一定是他，而多半是最后从裂缝里伸出来的那只手。"

"你是怀疑孤月夜……"

"结论不可妄下。"楚晚宁道，"但谨慎总是对的。"

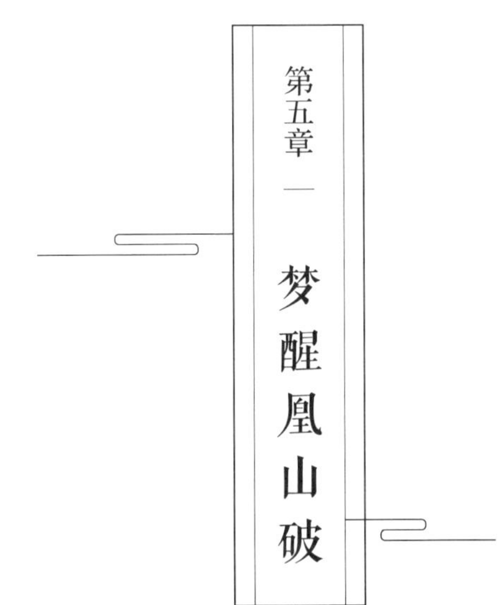

第五章 —— 梦醒凰山破

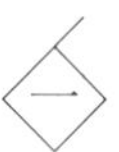

师尊，洗澡吗

如此一来就不能依靠孤月夜了。散会后，薛正雍请贪狼与自己一同去花房找王夫人，共同商讨追踪之法。所谓术业有专攻，到了这一步，楚晚宁帮不上忙，总算可以闲一阵子。

傍晚时分，他立在红莲水榭的浮桥旁看鱼，门被叩响了，楚晚宁说道："进来。"

月色照亮了青年的脸庞，来者是南宫驷。

"宗师唤我？"

楚晚宁道："听说你后天就要和叶忘昔离开死生之巅了，打算去哪里？"

南宫驷垂落睫毛："我们打算去蛟山。"

蛟山是儒风门在沂州外的一个据点，对于儒风门而言是十分重要的地方。相传儒风门初代掌门曾与一条蛟龙订契，蛟龙死后，化骨成山，自此之后历代儒风门英豪都安葬于此。这座山守护着儒风门的代代英魂，若有进犯者、妄为者，都会被诛杀于山中，死无全尸。而每年清明冬至，儒风门的掌门也都要去那里祭祀，所以，蛟山就是儒风门的宗祠。

"我爹……"南宫驷的眼眸似有一瞬黯淡，而后道，"我爹跟我说过，蛟山存有历代掌门留下的积蓄，以备后世不时之需。我想，如今已到了去取出它的时候了。"

他对楚晚宁并无保留与防备，自然而然地就说了宝藏所在的位置。和薛蒙他们不一样，他与楚晚宁没有那么亲近，但却有着千丝万缕的关联，只是阴错阳差，他最终没有成为楚晚宁的弟子。

有时南宫驷会想，如果当初，自己母亲没有去世，金成池边也没有发生那样以妻换器的残忍之事，那么如今的自己，是不是该称楚晚宁为一声"师尊"呢？

楚晚宁道："蛟山路途遥远，且听说为表敬重，必须斋戒辟谷十日，才能顺利进山，否则就会被蛟灵拒于山外。既然要去，不如在死生之巅完成斋戒，而后动身。"

南宫驷摇了摇头："如今上修界人人对我与叶忘昔怀恨在心，恨不能除之而后快。我们在这里久了，要是叫人知道，只会连累薛掌门，不留了。”

“你说什么傻话。”

“……”

“十日辟谷甚是危险，到外头去，若是被仇家寻到怎么办？”楚晚宁说，“何况薛掌门宅心仁厚，也是不会让你们俩就这样离开的。听我的，先别走。”

南宫驷连日疲惫强撑，此刻听楚晚宁这样说，不由得心头苦涩发酸，几乎要落下泪来。

他猛地低头，说道：“宗师大恩，南宫驷不敢忘。”

“住几日而已，谈什么恩情。”楚晚宁道，“另外，我找你来，其实还有一件事。”

“宗师请讲。”

“之前听徐霜林说你体内灵核霸道，极易走火入魔。这个病，你可以去找王夫人瞧一瞧。”

南宫驷愣了一下，而后苦笑道：“南宫家世世代代的毛病了，头前爹爹就请了孤月夜的寒鳞圣手来给我瞧过，说没有办法可以抑制，只能由着它发展。天下第一圣手都瞧不好，王夫人又怎么能有良法？”

“寒鳞圣手未必是医不好，或许是不想医。”楚晚宁道，“门派恩怨利益太多，他有所保留也是正常的。至于王夫人……她对压制易暴灵核钻研极深，或许可以帮上你。”

南宫驷颇为不解：“她为什么要钻研这个？”

“巧合而已……别问太多，去吧。”

南宫驷再三谢过他后，便离开了红莲水榭，楚晚宁望着他离去的地方，不由得叹气。

他想，南宫驷原本是那样神采飞扬的一个人，嚣张，骄傲，心情好的时候也很爱笑，笑起来的时候眼睛亮亮的，像旭日之光。也不知何时能再看到。

正准备回屋，忽然水榭的门扉又被当当叩响，楚晚宁以为南宫驷有事去而复返，便说道：“进来吧。”

门开了，外头的人却不是南宫，而是墨燃，他抱着一个木盆，有些犹豫，似乎并不想让自己显得太莽撞，轻咳一声才道：“师尊。”

楚晚宁微觉诧异：“有事？”

“也没什么，就来问问你，要不要一起去洗澡。”

楚晚宁着实有些被吓着了，睁大眼睛，半晌轻咳一声，问道：“去哪里？”

墨燃犹豫了一下，才说：“妙音池，天太冷了，我想师尊如果在水榭里洗，可能会着凉……”

顿了顿，墨燃用黑漆漆的眼眸望着他：“师尊，去吗？

“陪陪我吧。”

“你五岁吗？”

墨燃嗓音温和：“嗯，天快黑啦，我怕鬼，要晚宁哥哥带着，才敢走夜路。”

呸，真不要脸。

但楚晚宁还是去了。

死生之巅的弟子们沐浴大都在晚修之后，这个时辰，妙音池没有几个人。

墨燃撩开轻柔纱帘，脚踩在雨花石路上，白茫茫水汽中他侧头对楚晚宁笑了笑，指了指远处，而后先行走了过去。

楚晚宁心中冷笑：你不是怕鬼吗？怎么走得比我还快？

妙音池分莲池、梅池两大池，栽种仙草，灵气充沛，弟子都爱在这俩池子里泡澡，不过另外也有些无名小潭，那些地方就很稀松平常了，除了澡堂拥挤没地方去的时候，一般没人会愿意在那些地方沐浴。

玉衡长老一脸清冷，独自走在小径上，余光瞥见大温泉池中有几个模糊的影子，但根本瞧不见五官，只能听到那些弟子说话的声音，他们聊的都是些有的没的，闲言碎语。

到了前头，离梅池近了，雾气更是浓郁，几乎伸手不见五指，墨燃觉得这地方不错，幽静无人，便拉师尊过来，在这里泡了个温泉。

这温泉确实舒服，墨燃但觉这一汪春水将自己温软地包裹其中，并无旁人打扰。抬头可见夜空星灿，身子又陷温水盈盈，当真销魂至极，他贪享这一池温柔直到深夜时分，方才尽兴，与师尊一同回去了。

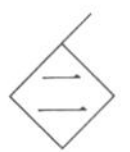

师尊不是狐狸精

第二日，教经史的长老生了病，薛正雍便让楚晚宁负责监看门生们背书，经史是大课，弟子众多，他一个人管不过来，便让墨燃他们也来帮忙巡视，答疑。

师徒四人，数师昧与墨燃最忙，原因很简单，师昧温柔又俊美，墨燃和善而英气，都是很讨师弟师妹们喜欢的模样。尤其是师昧，腿长腰窄，眉目如画，褪去少年时的稚嫩，完全就是个翩翩美男子，偏生脾气好，嗓音也动听，大家都很容易对他有好感。

至于墨燃，则被困在那群女弟子里出不来。

"墨师兄墨师兄，这句话我不明白，你能帮我看看吗？"

"墨师兄，这两个咒诀的差别我不是特别能理解，师兄能教教我吗？"

"墨师兄——"

在墨燃给第九个笑嘻嘻的小师妹讲完了"万涛回浪咒"为什么要和始创者画得一模一样才能奏效后，楚晚宁终于有些耐不住了，蹙着眉头，冷冷淡淡隔着几排弟子，望了墨燃一眼。

她们是不懂吗？真要不懂，万涛回浪咒的始创者就站在这里，为什么不来问楚晚宁，要绕着弯去喊她们的"墨师兄"？

楚晚宁不悦，却不说，只冷淡而无声地望着墨燃。

望着望着，墨燃就觉出不对来了，正巧这时有个小师妹在热切地朝他挥手："墨师哥！"

"不好意思，我有点儿事。"墨燃笑了笑，指了指薛蒙，"问你薛师兄吧。"

说罢他就往楚晚宁那边走去，留下那个扎着丸子头的小师妹露出失望的神情，咬着笔杆唉地长叹了一声。

"师尊，怎么了？你好像不太高兴？"

楚晚宁抿了抿唇，没有直说，沉吟片刻道："我有些累了，那一圈让薛蒙去巡视，你就在这一片帮忙看着。"

墨燃浑然不觉有异，点了点头，就恪尽职守地跟着楚晚宁在这里走动起来。

说来也奇怪，自己走在楚晚宁身边，忽然觉得提问的人一下子少了很多，难道这一片的弟子比那一片的要聪明？

听不到那一声声闹心的“墨师兄”或者是更闹心的“墨师哥”，楚晚宁的心情总算是好了些，但他依旧面无表情，在众位背诵经书的初级弟子间踱步，走着走着，忽然听到两个小弟子间的对话。

“师兄、师兄，我跟你说，妙音池有狐狸精啊。”

“啊？此话怎讲？”

“昨天我练剑结束迟了，寅时才去梅池洗澡，谁知竟听到远远地还有沐浴的动静，你也知道，这段日子多妖作祟，妙音池接近后山，尊主担心意外，最近子时就关闭池子了，可我身上实在难受，这才偷偷溜进去……”

那位师兄显得很吃惊，道：“你好大的胆子啊。”

“哎呀，我法力高强，不怕邪祟嘛。”

“谁说这个了，我是说你竟敢违背规矩，偷偷溜进去……”

“喀喀。”小弟子脸一红，忙道，“我信任你才告诉你，你可不能和别人说去。”

“那狐狸精又是怎么回事？”

“我前些日子看了一册话本，话本上说，狐狸精最喜欢在深夜温泉沐浴，要是遇上了迟归的男子，便施展妖法，勾引诱惑，吸食精血，我当时就吓着了，我还是个童子，万一被那狐狸精看上了怎么办？”小弟子唠唠叨叨，忽然就瞧见自己师兄的脸色不太对，他伸出手，划拉一下，“怎么啦？忽然这副表情。”

“……”

小弟子总算觉出背后凉意了，幽幽回头，看到玉衡长老一脸高深莫测，且气场极寒地立在他身后，吓得“哎呀”一声，忙道：“长老恕罪！”

“背经书就背经书，说什么鬼祟精魅，还看上你。”楚晚宁阴郁着脸，“你想得倒是挺美。好好看书，再胡言乱语，罚。”言毕拂袖而去。

这番对话墨燃也听见了，直想笑，又不敢笑，下课之后，授课的青书殿内，只剩他和楚晚宁两个人了，他帮着楚晚宁收拾卷轴的时候还是忍不住笑出声来。

他这一笑，楚晚宁可恼了，拿竹简敲他的头，边敲边说：“都是你想的好主意，妙音池……这下好了，我成什么了？”

墨燃明知故问道：“师尊成什么了？”

楚晚宁：“你——”

梨窝都要酿成蜜了，墨燃笑道：“那些师弟也真是扯，狐狸精？……哈哈！”

“你再说我就杀了你。”楚晚宁差点儿把竹简塞他嘴里去。

墨燃笑道：“唔……那能选死法吗？比如说在妙音池遇到一只狐狸精，然后……”

"墨微雨！"

自此之后，楚晚宁就再也不肯跟墨燃去妙音池沐浴了。

又过几天，王夫人把墨燃唤到席前，拉着他，问了他一件事。

"燃儿，你前些年外头游历时，有没有在雪谷见过一个奇怪的姑娘？"

"什么姑娘？怎么个奇怪法？"

"她应当生得很白，脸上没有什么血色，爱穿红衣服，怀里总抱着一个篮子，会在雪谷里跟过路人搭话……"

墨燃笑了："哦，伯母说的是雪千金吧？"

王夫人先是诧异，而后欣喜："你知道雪千金？这么偏的妖怪，我还当你没有读到过，还特意想形容给你……没想到……"

"师尊的记注上有，我刚好看了。"墨燃说，"伯母问我雪千金做什么？"

"是这样，南宫公子日前来过，我给他号了脉，觉得他体内的炎阳之息并非不可遏制，只是所需材料极为难得，最不好找的就是雪千金篮子里的冰凌鱼。"王夫人叹了口气，"南宫小公子和蒙儿岁数相若，如今虎落平阳，我心中实在不忍，总想能帮就帮，但那雪千金极为难遇，二十年前雪谷里有人遇到过她，再要往前追溯，就是百年前昆仑踏雪宫的记载了，所以我就想问问你，碰一碰运气。"

墨燃听了之后，既喜又忧，喜是因为南宫驷若是炎阳可解，那就是个寻常人了，叶忘昔与他一片情深，或能终成良眷。

忧的是他在雪谷一年多，还真的从来没有见过传说中的雪千金，喜忧参半之下，他对王夫人道："等徐霜林的事情摆平之后，我亲自去雪谷一趟，从山脚到险峰都去找一遍，或许能得蛛丝马迹。"

墨燃说完之后，因为心中高兴，立刻就要去告诉南宫驷，王夫人在后头道："哎，燃儿你别走那么快，我已经都跟南宫公子说了，你不用再……"

但墨燃根本没有听到，已然行远了。

他找了一圈，发现南宫驷在死生之巅的奈何桥边，正准备过去，却瞧见桥的另一边走来一个人。墨燃一看，发现是叶忘昔，心中一动，便没有再去喊南宫驷，而是站在远处，遥遥地看着他们。

叶忘昔依旧是很英俊的，脸庞上难见太多女性的特征，她所练的心法，所受的教习，已经让她与男子罕有分别，其实这些年，若不是心里还存着对南宫驷的暗恋，她恐怕早已忘记自己是个女儿身。

南宫驷看到她来，轻咳一声，目光又投向湍急的河水。

"公子唤我？"

"啊……"南宫驷神情似乎有些尴尬，十指交叠，枕在奈何桥的石狮子上，半晌才“嗯”了一声。

“有什么事吗？”

“也、也没有。”南宫驷道，他根本不敢去看叶忘昔，手指摩挲着石狮子蜷曲的鬃，“就是……就是有件东西，想要给你。”

叶忘昔茫然道：“什么？”

南宫驷低下头，笨拙地慢慢地解下腰间的一个佩饰，在叶忘昔看不到的另一侧，解了半天才终于解了下来，然后递到了叶忘昔手里，轻咳一声：“谢谢你这么多年……算了，我也不知道该怎么说，我现在也没有什么值钱的佩饰，只有这个给你了，跟了我很多年，不是最好的玉，但是……”

他没有再说下去，垂着眼帘，脸有些红了。

他一直不敢去看叶忘昔，过了好一会儿，见叶忘昔没有反应，忽然又觉得很懊丧，很唐突，也很赧然，犹豫着又要从叶忘昔手里把那块凤凰图腾的玉佩拿回来，嘟囔道：“我、我知道这个不好看，你不喜欢就……就还给我好了，没关系，我、我也不会介意的……等重振儒风门之后，我再给你寻一块最好的，我……”

叶忘昔愣了很久，然后笑了，她那清俊的眼眸间，竟有了一丝女儿的柔美，衬得她的眼尾也好似染了从来不曾有过的胭脂薄色。

她那生着细茧，有着伤疤，并不如闺阁女子纤细漂亮的手，握住了那块玉佩，沙沙起风，竹叶萧瑟，叶忘昔说：“这块就够了，公子，谢谢你。”

南宫驷的脸更红了，他木木地说：“你、你喜欢就好……我也……唉……我不知道该说什么。”

墨燃：“……”

他在竹林里听得简直想摁住南宫驷的头往石狮子上撞。

这个人是不是除了养些小狼狗就不会干点别的？怎么绕了半天，又变成了“我不知道该说什么”？

南宫驷忽然莫名其妙地说了一句：“王夫人跟我说，我体内的暴戾灵核可以压制，或许不需要双修之法也可解了。”

叶忘昔一愣，但随即好像会错了意，轻轻“嗯”了一声，垂下了睫毛，没再说话。

若是不需双修，那么南宫驷和谁在一起都可以，她或许就再也没有理由厚颜无耻地留在他身边，她也有尊严，不想求着南宫驷喜爱她，垂怜她。南宫驷用这块玉佩做个了断，往后自己也可以留个念想。

“你明白……嗯……明不明白我的意思？”

“嗯……”

南宫驷闻言大喜，但仍是笨笨地说：“那、那你要是愿意……其实……以后也可以像小时候一样叫我，我……我觉得那样挺好的……唉，对不起……我真的不知道该说什么……唉……”

他唉声叹气了两声，到最后自己都有些受不了，捂着眼叹息道：“我的天，我到底在说什么啊？”

这回轮到叶忘昔无措了，她茫然抬头，忽然像是懂了些什么，眼眸微睁大，随即脸上泛起一丝薄薄的血色。

奈何桥上竹叶纷飞，她衣摆轻轻地飞扬着，玉佩温润，鲜红的穗子在她手指间飘拂着。

半晌之后，叶忘昔犹豫着，试探着，极轻声地唤了一声：“阿驷？”

瞬息间，不知是不是错觉，南宫驷竟觉得，她那被换音咒扭曲到再也无法复原的嗓音，竟在模糊的风里，隐约有了一些柔软，一些轻柔。

他蓦地抬起头，望着叶忘昔的脸，朝霞漫天如锦缎，映着她的眉眼，她展颜笑了，依旧是熟悉的英挺、端正的模样，但微微眯合的眼眸中却有细碎光亮在闪动，她没有忍住，最后眼泪滚落，从她粲然笑着的脸庞，潸然而下。

南宫驷望着她，望着这张脸，一个年幼时模糊的印象竟这样回到了眼前。

那是一个小女孩，青涩，稚嫩，脸颊红扑扑的，睫毛很长，很柔美甜蜜的长相。

那时候的叶忘昔，还没有被南宫柳派去暗城修习心法，她才被徐霜林捡回来没多久，整日跟着南宫驷，学一些基础的法术。

那天，南宫柳为了锻炼他们，让他们一同去儒风门最简单的幻境里小试牛刀，那幻境不难，却有些可怖，都是些枉死的鬼，在里头徘徊不去，披头散发，发出幽幽呜咽。

南宫驷初时没有打算理会叶忘昔，只管自己伏魔，谁知走着走着却发现叶忘昔没有跟上来，一个小姑娘，蜷缩在幻境的破庙里，一动也不敢动。

他回头看了她一眼，哼了一声，正准备离去，却忽见得她身后飘来一只吊死鬼，伸出鲜红的舌头要卷她的喉咙——

“啊——”

小女孩觉察到时已经来不及了，她吓得只能尖叫，却什么都做不了，抱住怀里的剑别过了头。

——却什么都没有发生。

等她怯怯地睁眼时，发现南宫驷立在她面前，那吊死鬼已被他一剑斥退，贴上了雷电符灵，丝丝跃动，电光石火之间，他侧过头来，低眸看着她，原本想斥责她几句，但是，那个女孩子的神情是那么可怜，她像受了惊吓的猫儿，睁着圆滚滚的眼睛，没有忍住，泪水就汹涌而出。

南宫驷一下子愣了，半晌才道："你、你怎么那么没用，连鬼都怕……"

"那可是鬼啊！"叶忘昔大哭道，"我要是连鬼都不怕了，我还怕什么？"

南宫驷："你们女孩子怎么都这么没用。"

"我也想有用啊！"漂亮的小姑娘哭着嚷着，委屈得连鼻涕都流下来了，"谁愿意拖你后腿，我也想帮忙啊，可你走得那么快，你都不等等我……我……我就是怕鬼啊……"

"呃……"

南宫驷后来没有办法，只得蹲在她旁边，也不会哄人，就那么呆呆看着她哭，还未经历过暗城磨炼的叶忘昔，和最寻常不过的女孩子一样，眼泪扑簌扑簌直往下掉。

哭着哭着，她哽咽道："你看什么？"

"我看你什么时候哭完啊……"

"……"

"等你哭完，一起走吧，谁让你这么弱。"南宫驷叹气道，抬起手，弹了一下小女孩白皙的额头，"跟着我吧，我保护你。"

云蒸霞蔚，天地金辉一片，此时回想起这段往事，南宫驷才忽然意识到，原来那一天的幻境里，竟是他活到今日——唯一见到叶忘昔作为一个女孩子——因为害怕而哭泣的一次。

后来，她成了铁，结了冰，把所有情绪都压在了平淡的面容之下。

压抑到深处，莫说南宫驷，连她都忘了自己原本是个怎样的人，只记得追随着面前那个儒风门少主的背影，从孩童，到少年，到他成公子，而她花容不再。

她就这样，不掉泪，不拖后腿，默默跟着他，跟了二十年。

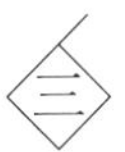

师尊前往凰山

斋戒十日之后，南宫驷与叶忘昔可以启程前往蛟山了。瑙白金受了伤，元气大损，所以暂时不能再驮着主人远行，这只硕大的妖狼就把自己幻化成幼崽模样，巴掌大的一只，被南宫驷揣在箭囊里，探了个毛茸茸的脑袋出来。

墨燃将二人送到山门口，摸了摸身边骏马的鬃毛，笑道："蛟山路远，御剑又耗体力，这两匹马送你们。它俩是吃灵草长大的，日行千里，虽然没有瑙白金厉害，但也还算过得去。"

南宫驷谢过墨燃，和叶忘昔各自上了马，低头抱拳道："多谢墨兄，墨兄不必再送，后会有期。"

"嗯，一路小心。"

他立在山门口，看着南宫驷与叶忘昔身影渐远，正准备离去，却忽然听到左侧树林里传来咯吱一声脆响，似是一段枯枝折断了，落在地上。

"喵呜……"

墨燃微微眯起眼睛，沉吟道："猫？"

另一边，叶忘昔与南宫驷并辔而行，下了山门。死生之巅到无常镇还有一段荒僻的小路要走，阳光自斑驳茂盛的枝叶间洒落，马蹄一踏，把那些支离破碎的光踩成点点尘烟。

南宫驷侧身望着叶忘昔，正想说些什么，原本已经钻回箭囊里的瑙白金却噗地冒出个脑袋，露出两只雪白带金的前爪，"嗷——嗷——"地嗥叫了两声。南宫驷吃了一惊，猛地勒住马辔，说道："小心！"

话音方落，暴雨般的针已从四面八方扑袭而来，骏马长嘶，南宫驷与叶忘昔几乎是同时掣出佩剑，两个人幼年曾一同修习，极是默契，只见得他们一左一右长掠而起，南宫驷剑舞左边，叶忘昔剑舞右侧，叮叮当当碎响之后，淬着剧毒的梨花针纷纷跌落，紧接着叶忘昔抬手一挥，掷出符纸，结界腾空而出，将他二人笼在其中。

南宫驷厉声道："什么人？！"

阳光暗淡，却不是因为被云遮蔽，而是因为一个人立在了一根纤细的枝条上，他宽袍大袖，须发飞扬，逆光而立，神情仇恨地往下睥睨——

江东堂前掌门的表兄，黄啸月。

他伫立枝头，道骨仙风，并不出声，只冷冰冰地盯着叶忘昔的脸，紧接着，密林里传出窸窣之声，百余名江东堂弟子从林中走了出来，各个头上都勒着鲜红色额环，全是江东堂的精英弟子。

黄啸月捻须道："二位，死生之巅待得舒服吗？在里头躲了十天十夜才出来，当真是让老夫久等。"

南宫驷大怒："黄啸月，怎么又是你？！"

"是我怎么了？"黄啸月冷然，"江东堂与儒风门的冤仇，你心知肚明。"

南宫驷咬牙道："从沂州到蜀中，打退你门下四次进攻，还追？什么冤仇，你们有完没完？徐霜林透的底，你弟媳杀的你弟弟，三番五次地来和我们计较，你脸面何在？！"

"脸面？老夫看小公子才是真的不要脸面。"黄啸月阴沉道，"分明是你儒风门害得我江东堂元气大伤，分崩离析，你难道敢矢口否认吗？"

叶忘昔道："阁下即便要与儒风门寻仇，也当光明正大，眼下行暗杀之道，又是什么行径？"

"闭嘴。男人说话，轮不到你一个丫头片子开口。"黄啸月拂袖，"别以为你那畜生老子把你当男儿养，你就真是个男儿了。黄毛丫头永远是黄毛丫头，妇人应该在厨房里煮菜做饭，你一个女的，有什么资格出来，在老夫面前耀武扬威？"

南宫驷怒道："黄啸月，你讲点道理！"

"好得很，那老夫就与你们来讲讲道理，算算总账。"黄啸月言罢，点了点南宫驷，森然道，"你爹罔顾廉耻，私通有夫之妇，唆使那毒妇鸩杀我亲生弟弟，夺权篡位。至于你旁边那位——"

他又狠狠地点了点叶忘昔："她是畜生之女，她义父将我江东堂私事布之于天下，损我江东堂浩浩清誉。老夫今日亲率本门翘楚来堵截尔等宵小，就是为了还江东堂，还天下一个公道！"

他挥手而落，那百名虎视眈眈的弟子即刻一拥而上，群起而攻之，岂料才刚刚从林中窜出，天空中忽然落下一道爆裂火焰，猛地抽开罡风，将那些弟子一击甩出尺丈外。

南宫驷惊道："墨兄？"

来人正是墨燃，他手持柳藤，立在与黄啸月相对的一株树顶，冷冷逼视着对方。

黄啸月没有想到墨燃竟会出现，脸色瞬间变得很难看，半晌才嘴皮子一碰，缓缓道："墨宗师怎么有兴致来山下看这热闹了？"

“那应当问问宗师的门徒，怎么好好的人不做，偏要躲在林子里学猫叫。”

黄啸月的脸拉得很长，面皮几乎就要和他的姓一模一样了，他怫然道：“宗师这是什么意思？”

“这句话应当由我来问黄前辈。”墨燃道，“在我死生之巅地界，袭我死生之巅客人，黄前辈是嫌我山门太过清净整洁，想要洒些鲜血在地上吗？”

“既然出了山门，便轮不着贵派来管。我为亡弟报仇，更不需墨宗师置喙！”

墨燃道：“黄前辈说得不错，个人恩怨，出了山门，确实不归死生之巅管。”

黄啸月冷哼一声：“那宗师还不让开？”

墨燃没有让，见鬼血光更甚，上头的柳叶几乎红成了一串串血珠，他说：“但我若自己要管呢？”

“你——”

黄啸月不会不清楚墨燃实力，但血仇不报亦不甘心，他只好怒而威胁道：“墨宗师，你这是要与我江东堂为敌吗？”

“并无此意，我只是想让我派贵客安然离开蜀中，至于是江东堂拦我还是江西堂拦我，都一样。”

黄啸月眯起了眼睛，褐眸子里的仇恨几乎能化成有形之火，欲将墨燃连同他伫立的那株翠柏焚为灰烬。

“你执意要包庇这两个儒风门的余孽？”

“余孽怎么说？”墨燃冷冷问，“我请教前辈，江东堂憾事，叶姑娘与南宫公子参与了多少？”

“……”

“是谋划了江东堂的内变，还是抖出了江东堂的丑闻？”墨燃望着黄啸月，“是杀了前掌门，还是存心参与谋害了令弟？”

“但那又怎样？”黄啸月怒道，“父债子偿！天经地义！”

“好一个天经地义。”墨燃淡淡道，“行了，我看也不必和黄前辈说理了，兵器说话，过招吧。”

黄啸月气极，怒喝道：“墨微雨！你好不讲理！！”

“有意思，不讲理的是谁？”这时候，山径前又传来一个声音，语调桀骜。薛蒙持着龙城自林间缓缓走出，刀柄森寒冷锐，阳光一照，刺得人几乎睁不开眼。

“在我家门前呼呼喝喝，大开杀戒，江东堂是当死生之巅亡了？找死吗？”

若说前番只是墨燃一个人，黄啸月虽打不过他，但凭着人多，或许能脱得墨燃无暇顾及，乘机手刃仇敌，但此刻凤凰儿薛蒙踱步而出，他是拔得灵山大会头筹的天之骄子，手上那柄龙城之凶悍，谁人不知谁人不晓？

兄弟二人此刻都在山门前出现，要保南宫驷与叶忘昔一命，黄啸月哪怕再拼命，也绝不可能找到机会钻空子。

墨燃见薛蒙来了，脸色反倒凝重起来，他对薛蒙说："回去。"

"我来帮你——"

"此事与死生之巅无关，是我私心相帮，你别插手。"墨燃蹙起眉头，心想这弟弟是不是傻，江东堂虽然实力不复往昔那般强，但毕竟瘦死的骆驼比马大，江东堂还是上修九大派中的一派，且江东堂老堂主的侄女与火凰阁的大师兄是道侣，结了亲的。薛蒙若是出来相助，那就是明摆着以死生之巅的名义，一下子与两大上修门派撕破脸。

绝不能这么做。

墨燃道："快回去。"

但薛蒙心思单纯，根本不懂其中微妙的区别，反倒气恼墨燃居然不要他帮忙，僵持不下间，忽见得远处尘土飞扬，一骑雪白快马转瞬即至，马背上的人白衣若雪，容貌极美，背着一把琵琶，却是昆仑踏雪宫的仙姑。

"急报！急报——"那仙姑蹙着蛾眉，快马加鞭，朗声喊道。

岂料尘土飞扬，拐过一弯，却看到山下如此剑拔弩张的场景，她猛地勒住缰绳，一时间愣住了，跨坐在马背上，茫然地眨了眨眼睛。

"急——呃……你们这是……在做什么？"

因为昆仑踏雪宫的传令女官突然赶到，墨燃和黄啸月的架没打成，黄啸月反倒被薛正雍请进了死生之巅，连带一同召回来的，还有叶忘昔、南宫驷二人。

踏雪宫的仙姑立在丹心殿内，朱唇启合，行了一礼，而后说——

"急报，找到徐霜林的下落了。"

此言一出，叶忘昔脸色骤变，瞬间血色全无。

那仙姑道："我派放出所饲玉蝶万余只，用以追查徐霜林踪迹，今晨终于返回两只，探得凰山附近有法咒异样，宫主猜得徐霜林应当藏身于此，特命我等赶至各大门派报信，共商对策。"

薛正雍既惊又喜："这就找到了？"

仙姑道："不能确定，但玉蝶回报，凰山周遭最近血腥之气隐隐缭绕，终日不散，已有异象，八九不离十。"

薛正雍击节而起："好！既然有了线索就别再拖延，兵贵神速。你们宫主那边是什么意思？"

"宫主与掌门所见相同，她也觉得事不宜迟，应当早些去那里一探。"

"太好了！"薛正雍又转头对黄啸月说，"黄道长，不如一同前去？若是此番顺利抓住罪魁祸首徐霜林，杀弟之仇也可以报了。"

黄啸月心中“咯噔”，他很清楚，自己手刃徐霜林的机会微乎其微，且所谓报仇雪恨，不过一个幌子。

其实他弟弟的死，跟南宫驷、叶忘昔这两个小辈能有多大关系？

他嘴上喊着为弟复仇的口号，肚里却打着别的精明算盘——要知道江东堂经此一劫，实力衰微，而他早就听闻儒风门藏着丰厚宝藏，就盘算着要把叶忘昔与南宫驷两人一网打尽，逼他们吐出祖荫，据为己有。

黄啸月袍袖下的手掌蓦地捏紧，他权衡半晌，干巴巴地挤出了皱缩橘子般的、黄褐色的笑容，说道：“凰山之上的究竟是不是徐霜林还未可知，更何况江东堂与儒风门的梁子已经结下，这也不是我一己私仇，是事关门派脸面的大事，要好好清算。”

“说得也对。”薛正雍道，“那就先寻徐霜林报私仇，再找儒风门去清算恩怨？”

“薛掌门说得有趣，儒风门如今已是一片焦土，你让我上哪儿去算账？”

“这我就不清楚了，要问黄道长自己。”薛正雍笑着说，“为什么儒风门都已经只剩残砖碎瓦了，道长还要急着将两个后生赶尽杀绝？”

“你——”黄啸月沉容拂袖，叱道，“此乃黄某私事。”

薛蒙便笑眯眯地说：“方才还说是门派脸面，是大事，这下子又成私事了，江东堂位列上修界九大门派之一，行事怎能如此随意？”

黄啸月自知理亏，但又不知该如何辩答，就干脆不说话。他狠狠瞪了薛正雍一眼，振袖一挥，率领江东门弟子，气势汹汹地出了死生之巅大门，一马当先，往凰山御剑而去。

叶忘昔极是歉疚，对薛正雍道：“薛掌门，实在对不住，我们——”

“雏鸟入网，猎户亦不杀。”目送着江东堂的人远去，薛正雍脸上的笑容慢慢消失了，目光变得寒凉，说道，“是江东堂欺人太甚了。”

他望着大殿外的天光，眉宇压得很低，中间一道淡淡的折痕，半晌，他叹道：“走吧，到凰山去。”

凰山路途遥远，众人选择御剑飞行。当他们抵达凰山时，山脚下已拥堵了一大群修士，修真界其余八派均已到齐，一张张模糊不清的脸，来来往往，忙忙碌碌，如过江之鲫，却不知道究竟在忙些什么。

楚晚宁是第一个从御剑上下来的，下来时步履微有不稳，脸色亦十分苍白，所幸他这人本来就白着张脸没什么好颜色，旁人看上去也不会瞧出什么异样来，但墨燃发觉了。他走过去，趁着周围无人注意，轻轻地蹭了蹭楚晚宁的手背。

“师尊，你飞得特别好。”

“嗯？”

墨燃微笑道：“真的。”

楚晚宁轻咳一声，将目光移开。

举目望去，凰山山顶确实积压着一层几乎肉眼可辨的瘴疠邪气，另外八位掌门都已经抵达，正站在山脚一道通天的结界屏障前，抬手往里头灌注着灵力，薛正雍也立刻赶了过去帮忙。

死生之巅的人陆陆续续抵达，过了一会儿，薛蒙也到了，稳稳地落在了两人身边，一看眼前情形，便立刻皱眉道：“这是在做什么？为何不上山？”

墨燃见他来了，就和他解释道：“不是不上，而是上不去。”

薛蒙颇为困惑：“为什么？”

楚晚宁道：“凰山是修真界的四大邪山之一，这山很古怪，没那么容易闯进去。”

薛蒙有些吃惊：“我只知道有四大圣山，原来还有四大邪山吗？是哪四大？”

楚晚宁道：“蛟山、甲山——”

薛蒙一愣：“假山？”

“玄武之甲……”

“哦、哦。”薛蒙脸红了，“嗯。”

“獠山，以及眼前这一座，凰山。”

楚晚宁顿了顿，接着道：“这是修真界的血腥过往，如今已很少再提及了，只有自己多去瞧一些杂书，才可能读到关于四大邪山的记载。”

“那为什么会有邪山这种东西？”

楚晚宁没有直接回答，而是问薛蒙：“儒风门初代掌门降服恶蛟的往事，你可还记得？”

“记得。”薛蒙道，“东海有恶龙作祟，是他击败了恶龙，将其封入金鼓塔，后又与龙订了血契，使其为己所用。儒风门初代掌门死后，恶蛟盘踞化为山丘，龙筋成了地幔，龙血成了河流，龙骨成了山石，龙甲成了树木，这座山世世代代守护儒风门弟子们的坟冢，因此得名英雄冢，也称为蛟山。”

楚晚宁颔首：“不错，所以蛟山就是青龙恶灵所化。你们都知道，瑞兽四星宿，分别是青龙、朱雀、白虎、玄武，但这四星宿下，也会生出恶变后嗣，到处兴风作浪。”

薛蒙慢慢明白过来：“所以说，剩下的几座，也跟蛟山一样，是恶兽之灵变成的？”

“嗯。”

薛蒙道：“那凰山就是……是朱雀吗？”

他猛地仰头去看那座笼罩在阴霾里的，巨兽般的山峦，果然发觉它山体中间高耸而两边平缓，犹如一只引颈而吭的凤凰。

楚晚宁道："没错。另外，四大邪山，各有邪法。比如蛟山，它只允许儒风门的后嗣带领旁人进入，擅闯者，都会被龙筋化为的藤蔓拖到泥土里，活埋而死。这座凰山也是一样的。"

"可是好奇怪。"薛蒙扭头看着那一个个施法中的掌门，他老爹也过去帮忙了，"蛟山是儒风门的山，这个人人都知道，那凰山呢？只要把降服朱雀恶灵的那一支门派后嗣拖过来不就好了？"

一直没吭声的墨燃在此刻说话了："那个人在不久前意外死亡了。如果她还活着，确实可以这么做。"

薛蒙愣了一下："你知道是谁？"

"知道。"墨燃淡淡地说，"是一个女人，我们都认识。"

师尊的第一个徒弟

“啊，是谁？只有她一个人可以号令凰山吗？降服朱雀恶灵的其他后嗣呢？”

墨燃没直接回答他，而是说道：“千年之前，降服朱雀恶灵的叫作宋乔，字星移。”

薛蒙大惊失色，冲口而出：“化碧之尊，宋星移？！”

“嗯。”

“他……他是修真史上最后一个能跻身宗师之位的蝶骨美人席啊！”

墨燃脸上毫无表情，说道：“没错，所以最后一个能打开凰山之门的人，已经死在儒风门的火海里了，是宋秋桐。”

薛蒙嘴巴不由自主地张大了，正要说些什么，远处忽然一阵骚动，凰山山脚最前头的结界处突然围了一大帮碧潭庄的青衣修士。

“李庄主！”

“庄主！”

楚晚宁面色微变，眉宇沉炽，他拨开人群，朝那边走去，只见李无心被弟子搀扶着，脸如白纸，口吐鲜血，腥臭的血丝粘在他花白的胡须上，嘴唇青白，双目上翻，他全无意识，正颤声道：“是第一……是……是第一……”

由于李无心撤力，剩下几位掌门承受的结界反噬就更强烈，黄啸月是暂代江东堂堂主一职，法力比其他掌门要低出一截，此时也已受不住了，连扭头都困难。

倒是姜曦，他脸色虽也偏白，但居然还有心力朝李无心那边看，且开口说道：“他中了凤凰梦魇。”

凰山结界附着凤凰的诅咒，一旦有人要撕开裂缝，妄图上山，就极容易被这种梦魇吞噬。

这和金成池摘心柳的幻境有相似之处，只是凤凰梦魇难除，中招的人往往再也醒不过来了。

碧潭庄一群弟子见状长跪于地，更有甚者，已号啕大哭起来：“庄主！您醒醒啊，庄主——”

李无心在梦里一会儿痴笑，一会儿呓语，忽然挣脱开抱着他的弟子甄琮明，仰躺在地上手舞足蹈起来，哈哈大笑："得了第一！是第一！是第一！"

围在后头的别派弟子里，有人小声嘀咕道："什么是第一？"

李无心却断然不会回答他们，沉浸在梦魇的喜悦中，张着嘴，露出两排黏着血液和唾液的牙齿，笑得极为陶醉，过了一会儿，好像梦魇忽地一转，他枯木般的老脸一僵，竟露出愤怒之色。

"不——你不能这样！你不能这样！说好的要把碧潭庄的剑术密卷还给我！你怎能食言？！"

一会儿又变成了哀哀戚戚的一张面庞。

这可真是令人胆寒，李无心从来都是个要面子的老道士，且是一庄之主，从来没有在人前有过这样一张脸孔——

不像个掌门，不像个道长，甚至都不像个男人。

他涎着脸，哀戚在皱纹里扭曲着，像是极力在把自己的尊严塞到那些遍布了他脸庞的皱纹里，他在哀求着："八十亿金真的太多了，那剑术密卷本来就是碧潭庄的，是我太师父的，是那时候门派落寞了，没有余钱，实在没有办法才转手卖给了你们……掌门……求求你，少一点……"

众人在周围听得面面相觑。八十亿金？

剑术密卷？

然后有人猛地想起，碧潭庄的前掌门因为脾性刚烈，秉义直言，惹得上修界诸多门派对其侧目，遭过一次大难，左右竟无一派愿伸援手，那次之后，碧潭庄整个山庄江河日下，连补贴弟子的余钱都一连三年拨派不出来，后来不知怎的，忽然就又富足了，但是莫名其妙的，自从那一代后，碧潭庄原本威震九州的断水剑法就此落寞，后来的弟子总也使不出其中的精髓来。

为此，江湖上总有人耻笑李无心，说都是他教得不好，才会让曾经的剑圣之庄碧潭庄，沦为上修界之末。

但眼下，众人却惊觉事情可能并非先前所想的那么简单——难道碧潭庄当年那场大难，竟是靠卖了剑谱，才得以回寰？

这样趁火打劫的奸商，有人立刻想到了孤月夜，不少目光悄悄地朝姜曦脸上扫了过去。

"该不会是孤月夜……"

"可能是姜掌门的师祖……"

李无心还在地上痛苦地挣扎，打滚，甄琮明抱都抱不住他，他一会儿哭一会儿嚷，一会儿干脆爬起来朝四周砰砰砰磕头，鲜血和鼻涕一块儿往下流淌。

"还给我吧，筹措大半生了，统共就五十一亿金。"李无心哀号道，"就只有五十一亿金……你要的我真的尽力了，真的是没有那么多银两，我总不能去杀，去抢，去做尽坏事谋得钱财吧？！贵派日进万金，但碧潭庄真的没有那么多钱……求你了……”

听到“贵派日进万金”，先前那些没有打量姜曦的人，都往姜曦那边扫视了。姜曦手下的轩辕阁，就是修真界最大的黑市，不是他，还能有谁？

有碧潭庄的年轻弟子气不过，已经双目赤红，朝姜曦嚷了起来：“姜掌门！原来我碧潭庄的断水剑谱最重要的那三卷，竟是在你孤月夜吗？你出口就要八十亿金，你……你怎么能这么不要脸？！”

姜曦还未说话，左侧就有一人声音沙哑道：“真相未明，你安敢给姜掌门妄加罪名？”

说话的人竟然是连气都快喘不上的黄啸月。

这老家伙撑着结界的手都在抖了，还要帮姜曦说话表忠心，打的是什么主意，真是昭然若揭。

碧潭庄那弟子恼极，冲上去就要骂黄啸月，却被同门牢牢架住，同门劝道：“甄复，别惹他们。”

听到这个名字，墨燃一愣。

换作从前，他可能会觉得这个名字和真聪明一样，都让人笑掉大牙，可此刻他看着在泥泞里不住磕头跪拜的那个糟老头子，忽然觉得很苦。

一点都笑不出来。

“五十亿不行……那……那就五十五亿？”李无心在哭，不停地拿袖子抹眼泪，“五十五亿，我去替翌州常氏做笔买卖，再卖些法器灵石，还能凑到的，五十五亿……掌门，你行行好，发发慈悲……就把剑术密卷还给我吧。”

他佝偻着磕下头去，磕到最后额头也破了，鲜血横流。

“断水剑谱，是碧潭庄的魂啊……”他哭泣道，“先师羽化前，唯一的心愿，就是让我把剑术密卷赎回来，我这一生都在尽力……一辈子了，从黑头发，变成了白头发，求的人也从你爹，变成了你……我还求过罗枫华……”

“啊！”

众人陡然失色。

罗枫华？！

李无心求过罗枫华？！

不是孤月夜……是……是……

众人纷纷回首，没有人在走动，但是立刻分出一条路来，因为几乎所有门派的人，都在扭头看着角落里的南宫驷，还有叶忘昔。

“是儒风门！”

这回不需要窃窃私语了，有人大声喊了出来。

“真不要脸！”

“就说儒风门的剑术怎么几十年里突飞猛进了这么多，甚至还有了剑圣的遗风！禽兽！”

“当年灵山大会还给了南宫驷第三呢！偷来的剑术，算什么本事？！”

“真令人作呕！！”

南宫驷立在原处，神情木然，他当然不知道这些儒风门的罪恶丑闻，那些他父亲，他先辈造下的孽，原本是应该落在儒风门七十二城头上的，如今都要他一个人来扛。

他没有逃，也没有吭声，脸色灰败地，就这么默默立着。

叶忘昔想要去握他的手，南宫驷把手不动声色地抽走了，站在了叶忘昔面前。

“他竟然还有脸来……”

“他爹都那么畜生了，你以为儿子能是什么好东西？”

碧潭庄的人最为愤慨，朝他们喊道：“滚啊！你们还不滚吗？！”

“十大门派已无儒风门一席之地！立在这里做什么！滚！”

“狗男女，不要脸！”

四周此起彼伏都是激昂澎湃的声音，唾骂着，诅咒着，一张张脸上都是那样鲜明的仇恨。

忽然有人冲过来，碧衣翻滚，是碧潭庄的弟子，那个人一把揪住南宫驷的衣襟，叶忘昔立时道：“阿驷！”

南宫驷却只在电光石火间将她推开了，然后被那个碧潭庄的弟子按在地上，拳头雨点般落下，砸在他的脸上、胸肋、腹部，一拳一拳，不用灵力，却拳拳沉闷，凶狠，发了狂。

这时候，忽然有另一个沉冷的声音，厉声道：“住手。”

一记重拳未收，砸在南宫驷英俊的脸庞上，南宫驷猛地咳出一口血来，头发散乱，躺在地上，身上尽是污泥。

那愤怒的弟子还要再挥拳头，胳膊却被人捏住了。

他怒而回首，号道：“畜生！不要你——”话没有说完。

因为立在他面前的人，是天下第一宗师，楚晚宁。

“住手。”

楚晚宁目如寒泉，俯视着他，脸上的神情说不出是什么样的，好像有很多情绪，又好像什么都没有。

他只是紧紧握着那个少年的胳膊，抿着唇，半晌道：“别打了。”

南宫驷在地上又咳出一口血，叶忘昔忙要去扶他，被他挥开了：“不用管我，儒风门之责，我应当替父受之。”

那少年闻声更怒，挣扎着要脱开楚晚宁的手，又想去厮打。

楚晚宁剑眉立竖：“别打了！”

“不要你管！你是死生之巅的人，这事儿轮不着你管！”那少年也疯了，朝着楚晚宁嘶吼道，“他们凭什么这么对我师父？凭什么？凭什么这样对碧潭庄？碧潭庄给儒风门当牛做马多少年了！凭什么啊……凭什么啊！！”

他号啕了起来。

身后是李无心的阵阵呻吟，哀求。

李无心还在向自己意识里，其实根本不存在的南宫柳哀求：“罗枫华说愿意把剑术密卷还我的……但他不知道被放在了哪里……你们答应过我的……掌门……你们答应过我的……”

“我今年七十九岁了，也没几年可以活了，这辈子修为不够，或许不能成仙，见不到我师尊……但是他唯一交代我的事，我不能办不成啊。”李无心的每一个字都像是从喉咙里挖出的血块，他也在号啕了，“我不能办不成啊，掌门……还给我吧……把碧潭庄的东西……还给老夫吧……”

“求求你……”

碧潭庄的弟子在颤抖，楚晚宁的手也在微微地颤抖。

那少年的眼里有泪，有恨，有不解。

可他挣脱不开，最后他一口口水吐在了楚晚宁的脸颊上，他说：“什么宗师，都是畜生。”

“师尊！”

“墨燃，你站着别动，别过来。”

楚晚宁松开了那少年的手，少年得了自由，立时又要去殴打已经遍体鳞伤的南宫驷，却不料一道金光落下，海棠结界撑开，将南宫驷和叶忘昔二人牢牢护在其中。

楚晚宁原本是半跪在地的，此刻他缓缓起身，一张张望过那些模糊不清的，瞧着热闹的脸。

人群一端的尽头是他，而另一端是血泪纵横的李无心。

李无心苍老的声音传来，是冬日的枝丫，根根刺入苍穹：“五十五亿不行吗……”

这个老头子在梦境里，依旧试图和南宫柳讨价还价。

卑微死了。

卑微极了。

卑微到一张老脸，都成了泥沙。

“五十八亿？”

他的声音在颤抖。

楚晚宁闭上眼睛。

他的手也在广袖之下蜷曲，颤抖。

但他还是一字一顿地说："南宫驷，系故人容嫣，容夫人之子。"

偌大的凰山之前，千余人，静得只听得到李无心的号啕和楚晚宁沉冷肃杀的嗓音。

一头，李无心说："五十八亿，总可以了吧？那只是三本剑术密卷而已啊……"

另一头，楚晚宁道："我出山时，不曾携带银两，亦不知如何开口向人索求。是容夫人一饭之恩，又留我于儒风门暂居。"

他顿了顿，于是只有李无心哭泣的声音。

"容夫人曾令我收其子南宫驷为徒，我因年少，恐难胜任，不曾答允。但那一年……"

楚晚宁微侧过脸，看了一眼倒在地上的南宫驷。他终于缓缓地把南宫驷并不记得的真相，一字一句公之于众。

"那一年，容夫人曾携幼子，三拜我于宗庙前，说南宫驷师礼已成，若我今后愿在儒风门久住，南宫驷便应以师礼待之。"

楚晚宁抬起眼帘。

"南宫驷，是我徒弟。"

听闻此言，薛蒙的脸色瞬间铁青！

墨燃和师昧的脸色也不太好，但他们都没说话，望着楚晚宁。

"若说父债子偿没错，那么一日为师，终身为父。我既然已受了南宫驷的三拜之礼，他便可以称我为一声师父。"楚晚宁说，"他的师父仍在。所以，寻仇也好，打骂也好……我在这里，绝不反抗。"

"师尊！"

"师尊！！"

墨燃、薛蒙与师昧齐齐跪落，南宫驷也挣扎着要从地上爬起来，他口中鲜血未止，只喃喃着："不……我不拜……我没有拜过……我没有师父……没有师父……"

然而此时，李无心忽地发出一声长啸，他仰头向天，须发如吹雪，睁着眼睛，血液不断从眼眶里流下来。

他大声地号着，哭喊着，哽咽着，期期艾艾。

"五十九亿，总可以了吧？南宫掌门……五十九亿……多出来那一些，你就当可怜可怜我这个老头子，给我留点打棺材的钱……好吗？好吗？"

他以引颈就戮般的姿势，最后嘶号着，青筋暴突。

"好吗？！"

一连三个好吗，李无心忽然再次口吐鲜血，血液狂飙，死寂。

紧接着，他扑通一声倒在地上。

这个上修界最次门派的尊主。这个生前一直在刻意讨好着每一个可能结交的门派，丑角般四处游走的老头子。这个花了大半辈子，依旧碌碌无为，连三本剑谱都赎不回来的大笑话——

一个废物，庸才。

他就这样睁着眼，倒在了灰扑扑的尘土中。

死了。

呼呼起风，众人脸上皆是不同的神情，没有人再说话。

只是墨燃忽然想起，蛟山有宝藏，足以重振门派，这是连江东堂都知道的事情。

碧潭庄和儒风门走得这么近，不会不明白这意味着什么。

南宫柳死后，大派小派都在追着撵着要活捉南宫驷与叶忘昔，说是为了报仇，心里打着的，却都是那金山银山的主意。

但碧潭庄没有。

碧潭庄只是笨拙地，想着蠢办法与死生之巅、孤月夜交好，希望以后能相互照拂、提携。

儒风门的那笔金银财宝，李无心连想都不曾去想。

明明他才是被儒风门欺凌压榨了一辈子的人。

或许，正因为被欺凌久了，被压榨久了，这个老头子心里才会明白，财可取，但不可取不义之财。

墨燃遥遥望着李无心尘土里，污脏到甚至有些可笑的老脸。

他忽然明白了，为什么那一日儒风门突遭变故，众人急急慌慌奔走，四下逃命，这个老头子想逃，却畏畏缩缩地不曾走。

明明没什么大本事，却硬着头皮，留在了火海里。

一把御剑，救了数十条与他无关的人命。

人说碧潭庄师祖爷有一套断水剑法，可断流水，可破穹苍，被称为"剑圣"。

李无心缺了三本剑术密卷，学不得这惊艳剑法，也成不了剑圣。

他能做的，最终也就是用一把变大的御剑，在烈焰汪洋里，把那些他根本不认识的人甚至儒风门的弟子，送出火海，一个个地带回了人间。

师尊，凰山开了

碧潭庄的弟子怎么也不会想到，凰山一战尚未开始，就要了他们庄主的性命。

李无心虽然年事已高，举手投足间都渐渐显露出一些老态来，但若不是被这邪门的结界魇住，经络逆行，是怎么也不该就这样暴毙的。

几许静默，碧潭庄一片青衣，纷纷下跪。

哀声震天，众人愀然。那原本要与南宫驷算账的弟子也顾不得什么了，哭着爬回了老庄主身边，以袖拭泪，泪珠不绝。

忽然，凰山前的巨大结界发出一声刺耳的嗡鸣，姜曦面色一变，厉声道："来个人填上李无心的位置，否则今天我们都得死在这里！"

薛正雍则干脆回头大声喊道："玉衡！快来搭把手！"

楚晚宁自是不用他们说第二遍，他最擅长的就是结界之术，那一声啸叫乃凤凰恶灵留下来的诅咒，能触及这一层诅咒，说明众位长老离撕开结界屏障已经不远了，能成便成，若不能成，这诅咒反噬起来有移山填海之力，恐怕会比儒风门那一场劫火更难脱逃。

他当即飞掠而至，目光犹如刺刀般锐利，挥袖抬手，猛地击在了李无心遗留下的那个空处。

才一碰，楚晚宁蓦地吃了一惊，立刻去看站在自己旁边的黄啸月。

"……"

他看见黄啸月满头大汗，浑身发颤，脸涨得通红，似乎使出了九牛二虎之力在运功——其他掌门显然也是这么认为的。

但黄啸月骗得过别人，却骗不过结界宗师楚晚宁。

楚晚宁一接过李无心的担子，就感觉到这个位置的反噬之力极其凶悍，也就是说李无心刚刚一个人，就承受了两个掌门应当承受的邪气。这种众人合力的法阵很少会出现这种情况，而出现这种情况，只有一种可能，就是旁边的那个施术者根本没有使出任何力量——

黄啸月居然只是在装模作样！

楚晚宁怒极，黑眉冷竖，厉声道："你……怎敢儿戏？！"

“什……什么……”黄啸月喘着粗气，声若蚊蚋，整个人似乎都要虚脱而死，周围的几个掌门听到动静，但凡有余力的，纷纷看向他俩。

“宗师在说什么……什么儿戏……”

“什么儿戏你自己心里清楚！还不给我滚？！”

薛正雍沉不住，嚷道：“玉衡，你在对黄道长凶什么呀？你看他都快说不上话来，有什么不对劲儿的，打开结界再说吧！”

黄啸月眼神飘忽，只乜了楚晚宁一眼，就被那出鞘霜刃般寒凉的眸子惊得心中凉了大半。

他根本就没有这个实力打开凤凰结界，之所以主动冲上去襄助，只是为了争个脸面，事后也好让上修界知道江东堂实力还在，他黄啸月还是有两把刷子的。

岂料李无心这个脓包，一个人承担不起两个人的邪气，居然被凤凰结界反噬，直接死在了自己旁边，死了也就算了，填补他位置的人却是楚晚宁——

这个合该被千刀万剐的楚宗师！

黄啸月油腻腻的一张脸上布满汗珠，这些汗珠可不再是硬憋出来的了，而是冷汗，他在不停地出冷汗。

他在想，该怎么办？

危急关头，黄啸月发了狠，猛地咬破了自己的舌头，一股热血淌出，他让唾液混着血水渗在唇角。

“宗师……当真是误会了老夫……李庄主撤力之后，老夫当真是……再也……再也……”

他剧烈咳嗽起来，咳得血沫星子飞溅。

“老夫当真是受不住了……”

楚晚宁哪里会上当？

李无心和黄啸月，这两个人的实力孰强孰弱，自是不用多说，若是两个人都尽全力，先倒下的人怎么可能是李无心？

他怒而挥袖，单手甩出天问，竟将黄啸月猛地掀翻于十几尺开外。

“滚！”

“哎哟！！”

江东堂的弟子纷纷吃惊，一拥而上，围住自家的尊长。

亦有不少人朝楚晚宁怒目而视：“楚宗师怎么不讲道理？”

“黄道长都尽力了，凭什么还说甩鞭子就甩鞭子，说发脾气就发脾气！”

“仗着自己有本事，就这样欺负人？！”

这些怒喝和碎语，楚晚宁置若罔闻，他胸中尽是愤怒，一双凌厉凤眸近乎闪着冰霜之色，或许是结界的红光反照在他眼中，他的瞳仁甚至有些猩红色。

“给我滚。”

声音不响，但极为阴沉。

对楚晚宁稍有了解的人都知道，他怒斥、责骂，说明还有余地可以商量，可一旦他变成此刻这个神态，森冷，压抑，那么谁都拦不住他。

谁拦，天问暴怒之下，恐怕就能要了谁的性命。

薛正雍喃喃：“玉衡……到底怎么了……”

“黄啸月，你当真为打开凤凰结界，尽过半寸力吗？”楚晚宁覆在结界上的手甚至因为愤怒，都突起了筋脉，“李无心在你身边承受不住的时候，你当真有替他分担过分毫吗？！”

“你在说什么啊？！”

江东堂的女弟子尖叫起来。

“我们黄道长都吐血了，你居然还说他没有尽力？是非要看他跟李庄主一样死了，你才满意吗？”

楚晚宁黑眉沉炽，正欲再言，忽然间面前的通天结界发了狠一般，剧烈波动。众掌门的手心都被一道血红的光芒包裹。

姜曦立刻道：“凝神！最后一层了！就快撕破了！”

“……”

楚晚宁无心再与那群疯子争执，回眸专心，双手交叠置于结界之上，将雄浑的灵力饱含着熊熊怒焰，猛地置入裂痕之中。

“砰”的一声巨响。大地震动。

凰山结界裂开一道硕大的缺口，足有八尺高，可容五人并肩通行。

薛正雍喜道：“开了开了！结界开了！”

他离裂口近，立刻探头去看，却冷不防感到一股黑红瘴气扑面而来，不由得“哎哟”大叫一声：“怎么这么臭？！”

其他修士也顾不得碧潭庄和江东堂了，纷纷拥过去看。

无悲寺的玄镜方丈于此道最是敏感，念珠在手中一转，就沉声道：“是积尸之地，这座山上的尸体和怨气，恐怕比我们想象中的还要多得多。”

姜曦阴着脸道：“看来徐霜林那个过街老鼠，果然就在这破山头里窝着。”他一边说着，一边回头，“所有人听着。之前受伤的，夙的，没用的，装模作样的——”

他说到“装模作样”的时候，幽寒深邃的眸子瞥过了躺在地上的黄啸月，而后微不可察地冷笑一声。

“这些人，统统留在山脚。剩下的，跟我上山。”

薛蒙见楚晚宁进了裂缝，急着就要跟上，却发现墨燃没有在自己身边。他环顾，发现南宫驷所在的地方起了一阵骚动。原来是碧潭庄的弟子在悲痛过后，仇恨愈盛，都要找南宫驷算账。那里虽然有楚晚宁落下的结界，但南宫驷依旧被一群脸扭曲狰狞的人围着，每一条鲜红的舌头都在诅咒，唾骂。

薛蒙焦急道："墨燃，你在那里做什么？大家都上山了，快跟上啊！"

"你先走，护好师尊和师昧，若体力不支，立即飞花报我。"

薛蒙没办法，只得先行离开。

这时候，山脚下只剩了碧潭庄和江东堂的人。墨燃将目光从薛蒙的背影上收回来，说道："我知诸位心情，但剑术密卷一事，非南宫公子所为，诸位若要清算，至少等到抓到徐霜林再说。"

"这是两码事，徐霜林也好，南宫驷也好，一个也逃不了！"

"没错！他们俩都要付出代价！"

甄琮明算是这些人里稍微还有些理智的，他红着眼眶，瞪着墨燃："墨宗师，如今你是宗师了，你师父也是宗师，你二位宗师，就是这样包庇罪人，徇私舞弊的吗？"

墨燃道："我只想诸位论公而处。如果诸位当真要把这件事捋清楚，就应当在事情平息之后，按修真界规矩，将徐霜林等人送到天音阁审问，十大门派共同商榷，以定公道。如今这样冲上来就打算将一个不打算还手的人碎尸万段，又算什么？"

甄琮明："……"

有人喊道："什么十大门派？九个！儒风门还能算个门派？"

甄琮明忽道："是八个。"他脸上有血渍，是替师尊擦拭了之后，又抹了眼泪，留在面上的，那血渍使得他看起来显得很凄楚，也很茫然，"是八个门派……碧潭庄也无主了。"

"师兄……"

他没有去管那些师弟的哀哭，慢慢转头，看着墨燃："天裂之战后，师尊曾说，死生之巅还算个公正门派。如今看来，恐怕是他看错了你们。"

墨燃："……"

甄琮明问道："墨宗师，你今日，一定要护着儒风门这两个畜生吗？"

墨燃还未回答，就听得南宫驷声音沙哑道："墨燃，你走开。"

叶忘昔半跪在南宫驷身边，将他搀扶起来，也真难为她了，没有哭，也没有手足无措，只是嗓音也是哑的："墨公子，上山去吧，此事与你已无关。"

墨燃侧眸道："你拜了我师尊，难道是白拜的？既然是我师门的人，又怎会与我没有关系？"

南宫驷："你——"

墨燃转过头，重新望着甄琮明的脸，这时候他面前已经不只有碧潭庄的人了，江东堂的弟子也虎视眈眈地围了过来。

黄啸月在两位女弟子的搀扶之下，佯装蹒跚地踱近。他喘息着，翻起眼皮，瞪墨燃。而后他挥开左右两个弟子，枯木般的手指狠狠一点，说道："老夫自幼饱受上修界正义熏陶，尔等如此行径，岂能坐视不理！"

墨燃冷冷道："黄道长果然是上修界的楷模。刚刚还苟延残喘，一炷香工夫不到，竟又能活蹦乱跳站起来，要替天行道了。好佩服。"

"你——咯咯咯！！"黄啸月似乎怒极攻心，捂着胸口咳得昏天暗地。那戏做得极足，但墨燃却都懒得拿正眼瞧他了。

碧潭庄的青衣和江东堂的紫衣围作一团，合力将三个人围在其中，步步逼近，但谁都没有先动手。

谁都知道，这一招落下，就将覆水难收。

甄琮明低沉道："墨宗师，我最后问你一遍。你当真不让开吗？"

"啊！！"

墨燃还未作答，忽有一道尖厉的声音自前方传来，也不知道是哪个女修发出的，紧接着一堆模糊的黑灰色泥石就从凰山的结界裂口里汹涌着奔流而出。

黄啸月惊道："什么东西？山崩？"

墨燃眯起眼睛，不是山崩。

众人很快也瞧清楚了，纷纷倒抽冷气。

从裂口里涌出来的是一堆堆烧成焦炭的死尸！手臂黏着手臂，皮肉黏着皮肉，勉强才能看清脸面。

"哇——"立刻有人受不了，弓着身子呕吐起来。

"这也太恶心了……"

"山上难道都是这种东西？"

"这该有多少死尸……"

墨燃看得亦是心惊，这时候天空中发出一声沉重的闷响，刚才几位长老合力撕开的结界，在此刻竟又动弹起来，缓缓地，似要合上——

这结界竟是可自愈的！撕开之后没多久，就会再次关闭，阻止更多的人进入其中！

墨燃焦急道："先上山，恩怨回头再说。徐霜林就在山上，难道就这样放着罪魁祸首不去抓？"

碧潭庄的人犹豫了，但黄啸月捻须冷笑，说道："全天下的高手几乎都在那山头了，不愁抓不到徐霜林。但是儒风门这俩小娃娃滑不溜丢，跑得跟泥鳅一样快，若是错放，以后可就再也没机会抓住了。"

"黄啸月……"墨燃怒极，手中红光一闪，见鬼应召而出，"你够了吗？！"

面前百余人，见他召唤神武，全部拔出配刃，擎起武器，极其戒备地盯着他。

墨燃自知这一次定然逃不了一场恶战，自己倒是无事，但按这些人的想法，恐怕以后也会把今天自己这一战，算到死生之巅头上……

然而此时，他忽听背后响起一个沉冷声音。

“请诸位上山去吧，南宫驷在此等候，绝不逃离。”

黄啸月道：“小娃娃说话倒是轻松，凭什么信你？难不成真能画地为牢，说不走就不走了？”

南宫驷冷冷看了他一眼，从地上站起来，而后忽然抬手将叶忘昔推出楚晚宁所设的结界。

“阿驷！”

这个结界，只有里头的人可以出去，外头的人却进不来。

南宫驷独自站在里面，缓缓抽出了自己的佩剑。雪亮的剑光，一寸一寸，照亮了他的脸。

下巴，嘴唇，鼻尖，眼眸。

叶忘昔已经明白过来他要做什么了，猛地一锤砸在结界之上，喊道：“你别胡来！”

“先祖立派时，曾有训：贪怨诳杀淫盗掠，是我儒风君子七不可为。”南宫驷如是说道，“家父不淑，有悖于此训。然我立身二十六年，虽有骄纵，却从不曾妄为。这七不可为，我无愧于心。”

“嗡”的一声，佩剑如流水，尽数出匣。

“不要！”

墨燃也知道他要做什么了，他试着去解开楚晚宁所设结界，可是那结界牢固，竟是一时半会儿无法解开。

他喃喃道：“南宫……”

南宫驷却根本不去瞧叶忘昔一眼，也压根儿不理会墨燃，他说：“今日诸君不肯信我，我便别无他法。所幸习得禁锢之术，此刻自囚于此，请各位别再牵连无辜。我南宫驷，画地为牢，等候各位归来。”

“南宫！！”

声未没，血狂飙。

南宫驷的佩剑瞬间钉入地面，没土半截。

而同时被钉在地上的，还有南宫驷的左手——

他竟将自己的手，如钉蛇七寸，狠狠地钉在了地上。那佩剑上雷电四起，禁锢咒的咒诀四下翻飞。

叶忘昔在结界前面跪了下来。

南宫驷的血顺着剑柄流下来，染红了地面。

没有人能看到叶忘昔的表情，她垂着头，只有一双手紧紧扒在光华流淌的结界上，手指根根苍白，痉挛。

这是钉恶兽、钉厉鬼、钉牲畜的禁锢咒诀。上修界的高手几乎人人会用，谁都识得。

南宫驷用这个咒诀，钉住了自己。

他痛得嘴唇发青，不住哆嗦，却没有哭，良久之后，抬起脸，眼眸是猩红的，一字一顿——

他说："走。"

"……"墨燃极少有被人震得说不出话来的时候。

前世，只有叶忘昔做到了。

而这辈子他见到了叶忘昔喜爱的人。

他曾经迷惑于叶忘昔究竟喜欢南宫驷哪里，一个只愿意看脸，喜欢漂亮的女孩，没什么头脑的公子哥，到底有哪里值得叶忘昔付出情谊？

可此刻，他却看到了另一个叶忘昔。

以及跪着的，狼狈的，鲜血直流，却狠到骨子里的——

南宫驷。

"走啊！"南宫驷怒吼道，"还有什么不放心的？要我把腿也钉在地上吗？走啊！！"

甄琮明是第一个转身的。

他回到李无心的尸首边，将掌门遗体整理妥当，抱起来，往回走。

"师兄！"

"师兄，不留下来吗？"

"师兄？难道我们就这么走了？难道就要这样放过他们——"

甄琮明道："留下来做什么？山上也不知要打多久，让掌门就这样躺在地上，连个体面棺椁都没有，等着吗？！"

碧潭庄的弟子互相看看，便一个个低了头，不再吭声。

甄琮明走到墨燃身边，与墨燃擦肩而过时，说："墨宗师，你记住你说过的话。此战之后，我们天音阁见。"

"还好。这世上还有天音阁能主持公道。"有个人眼睛红彤彤的，正是之前吐唾沫辱骂楚晚宁的那个弟子，他跟在师兄后面，恨意深深，"阁主一定会秉公行事，好让我们师尊瞑目。"

"墨燃、南宫驷……你们这些恶人，你们都等着吧！你们全都会有报应的。等死吧！"

师尊，我该怎么羞辱你

碧潭庄走了，黄啸月就算想留下来，也再没了留下来的理由。

他只能上山。

墨燃希望速战速决，便一马当先抢着进了凰山结界里，江东堂的人随后跟上。一进结界，墨燃还好，但江东堂的人全都尖叫出声——

满地的，满树的，躺在地上，挂在树梢上，密密麻麻，全是凶灵。在动，在爬，在扭曲着，以极缓慢的速度向每个人挨过来。

凰山竟成了一整座尸山！

黄啸月见状，一人当前，抽出拂尘猛地朝前击去，眨眼间卷落四五个凶灵的头颅。墨燃还未反应过来这老匹夫为何忽然变得如此骁勇，就听得他“啊”地惨叫一声，以一个极其浮夸的姿势跌倒在地，又两眼翻白，咳将出血沫子来。

墨燃：“……”

江东堂弟子忙拥上去：“黄前辈——”

“前辈……”

“无妨，老夫受伤虽重，但总还是能出些力的。”黄啸月挣扎着要爬起来，但爬了两下，膝头一软，又跌回地上，不停地喘着粗气。

那些弟子便焦急道：“前辈还是去外头歇息吧，这里邪魅太多，恐怕会损了心脉。”

“是啊是啊。”

黄啸月先是极力推辞，一边推辞，一边吐血，血依旧混着黏稠的唾液，说不出的恶心，如此几次三番之后，黄啸月率着江东堂大半弟子，做出一副遗憾至极的模样，一众人如过江之鲫，呼啦啦地出了凰山结界。

这结界拦人进去，却不拦人逃离，很快江东堂就不剩几个人了。这时候前头山麓上忽然下来一个青年，那青年淡金长发，幽碧眼眸，神情冷冽。

他与墨燃互相看见，彼此都微微愣怔。

墨燃先反应了过来：“梅兄……”

梅含雪点了点头，冷冰冰地不爱言语。

墨燃急着问："看到我师尊他们了吗？"

"就在前头。"说这句话的时候，一个凶灵从梅含雪身后摇摇晃晃地爬起来，墨燃正待提醒，却见得剑光一寒，梅含雪已召出佩剑，头也不回，反手就将那击杀。

他将剑拔出，将剑上的污渍擦干净，说道："你往上走，一直往前，第一个山道岔口向左，凶灵太多了，正在清道，所有人都在那里。"

墨燃谢过，正欲追上。梅含雪却又叫住他。

"等等。"

"梅兄有事？"

"嗯。宫主与容夫人是故交，她放心不下，让我折回去看看儒风门那两位。他们怎么样了？都还在外面？"

墨燃闻言，心下一宽，说道："他们还在外面等着，南宫驷给自己打了禁锢咒。但黄啸月出去了，恐会再做出什么为难他们的事情，还请你多照拂。"

梅含雪抿了抿嘴唇，不再多言，足尖一点，人已消失在了结界尽头。

墨燃也不再耽搁，立即赶往大部队处。

说来奇怪，他原本觉得那么多凶灵，路上总该看到些自己人的遗骸，但是没有。

是因为诸位掌门带来的都是精英翘楚？

他没有闲暇再多细想，立刻也投身于清扫山道的战斗当中去。如果说刚刚他是沿着大家已经打过的地方走来，那些凶灵都已经被削得没有什么战力，那么此刻他一上手，就觉得事情更加蹊跷。

太简单了。

他觉得他根本不是在和凶灵搏斗，简直像是在屠杀手无缚鸡之力的普通人。

这种情况让他心生不安，他隐约竟有了种极恐怖的猜想……

"咯咯咯——"

忽然，面前大树上挂下一个凶灵，披头散发，伸出手就要去掐墨燃的脖颈。墨燃猛地向后一掠，那凶灵立刻扭头，鼻孔翕动，一只手抓上他的肩膀，且要把那狰狞腐烂的脸凑过来。

墨燃恶心得厉害，但还是趁此机会先行观察，而后抬脚狠踹，将它踹翻在拥上来的一群凶灵中，连带着撞倒了好几个挨过来的凶灵。

"墨燃！"

这时候薛蒙也打过来了，和他背靠着背，薛蒙喘息着，脸上溅着些黑血，眼神如疾电，沉声道："怎么回事，这些凶灵是闹着玩的？玩人海战，怎么这么弱？！"

墨燃目光森冷，透着寒意。前世的踏仙君，阅遍邪术，心中已经有了个隐约的猜测，但此刻线索不够，他还不能断定。

墨燃咬着后槽牙道："这些都不是修士所化，是普通人所化的。"

"什么？！"薛蒙吃了一惊，侧头问，"一个个跟炭似的，你怎么还看得出是不是修士？我连他们是男是女都分不清！"

墨燃没直接回答，而是道："如果我和你打斗，我来不及闪躲，被你抓住肩膀，你会怎么样？"

"你怎么会把肩膀暴露给我？这是格斗大忌，十一二岁的弟子都不会犯这样的错误。"

"为什么是大忌？"

"灵核离得近啊！抓住了你的肩，等于抓住了你一半的灵核，另一只手再捅进胸口里就能马上决定生死了！"

墨燃道："好，刚刚就有个凶灵这样抓住了我——"

薛蒙惊道："你怎么这么不小心？不要命了？！"

墨燃打断他的话："它没动。"

"啊？"

"那么近的距离，它根本没有想到用另外一只手袭我灵核。对于修真之人而言，近身时保护自己的灵核和袭击他人的灵核，已经是深入骨髓的习惯，就像你说的，十一二岁的小修都会这么做。哪怕死后化作凶灵，格斗肉搏的习惯也是不会改变的，但这些凶灵却没有这么做。"

墨燃顿了顿，沉声道："为什么不做？两个可能——做不了，想不到。"

薛蒙："……"

墨燃道："手脚健全，机会难得，不可能做不到，所以只能是没想着……这些凶灵生前，恐怕多数都是普通人，死了也不会是这些精英翘楚的对手，所以打到现在，一个受伤的人都没有。"

薛蒙惊道："怎么会这样？徐霜林要堆那么多普通人在凰山做什么？他有这个心力，怎么不去操控修士？"

墨燃道："和方才的可能一样，两种——做不了，想不到。"

"他怎么可能想不到？！"

"所以只剩下后一种，做不了。"墨燃目光沉重，见鬼的星火溅在他眼眸里，像烧滚的铁水落入夜色汪洋，"徐霜林的灵力，不足以用珍珑棋局操控那么多修士。"

"那他操控这些软脚虾也没用啊！"薛蒙又一脚踹退了一群凶灵，竟是哭笑不得，"能做什么？拦得住什么？"

墨燃没再吭声，他心里那种猜测越来越明晰了。

他望着与众人缠斗的凶灵，很快发现了一个极为诡异的现象：那些被斩断手脚，削掉脑袋的凶灵，倒在地上之后会立刻有细小的藤蔓伸出来，直接刺入他们的胸膛，而后“噗”的一声，把胸口肉连带着心脏一起，猛地勒入地底，消失不见掉。

这本是极容易发现的事情，但乱象丛生，众人应接不暇，那藤蔓又小又细，如果不静下来站在旁边观察，根本就看不到。

“墨燃？”

薛蒙还在唤他，但墨燃根本注意不到他的声音。

忽然他飞身掠起，扼住一具凶灵的脖颈，手中翻出暗器匕首，直刺凶灵的心脏。

薛蒙蓦地张大嘴巴，倒退两步，竟说不出话来。

他觉得墨燃一定是疯了……

墨燃侧着半张轮廓分明的脸，迅速发狠发力，将那凶灵的黑灰色的心脏掏出震碎，露出里面一颗黑色的棋子来。

这没什么好意外的，凰山凶灵群显然是受了珍珑棋局的控制，才会这样为虎作伥，墨燃要看的也并不是这枚棋子——他翻找着，忍着浓烈的恶臭。

薛蒙已经受不了了，弓着身子哇地吐了出来。

“你！你有病吗？……这也太恶心了……呕……”

墨燃不理他，手指在血块里拨弄着，很快就找到了要找的那个东西。

只见在棋子的背面，紧紧趴伏着一只小虫，浑身赤红——噬魂虫。

而与此同时，地面忽然蹿起数十道细软的藤蔓，直朝着墨燃血淋淋的双手袭来！他迅速避开，那藤蔓却越掠越快，誓死要将那棋子连带着小虫一起裹进地心。

墨燃此刻已经完全明白了徐霜林的意图与做法。

他浑身汗毛倒竖，血都凉透了——

因为这天下，除了前世的踏仙君，根本没有人会想得到这种邪门秘术！

就像万涛回浪咒是楚晚宁所创的一样，眼前这一切，这枚棋子、这只噬魂虫、这些凶灵，种种安排布置，都指向了一个墨燃再熟悉不过的法阵——

共心之阵。

这是他前世，亲手所创的法阵！

若说以前还是猜测，那么这个法阵的重现，等于当头给了他一棒，它的现世无疑印证了两件事：

第一，除了他自己，世上必然还有另外的人复生了。

第二，那个复生者，必然熟识前世踏仙君的路数。

墨燃的手微微颤抖着，黑色的血污不停地从指缝中滴落，那枚黑色的棋子和赤红的小虫在他掌心里紧握着。

他躲避着飞袭而来的藤蔓，脑中却已一片混乱。

混沌与惊悚中，他猛地回忆起了前世的那些破碎往事——

当初，他只有十九岁。

鬼界天裂刚刚填补，师昧新丧，而他则背着所有人，偷偷修习珍珑棋局之术已近半载，一直都没有成效，反复失败。

直到那一天——

十九岁的墨微雨盘腿而坐，缓缓睁开眼睛。

他摊开手，苍白的掌心里卧着两枚漆黑的棋子——那是他生平第一次，淬炼出的珍珑棋。在此之前，他尝试过成千上万种方法，都以失败告终。他搞不懂禁术残卷上晦涩难懂的句子，但他不能去问楚晚宁。事实上，那段时间他已经不怎么愿意和楚晚宁说话了，师昧之死成了他们之间永远无法填平的鸿沟。

师徒关系，早已名存实亡。

在他露出恶魔嘴脸的最后几个月，他走在路上，偶尔会遇到对面行来的白衣男子。但每次相遇，他都会当作没看见，一言不发地行远。

其实好几次在奈何桥，两人擦身而过，他的余光都扫到楚晚宁似乎想和他说些什么。可惜楚晚宁的尊严，最终还是没有让他主动唤住自己的徒弟。而墨燃呢，也不会给他更多犹豫的时间，就这样兀自离去，再不回头。

终擦肩。

在无人相助的情况下，墨燃花了很久，才勉强读明白了禁术残卷上句子的含义，也知道了珍珑棋局关键的一点——

所有的棋子，不管是黑子还是更厉害的、能与施术者共情的白子，都是由施术者的灵力凝成的。

而每凝一枚棋子，所要消耗的灵力都十分惊人，凝一枚黑子的灵力，够施展上百次大招，而炼一枚白子，几乎就能让楚晚宁这种级别的大宗师把浑身的灵力瞬间使用殆尽。

这也就是说，就算一个人冰雪聪明，对于珍珑棋局的了解已登峰造极，也没有什么用，灵力不够，只能纸上谈兵而已。墨燃虽然天赋异禀，灵流丰沛，毕竟也就是个二十岁都没有到的少年人，所以他费尽心力，几经失败，到最后也只凝出了两枚黑子。

此刻它们就躺在他的手心。

墨燃盯着那两枚黑子，眼中闪着异样的光泽，暗室里只有一盏快烧尽的烛台亮着，照着他的脸。

他做到了。

他那个时候根本没有在意棋子的数目，只因自己成功凝出了珍珑黑棋而感到狂喜。他做到了！

明明是那样英俊的人，却忽然有了野兽的狰狞模样。

他走出修行的暗室，头脑阵阵晕眩，一半是因为极乐，一半则是因为这两枚棋子已经耗尽了他的灵力，他整个人都是虚脱的，走到外面，被耀眼的阳光一照，顿时头晕眼花，喘不过气来。

他脸上红一阵，白一阵，眼前晃动着模糊的景象，他看到远远地有两个死生之巅的弟子走近。而他唯一来得及做的，就是尽快将那两枚黑子藏匿到乾坤袋里，而后脚一软，栽倒在了地上，昏了过去。

半梦半醒间，他知道自己已经被带回了弟子房，躺在了并不宽的床上。他微微睁开眼，床边坐着一个人。

他发烧了，头很痛，看不清那个人的相貌，只模糊能感到那双眼睛望着自己的时候，是那么关切，那么专注，那么温和，甚至带着自责。

"师……"

他嘴唇翕动，嗓音哑得说不出完整的话，眼泪却先淌了下来。

那个白色的身影顿了顿，然后墨燃感到一只温暖的手抚上了他的脸庞，颊上的泪被擦拭着，那个人轻轻叹息着，说："怎么就哭了？"

"……"

师昧，你回来了吗？

能不能不要走……不要死……不要丢下我一个人……

自从阿娘走后，这世上就再也没有第二个人，会像你这样待我温和，待我好，没有第二个人，会不嫌弃我，会愿意一直陪着我……

师昧，不要走……

滚烫的泪水怎么也止不住，他也觉得自己很没出息，可是一直在哭，梦里一直都在哭。

那个人，就坐在他床边，陪着他，后来握着他的手，也不说话，就那么笨拙地，片刻不曾离开地，陪着他。

墨燃想起自己乾坤囊里的那两枚珍珑棋子，他也知道那是罪恶的源泉，是恶魔的种子。

但这也是他求而不得之后，去与天争、与地斗的筹码。

凝棋子所需的其实不仅是灵力，最后献祭的，将是他原本还算干净的魂。

墨燃喃喃着，湿润的睫毛下，他的眼睛蒙胧，望着师昧的幻影，他说："对不起……如果你还在，我也……"

我也不想，走上这条路。

但是后面的半句，却再也没有力气说了，他又一次沉睡过去。等他再醒来时，那个白衣男人早已离去，墨燃觉得那是自己昏沉沉时梦到的景象。只是他记得，屋内原本焚着一炉香，是薛正雍给他安神用的，香是好香，但他不喜欢闻。

香已熄了。

很长的盘香，没烧完，是被人掐灭的。

是谁来过了呢？

他坐起来，呆呆地望着那个香炉，想了很久，都没有想得通透。最后他干脆不想了，他看到自己的衣物佩饰，神武陌刀，都被好好地摆放在桌上，乾坤袋也是。

他回过神来，连忙赤着脚下地，去拿过自己的乾坤袋。

打开来，还好，他昏迷前刻意绕的三道结，还是那三道，没人动过。

墨燃松了口气，翻弄袋子，他看到那两枚漆黑如夜的珍珑棋，正在角落里蛰伏着，像两只不怀好意的鬼眼，要把他吞噬。

他盯着那两枚棋子发了会儿呆。

这大概就是命运——如果楚晚宁当时翻一翻墨燃身边的乾坤囊，一切就都会改变。

但楚晚宁不会随意翻别人的东西，哪怕敞着口袋他都不会去多看两眼。

墨燃把棋子拿了出来。他喉结滚动，心如鼓擂。

现在该做什么？他该怎样利用这两枚棋子……

这是他第一次凝出的利器，他迫不及待地想要尝试——可是找谁？脑中电光石火，猛然蹿上来的却是个极为疯狂的念头。

楚晚宁。

他想把棋子打进楚晚宁的体内。

打进去之后，那个冷酷无情、假仁假义的男人，是不是从此就会对他唯命是从？是不是叫他跪下，他就绝不会站着？

他是不是可以让楚晚宁跪在自己面前道歉，让楚晚宁伏落在他脚边，他可以让楚晚宁听命于自己，可以刺痛他扎他撕咬他？！

极度的兴奋让墨燃瞳孔里的光都开始扭曲。

对，折磨他……

这个高高在上的仙尊，怎么样才会最痛苦、最羞耻？

羞辱他……

墨燃紧紧捏着那两枚棋子，口舌发干，越来越燥热。

他陷入了强烈的刺激与焦虑。他舔了舔自己皲裂的嘴唇。他迫不及待地想要这么做，想要看楚晚宁对自己垂下头露出苍白的脖颈，然后自己伸手摸上去，感受那细细的战栗，再然后……

捏断他的脖颈？捏碎他的骨骼？

墨燃觉得不痛快。

他没来由地觉得空虚，觉得不满足。

让楚晚宁死，太无趣了。即便是想象，他也不乐意。他想看楚晚宁哭，想看楚晚宁匍匐，想看楚晚宁生不如死，羞愤交加。

他总觉得还有更妙的泄愤方式。

他把一枚棋子放到唇边，冰冷的触感，他低沉地呢喃："你拦不住我了，楚晚宁。很快就会有这么一天，我要让你……"

让你怎样？

他那时候还没有想好。

但他已有那种可怕的本能。

想把第一枚凝出的恶魔种子，埋进楚晚宁的体内。

他想弄脏他。

他起身，推门走了出去——

第六章 — 此身神与魔

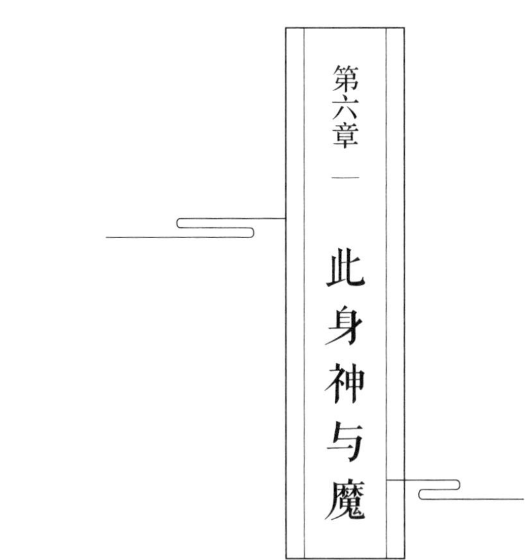

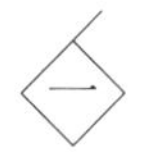

师尊初遇恶魔

但在红莲水榭外逡巡几圈后，墨燃还是冷静下来，没有做出那样疯狂的事情。

太危险了。

这是他第一次凝珍珑棋，都没有尝试过效果。冒冒失失就对第一宗师下手，他恐怕是嫌命太长。

所以犹豫再三，墨燃还是控制住了自己的冲动，离开了红莲水榭。几经斟酌后，他最终选择把这两枚珍珑黑子打在两个死生之巅的小师弟身上——他需要多番试验，而挑根基不稳的小弟子下手才是最稳妥的选择。

那是个微凉的晚上，夜色笼罩着山巅，墨燃出手极快，看着刚刚那两个还在河边比赛打水漂的年轻人身形一顿，他紧张到连手都是抖的，瞳孔缩得细小。月光照着他苍白的脸，他抿了抿唇，指尖微动，踱步而出。

那是他第一次使用这种十恶不赦的禁术，他激动而紧张。

"嘶——"

那两个人忽然跪地，墨燃却犹如惊弓之鸟，犹如刚刚杀完人的凶手，一点风吹草动几乎都要他的性命，他立刻隐匿到旁边的树丛里，心脏像是要从喉咙口跳出来。

怦怦怦。

缓了很久，他见这两个人就那么僵硬地原地跪着，一动不动，一颗狂跳的心总算是慢慢沉下来。

他的里衣已经被冷汗浸透了，头皮都是麻的。

他走出去。

他重新站在月色下，河滩砾石边。

这回他总算是比先前冷静些了，尽管他依然不怎么敢呼吸，谨慎得像是夜色里嗞嗞滑出的蛇。

墨燃低头打量着那两个小师弟。

刚刚还在嬉笑打闹的两个人，脸上已经没有了半点儿血色，平静得像是死水，一动不动地跪在地上，墨燃盯着他们，他们也不抬头，就这样跪着。

“……”

墨燃又试着动了动自己的指尖，催动法术。

两个师弟长磕趴下，而后起身，转动眼珠，在那两双黑漆漆的眼眸里，墨燃看到了自己的倒影。

那倒影不太清晰，可是不知为什么，墨燃觉得自己就是瞧清了，秋毫毕现，滴水不漏。

他瞧见了一个逆着圆月，面色苍白，眼里泛着红光的鬼怪。

墨燃听到自己的声音，颤抖着，声音嘶哑地试探着：“报上名来。”

回答他的，是两个古井无波的平缓声音：“名不由我。”

墨燃的心在剧烈跳动，血液在体内信马由缰，他喉结滚动，继续低声问：“身处何地？”

“地不由我。”

“今夕何夕？”

“岁不由我。”

受珍珑棋局成功控制的低阶黑子，将有三个不由我：姓名为何不由我，身在何方不由我，今夕何夕不由我。

——皆由主人定。

这和古籍残卷上所载的一模一样。

墨燃觳觫着，说来奇怪，在面对自己亲手凝成的两枚棋子时，他最多的感受竟然不是狂喜，而是恐惧。

他在恐惧什么？他不知道，但内心很乱，乱极了。

他知道自己站在了悬崖边上——不，他已经跌下了悬崖，下面是黑暗，是无尽深渊，他看不到底，看不到哪里是死亡，哪里是尽头，哪里有火，哪里是终结。

他觉得自己体内仿佛有一个魂灵在痛苦地嘶吼、尖叫，但是它很快就碎了，碎成了粉末，碎成了残渣。

他颤抖着，伸出手，触碰其中一枚棋子的脸颊。

他吞咽，但口中并无唾沫，嘴唇都是皲裂的，他英俊的脸庞扭曲着，盯着那个小师弟，然后问了最后一个问题：“所求为何？”

“所求，为君棋子，粉身碎骨，在所不惜。”

“……”

墨燃不抖了。

周遭的一切都忽然变得很静，冷且静，像冰。

他凝了两枚棋子，仅仅两枚，就使得两个他连名字都不知道的小师弟，变成了他手中的提线傀儡。他要他们往东，他们就不会往西，他要他们互相厮杀，他们就不会网开一面。

他是他们的主人。

珍珑棋局最差可控死物，最强可控活人。

墨燃灵力天生霸道凶悍，且对此一道极有天赋，他第一次下手，凝出的棋子竟已能控得两个活生生的修士，虽然只是两个年轻的、刚入门的修士。

在最初的畏惧之后，墨燃忽然觉得刺激，兴奋。他眼前似乎有宏图绘卷在缓缓展开，那上面花团锦簇，什么都捏在他的手掌心，什么都是他的。

他爱的，都可以紧紧握住。

他恨的，都可以碾作齑粉。

墨燃兴奋极了，他的心跳依旧很快，甚至比刚才更快，但不是因为惶然，而是因为激动，珍珑棋局！三大禁术之一！

偷偷摸摸，失败上万次，但他终于会了……他终于成功了……他做得极好。

天下都将会是他的囊中之物！

有了这些黑子，他能做许多从前做不到的事情，可以从漠北到江南都有他的爪牙！

眼前五光十色，绚烂至极。

好像什么都可以做到，什么都能做到，他……

“墨燃。”

忽然一个熟悉的沉冷声音打断了他。

仿佛一盆凉水，朱楼高台在瞬间坍塌，他似乎自云端跌落在冷硬的地面，跌回了压抑的现实中。

墨燃慢慢回过头，目光猩红且狰狞，迎着月光，他看到砾石地上站着的那个清冷的白衣男子。

“……”

他从没有过任何时候，比此刻更不希望看到楚晚宁。

“你在这里做什么？”

墨燃的手暗暗捏成拳，他抿了抿唇，没有立刻回答。

他身后还站着两枚珍珑棋子，并不完美，如果楚晚宁走近细看，一定会发觉异样，那么一切都败露了。

以楚晚宁的性格，恐怕会抽了他的筋，打断他的腿，废掉他的灵核，然后把他从藏书阁禁地誊抄出来的古籍残卷，付之一炬。

见他不作声，楚晚宁微微皱了皱眉，洁白的丝履踩在砂石上，往前走了一步。

但也真的，只是走了那一步而已。而后他停下来，看了看墨燃身后那两个诡异立着的弟子。

再也顾不得什么，墨燃轻轻勾了勾小指，却几乎用了全部的意志，在心里嘶吼着命令，终于令那两个弟子如他所愿，动了起来。

一个弟子哈哈笑道：“这个丢得太近了，我刚刚那一下子，丢得肯定比你远。”

“你就吹吧，反正你……啊，玉衡长老！”

他们行动如常，就像之前那般嬉闹着，看到楚晚宁，甚至还愣了一下，而后两人向楚晚宁行了礼，楚晚宁看了他们几眼，觉得有哪里不对，但又并不那么清晰。

“问长老安。”

“玉衡长老安。”

两个弟子收敛了笑容，规规矩矩地与楚晚宁打了招呼，识趣地打算离开这里。

楚晚宁皱着眉，眉头没有松开，目光一直紧随那两枚棋子从河滩走过来，靠近自己，擦肩而过，往竹林方向走去……他盯着那两个人看了好久，这才转头，把目光重新落在了墨燃身上，墨燃暗自松了口气，结果这口气还没松到一半，就听得楚晚宁忽然道——

“站住。”

“……”墨燃脸色微变，指甲其实都已在掌心里掐出了红痕，但他不吭声，什么都不说，静静观察着楚晚宁的细微表情，观察着楚晚宁的一举一动。

楚晚宁对那两个僵硬站住的身影道：“回来。”

墨燃没有办法，只得硬着头皮让那两枚棋子听从命令，慢慢地从竹林尽头又走了回来，站在楚晚宁面前。

轻云移动，圆月探出。

雪白的月光下，楚晚宁注视着那两个弟子的脸，忽然抬手，指尖覆上其中一人的颈侧。

墨燃紧紧盯着楚晚宁的神情，不动声色，但心跳狂乱。

他知道楚晚宁一定觉察出了哪里不对劲，所以才会突然伸手去探查脉动。要知道初学珍珑棋子的人，一般都不能操控活人。这两人墨燃并不确定自己真的做得那么完美，不确定自己把黑子打入两人心脏时，已在瞬间将他们击毙。

“……”

不知绷了多久，楚晚宁终于把手垂落，而后拂了拂衣袖，说道：“走吧。”

墨燃只觉悬在自己脖颈上的把柄刀挪开了——楚晚宁没有发觉。苍天有眼，令他在楚晚宁的眼皮子底下偷生。

待那两名弟子离去，楚晚宁看了他两眼，而后说：“这么晚了，你怎么在这里？”

墨燃道："路过。"他语气拿捏得很好，并没有因为心中有鬼就忽然对楚晚宁态度好了起来。或许正是他这样冰冷而忤逆的姿态，让原本应该心生怀疑的楚晚宁抿了抿唇，一时无言。

他不想与楚晚宁多待片刻，将目光移开，往前走去。但将要与之擦肩时，楚晚宁忽然说了一句话，让他神经在瞬间绷紧。

"藏书阁禁地，最近有人潜进去过。"

"……"墨燃没有回头，瞳孔中却有细光扭曲。

"你应当知道，那里存着的都是被十大门派分别掌管的一些禁术的残卷。"

墨燃停下脚步，说："我知道。"

"其中一本最重要的，有明显被人翻动过的痕迹。"

墨燃冷笑："那与我又有什么关系？"

他在硬撑，知道只要天问亮出，缠绕住他审问，那么他那些罪恶的行径，萌芽的心魔，都会暴露在楚晚宁眼皮子底下。

他的大梦，他的野心，就都结束了。

楚晚宁沉默片刻："墨燃，你还要犟到什么时候？"

声音隐隐已透出愤懑。

"……"墨燃不答，却几乎可以预料到接下来会发生的事情。

——预料到那一闪而过的天问金光。

——预料到楚晚宁以正人君子的嘴脸，质问自己为何要做出这样禽兽不如的事情，反正自己在楚晚宁眼里，永远都是那么地——

"你到底清不清楚眼下有多危险？"

无可救药。

他还是干巴巴地把那四个字想完了。

然后他几乎是有些茫然地转头，看着月光下，楚晚宁的脸。

面色苍白，剑眉之下压抑着隐隐的不安，一双洞若观火的眸子望着他，却什么都没有看透，什么都看不穿。

"那禁术要是真有人练了，是会杀人的。你大晚上不睡，跑到这种荒僻的地方来，难道想白白送了性命？"

"……"

楚晚宁嗓音低沉，几乎咬着牙根："天裂之战死了那么多人，难道还没教会你如何惜命？你既然知道残卷被盗阅这件事，如何还能如此高枕无忧？！"

墨燃沉默着，黑褐色的眸子盯着对方。

他额上尽是细密的汗，这时候他慢慢冷静下来，风一吹都是冰凉的。

他的身躯一节一节放松下来，心中也不知弥漫着一种怎样的古怪滋味，到了最后，墨燃几乎是露出了笑容：“师尊……”

楚晚宁的凤目微微闪烁。

自师昧死后，墨燃就再也没有对他笑过，也极少唤他师尊。

墨燃微笑着问：“你这是在关心我吗？”

“……”

笑容绽放得更明亮了。

明亮到像是一把刺刀，白刀子进，红刀子出，“噗”的一声没入胸膛，刀刃上都是血珠子。他恶鬼般慢慢咧开一口森森白牙，如蝎子的毒螯。

“天裂之战……”他呵呵笑着，“师尊能提起天裂之战，真是再好不过啦。那一战，我学会了什么并不重要，关键是，师尊学会了心疼人呀。”

看到楚晚宁眼中的光亮颤动着，他尽力绷着，却又闪躲不及，无路可退的模样。

墨燃脸上的笑容越发夸张，肆意，残忍。

墨燃侵略着他，撕咬着他，嚼着他的喉骨，忽然觉得好痛快，竟放声大笑起来：“哈哈哈，好！好极了，真是一桩好买卖，一个寂寂无名的弟子，换了楚宗师的良心，楚宗师总算也会记挂身边之人的死活了，师尊，我今天才终于觉得，师昧死得好啊。”

饶是楚晚宁这样镇定冷肃的人，也在他那兀鹰般盘绕的癫狂笑声中，微微战栗起来。

“墨燃……”

“师昧死得好，死得值，死得大义凛然，死得其所！”

“墨燃，你……”

别笑了。

不要再说。

可是他讲不出口，做不到告饶，做不到哀求，更做不到高高在上地斥责这个近乎疯魔的徒弟，不敢说——你错了，不是我不想救师昧，是我实在已无心力。

我也受了与师昧一样的伤，再多耗一寸灵力，也会成为冢中骨，泉下人。

他说不出口。

或许是觉得这样的自白太过软弱。

又或许是觉得，大概在墨燃心里，自己这个师尊哪怕死了，也是不值一提的，也比不过待他最温柔的师明净。

所以楚晚宁最终，也只是竭力压抑着自己声音里的颤抖，低沉地，一字一顿地挤出话来，他说：“墨微雨，你要疯到什么时候？”

“……”

“给我回去。”

怒焰烹煮着悲恸，喉咙里尽是苦咸。

“师明净的死，不是为了换回你这样一个疯子。”

“师尊此言差矣。”墨燃笑吟吟地，“师昧的死，换回来的又怎么会是我呢？”

他如蛇蝎，如蜂如蚁，啃噬人心。

“他死了，换回来的，分明是师尊你啊。”

蜂刺刺入血肉。

看着楚晚宁脸色煞白，他便心生一股痛苦的快意。他不要命了一般刺激楚晚宁，挖苦楚晚宁，自己痛断肝肠，让楚晚宁也生不如死。

好极了。

他们一起下地狱去。

“我也想回去。”墨燃从容不迫地灿烂笑着，梨窝很深，酿了鸩酒，“我也不想大半夜地四处游荡，但是我屋子对面就是他的屋子。”

墨燃没有说是谁，他用了一个“他”字。

其中亲昵，令楚晚宁更是煎熬。

“他屋子里的灯再也不会亮了。”

楚晚宁闭上了眼睛。

墨燃笑着，良久，神情渐渐平静下来：“我想去讨一碗抄手吃，也再讨不到。”

有那么一瞬间，楚晚宁睫毛颤抖，嘴唇微动，似乎想说什么。

但墨燃没有给他说出口的机会，也没有给他说出口的勇气，墨燃不无讥嘲：“师尊，抄手这种东西，蜀中人最擅做，红油、辣子、花椒，缺一不可，都是你最讨厌的。当初你想要替我再煮上一碗，心意我领了。但是，你做的东西，不用尝我都知道，只有一个词可以形容。”

楚晚宁依旧不曾睁眼，眉心微蹙。

似乎这样，就能躲过那一把唇舌利剑。

“我读书不多，所幸前些日子刚听薛蒙说过，觉得用在师尊的抄手上，真是再合适不过了。”

是什么？

枉费心机？

白费力气？

楚晚宁在意识里混乱地找寻着，像是忙着找到一件合身的甲胄，用最难听的词自己先拾掇起来，以免被欺辱得太过狼狈。

一文不值？

墨燃还是没有开口，那个词在他唇齿之间玩味地浸淫着。

对，一文不值。

楚晚宁笃信找不到比这更令人心寒的词了。

他镇定下来。

直到他听见墨燃心平气和地说：“东施效颦。”

他几乎是有些茫然地睁开眼睛。

他根本没有想到对方会恶毒至此，袍袖之下，他的手都在细细地发抖。

揉面，调味，和馅儿……

他对着《巴蜀食记》，认认真真一字一句地看过来，脸上沾着面粉屑，包出的抄手从歪七扭八到浑圆可爱。

他一直都在好好地学，一直都在努力地琢磨。

就换来了那样四个字——

东施效颦。

夜晚的河滩泛着银光，墨燃望着他，他在原地站了一会儿，忽然一语不发，转身离去。

不知为什么，墨燃总觉得那一天，他离去的步子有些快，没有昔日那样从容平稳——像败北，像逃。

他不知为什么心里隐约生出一丝不确定来，皱着眉头，看着楚晚宁的背影，在那背影将要消失的时候，终于唤了一声：“等等！”

师尊错放的厉鬼

但楚晚宁没有停下脚步，也没有回头。

他回不了头。

他咬牙忍耐，眼泪却还是淌了下来。

真的太委屈了。

可即便委屈，又能如何？

辩解？

怒斥？

都已经到了这一步，他怎么还有脸面去告诉墨燃真相。难道要他在墨燃怨憎他嘲讽他的时候，再苦苦解释吗？还是想在“东施效颦”之后，再赚一句“鸠占鹊巢”？

他离开了。

那一夜奈何桥边，黄泉水旁，师徒二人的这番对话，不知是不是顺着滚滚的河流，涌下了山川，涌向了江海，涌入了地府。

而那个温柔如芙蕖的少年，若是泉下有知，听到这样的对话，不知会不会为了师门这般的龃龉，而感到难过悲伤。

墨燃独自在河滩边站了一会儿，心想，这或许就是命运使然。

——楚晚宁怀疑别人，却独独没有怀疑他。

说起来那天也是巧，楚晚宁的天问之前在后山巡查时，因遇到一只小鬼而召出来使用过，后来也没有收回去，就这样卷着悬佩在腰间。

金色的天问在楚晚宁的白衣间熠熠流光，这个能套出他真话，扼杀后来的踏仙君的藤鞭，一直在闪着光。

但楚晚宁却没有取下来，没有审过他。

墨燃逃过了天问，一个人慢慢离开，走到瑟瑟拂动的竹林深处，走到夜色最浓的地方，最后被黑暗完全吞噬。

从那之后，他开始有预谋地秘密凝制棋子，两枚、四枚、十枚。

越来越多。

他把它们一枚枚都种到了死生之巅的弟子体内，让他们成为自己的耳目、爪牙、暗箭。

最初的喜悦过后，墨燃渐渐烦躁、阴郁，他变得越来越易怒，越来越暴躁，越来越不知足。

太慢了。

他嫌不够。

他怕楚晚宁觉察出什么，所以不敢再和第一次一样消耗全部力量去做珍珑棋子。他每次只做一枚，留下一半精力。他也不再剑拔弩张，而是终于收起指爪，回到楚晚宁的座下，跟着楚晚宁修行。

他算计着，心想楚晚宁可以帮他最快地提高修为，为他踏尽人间枯骨的第一步铺下砖石。何乐而不为？

这一天，他修行得太过卖力，精疲力竭，不小心从纤细的树梢上失控，直坠下来。

只在一瞬之间，楚晚宁白衣掠过，他抱住墨燃，却一时腾不出手来召唤结界，两人一同摔在树下。楚晚宁被墨燃压了个正着，痛得闷哼，墨燃睁开眼，看到楚晚宁的手擦破了，一道血淋淋的口子，皮肉外翻。

墨燃盯着那道口子看，心中其实感觉残忍又兴奋，他那时候心性已开始扭曲了，竟没有感到太多的谢意与愧疚，只觉得这血真好看，不如，再多流一点。

但他知道还不是时候，自己还不能在此刻露出兜帽下阴森狰狞的嘴脸，所以他帮楚晚宁擦拭伤口并包扎。

两人谁都没有说话，各怀心事，洁白的纱布缠了许多道。

末了，墨燃意味深长地说：“师尊，谢谢你。”

这一声突如其来的道谢，让楚晚宁觉得很意外，他抬起眼眸，望着墨燃的脸，阳光洒下来，照着墨燃的面容，褐色被光亮照得很浅淡。

当时墨燃其实有些好奇，楚晚宁对于自己这一声道谢，是怎样的看法。

终于浪子回头？

终于开始缓和？

但楚晚宁什么也没有说，只是垂落了睫毛，放下了袖口。

起风了，阳光正好。

前世，他始终看不透他的师尊，正如他的师尊也看错了他。

再往后，墨燃的灵力越来越强，他有着令人吃惊的天赋，耗掉一半灵力能做出的棋子从一枚变成了两枚，后来变成了四枚。

但还不够。

他要的是百万雄兵，能一举拿下死生之巅，把楚晚宁踩在脚下的强悍力量。

墨燃算数不好，这个即将成为踏仙君的人，抱着算盘，在桌前啪啪地打着算珠。

薛蒙来看他的时候，正巧撞见了这一幕，就好奇地凑过去问："哎，你在做什么呢？"

"算账。"

"什么账？"

墨燃顿了一下，眼神幽黑，而后笑道："你猜啊。"

"猜不着。"薛蒙走过去，拿起他面前的簿子细看，边看边咕哝，"一枚……三百六十五天……三百六十五枚……四枚……三百六十五天……这都什么乱七八糟的？"

墨燃不动声色地说："我想买糖。"

"糖？"

"一颗月晟斋最好的糖，要一文钱，如果每天攒下一枚铜板，三百六十五天就可以买到三百六十五颗糖。要是每天能攒下四枚铜板，就是……"他低了头，掰了掰手指，算不清，又摇了摇头，噼里啪啦打了一通算盘，"就是一千……"

薛蒙心算都比他快，利落道："一千四百六十颗糖。"

墨燃抬起头，静了片刻，粲然道："你算得可真快。"

薛蒙难得被他夸，愣了一下，而后哈哈笑道："那可不是，毕竟从小帮阿娘称药啊。"

墨燃微一沉吟，笑道："左右也算不清，不如你行行好，帮我来算算看？"

在师昧离世之后，墨燃已经许久不曾这么心平气和过了，薛蒙逆着光看着他，心里有细微的怜悯。

于是他点了点头，拉开椅子，在墨燃身边坐下。

"来，说吧。"

墨燃温声道："一天十颗糖，一年能攒下多少？"

"三千六百五十颗，这个不用算，太简单了。"

墨燃叹了口气，说："再加一些吧，一天十五……"想了想，他又觉得做出那么多棋子实在超出极限，就问，"一天十二颗，多少？"

"四千……四千三百八十颗。"

"我想要五千颗，还得再等几天？"

"还得再……"薛蒙挠了挠头，想得有些费力，于是问，"你要这么多糖做什么？又吃不下。"

墨燃垂落眼眸，遮掩住眼底的阴森，说道："明年死生之巅就立派三十年整了，我想给每个人分一颗糖吃，总要从今日省起来。"

薛蒙愣住了："你竟有这样的心思……"

"嗯。"墨燃笑了笑，"惊喜吗？你也有份。"

"我就不用了。"薛蒙摆了摆手，"我不差你这口糖吃，来，我接着帮你算吧，看看要攒多久，你才能够买五千多颗糖。"

他说着，就拿过算盘，在窗边花树的映衬下，认认真真地帮墨燃算了起来。墨燃在一旁托腮看着，眼底光泽流转，半晌后，他轻笑一声，说道："多谢。"

薛蒙哼了一声，算得很专注，并没有多理会他。

他眼里只有那些噼啪作响的黑色算珠，一枚两枚，像是黑色的棋子，一枚枚垒起，一点点增多。

那时候的薛蒙，大概怎么也不会想到，自己在算的根本不是糖，而是一条条人命——推翻死生之巅的人命。

他也不会知道，大抵是因为自己在窗边帮忙的模样，隐约触动墨燃心中一丝仅存的善念。

所以那五千枚黑子，墨燃到底是顾及了旧情，最终没有分给他一枚。

"要这么长时间？"最后望着薛蒙写下的那个数字，墨燃摇了摇头，"太久了。"

薛蒙道："要不我借你点钱？"

墨燃笑了笑："用不着。"

薛蒙离开后，他思索再三，七七八八翻了一些卷轴，心里渐渐有了个打算——而这个打算，成了后来踏仙君自创的"共心之阵"的雏形。

这天晚上，墨燃凝了十枚棋子，那些棋子都是残缺不全的，他没有用尽全力，操控不了活人，甚至操控不了较为强大的棋子。

他揣着这十枚棋子，下山去到了无常镇，哼着小曲，来到了镇郊的一个地方——

鹤归坡。

人死乘鹤去，归于九天中。这是凡人美好而质朴的幻想，说白了这个山坡就是墓地。无常镇谁家死了人，都是拖到这座山头来安葬的，这里是镇里人的埋骨之乡。

墨燃没有多耽搁，他在一排排林立的坟茔之间穿行，目光扫过那些碑石上的字，很快，他停在一座字迹鲜亮，墓碑前还放着鲜果馒头的新坟前。他抬起手，五指凌空拧紧，封土轰地裂开，砂石里露出一副简陋的棺材。

因为孩提时的某段经历，墨燃根本不怕死尸，他跃下隆起的土堆，召来陌刀，发力撬开棺钉，而后一脚把薄薄的盖板踹开。

月光照到了尸体脸上。墨燃把头凑过去，掂量猪肉成色一般，看着里头躺着的那具遗骸。

墨燃皱着眉头，忍着恶臭，利落地戴上金属手套，眼神冰冷，手中光芒一闪，将那珍珑黑子打入了他的胸腔。

那残缺不全的黑子虽然控制不了强健的傀儡，但操控一个腿脚瘦得和麻秆似的老头子，还是绰绰有余的。

一双紧闭的眸子忽地睁开，露出里头结着灰翳的眼。

墨燃说道："报上名来。"

"名不由我。"

"身处何地？"

"地不由我。"

"今夕何夕？"

"岁不由我。"

墨燃眯起眼睛，掂量着手中剩下的九枚残子，果然……如果只是控制这种程度的傀儡，根本不需要耗费那么大的灵力，去做出如此纯粹的黑子。

他咧嘴，梨窝深深，绽开极为英俊的笑容。他慢慢地问出最后一个问题——

"所求为何？"

傀儡沙哑道："所求，为君棋子，粉身碎骨，在所不惜。"

墨燃哈哈大笑，他对此结果甚为满意，他又用剩下的棋子，做了另外九个傀儡。

这些傀儡，老弱病残，风一吹就倒了，根本没有力量，但墨燃瞧着他们，眼里却闪着疯狂而雀跃的光芒。

他从乾坤囊里掏出十个小盒子，打开其中一个，只见里头蜷缩着两只血红的小虫子，雌雄咬尾，难舍难分。

"好了，劳烦你二位适可而止，也该给我派上用场了。"墨燃懒洋洋地说着，便拨弄手指，把那两只虫子拨开，取出其中的雄虫，对第一枚棋子说，"劳驾，张一张您的臭嘴。"

老人乖顺地把嘴巴张开了，墨燃把那只雄虫扔到了他嘴里，说："吃下去。"

没有反抗，没有犹豫。

那个傀儡乖乖地把噬魂虫吃到了肚子里。

墨燃如法炮制，将盒子里所有的雄虫都喂到了这些傀儡的口中，然后便道："行了，躺回去，都歇息吧。"

第二日，墨燃又凝了另外十枚黑子，也是残损的，没有消耗太多的灵力。凝完之后，他把剩下的雌噬魂虫全部都施法粘在了棋上，而后悄悄打入了一些低阶弟子体内。

那些弟子初时只觉得后背有些痒，但并没有什么特殊的感受，墨燃也不心急，他在等——

等雌性噬魂虫产卵，在这些弟子的心脏里，留下和那些雄虫相呼应的幼虫。

如此一来，两枚毫不相关的棋子，就通过成虫和幼虫成了一一对应的子母傀儡。

这就好比放风筝，那些柔弱的傀儡成了风筝线，一头牵着墨燃，一头牵着更为强悍的珍珑黑子。墨燃只需要把命令下达给藏着成虫的傀儡，包裹了对应幼子的另外一个傀儡，就会做出一模一样的动作。

是谓共心。

这个绝招是墨燃自己琢磨出来的，在他之前，能接触到珍珑棋局的都是大宗师，那些人根本不缺乏灵力，也没有丧心病狂到想要做出几千几万甚至几十万枚珍珑棋子，所以他们用不着去想这种投机取巧的办法。

而当时醉心邪术的墨燃，也根本没有意识到，他已经做了一件数万年来，修真界根本没有人做过的可怕之事——

将一个可以毁天灭地的邪术，变得人人都可以上手——

人人都可以为之。

“哥！”

忽然间耳边响起一声暴喝。

墨燃猛地清醒，眼前已闪过一道血光。

凰山地心埋藏着的凤凰恶灵，已化出比先前更多的藤蔓，迅猛劈杀而来，凤凰本就是善飞之禽，速度极快，墨燃避之不及，肩膀猛地被划开一道口子，刹那间鲜血狂飙。

薛蒙惊道：“你怎么样？！”

“别过来！”墨燃喘了口气，目光森寒，盯着地上那触手般游移，随时准备扑起来再进行第二次突袭的血藤，厉声制止薛蒙，“快，去师尊那边！跟他说，停下！让所有人都停下！”

血滴滴答答流下，他紧紧攥着手里那颗心脏，还有那枚棋子。

头脑飞速旋转，万念涌上心头。

这是共心之阵没有错，甚至用得比他前世更好。但再怎么改良，原理就在这里，只有保持着这边的母体，另一边的子体才能发挥力量。

墨燃捏着珍珑棋子，整个人仍在细密地颤抖，不是因为肩膀疼，而是因为那从脚底蔓延上来的寒意与恐惧。

无疑有人复生。

那么，复生的那个人，知不知道他也是重活一世的？如果知道，那么……

背后猛地生寒，墨燃忽然绝望极了。

眼前仿佛浮现出踏仙君那张苍白的脸，九旒冠冕簌簌，面目阴鸷，咧嘴冷笑。

他高高在上，支颐斜坐于龙椅，沉寒而戏谑——

“墨宗师，你逃啊，你能逃到哪里去？”

幢幢鬼影蔓延，潮汐一般，都是他前世杀过的人，是他前世欠的债。

他看到鲜血淋漓的师昧，看到面无血色的楚晚宁，看到吊死的女人拖着三尺白绫，看到惨死的男人……

都要来向他索命。

“你早晚躲不过。”

“有人已经知道你壳子里装的是怎样龌龊的魂灵啦，你永世不得超生。”

墨燃闭上眼睛。

如果幕后之人真的知道自己也是复生的，如果那个人把他的过往种种抖搂出来，那么……他该怎么办?

他根本不敢再想下去。

师尊护我

另一边，薛蒙已跑到了混战激烈的区域，振臂高呼：“停手！都停手！别打了！没用的！”

其实在他来之前，这些人就觉得很不对劲了。

千余精英对战几万全无章法的凶灵，场面仿佛很壮阔英勇，但每个人都是越打越糊涂，因为这根本不像是即将要有一场恶战展开的模样。

众人一路杀至此处，除了两个人受了点轻伤，其他修士，竟是秋毫未损。因此薛蒙一喊，所有人都停了下来，转头看着他。

“我……”

第一次被那么多人同时注视，且不少还都是有头有脸的大人物、长辈，薛蒙竟然一时间有些噎住了。

楚晚宁问道：“怎么了？”

听到师尊的声音，薛蒙这才内心稍定，指着墨燃与地幔藤柳激战的地方，说道：“墨燃好像已经知道这里是怎么回事了，打这些凶灵，应该并没有什么作用。”

众人面面相觑，几位掌门不是吃素的，哪里愿意听一个小辈的指点，脸色都变得很难看。姜曦的脸色最阴沉，他说：“墨燃不过一个二十岁出头的年轻小子，他能知道些什么？”

如果是其他人讲话，薛蒙可能还会客气些，可这个人是姜曦，薛蒙一看他就来气，登时怒道：“你二十岁的时候还要喝奶，不意味着人家都要跟你一样！狭隘死你算了！”

这还了得，当众给姜曦难堪，孤月夜的弟子都站不住了，纷纷怒而斥之。

“说什么呢你？！”

“薛蒙你把嘴巴放干净！”

薛蒙被众人沉默地盯着会觉得不自在，遇到这状况，反倒游刃有余不怕了。他和墨燃打打闹闹那么多年，最习惯的就是挑衅和被挑衅，立刻俊眉一竖，说道：“怎么，我说得有错？是你们姜掌门大事面前不分轻重，都什么时候了，还拿年纪来论资历！”

姜曦也是个暴脾气，众门之尊，一派仙长，居然也眯起眼睛，当着众人的面，和一个晚辈唇枪舌剑战起来。

“年纪与资历本就挂钩，等你到了你爹这个年纪，就应当明白一个道理——和长辈说话，礼数为先。”

薛蒙怒道：“就姜掌门这样的心胸，也能当长辈吗？”

“好了蒙儿。”薛正雍皱眉，“别再说了。燃儿在哪里？快带我们过去。”

虽然薛正雍及时喝止了薛蒙，姜曦没有办法再计较，但他仍拂袖丢下了一句：“薛正雍，你可真是教子有方。”

薛正雍脸色铁青，似乎想说什么，但大约是碍于天下第一尊主的面子，终究还是没有说出口，跟着众人直奔半山腰而去。

到了半山腰，就看到墨燃一袭黑衣，飘飞而来，他一半衣袖都是血，手上紧紧地捏着那枚棋子，身后的藤蔓已经被烧毁了，暂时没有新的蹿出来。

见他受了伤，楚晚宁和薛正雍的脸色都变了，薛正雍忙道：“燃儿，你怎么样？疗愈……疗愈，快来个人！师昧！过来帮忙！”

师昧似乎也吓坏了，看着墨燃血淋淋的胳膊，脸色有些苍白，一时间竟愣在原地，没有动弹。

倒是孤月夜的寒鳞圣手先上前一步，只用衣袖轻拂，墨燃就感到伤口处火辣的疼痛减轻，他朝华碧楠点了点头，道：“多谢圣手。”

“客气。”华碧楠声音冷冷淡淡，“不知墨宗师有什么发现，要说给大家听？”

墨燃此时的心情其实已差到了极致，他很清楚，如果此刻说出“共心之阵”，必然会招来一些人的怀疑与猜测。

但是他顾不得那么多了，他很清楚珍珑棋局若是大批地出现在江湖上，会掀起怎样的血雨腥风，那是他自己都不希望看到的。

“看这个。”

他摊开掌心，将手中的黑子展现给众人。

姜曦嗤笑道：“珍珑棋子？不是早就知道了，墨宗师的发现难道就是这个？如果不是中了珍珑棋局，这些凶灵怎么可能会任人摆布。”

墨燃抿了抿唇，说道：“不是珍珑棋子，是棋子上的噬魂虫。”

他点给众人看：“就在这里。”

姜曦负手而立，并不多言，只冷淡地望着他：“……”

薛正雍凑得最近，去看那虫子，但看了半天，琢磨不出什么来，便问道：“这只虫子怎么了，有什么不妥吗？”

“每一枚棋子上都有。”墨燃说，“这个珍珑棋局，没有你们看到的那么简单。”

一双双眼睛都在盯着他，他也扫过那一双双眼睛。

他当然知道自己在做什么。

把自己所知道的，告诉所有人，为的是阻止一场浩劫的发生。

但是代价是什么，他也很清楚——

这其实也是那个幕后黑手高明的地方。如果那人不确定墨燃是复生之躯，共心之阵无疑就是最好的诱饵。

除非墨燃能狠心不开口，由着灾劫降临。只要他开口指点，就无疑暴露给了那个幕后之人一条信息。

踏仙君必已复生。

但墨燃别无选择，只能斟酌着："我不知道诸位有没有看过傀儡戏。"

有人答道："当然看过啦……不过你说这个做什么？"

"我也看过，不过幼时个子矮，挤不到前排，就只能站在台柜的后面，从幕后去听个一两出。"墨燃道，"所以我看的傀儡戏可能跟诸位不太一样，诸位看到的，都是台面上演出来的故事，几个傀儡粉墨登场，打打杀杀，说说唱唱。"

姜曦不耐烦道："你究竟想说什么？能言简意赅些吗？"

"不能。"墨燃道，"不是每个人的理解速度都与姜掌门一样快，我想让大家都听懂。"

"……"

见姜曦阴沉着脸不再吭声，墨燃接着说："台上的傀儡，自己会动吗？"

薛正雍道："当然不会。"

"那它们是怎么动起来的？是不是要几个人蹲在桌幕下面，举着木签线绳，操纵它们？"

"没错。"

"好。"墨燃说，"我有一个设想……我不知道徐霜林是不是这样考虑的，但我觉得应当八九不离十。我们眼下所在的凰山，就像是戏台的下方。这些软绵绵的凶灵，都像是戏台下面操控着布偶的人——这些人自然不需要过多的能耐，只要提着布偶动起来，就足够了。"

姜曦道："说下去……"

"如果真的是这样，凰山其实就只是一个后台，真正要演的戏并不会在这里，而是会在台上。"墨燃说，"徐霜林就像这个戏班子的领头人，他下达一个指令，会下给谁？"

薛正雍道："当然是蹲在幕布后头，提着线绳的人。"

墨燃道："不错。就是这个道理，凰山上的就是提着线绳的人，徐霜林把指令告诉他们，而他们则带动手里的傀儡站起来，演戏。"

姜曦听完，眯起了眼睛："你的意思是，除了凰山之外，还有一个地方，也有着堆积如山的凶灵，那个地方就是所谓的‘台上’，而那些凶灵，就是所谓的‘傀儡’？”

“姜掌门好悟性。”

“你不用奉承我。”姜曦说，“我就想知道，你这段话说得天花乱坠，头头是道，实则异想天开，天马行空。墨宗师，空口无凭，你的这些言论，到底有什么依据？”

“我没有太多的依据……”墨燃道，“之所以能想到这些，也是因为无意中在尸体里发现了这枚带着噬魂虫的棋子。”

他手上那枚漆黑的棋子还沾着血污，很脏，噬魂虫离体不久，也还没死，软绵绵地趴在上头。

墨燃沉默一会儿，抬起眼，看向的却不是姜曦，而是姜曦身后的寒鳞圣手华碧楠：“圣手应该最清楚，噬魂虫有怎样的特点。”

“这种昆虫特点极多，墨宗师指的是哪个？”

墨燃道：“模仿。”

华碧楠道：“这个自然是清楚的。噬魂虫，幼虫极善模仿，与雄虫心意相连，将模仿雄虫的一举一动，直至成年。”

墨燃道：“好，那我要是把这枚棋子对应的幼虫投到另外一个人的身体里，会怎么样？”

华碧楠的神情微变，说道：“这里的做什么，那边的也会照着做。”

“怎样可解？”

“无法可解，除了虫死。”

墨燃点了点头，说：“诸位都散开一些，当心一点，看着。”

他话音方落，眸底忽地泛起寒意，他猛地抬手欲袭棋子上的那只噬魂虫。这个时候大地忽然颤动，之前那些细细的藤蔓猛地拔起，再一次朝着墨燃扑杀而来，众人皆惊，但墨燃很快就收敛了自己的杀意，且避开了一轮藤蔓的攻击。

他缓了口气，一只手放在背后，站在原处，说：“瞧见了没有？凰山在刻意护着这些噬魂虫，不让它们轻易被杀死。若是有谁还硬要说这虫子出现在珍珑棋子上只是巧合……或者只是个装饰，那我也无话可讲了。”

几许沉默，几乎所有人都在思忖，都在消化墨燃的这番猜测。

大胆到近乎离谱的猜测。

但却不知为何，一时间也找不出任何漏洞。

墨燃的想法太疯狂了，但他说得笃定，目光坚定。

好像对于徐霜林的所思所想、一举一动，他有十成十的把握一般，他在竭力说服他们。

但这种笃定很可怕，连楚晚宁都微微感到不安。他蹙着眉，遥遥看着墨燃有些苍白的脸，忽然有种心悸的感觉，好像有什么东西露出了一点点端倪，一点点獠牙。

——要撕开来。

大概只有薛正雍这种人，所思所想比较简单，他并没有太在意墨燃为何在这么短的时间内，能想到这样蹊跷诡异的“傀儡操控之法”，他只是认真琢磨了一会儿，忽然一拍脑袋：“所以说，徐霜林根本不在这里？！”

墨燃：“我认为不在。”

璇玑长老关心的点和众人不尽相同，他皱眉道：“一路上来，杀了的凶灵没有上万也有九千，他哪里来的那么多凶灵？如果有哪个地方忽然死了这么多人，没理由不会惊动十大门派。”

墨燃叹了口气道：“刚死过。你们忘了？”

“哪里刚死过？”

墨燃见众人不解，就言简意赅地说了两个字。

“沂州。”

“不可能！”

立即有人反驳他。

“沂州当时一片火海，劫火汪洋，都烧成灰了，怎么可能还有遗骸。”

“因为有空间裂缝。”墨燃道，“除了徐霜林自己，他还有一个同伴，会空间裂缝。”

这回没有人反驳了。

不是因为相信，而是因为太荒谬，太可笑了。

半晌，姜曦才道：“那是早就失传的第一大禁术……”

“第一大禁术是时空裂缝。”墨燃说，“不是空间裂缝。”

“这里有几千个人，不是徐霜林一个人。”姜曦的面色很寒冷，“要有多大能耐，才能将上千人在被火海吞噬之前，送到凰山来？”

“姜掌门不如换个思路想想。”墨燃道，“我倒觉得，这些人不是在活着的时候被送来的，而是在被烧死之后，没有化成灰烬之前。这种传送术，传死人比传活人容易多了。”

姜曦不喜欢被晚辈牵着鼻子走，有些怫然，眯起了眼睛，但还没说话，一只苍白细长的手就摁住了他。寒鳞圣手华碧楠微微笑着，看向墨燃：“墨宗师，你说得如此笃定，就像亲眼见到似的，又有什么凭证？”

墨燃没想到药宗会站出来说话，愣了一下，而后道：“这些凶灵的皮肉是烧的还是烂的，没有人会比华宗师更清楚了。”

华碧楠瞥了一眼远处几个倒在地上再也爬不起来的凶灵，然后把目光转了回来，淡淡说道："就算是烧的，能确定就是沂州一难的遗骸？"

墨燃的黑眼睛毫不退让地盯着他，说道："猜测而已。若是华宗师觉得荒唐，大可说出个另外的法子，让徐霜林神不知鬼不觉地在众门派眼皮底下，运上千个凶灵到凰山上来。"

华碧楠笑了笑："我不擅邪术，这可猜不着。"

"……"

一时间再无他人多言。

寒鳞圣手这句话，可算是戳到众人心窝子里去了。

从方才墨燃推测噬魂子母虫的用途起，很多人心里就隐隐觉得恐怖，背后汗毛直竖。

有句话说得好，你是什么样的人，就能看到什么样的东西。

在场的很多人，都不是什么天真烂漫的角色，自然能一下子想到问题的关键所在——墨燃为何能在那么短的时间内，有这样可怕却又周密的猜测？

他自然不会是徐霜林的党羽，如果是，就绝对不会把这种猜想捅出来。

那么，这是不是意味着一直以"清正"之态示人的墨宗师，暗地里其实对这种邪门法术早有涉猎，或者多少有些钻研？

华碧楠脸上的面纱轻拂，微笑道："说到底，要论猜徐霜林的心思，我自觉是比不过墨宗师的。"

墨燃有那么一瞬想反驳，可忽然觉得自己是那么站不住脚，竟不能理直气壮地说"我亦只是猜测而已，我也不擅邪术"。

这时候，忽听得一个清凌凌的嗓音道："华宗师，你何必含沙射影？"

"啊。"华碧楠笑了笑，"楚宗师。"

楚晚宁白衣如雪，立在月光之下，面上的表情极其寡淡："个人所处位置不同，所思所想也会不同，坐席上的人能看到的只是台上的傀儡戏，但有的人只能在台后瞧着，瞧到的是蹲在桌幕后的一个个普通人。华宗师，你明白我的意思吗？"

华碧楠微笑道："恕在下愚钝。"

"墨燃有他自己的见地。"楚晚宁冷淡道，"他是我门下之徒，我望你谨慎发言，不要多作揣测。"

这样的信任让墨燃感到喉中极涩，他喃喃道："师尊……"

华碧楠看了楚晚宁一会儿，想说什么，但最后还是没有说，笑了笑，便隐回了孤月夜的队阵中去了。

姜曦拾回了颜面，但神情仍很难看。

他冷冷道："不管怎样，先登顶再议。"

众人行至山顶，那里空空荡荡，唯有一个巨大的法阵，阵眼不断有红色的光团冒出。

墨燃一看这法阵，心骤沉，指尖凉透。

果然是共心之阵……是炼化共心棋子，把噬魂虫打入珍珑棋子里，才会需要用到的。

踏雪宫宫主皱着眉，打量着那诡异的法阵图腾，说："这是什么阵？从没见过。薛掌门，你见识多，你见过吗？"

薛正雍凑过去看了看，摇头："没有。"

姜曦眼眸里闪着幽光，他瞧了那阵眼一会儿，伸手缓缓探过去。他对这种炼药的法阵最为精通，阖眸探了约莫一炷香的时间，忽然撤了手，扭头对墨燃说："你可还有别的设想？"

他这种反应，等于告诉大家，方才墨燃的猜测八九不离十，很有可能是对的！

墨燃道："有……"

姜曦道："说。"

"既然是子母虫，那么就像我刚才说的，一个是台上的，一个是台下的，所以，徐霜林在这里做了多少珍珑棋子，那里就会起来多少亡灵听他命令。"墨燃顿了顿，道出了关键的一点，"但是，在那个地方，堆积的就绝不会是手无缚鸡之力的普通亡灵，恐怕都是生前修为极其强悍之人。"

薛蒙惊道："这就是徐霜林杀了这么多普通人的原因？为了让手下的修士更好控制？"

"恐怕是的。"

"……"

薛蒙回头望了一眼山下，刹那间脸上血色全无，不知是因为觉得太恶心太震撼，还是因为想到了另一个地方，他们将要面对同等数量的修士凶灵。

或许两者都有，薛蒙看起来都有些打晃了。

忽然有人喊了一声："快看这里！这里有个亡灵！"

山顶其实已经没有任何高大的遮蔽物了，只有一个灌木丛，眼尖的人发现那里头似乎有一截白衣露出来。

师尊，大灾将至

几个人走过去查探，把它从灌木丛中拖出。那是具浑身焦黑的遗骸，一眼就能瞧出生前曾在火海里挣扎过。它的面目已经完全黏稠化，看不出五官，只能通过体形，还有外头遇火不化的雪纱衣料判断出她生前应当是个女子。

楚晚宁将手悬空于其上，阖目而探，而后道："没有珍珑棋子的痕迹。"

有人呢喃："奇了怪了，徐霜林做了一整个山头的珍珑棋局，难道这个是他漏做的？"

立刻有人反驳道："你见过哪个漏做的，会被单独丢在山顶？"

墨燃也走过去，来来回回，仔仔细细地打量着这具遗骸。作为前世最擅长珍珑棋局的人，他当然清楚这个法术的某些禁制，所以对于这具遗骸的身份，他心里有个比较确定的猜测，但他需要一点佐证。

佐证很快就找到了。

墨燃从她手上摘下一串焦黑的链子，拭去上面的灰黑，露出淡红的灵石来。

他把那链子交给了姜曦，说："宋秋桐。"

"你怎么……"姜曦问了一半，拿着那链子，反应了过来，"你认得这个链子？"

"我送给她的新婚贺礼。"墨燃言简意赅，"宋秋桐是宋星移的传人，降服了凤凰恶灵的蝶骨美人席一族，就是开启这凰山禁地的钥匙。"

有人问："徐霜林杀了宋秋桐，把她当钥匙，开启了凰山大门？"

墨燃摇了摇头，盯着宋秋桐的脸看了半晌，算不上怜悯，但心情有些微妙的复杂。墨燃说："不是，恐怕他带她上山的时候，她还有气。"

"怎么说？"

这回墨燃还未说话，姜曦先开口了。大约是为了挽回自己的颜面，遇到这种自己能轻易解答的问题，姜曦没打算让晚辈再出风头，而是淡淡道："为了给凰山下令。"

墨燃看了他一眼，心道这样最好，如果什么都叫自己说了，以后被怀疑起来，就会难以辩白。于是走到一边，把位置让给姜曦，让姜曦说话。

有人问："下令？宋秋桐一个弱女子，能下什么命令？"

“她虽弱，但她的先辈未必就都是脓包。凰山的凤凰恶灵，只会听命于降服了它的那一脉。”姜曦也不是糊涂人，说，“宋秋桐就是那一脉最后的传人。”

那人倒抽一口凉气：“啊，降服凤凰恶灵的是蝶骨美人席？”

“不错。”

“这倒是闻所未闻……”

姜曦道：“没听说过也正常，四大邪山除了镇守恶灵，也没有别的什么作用了，因此能不能开启，由谁开启，大家都不会太在乎。宋秋桐之前流离失所，被拿来当作拍卖品，想必也是不知道自己还能躲到凰山上来……她应该都没听说过自己先辈降服凤凰恶灵的往事。”

“所以……所以是徐霜林带她来的？”

“应当如此。”姜曦继续道，“当时儒风门劫火骤起，众人各自逃难，谁也不会返回主殿，不会顾及那个手无缚鸡之力的女子。唯一顾及她的人，只有徐霜林，或者徐霜林背后的那个同僚。”

薛正雍在旁边思忖，点了点头：“既然幕后之人可以撕开空间裂缝，将徐霜林带到别的地方去，想来带一个宋秋桐轻而易举。我们不如做个假设——他把她带到凰山，宋秋桐本性就是依附于人的，抓住了这根救命稻草，只会唯命是从。那么这个时候，那个人只需要将她带到凰山，让她对凰山下达命令，她不会不答应。”

有人问：“但他为什么不用珍珑棋子操控宋秋桐？”

“因为凤凰恶灵能识别下令之人是否受到控制。”姜曦道，“一定要活的，还要心甘情愿，这座山，才会听其号令。”

大家慢慢琢磨过味儿来，有人惊愕道：“那我们在这里干吗？不都上了他的当，跑到了他的‘幕后’，还因为这该死的凰山藤蔓，没有办法清除这些噬魂虫……现在该怎么办？”

姜曦皱了皱眉头，似乎有些嫌弃墨燃打的那个“台上台下”的比喻，但还是说道：“找到‘台上’，直接去摧毁徐霜林的傀儡。”

“墨宗师。”

姜曦说完之后，忽然唤了墨燃一声，墨燃原本抱臂在旁边专心听着，听他提到自己，不由得微微愣怔。

“嗯？怎么了？”

姜曦幽幽道：“方才墨宗师分析得头头是道，那么，姜某还想再请教墨宗师，台上在哪里，又该怎么找？”

墨燃：“试试见鬼……”

“试……什么？”

墨燃轻咳一声，掌心光焰亮起，柳藤倏忽蹿出，他说：“就是这个，它叫见鬼。”

姜曦：“……”

见鬼和天问一样，都有审讯之能，可审活人，可审厉鬼，也能审灵魂离体的遗骸。区别在于审人和审遗骸，是让他们开口说话，而审鬼，则是直接与魂灵沟通。

宋秋桐死了已经不止一个月，灵魂早就不在了，所幸凰山阴气充沛，遗骸还没腐烂。墨燃低声道：“见鬼，去审。”

“咻”的一声，只见得见鬼立刻听从号令，伸开枝叶，将宋秋桐缠绕三圈，她便发出耀眼红光。

那红光流泻在墨燃眼底，他开口试着问了一句，嗓音低沉：“带你来此地者，可是徐霜林？”

宋秋桐那焦黑的面容五官难辨，一时没有动静。

“是不是不奏效啊……”有人小声咕哝道。

墨燃眯起眼眸，再次盘问：“带你来此地者，可是徐霜林？”

还是没有动静。

姜曦道：“看来墨宗师还是太年轻，不如换你师尊来吧。”

然而，就在这时，宋秋桐的脖子忽然动了！她动作僵硬，极其缓慢，但极其明显地摇了摇。

薛正雍惊道：“不是徐霜林？”

墨燃紧紧攥着见鬼，手背上经脉微凸，他又问：“那么，带你来此地者，你可曾瞧清？”

宋秋桐忽然张开嘴，但她并没有回答，口中蹿出的，却是一条大的黏腻的滑蛇，扑哧掉在了地面，呲呲爬行。

有孤月夜的弟子立刻认了出来：“她肚子里有吞言蛇！”

吞言蛇，邪兽，无毒，周身覆盖灵甲，可于人的肚肠中存活二十余年。

这种毒蛇上修界很多门派也会使用，专门让暗卫吞下，之后，那个暗卫除了对吞言蛇的主人答真话，其余人无论问他们什么，他们都只能答假话或者真假参半的话，否则这种毒蛇就会从休眠中醒来，瞬间撕碎宿主的五脏六腑，斩断其喉管，撕碎其舌头。

见鬼的红光蓦地熄灭了，宋秋桐发抖，不住地摇头，口中溢出大团的猩红血块，瞧上去是被搅碎的五脏六腑，还有舌头、喉管……

她再也说不出一句实话。

众人愀然，有人提议：“既然说不得，不如让她写写看？”

墨燃在看到吞言蛇的瞬间，其实就已经明白幕后之人所思周密，已非常人所能及。但他还是上前，抬起宋秋桐的双手仔细看了看。

薛正雍问："怎么样？"

墨燃摇了摇头："筋骨都被挑断了，根本写不了字。"

四下就更静了，忽有阴风刮过，山林间万叶似在"桀桀"狞笑，远处近处都有凶灵的嘶吼哀嚎，一时间山巅的气氛僵凝诡谲到极点，桃柳山庄的庄主马壮壮打破了这种死寂，他说："那……那线索就断了？"

没人吭声。

墨燃收回了见鬼，宋秋桐软绵绵地跌到了地上。

很快有凰山的藤蔓窸窸窣窣地爬过来，仔细盘绕将她裹挟着，又拖到了灌木丛里，好像要用这小小的灌木丛保存住她一样。

他方才其实并不明白徐霜林他们为何不直接将宋秋桐杀死之后，将她付之一炬，还要大费周章地挑断她手上经脉，喂她吞言蛇。但看到这一幕，忽然他明白了——

凰山服从蝶骨美人席一族，从生到死。只要她在凰山，凤凰恶灵就不会允许其他人将她付之一炬。

墨燃一时间不知有怎样的感受，他忽然想到了前世的自己。他死了，无人给他收尸，他自己在咽气前，躺进事先备好的棺椁里。其实那也没有什么意义，后来那些攻上山来的义军，不把他五马分尸了才怪。

前世自己恐怕比宋秋桐还凄凉，到头来，连根愿意守护他的藤蔓都没有。

周围很多人都在呢喃，说着话，皱着眉，讨论着接下来应当如何应对。而有些人则在闭目思忖，比如姜曦，比如楚晚宁。

墨燃也合上了眼，在心中梳理着眼前发生的这一切，如此血腥手段，与前世的他可谓相似至极。或许也正因如此，墨燃觉得猜测徐霜林的所思所想，所作所为，并不是那么困难。

他好像看到徐霜林在他的三生别院里，赤着脚，来回踱步，徐霜林在思考，在自问：灵力不够，无法操控成群的修士凶灵，该当如何？

然后他想出了主意——

使用共心之阵，杀同样数量的普通人，一个修士对应一个寻常凶灵，就像提线木偶一样，供他驱策。

哪里做这些最安全？

——四大邪山。

无法打开凰山结界怎么办？

——带着宋秋桐的尸体。

蛛丝马迹都迅速串联在一起，墨燃眸色黑沉，兀自思索着。

凶灵哪里来？

——劫火，沂州付之一炬。

虽然都是猜测，但每一条都能对上，他眼中的光泽聚在一起，又都散开。他甚至感觉他就是徐霜林，徐霜林就是他，站在凰山之巅，目光近乎疯狂，看着山下滚滚汹涌的凶灵。

越来越清晰，越来越明朗，直到忽然之间，卡顿在一个点。

如果他是徐霜林，做到这些之后，是不是就该到“台上”，去表演自己苦心孤诣安排出来的一出傀儡戏了？

“台上”选哪里好呢？

哪里可以寻到强悍且数目可观的修士凶灵？

要不被发现，可受庇护……

那逐渐亮起的天光，骤然又暗了下去。

“蛟山……”他喃喃着。

姜曦侧头看他：“什么？”

墨燃的脸色变了，他看着东方，忽然变得震怒：“蛟山！英雄冢！——他找的‘台上’在蛟山英雄冢！沂州一劫，死难者多为庶民，徐霜林能得到那么多庶民凶灵，却得不到法力更强的修士凶灵！——英雄冢！”

姜曦也反应过来了：“你是说，徐霜林对应召唤的，是儒风门这数百年里，埋葬在英雄冢的骸骨？”

墨燃根本懒得和他废话了，暗骂一声，已长掠而出，朝山下疾奔。

徐霜林真是个疯子！英雄冢埋着儒风门世世代代的掌门甚至成仙的初代掌门，用共心之阵操控一般的修士还好，还要操控这些人？

一旦徐霜林的法力支撑不住，这些强悍之骨就会暴走挣脱，到时候徐霜林会被反噬暴毙，而儒风门数百年来战力最强的凶灵就会暴走失控。

那将是不亚于无间地狱不亚于天裂的大劫难！

师尊，我到底是谁？

墨燃掠过滚滚拥来的凶灵，直奔山脚之下，出了结界，他目光立即落在了南宫驷身上。

此时南宫驷的禁锢已被解开，叶忘昔单膝跪在一边，给他包扎着伤口。而梅含雪则眉目清寒，静静地在江东堂和南宫驷之间席地而坐，面前一张箜篌，指尖轻动，奏出流水之声。

要知道梅含雪是昆仑踏雪宫的掌教大师兄，而且据说此人神出鬼没，身法极其诡谲，路数也经常变化，一会儿正经得不能再正经，一会儿又让人摸不着头脑，会邪门功夫。

托他的福，江东堂那群人虽然恨不能把南宫驷活剐了，但也没有办法，只能乖乖地坐在旁边的石头上干瞪眼。

见墨燃下来了，梅含雪的琴声戛然而止，他收琴，起身，微微点头。

模样极端庄周正。

"山上如何？"

墨燃道："都是假的。"

"假的？"梅含雪微微蹙眉，江东堂的人听到了，也围了过来，黄啸月还躺在旁边的凉亭里，让几个弟子给他捶腿揉肩，装出一副气息奄奄的虚弱模样，闻言也忍不住将眼睛眯起一条缝，竖起耳朵听着。

墨燃道："徐霜林不在这座山上，恐怕是在蛟山。我——"

他还未说完，一旁的南宫驷就已面色苍白，猛地盯住墨燃："徐霜林在蛟山上？"

"或许，但没有十足把握。"

南宫驷愣了一会儿，喃喃道："……不可能，蛟山只听从南宫家族的命令，徐霜林他……"

他想起什么，忽然语塞，而后脸上最后一点儿血色也褪了下去，一双乌亮的眼睛凝视着墨燃的脸。他竟一时忘了，徐霜林原本也姓南宫。

南宫世家，一柳一絮，曾经是众人交口称赞的少年英杰，人人都觉得儒风门会在这对兄弟手里再登辉煌之境，如日中天。谁能想到这兄弟二人与儒风门的结局，会是今天这般。

南宫驷默然垂下了眼帘，不再言语。

这时候其他人也陆陆续续从凰山下来了，几千个人像是洄游的鱼群，拥挤着返回山前。

楚晚宁走了过来，薛蒙和师昧跟在他身后，他看向南宫驷："手怎么伤了？"

"不碍事，是我自己划的。"南宫驷道，"谢过宗师大恩。"

薛蒙叹气道："叫师尊，叫什么宗师，真是的，师尊给你面子，你还不要，你……"

"我没有拜过师父。"南宫驷干燥起皮的嘴唇微微开合，"所学所习，从未师从宗师。年幼时家母所求，宗师不必放在心上。"

楚晚宁："……"

"抱歉。但当年的三拜之礼，我都不记得了。"

楚晚宁还未说话，就见到姜曦和其他几个门派的掌门朝这里走了过来，后面还跟着七八个拥趸。他不习惯在那么多人面前说私话，便抿了抿唇，未再多言，只把乾坤袋里的一小罐药递给了他。

"每日外敷，三日当愈。"

他简单地说完这句，其他人就已经赶到。

黄啸月也被搀扶着从凉亭里颤巍巍地走过来，这一杯羹，江东堂无疑是不会错过的。

如今孤月夜是众派之首，大事面前，理应由姜曦先说话。但是姜曦看了看南宫驷，一时也拿不准应当以什么态度对他最为合适——

儒风门跋扈横行那么多年，与很多门派都积累下了冤仇，这些冤仇无处发泄，最终都要落在南宫驷一个人身上。

但南宫驷有什么错呢？碧潭山庄的剑谱不是他拿走的，漫天要价也不是他干出来的事情，他甚至还来不及知道剑术密卷在哪里……他父亲南宫柳罪行累累，一死了之倒也痛快，如今人人都说父债子偿，可若是都做到父债子偿了，在座的又有几个人是干干净净，清清白白的？

何况这个年轻人，眼下是南宫家族的唯一血脉，是打开蛟山大门的钥匙。

"你……"姜曦斟酌着开口。

只说了一个"你"，就听得旁边忽然有人颤巍巍地说了句："南宫施主，你得跟我们走一趟了，所谓解铃还须系铃人，儒风门落下的烂摊子，你万不可放任不管袖手旁观。"

姜曦一看，是无悲寺的方丈玄镜大师，不由得心中冷笑，心道这老秃驴六根不净，倒是也想要出头。

不过正好，反正他也不擅长交际应酬，便懒洋洋地闭了嘴，立在旁边，看玄镜大师拄着法杖，“阿弥陀佛”地与南宫驷讲大道理。

南宫驷听了没几句就道：“可以，我与你们一同去蛟山。”

玄镜大师没有想到他会这么痛快地答应帮忙打开蛟山结界，愣了一会儿，才双手合十道：“阿弥陀佛，施主能明事理，神佛有知，罪孽当减了。”

南宫驷有一瞬间似乎想说什么，但是他没有说，瑙白金在他的箭囊里呜呜地哀叫着，想要爬出来，被他不动声色地摁了回去。

“我去蛟山，是不希望儒风门数百年的英杰沦为傀儡，为虎作伥。”南宫驷隐忍道，“但多谢大师一片好意，为我指点明路。”

如此一来，打开蛟山的钥匙便有了。

不过四大邪山，每一座山的特点都不同，和凰山不一样，如果要前往蛟山，无论是南宫家族的人还是南宫家带进来的外人，都必须做两件事——

第一，斋戒十日。

第二，到蛟山所属的磐龙群山时，徒步而行，不可御剑，不可骑马，凭一双脚翻过前三座山，以示心诚。

薛正雍算了算时日，说道：“从这里到磐龙群山，若是骑马，大约要花十天，刚好斋戒完成。我看诸君若是没有什么要紧事情，也不用赶回各自门派斋戒辟谷了，一起走吧。”

踏雪宫宫主道：“也好，一起去的话，还能商议接下来的对策。”

薛正雍道：“只是我们这里少说也有三千人，马匹有些难找……”

这时候，人群里忽然传来一个弱弱的声音，一只手举了起来，是个獐头鼠目形容猥琐的男子，他穿着大红锦袍，锦袍边缘绣着猫头鹰图腾的纹章：“我山庄里有，应该够用。”

“马庄主？”姜曦的眉毛挑了起来。

此人正是上修界十大门派之桃柳山庄的掌门马壮壮，在薛蒙买的那本《不知所云榜》上，论富有他排第三，不过现在南宫柳一命呜呼了，他应当可以排到第二。

比起姜曦，马壮壮就显得接地气多了，有些生意人的模样。不过毕竟这两个人敛财的方式不同，姜曦凶狠，路子野，珍宝多，做的是黑市。

马庄主则喜欢养马，喜欢搞运输，他在修真界设立了大大小小的驿站，还承接仙马、仙舟、灵力马车的租赁。他们山庄擅长制造各种灵便的舟车，饲养了大批精壮的马，因此马庄主有个诨名，叫作“迎客马”。

面对冷面煞神一般的姜曦，迎客马显得有些阪，他缩了缩脖子，道：“那要不……还是去霖铃屿？姜掌门府上的骏马肯定比在下多，嘿嘿嘿。”

众人："……"

姜曦瞧了他那满脸褶子的笑容，无语片刻，然后说："我只是感怀于马庄主慷慨相助，并没有别的意思。此地离桃柳山庄近，马庄主愿意借大家坐骑，自然是再好不过。"

马庄主一听，松了口气，笑道："那就请诸位移步去鄙庄吧，左右天色已晚，不如在庄中留宿一夜，第二日再一块儿出发。"

马壮壮的门派立于西子湖畔，建于孤山之巅，因为湖畔两岸桃柳相依，故名桃柳山庄。不过这孤山说来是山，其实也不过就是个小丘陵，爬到山顶，也只需要小半个时辰。

"到啦！"马庄主兴致勃勃地站在漆成鲜红色的宏大山门前，抬手撤掉了守护结界，"诸位请进、请进请进。"

凰山一行，诸位掌门的内心抑或焦躁抑或担忧，唯独马庄主很快能跟个没事人一样，居然还能露出开心的笑容。众人面面相觑，各自苦笑，但也都没说什么，掌门为先，长老次之，亲传再次，后头就是浩浩荡荡的各门派弟子，依次进了桃柳山庄的结界大门。

薛蒙跟墨燃嘀咕道："这个迎客马搞什么鬼？笑得我起了一身鸡皮疙瘩，他该不会也是跟徐霜林一伙的吧，这是要请君入瓮吗？"

"不是……"

"你又这么确定了？"

墨燃说："十大门派的尊主和翘楚都在这里，如今大家草木皆兵，他若是徐霜林的同伙，什么都做不了，反而会暴露自己。"

"那他那么高兴做什么？"

墨燃叹了口气，说："他是在高兴发了财。"

"发啥财？他做的明明是亏本买卖啊。"薛蒙是蒙的。他和他爹一样，都没什么生意头脑，据说他小时候，王夫人给了他一片银叶子，让他去小贩那边兑开，结果他给兑回了一个小风筝和三枚油腻腻的铜钱，被坑得极惨，还偏偏觉得那风筝好看，自己是买了个开心，值得很。

他这种人，哪里能知道迎客马的心思。所以想了半天，他还是愣愣地："你是不是听错了？他刚才说要借我们马匹，不是租我们马匹。他分文不取，他——"

这时候，负责待客分房的桃柳山庄低阶弟子来接应了，墨燃摆了摆手，示意他不要再说，由那穿着桃红色小袄的侍女笑眯眯地引着他们，前往今晚暂居的别院。

这一排别院都靠山，一院可住六人。黄昏时分，墨燃站在自己厢房的窗前，眺望远山，西子湖烟波浩渺。

从凰山下来之后，墨燃一直很焦躁，极为不安，此时关了房门，他终于把躁郁完全表露了出来。他一只手摩挲着窗棂，另一只手则下意识地在把玩着掌心里一个温润的物件。

江南的景致总是秀美的，但此刻的他却无心欣赏。夕阳昏沉，若是有人此刻瞧见他脸上的模样，无论如何不会相信他就是那个正派淳直的墨宗师。

这是一张属于前世踏仙君的脸。

——阴鸷的。

残阳刺进他浅褐色的眼眸。

暮色里，墨微雨面目豹变。

徐霜林背后的那个复生之人令他不寒而栗，他觉得自己脖子上好像架着一把刀，刀刃都贴上他的皮，刺破他的肉了，血已渗出。

但那个人不用力砍下去，而他也回不了头。他根本看不清是谁立在自己身后，随时随地要了他的命。

他心里很乱，总觉得自己复生的事情恐怕瞒不了太久。

如果决战那天，便是真相大白之日，他该怎么办？

伯父伯母会怎么看他？师昧会怎么看他？薛蒙会怎么看他？

还有楚晚宁。

楚晚宁……

若是前世之事暴露，楚晚宁会有多恨他？会不会从此之后，楚晚宁都不愿再瞧他哪怕一眼？

墨燃心乱如麻，越想越觉得冷，冷到骨子里——

“啪嗒。”

忽然一声响，手中把玩的那个东西掉在了地板上。

他怔忡恍惚地拾起来，淡淡瞥了一眼。

那小玩意儿上沾了点灰尘，看来桃柳山庄的这间别院已经很久没有人住过了，打理得也不勤快，地上都是灰……

顿住。

墨燃的脸色猛地惨白。

他忽然意识到自己在玩什么了——躺在他手心的，是一枚漆黑温润的棋子。

珍珑棋子！

墨燃悚然色变！

前世，他临死前两年养成了一个习惯。心情极度复杂，极度烦躁的时候，他都会情不自禁地将灵力聚在掌心里，凝成一枚小小的黑子，在手里翻来覆去地把玩。

他的这个习惯，当时让宫内的很多侍从都心惊胆寒，墨燃无意中听到过宫人在讨论这件事，他们都觉得，他定是愠怒了，愠怒了就要凝棋子，要杀人，要把活人变成傀儡。

“好害怕陛下随时会把手中那枚棋子丢出来。”

“你们有什么好怕的，我可是陛下的近侍，天知道我有多少次腿都软了。陛下做枚棋子，要耗费很多灵力，他总不能是做着玩吧？他肯定是有目的，或者要发泄啊……万一发泄到我身上，那我该怎么办……”

墨燃对此很是无语，但又有些好笑。他并不理解这些叽叽歪歪的宫人是怎么想的，凭什么以笃定的态度，来揣测他的内心。

其实他凝这些棋子，并没有任何意义，这只是踏仙君的一个癖好，就那么简单。但自从听到宫人议论，他有些时候也会玩心忽起，佯装要把手中的珍珑棋子朝某个婢子打去，吓得那人连连告饶，腿如筛糠，他面上冰冷如故，心里却觉得有趣。

那是他生命最后的两年里，仅有的乐趣。

他已经很久没有凝过珍珑棋子了。

似乎是下意识地想要与曾经的自己割裂，自复生起，墨燃就再也没有施展过这个法术。

转眼七八年过去了，他以为自己都要忘了那套心法，那套口诀。

可原来他根本逃不掉——

罪恶种在他的灵魂里。

墨燃盯着那枚黑子看，手不住颤抖……

他忽然绝望极了——

他忽然不知道自己是谁。是踏仙君，还是墨宗师？

他忽然不知道自己在哪里……是在西子湖畔，还是在巫山殿前？

他忽然又分不清梦境与现实，他不住地发抖，那小小一枚黑子映在他眼眸里，像沉重的梦魇，像黑漆漆的血污，他脑海里有个狰狞的声音不住狂笑着，嘶吼着——

“墨微雨！墨微雨！你逃不掉！你逃不掉！你永远只能做个恶人，你只能是厉鬼！你这个灾星！灾星！！”

掷地有声。

“当当当。”忽然门被敲响。

墨燃猛地惊醒，冷汗涔涔。他把棋子紧攥于手心，回头厉声道：“谁？”

“是我。”外头的人回答，“薛蒙。”

师尊，我想告诉你一件事

墨燃打开门。

门没有全开，是一道窄小的缝，他看到薛蒙沐浴在阳光里，旁边跟着一身青衫的师昧。

薛蒙说："我们给你拿了些伤药过来……你干吗？门打开让我们进去啊。"

墨燃沉默片刻，松开了扶着门框的手。两个人进了屋，薛蒙走到窗边，探头出去看了看外面的霞光，然后缩回来，说道："你这屋景色好，我那间外头刚好有几棵大樟树，全挡着了，什么都瞧不见。"

墨燃心不在焉道："你要是喜欢，我跟你换。"

"不用，东西都放下了，我也就随口说一句。"薛蒙摆了摆手，走到桌前，"让师昧给你上药吧，你肩上被藤蔓割到的伤口，不处理该化脓了。"

墨燃黑褐色的眼睛望着薛蒙——如果薛蒙知道前世的事情，知道自己的堂兄壳子底下藏着的是怎样的一个魂灵，还会对他这样粲笑，给他送药吗……

薛蒙被他盯得有些发怵，问："怎么了？我脸上有东西？"

墨燃摇了摇头，在桌旁坐了下来，垂下眼帘。

师昧立在一边，对他说道："把上衣脱了，我给你看看伤口。"

墨燃心中积郁，也没多想，抬手解了上衣，说道："麻烦你。"

师昧摇了摇头，叹了口气："你啊，总也不知道多注意。跟着师尊，好的不学学坏的，有什么危险都跑在最前面，最后总弄得自己一身伤，让人看着心里难受。"

他一边说着，一边把药箱里的东西取出来，细细替墨燃擦拭创口，敷药，裹上纱布。

做完这一切，师昧说："最近不要沾水，也不要有太大的动作，那藤蔓上有毒，伤口不是很容易愈合。还有，手伸出来，我诊个脉。"

墨燃就把胳膊伸给他。

师昧的十指纤细白皙如软玉，在脉门搭了一会儿，他的眼中闪过一丝忧愁。

那神色一闪而过，却被墨燃无意瞧见："怎么了？"

师昧回过神来，说道："没什么。"

"中毒很严重？"

师昧摇了摇头，犹豫了一会儿，冲他淡淡笑了一下："有一点而已，记得多休养，不然会留下后遗症。"

他说着，低头收拾好药箱，又道："我还有点伤药需要整理，先走了，你们聊吧。"

门在他身后掩上。

薛蒙看着他消失的地方，微微皱起眉头："我怎么觉得他最近心情不太好，怪怪的，像是有心事。"

墨燃心情也不太好，说道："大概诊脉之后发现我大限将至，替我悲伤？"

"呸呸呸，乌鸦嘴。"薛蒙瞪他，"哪有这样咒自己的？何况我跟你说认真的，师昧这几天总是情绪低落。"

墨燃这才有些在意起来，他停下手上的动作，问道："有吗？"

"有。"薛蒙说得很肯定，"我跟你说，他之前好几次都在发呆，我叫了他两三遍他才反应过来。你说他会不会是……"

"是什么？"

"喜欢上了某个人？"

"这个你别问我，反正我也不太清楚。"墨燃说着，拉上自己敞开的衣襟，把衣服穿好，"何况别人感情的事情，你老管这么多做什么？"

薛蒙便有些尴尬，红着脸咳嗽道："我哪里管了！我只是随口一说！"

墨燃穿好了衣服，忽然发现桌上有几点药水污渍，问薛蒙："有手帕吗？"

"嗯？哦，有。"薛蒙回过神，翻出一块手帕，递给他，"你总也不记得自己带一块。"

"我不习惯。"

薛蒙板着脸道："上回还说师尊要送你一块，吹牛也不是这么吹的。"

墨燃这才想起自己央求过楚晚宁，请他送自己一块海棠手帕，可不知道楚晚宁是忘了还是懒，一直都没有给他。他不由得有些尴尬，轻咳几声，说道："这不是最近忙，师尊没有空闲……"

"有空闲师尊也不会只给你一个人做。"薛蒙冷笑道，"我肯定有份。没准那个谁……那个南宫驷，他都有份。"

说到南宫驷，墨燃原本就不太好的心情越发笼上了一层阴霾。

"你去看过他了吗？"

"没有，我去看他做什么。"薛蒙道，"他和叶忘昔，住在姜曦那个老鬼旁边，我恨不得离那儿十万八千里远，才不想过去。"

墨燃点了点头："在那边也好，姜曦脾气虽差，毛病也多，但还算是个明白事理的人，应当不会为难他们。"

薛蒙气哼哼地："他？他那狗东西要是能明白事理，我就能跟他姓，不叫薛蒙，叫姜蒙算了。"

墨燃："……"

薛蒙总有这样的能力，闹闹腾腾愤世嫉俗，上下嘴皮子一碰，损起人来不带半点儿含糊。但或许正因为他这样吵闹，墨燃才感到屋子里多出来一些人间的热烈气息。

那前世可怖的梦魇，才终于稍稍淡去。

薛蒙道："说起来，师尊不会是真的想收南宫驷当徒弟吗？"

"以前师尊肯定不愿意。"墨燃说，"但如今，却是你我都拦不住他的。"

薛蒙一愣："为什么？"

墨燃叹了口气："我问你，先前李无心敬畏南宫驷，明明是个长辈，却从来不敢对南宫驷出言顶撞，为何？"

"因为他爹厉害，修真界第一大门派的掌门，这还用说吗？"

"那好，我再问你，如今黄啸月这种人，还有那些根本连名号都叫不上来的人，都敢欺负到他头上去，又是为何？"

"因为冤仇？"

墨燃一时无言，心想，这种话也就只有薛蒙才说得出来了。

他忽然很艳羡，他觉得薛蒙虽然已经二十多岁了，但有时却依然想法单纯像个孩子——"像个孩子"是个很微妙的形容，因为孩子身上最明显的特点便是纯真、简单、直率，但同时也意味着一个人没长大，不成熟，莽撞。

但墨燃觉得，活了二十年，看红尘的眼睛仍是极为干净的，这是个奇迹。

他看着他面前的"奇迹"，然后苦笑着说："哪里来的这么多冤仇。"

"儒风门抖搂出那么多上修界的事……"

"那是徐霜林抖搂的，和南宫驷能有多少关系？"墨燃道，"更何况，当初抖搂的那些秘密，南宫驷难道不是最受伤的人吗？他得知他母亲是由他父亲亲手葬送的，他根本不是始作俑者，而是牺牲品、受害者。"

薛蒙张了张嘴想说什么，墨燃没吭声，等着他说，结果薛蒙就那么张着嘴，张了半天，又悻悻地闭上了。

他不知该如何反驳。

半晌，他才不情不愿地问："那你觉得是因为什么？"

"第一，看热闹。"墨燃道，"儒风门的事情，大家伙儿看着觉得刺激都来不及。欺负一个落难公子，远比欺负一个小叫花子来得痛快。"

这就和前世的薛蒙是一样的。当年凤凰之雏蒙难后，遭受的是怎样的排挤？

薛蒙不知道，但墨燃清楚。

为了不得罪踏仙君，没有一个门派愿意收留他，没有一个门派愿意与他合作。他苦苦地在五湖四海奔走，请求过大大小小的掌门，希望能趁着墨燃还未做出更疯狂的事情，联手将他的暴政推翻。

那是墨燃即位的第一年。

薛蒙奔走了九年，游说了九年，没有人听他的，最后勉强愿意给他容身之所的，只有昆仑踏雪宫，愿意倾力帮助他的，也只有梅含雪。

墨燃庆幸这一世薛蒙不用再受此屈辱。

薛蒙浑然不觉，问道："那第二呢？"

"第二，是自以为替天行道。"

"这话怎么说？"

"你知不知道我们的神明后嗣天音阁，在处理修真界重犯的时候会做什么？"

"示众啊，先吊个三天三夜。"薛蒙嘀咕道，"你问我这个做什么？你又不是没见过，你刚来死生之巅那会儿，就有个重犯要处死刑，爹爹也要去那边公审，你和我不都跟过去了，行刑的时候你也看了，不过你那时候胆子也真是小，看完之后就吓得发了高烧，四五天了才退烧……"

墨燃笑了笑，半晌说："没办法，那是我第一次看到生挖灵核。"

"你怕什么，又不会有人来挖你灵核。"

墨燃道："世事难料。"

薛蒙有些错愕，抬手去探墨燃的额头："也没发烧，怎么净说傻话？"

"做梦梦到过而已。我梦到有个人的剑刺到了我的心口，再偏几寸，心脏和灵核就都毁了。"

薛蒙很是无语，摆摆手道："得了吧，虽然你挺讨厌的，但好歹是我堂哥，谁要挖你灵核，我第一个和他不客气。"

墨燃便笑了，漆黑的眸子深不见底，里头有光有影，光影摇动，思绪万千。

他为什么要提点薛蒙天音阁的那件往事呢？

或许薛蒙根本没有留意到，但那些面目，却在当年的墨燃心里留下了浓墨重彩的倒影。

他还记得那案子审的是个女人，二十来岁，很年轻。

天音阁广场前聚集了一大群看热闹的人，男人、女人、老人、孩子，修士、平民，什么人都有，他们都仰着头，瞧着刑台上被捆仙绳、定魂锁、伏魔链三种法器缠绕着的那个女人，窃窃私语。

"这不是林夫人吗？"

“才刚嫁入名门呢，犯了什么罪啊，竟然惊动了天音阁……”

“你们还不知道吗？赵家的那场大火，是她放的！她杀了自己的丈夫！”

“啊……”周围几个人听到了，都倒抽一口凉气，有人问，“她做了什么这么想不开？听说她丈夫可对她好得很啊。”

喁喁私语中，天音阁阁主款步走上了刑台，拿着卷宗，先和台下众人致意，而后才不紧不慢地打开卷宗，开始宣读这个姓林的女人的罪状。

罪状很长，他读了小半个时辰。

究其根本，就是说这个姓林的女人，根本不是赵家本来要娶的那个世家小姐。她只是一个替身，一个戴着人皮面具的傀儡，接近赵公子的真正目的，就是为了这场因私怨而起的谋杀，而原本要嫁进赵家的那个大家闺秀，早就已经成了这位林姑娘的刀下怨鬼。

“好一出狸猫换太子。”天音阁阁主最后正义凛然地点评道，“不过，天网恢恢，疏而不漏，林姑娘，你也该撕下自己的假面，让大家好好看看你原本的模样了。”

人皮面具被当众揭下，蛇蜕般扔在地上。

台上那个女人散乱的头发下，露出另一张苍白妖冶的脸，被天音阁的门徒扳着下巴，托起来示人。

台下立刻喧哗起来，有人大叫道：“好歹毒的妇人！”

“杀了无辜的千金小姐，还害得容家家破人亡，只是因为自己的私仇？”

“打死她！”

“抠掉她的眼睛！”

“凌迟她！把她的皮一寸寸割下来！”

人群像一只迟钝巨兽，流着涎水，咆哮着，嘶吼着。

这丑东西大约以为自己是只瑞兽，上能代表青天日月，下能代表皇天后土，立在人世间，便是正义公道。

台下的尖叫声越来越响亮，刮着少年墨燃的耳膜，他惊愕于这些人的激愤，好像枉死刀下的女人也好，素昧平生的赵公子也好，此刻都成了他们的亲人、朋友、儿子、情妇。他们恨不能亲手替自己的亲人、朋友、儿子、情妇讨回公道，手刃活撕了那个姓林的罪人。

墨燃茫茫然地睁大了眼，愣怔地：“罪……不应该是由天音阁定的吗？”

薛正雍安慰他：“燃儿别怕，罪是由天音阁定的，大家也只是看不过眼而已。他们都是嘴上说说的，最后当然是由天音阁按神武指示来判罪。会公平公正的，别担心。”

但事情却不像薛正雍说的那样发展，人群呐喊的内容也越来越疯狂，越来越夸张。

“这个毒妇！滥杀无辜！怎么能轻易就让她死了？木阁主！你们是修真界的公正之司，可一定要好好审判她，给她十倍百倍的痛苦！让她没有好果子吃！得到应有的惩罚！”

“先撕烂她的嘴，一颗颗拔下她的牙，把她的舌头切成无数条！”

“往她身上抹泥！干了之后撕下来，连着一层皮！这时候再拿辣椒水倒她一身，痛死她！痛死她！”

更有青楼的老鸨来看热闹，她嗑着瓜子，然后娇滴滴地笑道：“哎呀，撕掉她的衣服呀，这种人不应该光着身子吗？”

其实这些人的愤怒，真的全都来源于自己的一身正气吗？

墨燃那时候坐在薛蒙身边，受到的刺激更大，一直在微微地发抖，到最后连薛正雍都注意到了他的不安，正要带他离开看台，忽然台上传来“砰”的一声爆响，也不知是人群哪个地方，有人朝上头扔了个引爆符，正扔在那个女人的脚边，这是不合规矩的，但天音阁的人不知是没来得及阻止，还是压根儿没想要阻止，总之那引爆符很快炸开了，女人的腿脚霎时被炸得血肉模糊——

“伯父——”

墨燃紧紧揪住了薛正雍的衣摆，他抖得太厉害了……

“好！！”

下面爆发出一阵排山倒海的叫好声，英雄们拍着巴掌，乐不可支。

“打得好！惩恶扬善！再来一次！”

“谁扔的？不要扔。”天音阁的弟子在台上喊了两嗓子，也就随众人去了，下面又扔上各种东西，菜叶、石头、鸡蛋、刀子，那些人自己施了个结界，立在旁边看着，只要不会立刻要了她的命，他们就不去阻拦。

墨燃回忆到此处，只觉得心中窒闷得厉害，不愿再想下去。他闭了闭眼睛，又睁开。

“你看着吧，薛蒙。如果南宫驷执意不愿承认自己是师尊的徒弟，那么他就彻底在修真界失去了屏障。等蛟山一行结束，若他们真的把南宫驷带去天音阁审问，你会看到与当年一模一样的场景。”

薛蒙道：“可当年天音阁审讯，大家那么气愤，只是因为那个女的杀了人，所以……”

“所以刀子握在手上，想怎么捅，就怎么捅，对不对？”墨燃的心情越发沉重了，还有后半句话，他没有说出口。

这世上有多少人，是打着“伸张正义”的旗号，在行恶毒的事，把生活里的不如意，把自己胸腔里的暴戾、疯狂、惊人的煞气，都发泄在了这种地方？

喝完茶，又聊了一会儿，见日头渐晚，薛蒙便离去了。

墨燃走到窗边，将方才收在袖里的珍珑棋子拿出来，盯了须臾，双指注灵用力，狠狠一捻，便成灰烬。

起风了，所有的树叶都在颤抖，窗前的人也在颤抖，他慢慢地抬起手，遮覆住自己的脸庞。他疲惫地靠在窗棂上，很久很久，才转身离开，走到屋子深处，被黑暗吞没掉。

他在漆黑的屋子里坐了半天，思来想去，最后整个人都是破碎的，是崩溃的，他真的不知道该怎么办。他觉得有些事情或许应当说出来，可是说出来会更乱，一发不可收拾。

该怎么办？

他不知道……

他越想越不甘，越想越混乱，他忐忑，他痛苦。

他想着那个站在自己身后的幕后黑手。

他想到修真界对天音阁敬若神明般的崇拜与迷信。

他想到那个被审讯的女人，双腿血肉模糊。

墨燃像困兽像疯子一样在房间里踱步，踏仙君和墨宗师的影子来回在他英俊的面容上出现，一个吞噬掉另一个。

到最后他终于忍不住了，站起来。

他推门走了出去。

夜深了。

楚晚宁准备入睡，忽听得外头有人敲门。他打开门，看到墨燃立在外头，微微一愣。

“你怎么来了？”

墨燃只觉得自己快要被随时随地会降临的大灾劫逼疯。他鼓足勇气，本想开口解释这荒谬的一切，但看到楚晚宁的脸，他的勇气碎成了渣滓，成了泥灰，成了自私和软弱。

“师尊……”墨燃顿了顿，鼻音略重，“我睡不着，能进去坐一坐吗？”

楚晚宁便让开，墨燃进了屋，反手关上了门。或许是因为他不安的气息太浓重，即使一言不发，楚晚宁都能觉察到他内心的焦躁。楚晚宁问：“是不是出什么事了？”

墨燃没有吭声，默默地看了他一会儿，忽然走到窗前，双手合拢，将唯一的窗门紧闭。

“我……”墨燃一开口，嗓音沙哑得厉害，忽然心绪上涌，助长那一股疯狂的冲动，“我有件事，想告诉你。”

“关于徐霜林？”

墨燃摇摇头，犹豫一会儿，又点点头，然后又摇摇头。

灯烛的火光倒映在他眼睛里，像一条条吐芯的毒蛇，鲜红的芯子，扭曲盘绕，他脸上的神情太乱了，眼中的光芒也零落。楚晚宁愣了一会儿，抬起手，想要摸一摸他的脸。

可是指尖才触上他的面庞，墨燃就猛地闭上了眼睛，他的睫毛在颤抖，喉结在滚动，似乎是被蝎子蜇中了一样，他转过身，含糊地说了一句：“对不起。”

“……”

“可不可以熄灯？”墨燃说，“看到你……我说不出口。”

楚晚宁虽然不知道究竟发生了什么，但是他从来没有见过这样的墨燃，这令他汗毛根根倒竖，好像有个毁天灭地的东西即将坠落，压碎立在下面的每一个人。

楚晚宁没再说话，原地站了一会儿，点了点头。墨燃便走到了烛台前，盯着那烛火看了一会儿，而后抬手，灭掉那最后一点光明。

屋里霎时陷入一片黑暗。

但墨燃方才盯得久了，眼前还晃动着烛火的虚影，从橙黄到五光十色，从具体到模糊。

他立在原处，背对着楚晚宁，楚晚宁没有催促，等着他开口。

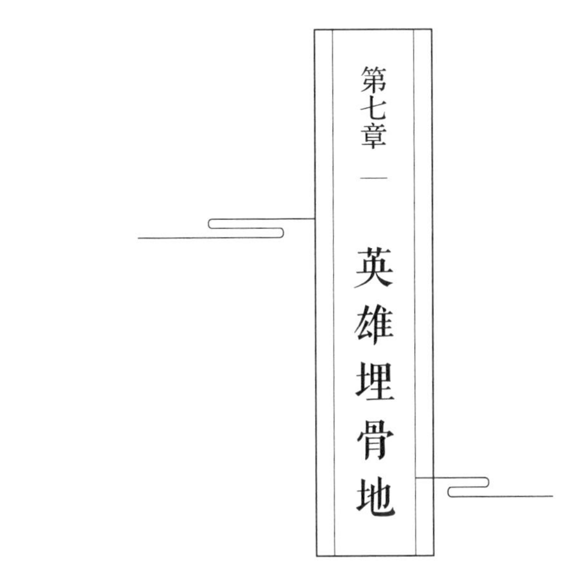

第七章 — 英雄埋骨地

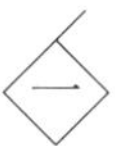

师尊，借你的衣橱躲一下

墨燃几次想说话，却都只动了动嘴唇。他的太阳穴抽疼，血液在狂奔乱涌，信马由缰，但他觉得自己的血此刻已不是热的，而是冰冷的，他在挣扎的过程中，连指尖都凉透。

“师尊。”

“……”

“其实……我……”他终于开口，只说了三四个字，就又乱了，又崩溃了。

他为什么要说?

那都是前世的事情了，他已在巫山殿自戕。他早已死了，他只是带着前世的记忆啊……为什么还要说?

说出来，自己的良心痛快了，但真的就是正确的选择吗?

如今这样多好，薛蒙会对着他笑，楚晚宁与他亲近，伯父、伯母都健在，师昧也还活着……没什么比这些更重要了，哪怕一辈子愧疚下去，一辈子做个逃犯，他也不想亲手摧毁眼前的这一切。

可他又觉得这是他应该说的。

如今已经能确定幕后之人也经历过复生，只有自己能提点众人，让他们有所准备。这是他赎罪的机会，或许上天让他死去一次，却仍然保留着记忆，为的就是此时此刻，有个人可以站出来，阻止这场风波。

哪怕付出性命。

墨燃闭上眼睛，他在颤抖，睫毛湿润。

他不怕死，他是已经死过一次的人，但是这世上其实有比死亡更可怕的东西，他前世已经受够了，就是为了逃离那些东西，他才选择了自尽。这些年，他一直都在竭尽全力地奔跑，试图甩掉后头那只隐形的巨兽，但是现在他被逼到了死角。

它的利爪悬在了他的咽喉上。

众叛亲离，万世唾骂。

他逃不掉……他逃不掉……

墨燃哭了，无声，但是眼泪淌了下来，扑簌着，落在了地上。

他极力压抑着自己声音里的颤抖，说："对不起……我……我不知道该怎么开口……我其实……我……"

忽然有温暖的手，轻轻触上了他的肩膀。

墨燃蓦地睁开眼，意识到是楚晚宁走了过来。

"你要是不想说，就别说了。"楚晚宁的声音自他肩背处传来，"谁都有自己的秘密……也都会做一些错事。"

墨燃愣住了，楚晚宁竟已明白。

他已明白……也是，楚晚宁怎么会看不透？他见过墨燃太多次惶惶然的认错，真心的、假意的、不甘的、恳切的。

他虽然不知道墨燃到底犯了什么错，但是他知道，墨燃一定是想坦白并不想说的往事。

"师尊……"

"如果那件事令你很不安，你想告诉我，那就说出来，我在这里听着。"楚晚宁道，"但如果你觉得说出来很痛苦，那么你不开口，我也不会继续追问……我知道你再也不会做出同样的事情来。"

墨燃心如刀绞。

他微微摇着头，不是的……

没有你想得那么简单……远没有那么简单……

我不是折了不该折的花，我杀了人，血流漂杵，万里枯骨，我毁了大半个修真界，我毁过你。

他再一次崩溃了。

我毁过你啊，楚晚宁！

你为什么要安慰一个刽子手……为什么要宽慰把刀扎进自己心口的人，为什么要在临死前请求我放过我自己？

你当初，为什么不杀了我……

墨燃在不住地颤抖，楚晚宁怔忡，忽然感到有温热的水滴落在了自己手背上，他低声呢喃："墨燃……"

"我想要说出来。"

"那你说出来。"

墨燃很混乱，摇头，又道："我……我不知该怎么说……"

他嗓音一直控制得很好，直到这时候才终于有些哽咽了。

"真的……我真的不知道该怎么开口……"

"那就别说了。"楚晚宁松开他，让他转过身来。黑夜里，他摩挲着他的脸颊，墨燃在闪躲，但是楚晚宁还是坚决地触碰上去，捧住他的脸。湿润的，是淌了很久的眼泪。

楚晚宁说："别说了，你怎么这么傻。"

"我要是早些那么傻，那才好。"

若是我早一点醒悟，那些憾恨和滔天罪孽，就都不会有吧……

楚晚宁见总也劝不了他，也不知道该怎么说出更软的话，只得笨拙地摸了摸他的头，语气是从未有过的宽慰与温柔："乖。"

"晚宁……"

楚晚宁忽然道："去把灯重新点亮吧。"

墨燃一愣。

楚晚宁说："我想看着你，也想让你看到我。你看着我，无论你说与不说，我都在这里陪着你，你不要再去胡思乱想了。"

灯火又亮起。

黑暗不见了。

楚晚宁的凤眸明亮，清澈，倔而坚定。

他说，我在这里陪着你。

墨燃忽然觉得心脏疼得都快要死了，他那颗肮脏的，千疮百孔，曾经冷酷至极的心，怎么还能在这样的眼神里活下去？

他忽然再难自持，把楚晚宁的手摁在自己胸口，心脏搏动的位置。

他说："晚宁，记住这个位置。"

"……"

"如果有一天，我罪无可赦。"墨燃低声呢喃，"亲手杀了我，从这里。"

楚晚宁猛地一振，难以置信地盯着他："你知不知道自己在说什么？"

墨燃笑了，笑容里有墨宗师的俊美与诚恳，也有踏仙君的邪气与疯狂。

"我的灵核因你而结成，我的一颗赤诚之心也是你的。如果有一天我不得不死，这两样东西都该归你，我才能……"

他没有说下去。

楚晚宁眼里从来没有出现过的惊愕与恐惧令他再也不能说下去。

墨燃最终垂下眼眸，苦笑说："逗你的。我这么说，只是想告诉你……"

他的眼眶又红了，竟是不能把这玩笑强说下去。

"晚宁……"

我想告诉你的有很多，却和前生之事一样，都无从开口。

楚晚宁不由得陷入了茫然与错愕之中，他不知道一个人究竟犯了多大的错，才能说出这样的话来。他觉得自己应该是想多了，但……

正在这时，外头忽有人敲门，打断了他的思绪，令他回了神。

“师尊，你在吗？”

来人原来是薛蒙。

楚晚宁对墨燃尚未安抚妥当，一时不知该如何应对两个徒弟，于是对门外道：“有什么事明日再说吧……我已经睡了。”

“可是……”薛蒙的声音委屈湿润，隐约有些鼻音，“师尊，我就坐一会儿，成吗？我心里头真的有些乱，有些事情，我想当面问问你。”

“……”怎么薛蒙竟也心情不好？

“不然我到明天都睡不着了。”

薛蒙要是无甚要事，楚晚宁打发他走就算了，但此刻听来他的状况也不太对，楚晚宁自然不可能赶他。楚晚宁叹了口气，正准备让人进来，手腕就被墨燃在黑暗中握住了。

墨燃不愿让薛蒙知道他在，无声地望着楚晚宁，摇了摇头，又转身指了指房内的衣橱。

他用极轻的声音道：“我脸上有哭过的泪痕，我……我也不想让别人看到。我到那里面去躲一躲吧。”

楚晚宁想了想，也没有更好的办法，于是他摸了摸墨燃的头，照着墨燃的意思做了。

薛蒙在外头等了一会儿，见楚晚宁还是没有答应，虽然难受，但仍坚持唤了一声：“师尊？”

“我听到了……你进来吧。”

得了允许，薛蒙这才推开门，他一进去，就皱了皱眉头，这屋子里似乎有一种难以描述的淡淡气息，但是太淡了，他也说不准这究竟是什么味道，总之闻起来多少有些熟悉。

楚晚宁坐着等他。

薛蒙有些赧然，咕哝道：“师尊，对不住，打扰你睡觉了……”

“没事，坐吧。”楚晚宁说。

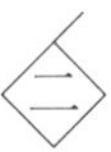

师尊，他怎么也可以有手帕

薛蒙也和墨燃一样，来之前一肚子话想说，可真的面对楚晚宁时，又不知道该怎么开口了，所以他只在楚晚宁面前苦恼着，抓耳挠腮，不住叹气。

酝酿半晌，薛蒙这才不抓不挠了，低着头，盯着地板发了一会儿呆，然后说：“师尊，你会一直是我们的师尊，不会变的，对不对？”

“……”

“我没有别的意思，我就是看了南宫驷的事情，有些感慨，我……”

楚晚宁道：“自然是不会变的。”

听到他这一句话，薛蒙绷紧的背脊终于略微放松了下来，他抽了抽鼻子，笑了：“那……那就够了。”

楚晚宁见他因为自己一句话就有这样的反应，忽觉得有些内疚，虽然他脸上的神色仍没有太多的变化，仍是古井无波，但他低缓地道了一句：“薛蒙……”

薛蒙等着他说话。

但是楚晚宁只在烛火中凝视着他，没有再说下去。

该说什么好呢？

其实人生存在很多不可确定，只是薛蒙心太纯澈，太年轻，很多事情都没有经历过，也接受不了。他愿意保护薛蒙的赤子之心，然而他心里清楚，没有什么是永远的。

人都面临聚散离合，成长改变，就像竹笋抽条拔高，外头的一层笋衣迟早会剥落掉，枯黄、成泥。

薛蒙的人生还有漫长的几十年，没有多少人能陪另一个人走完这几十年的。往事、旧人，都将成为蛇的蜕，笋的衣。

薛蒙左等右等，等不到下文，不安地睁着圆滚的眼睛，喃喃：“师尊？”

“没什么……”楚晚宁淡淡说，“觉得你似乎有些劳神多思，方才想让你去找贪狼长老讨两瓶貘香露喝。”

薛蒙：“……”

“还有别的事吗？”

薛蒙想了想，说："有的。"

"什么？"

"师尊是真的打算收南宫驷当徒弟？"看来这件事才是让薛蒙憋得最难受的，"那、那他岂不是成了我的大师兄？"

"你在意这个？"

"嗯。"薛蒙有些尴尬地搓了搓衣角，"以前我是第一个，如果算上他，我不就……"

听到这里，楚晚宁忍不住微微笑了。

薛蒙小时候爱和王夫人撒娇，墨燃来了之后，又爱和墨燃在爹娘面前争宠，没想到如今都二十多岁了，这个习惯还是改不掉，一个南宫驷就把他的孔雀尾羽全都激起来了。他居然为了个第一第二，耿耿于怀到现在。

楚晚宁道："没什么分别，都一样的。"

"那不成，我不愿意他当大师兄，虽然他拜师拜得最早，但是被师尊承认得最迟啊，我倒是不介意他进师门……但是能不能让他排最后……当个小师弟啥的。"薛蒙对此十分认真，"以后我就喊他南宫师弟。"

"随你吧……"

薛蒙就又高兴了一点，说："我还有件事想问问师尊。"

"嗯，你说吧。"

"就是墨燃今天跟我说，之前师尊答应他，要给他一块手帕……"

衣橱里的墨燃："……"

楚晚宁问："那个啊……嗯，不过我还没做，你也想要吗？"

薛蒙的眼睛立刻就亮了："我、我也有吗？"

"我本来就打算给你们每人一块的。"楚晚宁说，"一直有事，就耽搁了。"

听闻此言，薛蒙又惊又喜，而墨燃则完全愣住了，他躲到衣橱之后，听着薛蒙的种种幼稚到可爱的言语，原本心情已渐渐好了起来，但这一刻又不由得黑了脸。

不是……不是只有他才有吗？

怎么薛蒙也……

连师昧都……

甚至还有南宫驷……

墨燃瞬间感觉委屈。

那边薛蒙一扫阴霾，兴高采烈地和楚晚宁谈起了自己想要的手帕模样，这边墨燃越想越不是滋味，尤其从橱缝里看着楚晚宁和薛蒙相谈甚欢的样子，心里更堵。

“杜若难绣，你若是想要杜若纹的，我回头去问问王夫人。”

“难……难绣吗？”薛蒙愣了一下，“那就不麻烦了，绣师尊会的就好，师尊最善绣什么？”

“其实什么花鸟……纹样都不太擅长。”楚晚宁有些尴尬，轻咳一声，“最擅长绣的是经文。”

薛蒙震惊。

楚晚宁说：“年少时在无悲寺……怀罪教我的。”

薛蒙：“……”

师尊的手帕只能给我

薛蒙走了之后，墨燃便从衣橱里出来了，但他不愿回自己房内，还想再和师尊独处一会儿。

楚晚宁知道他情绪还未完全调整好，便由着他了，随他在哪里睡。

然而半夜时分，楚晚宁自浅寐中醒来，见墨燃竟然还未入眠，就那么坐在桌前，点着一豆孤灯，低头摆弄着一堆物件。

“……”

之前那些不安与无助，好像都在这一豆孤灯里变得那么淡，楚晚宁看了他一会儿，然后才说：“在做什么？”

“师尊醒了？是不是太亮……”

“不是。”楚晚宁又问了一遍，“你在做什么？”

墨燃抿了抿嘴唇，有些不好意思地笑了。

楚晚宁起身，披起衣袍，赤着脚，踱到他身边，靠在桌旁看着。原来桌上摆着的是自己的海棠手帕，墨燃拿了另外三块素白的帕子，正在对着上面的纹样绣着。

“你在绣手帕？”

“我想师尊做的……只给我一个人。”墨燃放下针线，道，“其他人的手帕，我来刺就好了。反正他们也不知道究竟是谁做的……”他说着，拿起一块已经绣好的帕子，笑着问，“师尊看，照着绣的，和你的那块像不像？”

楚晚宁叹道：“不用看都知道像。”

这个人的独占欲怎么会这么强？

楚晚宁摸了摸墨燃的头发，墨燃便也就微笑着仰头去看他。

灯光太昏暗了，墨燃熬得眼睛有些疼，抬起眼时，有些血丝，但面容和笑意都是温柔而灿烂的。

楚晚宁问：“还想那些有的没的吗？”

墨燃一愣，而后轻声道：“不想了。”

“嗯。”楚晚宁道，“那就好。”

"都顺其自然吧……"这句话，墨燃像是对自己说的，也像是对楚晚宁说的。

都顺其自然吧。

这样的日子太少了。

他墨微雨不是神，不过是茫茫红尘里一片再小不过的浮萍。人都是有私心的，给一个快要渴死了的人一杯水，他才抿了一口，就要他把这杯水倒掉，选择干渴而死——这真的太难了，世上几乎没有人可以做到。

墨燃想，再多饮一点甘露吧。

今后若再入炼狱，也不那么痛了。

有一泓往事清澈，足可慰平生干涸。

第二日，众人咸集于山庄外，一同出发前往蛟山。

马庄主命下属给每人都备了一匹膘壮骏马，黑金色的马鞍前还挂着一只绣着猫头鹰花纹的乾坤袋，薛蒙骑在马背上，抄起那袋子看了一眼，立刻嫌弃得直皱鼻子。

忽听得旁边有人在轻笑："这马庄主的品味真是不敢恭维，乾坤袋上绣个大头猫也就算了，还在背面绣了个正红色的'马'字，有趣。"

薛蒙回头，看到梅含雪骑在一匹白色的高头骏马上，也正掂着这袋子玩。他抬起浅碧色眼眸，似笑非笑地瞧了薛蒙一眼，额间吊着的水滴状晶石散发着温润光泽，一晃一晃地，衬得这张脸越发迷人。

薛蒙白了他一眼，小声骂道："人渣。"

"人渣"只是微微一笑，眯起眼睛，竟丝毫不生气，反而说道："薛公子今日瞧来，气色不是太好，是不是没睡饱？"

"……"

"眼底有青晕，印堂还发黑，我这儿有安神助眠的草药膏……"

"梅含雪，你很闲吗？"薛蒙忍了一会儿，发现自己忍不住了，怒而回首，"踏雪宫把你逐出师门了？你来死生之巅这边晃悠做什么？"

"我师尊让我过来的。"梅含雪依旧笑容不改，"给你爹送点昨天他要的暗器。"

"那你送完了快滚啊。"

梅含雪居然还不发怒，笑吟吟道："嗯，这就滚了。"

薛蒙觉得这个人简直有病，几次见他，不是软绵绵的像个娘们儿，就是冷冰冰的像块石头。上回在儒风门撞见他，他还皮里阳秋地挤对自己，今天就又换了副"你打我左脸，我把右脸也送上来"的好人脸孔，薛蒙有些憋不住了，掉转马辔，盯着马背上那个俊美至极的男人。

"不是，梅含雪，我跟你没仇吧？"

“没有。”

“那我跟你很熟吗？”

梅含雪笑了，倒是没有很快回答，只是那双浅色的眼眸里凝着细碎光亮，风一吹，他细碎的金色长发在兜帽下拂动着，被阳光一照，色泽更加温柔。

薛蒙倒没有真的想听他的答案，皱着眉头说：“送完暗器马上滚，你要去勾搭别的门派的人，我管不着，别想着跟我打好关系来浑水摸鱼，玷污我死生之巅的小师妹们。”

“扑哧。”梅含雪没有忍住，笑出声来，但随即手捏成拳，掩在唇边轻咳一声，很是有趣地打量了薛蒙一会儿，说，“好。”

他牵过马缰，白皙的手腕上系着个银铃，风吹过，叮当作响。

梅含雪笑而侧身：“走了。”

薛蒙瞪他：“快走啊！难不成还要我给你放鞭炮送行？”

梅含雪真的走了，马蹄踩了两步，忽然他又想起了什么，扭头道：“对了，还有一件事。”

薛蒙并不想听，但他好奇，所以没好气地问：“什么？”

梅含雪微微一笑，一根细长白净的手指点在唇边，端的是衣冠禽兽斯文败类，他低声笑道：“你可真辣。”

薛蒙的脸瞬间爆绿！

“你……你……你！！”他算是彻底被恶心到了，你了半天，居然半天都“你”不出来。这时前方掌门那一队都在号令集结，准备动身了，梅含雪笑眯眯地朝他挥挥手，策马行远。

墨燃骑马踱到薛蒙旁边时，梅含雪已经消失在人海里了，墨燃看到薛蒙在原处气得直拍胸口，连连干呕。

墨燃愣了一下：“你吃坏东西了？”

“呕——你现在先别跟我说话，我大清早，我吃了狗屎我……”

墨燃：“虽然辟谷很饿……但你再饿也不至于要吃狗屎……”

“滚！”薛蒙一把推在墨燃的胸口，把墨燃连人带马推开，他简直气到一佛升天二佛涅槃，朝远处脸红脖子粗地嘶吼道，“呕——狗屎！你才辣呢！”

喧闹一阵，数千人从孤山出发，往蛟山方向行去。这场景实在是非常难得，毕竟平日里大家出门都是御剑，哪怕集结了大队伍，也是转瞬就到的，很少有这种一群修士骑马赶路的情形。

这里头有许多人并没有骑过这么久的马，第一天还好，后头就有些受不了。所幸马庄主的乾坤袋里什么都有，有提神醒脑的药丸、香风习习的小扇子，甚至还有几本缣绢制成的书册，印着桃柳山庄各种新奇商品的价目与特性。

薛蒙瞪着休憩时在树荫下嚷嚷的马庄主，这位天下第二富豪正在兴高采烈且不遗余力地嚷嚷："诸君诸君，有什么看上的商品，在册子里头打钩就好，我马某人回去之后就会送货上门，一月包退，法器一年保修，诸君所订的东西到了，再付清银两也不迟——"

不少人真的没事可做，而且马庄主绝对是故意的，偌大一个乾坤袋，里头只扔了这些册子，想看别的统统没有。

盯着看久了吧，总有一两件能打动心扉，连薛蒙都忍不住提笔在"老少咸宜，味淡有益，选料上乘，灵力大增——南屏山灵燕燕窝糕"上面打了个钩。

他可算知道墨燃所说的"赚钱"是怎么个赚法了。

行路七日，马庄主赚得盆满钵满，众人也都有些疲惫，这一天傍晚，他们终于抵达了磐龙群山。

"龙有傲骨，望君尊之。"

薛正雍望着磐龙山道前竖着的那块巨大的岩石，念了一遍岩石上的字，回头问南宫驷："南宫小公子，这啥意思？"

南宫驷道："意思是接下来的路途必须步行，而且进山之后，直到蛟山结界开启之前，都绝不能污言秽语，否则将受其谴。"

既然南宫驷这样告诫，众掌门便立刻传下去。每个门派传信方式不同，踏雪宫宫主拿起腰间的玉笛吹了两声，玄镜大师摇了摇手中银铃，姜曦站着不动，是华碧楠替他传的信，华碧楠一挥衣袖，一团黑烟自袖中涌出，仔细一看才发现那并非烟，而是成千上万只小飞虫，停到孤月夜门徒耳畔叮嘱。

薛蒙恶心坏了，说："寒鳞圣手可真变态，难道他浑身上下都是虫子？"忽然又想起什么，他扭头对师昧道，"说起来，你还去霖铃屿求学过呢，没跟华碧楠接触吧？别到时候你也要起虫子来，那可真够我喝一壶的。"

师昧转过头来，微笑道："少主真是多虑……"

这时候，死生之巅也开始传信了，别的门派多少有些炫技的意思，薛正雍倒好，用扩音术大喊一声："进入山谷之后，莫要讲脏话粗话！管不住自己的，用噤声咒提前把嘴堵上！都听到了吗？"

中气十足的大嗓门在山林间回响，声震林木，响遏行云，回音袅袅，不绝于耳——

"都听到了吗？听到了吗？到了吗……吗？"

众修士："……"

师尊，进蛟山吧

弃马进山，第一日安然无恙，到了第二日晚上，所有人就地打坐歇息时，发生了意外。

有个修士半夜去密林中小解，方便完觉得腿痒，低头一看，一只硕大的毒蚊子停在他的腿间，正喝血喝得欢畅。那修士一巴掌便把蚊子给打死了，末了还习惯性地叨唠了一句："他娘的敢叮你爷爷我。"

结果话音方落，就听到周围林木中传来怪异声响。这修士吃了一惊，猛地想起山前南宫驷提醒过的话，吓得连裤头都来不及提上去就夺路狂奔，大喊："救命啊，师尊！救命啊！"

原来这人正是江东堂一名随侍在黄啸月左右的弟子，这哭爹喊娘的大嗓门，犹如巨石入幽潭，激起千层浪，原本都在静静打坐的众人纷纷起身，瞧见一个江东堂修士屁滚尿流地从远处狂奔而来。

此人光着腚，湿着脚，一边哭一边跑。身后还跟着上百条黑皮小蛇，有几条已经缠上了他的腿。

黄啸月惊道："徒儿？"

南宫驷道："都别过去！"

那弟子哭号着奔过来，但攀上他身体的蛇越来越多，他最终一个趔趄栽倒在地，号啕道："师尊！师尊救我！"

黄啸月原本要施以援手，南宫驷说："这蛇是恶龙的龙须所化，你杀一条，就会变成两条，越杀越多，且报复心极强。黄道长要是不怕，就上去应战吧。"

黄啸月一听，立刻尿了，但嘴上念叨："大局为重，大局为重。"他眼睁睁瞧着自己的弟子被潮水般的黑蛇吞没，那人在蛇潮里翻腾打滚，痛苦地扭来扭去，蛇潮完全覆盖了他，成了一个黑色的球，这个黑球以肉眼可见的速度瘪了下去，当潮水四散，原地除了一摊血水，竟连根骨头都没剩下……

这事儿一出，最后一天的路程便没人再多说半句废话。

言多必失，这是谁都清楚的道理。

薛正雍给自己，顺带给薛蒙也上了噤声咒，不为别的，只因父子二人平日口舌太快，万一顺嘴嘀咕了一句“狗东西”，怕是眨眼工夫便要成为蛇群的腹中餐。

众人谨言慎行，总算在第三天深夜穿过磐龙群山，来到了儒风门的英雄冢——蛟山之下。

蛟山结界与凰山的不同，蛟龙厌诈，因此结界是透明的，未施任何障眼法，从外面可以一清二楚地看到山麓景象。

姜曦看着眼前的情形，问道：“这就是儒风门世代英杰的埋骨之地？”

月光照在南宫驷脸庞上，他沉默一会儿，说：“不错。”

蛟山，魔龙所化，儒风门初代掌门降服此龙之后，与其订下血契，令其化作高山，守护儒风门世代的英魂、珍宝与祠堂。

南宫驷自记事起，每年冬至都会跟随父亲来这里扫墓。从前他来的时候，能看到延绵的恢宏汉白玉石阶，早已侍立好的暗卫守在山道两旁，青衣鹤氅，衣袂飘飘。

“恭迎少主。”

耳畔依稀还能听到隆隆呼喝，众人跪下，他沿着山道往上走去，就能在顶端的天宫，看到已在准备祭祀之礼的父亲。

“南宫公子，伤春悲秋就免了吧，大战在即不可耽搁，你还是趁早把结界打开，好让我们进去诛魔卫道。”

南宫驷转过头，说话的人是黄啸月。

在儒风门的鼎盛时期，这种人哪怕是南宫驷心血来潮，毫无理由地赏他十来个巴掌，他也是不敢还手的。

今天他却可以在自己的祖坟面前，对自己吹胡瞪眼，耀武扬威。

南宫驷隐忍着，不得不忍。

牙齿咬得咯咯生响，也要竭力忍耐着。

“都后退一点。”他说着，自己一个人来到了山门之前。

那里一左一右立着两座辟邪灵石铸造的镇墓神，光是脚趾就有一个五六岁的孩童那么大。这俩神像一人三面，或慈或怒，分别手擎法器，臂绕钏环，但奇怪的是，这种神像通常而言都是豹目圆睁的，可他们却双目紧闭，蹙着眉心，看起来多少有些诡谲。

南宫驷眼一眨也不眨，用袖箭刺破手指尖，在辟邪灵石上画下一道符，而后说：“儒风门第七代，南宫驷，拜上。”

轰隆隆——

大地震动。

有少见多怪的人惊呼道：“睁眼了！那个雕像！”

墨燃立在人群中，也仰头看着。

如果不是局面紧张，他真想跟那个人说：不是那个雕像，是那两个雕像。

一左一右两个镇墓神都睁开了眼睛，眼睛是琥珀色的，瞳仁细狭，像是蛇的眼珠子。

左边那个雕像缓缓开口，声如洪钟，嗡嗡有余响："南宫驷，汝可熟记儒风七戒？"

南宫驷道："贪怨诳杀淫盗掠，是我儒风君子七不可为。"

后头黄啸月在冷笑："说得比唱得好听。"

不只黄啸月，许多人都在心里念叨，这七不可为，当真是对如今的儒风门最大的讽刺。

右边那个雕像则跟着开口，声色邈远，似从亘古传来："南宫驷，上有明镜高悬，下有苍茫黄泉，汝行于世，可无愧于心？"

"无愧于心。"

这两段是南宫驷从小记到大的问答，南宫家的人只要踏进英雄冢，就必须先经过这两个问题，答出这两个答案。

儒风门的初代先祖设下这两个问题，其实是希望后人在上山朝拜时，能够记起先辈教诲，反省自身。

此时此刻，南宫驷忍不住想，父亲每年冬至来此祭拜，回答这两个问题的时候，可曾有过一丝一毫的触动，一丝一毫的内疚？

还是他就把这一问一答，当作机栝密钥，当作一把打开蛟山结界的验身符，仅此而已？

结界开了。

原本两座站立着的石像，忽然缓缓地震动，改换姿态，最终变成了一左一右单膝跪下的模样。

"恭请，主人进山。"

南宫驷背对着众人立了一会儿，谁都看不到他脸上的神情，连叶忘昔也没看到。

只有瑙白金在他的箭囊里呜咽，雪白的爪子探出来，扒着箭囊的边沿："咪呜，咪呜呜——"

"进来吧。"

南宫驷最后落下这言简意赅的三个字，一马当先，踏进了蛟山。

薛正雍解开自己的噤声咒，问道："在这里还需要谨言慎行吗？"

"不用。"南宫驷道，"谨言慎行是在磐龙群山那一带需要的，其实是为了杜绝一些对儒风门心怀恶意的人进山。到了这里，蛟龙便认定来者不是敌人，便不会再管言语措辞了。”

即便他这么说，很多人还是心有戚戚焉，不肯多言语，只闷声不吭地跟着南宫驷往山上走。每行三百米，便有两座十二生肖的图腾石刻左右伫立，先是雌雄二鼠，而后是雌雄二牛，虎、兔……自半山腰起，就是儒风门的历代英雄埋骨之地。

这些英雄按照生平贡献，由低到高，依次往上，在蛟山长眠。

他们最先来到的，是最下层。

这里竖着一块八尺高的白玉，上面流光溢彩，镌刻的是一个个人的名字，最上头留有“忠贞之魂”四字手书。

“听说这里葬的是南宫家历代死去的忠仆。”薛蒙小声和墨燃说，“总共有几千个。”

他说得不错，这片区域密密麻麻的都是坟墓，放眼望不到尽头。

师昧忧心忡忡道：“要是这数千个仆奴都起来了，该怎么办？南宫家的仆人身手都不差的，恐怕能缠一阵子。”

薛蒙忙去捂他的嘴：“嘘，你疯啦，快呸呸呸，别乌鸦——”

墨燃在旁边阴沉道：“恐怕还真的不是乌鸦嘴。”

“喂，狗东西，你去哪儿？”

墨燃没有去管薛蒙，他径直从大部队中离开，走到一座忠魂冢前面，半跪下来，仔细打量着。

儒风门的英雄冢和普通的丧葬不一样，没有坟茔封土，用的是一种半透明的玉棺，和厚厚的冰面一样，一半棺材沉在地下，而棺面则直接露在外头，所以群葬之地瞧上去就是一片一片连绵着的玉带，在月光下散发着晶莹的光华。

这种寒玉和死生之巅霜天殿停尸棺材的材质差不多，能保存尸体不腐不朽，宛如生前。墨燃低头看着自己面前的这副棺材，群葬冢不会被打理得太仔细，因此玉棺的棺面上积着厚厚的一层灰，墨燃只能模糊地瞧见下面那个死者的轮廓，看不清五官，看体态似乎是个女子。

他盯着那个女子看了一会儿，视线重新沿着棺材逡巡了一圈——

他觉得这棺材有些不对。

但具体哪里不对，他不太说得上来。

他左右看了看，趁着没有人注意自己，把手贴到棺面上，闭了眼眸，仔细感知着……

忽然掌心一抖。

墨燃睁开双目，脸色极为难看。

这棺材里确实有邪气，但是已经不浓郁了，珍珑棋子不在里面……难道自己想错了？

“墨燃！”薛蒙他们已经走远了，薛蒙遥遥地朝他喊。

墨燃低声自语道：“马上。”

他的手一寸寸摩挲过棺面，擦去上面厚厚的积灰，试图在不开棺的情况下，把下面那个女人的相貌看得更清楚。

他擦着擦着，忽然余光瞥见了一个细节，猛地停了下来。

他知道哪里不对了。

积灰。

这棺材的积灰不对！

除了他刚刚擦拭过的地方，墨燃忽然发现还有一个地方没有灰尘——就在棺椁的侧面，有四个长短不一的印子，他犹豫片刻，伸手去比照了一下，竟发现那刚好是一个人从里面爬出来，除了大拇指之外，其余四根手指会搭到的地方！

墨燃悚然色变，刚想让众人停下上山的脚步，就感到面前传来一阵湿冷寒气。

他猛地抬头，冷不防对上一张惨白的脸。

一个穿着寿衣的女人蹲在墓碑后面，正幽幽地瞪着他。

蛟山太掌门

“别往前！往后退！都往后退！到山脚去！”

冷不防一声暴喝，众人纷纷回首，见墨燃一袭黑衣掠地而来，在他身后，一个恶灵穷追猛打，口中发出可怖的嗥叫声。

薛正雍惊道：“燃儿？怎么……怎么回事？！”

“退后！都回去！”墨燃漆黑的眉眼下，目光如刺刀出鞘，他朝南宫驷喊，“南宫！落下前面的拒魂石！”

南宫驷立刻赶往上面——在忠魂群葬墓上面，是儒风门历代高阶弟子墓葬群，为了防止后世生患，两个墓葬群之间设立了一道漫漫墙垣，以作阻隔之用。

他发足狂奔，叶忘昔紧随其后，但还没到拒魂墙前，南宫驷的步伐就猛地止住了。

只见山道上端，缓缓走下来一群人，各个青衣鹤氅，帛带飘飞，乍一看，就好像儒风门还未灭门，浩浩荡荡行来一群英姿飒爽的儒风弟子一般，端的是声势宏大，气势惊人。

但南宫驷知道不对。

叶忘昔也清楚。

这些儒风弟子和他们以前朝夕相处的那些有差别，那就是每个人的眼前，都蒙着一道绣着鹤影的青色缎带。

看上去只是一个极其细小的区别，但南宫家的人都明白这意味着什么——活人是绝不会绑这根遮目缎带的。这是儒风门弟子下葬前，师门给他们佩戴的，表示双眼遮祥云，驾鹤西去，往生长乐无极……

下山的全是儒风门的先人！！

南宫驷往后退了一步，抬手，下意识地拦住了叶忘昔。

他没有回头，只低声道：“你下去。”

“……”

“下去！去告诉墨宗师，来不及了。”南宫驷深吸一口气，吐出一句微微颤抖的话，“儒风门历代高阶弟子，已成恶灵，正在逼往山下。”

“那你呢？！”

“我阻挡一阵，你快点。”南宫驷微微侧过脸，对叶忘昔道，“让他们先尽量往山脚下退，退到那边了，你放烟火报信，我即刻下来。”

叶忘昔咬紧嘴唇，她很清楚此事并无转圜余地，所能做的最后一件事情，是解下自己的箭囊，抛给南宫驷，沉声道：“接着，你总不记得多拿。”

她冲至山腰的时候，那里已经展开了一场激烈的鏖战，先前潜伏的儒风门仆役凶灵正从灌木丛里、岩石后头等可以藏身的地方像蝗虫一般涌出来，扑向迎战的修士。这些凶灵都穿着寿衣，浑身苍白，混在服饰各异的修士中，犹如雪浪翻涌，远远看去煞是壮观，只是这壮观的代价未免太大，蛟山霎时间哀声阵阵，喊杀声一片。

叶忘昔瞥见几副在激战中被灵力轰开了的棺材，里面只有衣物，摆了个大概的人形，她的义父犹如狡兔，留给他们一个平静无波的“忠贞之冢”，其实早已把冢内的凶灵召唤出来，藏匿在暗处，只为等他们走到最高处时，调动前方的“高阶弟子冢”，前方杀来，后方夹击。

他布下了网，他们是网里的鱼。

叶忘昔在混战中找到了墨燃：“墨宗师！”

墨燃正在与五个凶灵缠斗，听到叶忘昔的声音，他猛地抬头，心焦道：“怎么——”

“样”还没有说出口，看到了叶忘昔的脸，他便已知答案。

墨燃暗骂一声，恰巧此时一个凶灵咬住了他的胳膊，他甩不掉，极怒之下反肘击于凶灵胸前，凶灵栽倒在地。

墨燃黑眸亮得可怕，神情煞戾，再次望向叶忘昔的时候，竟令她不由自主地打了个寒噤。但她立时稳住自己，说道：“阿驷让你们尽快撤退，退到山脚等他！”

墨燃点了点头，扩音术刹那间将他的声音传遍了整个混战区域。

“不要恋战，都往山脚去，全部退到山脚去。”

黄啸月登时急了：“本来我们就做好了和徐霜林决一生死的准备，眼前这一幕都是早有预料的，怎么可以现在退？”

墨燃根本不管他，黄啸月要铆着劲往山顶冲，去摸儒风门祠堂天宫里藏着的奇珍异宝，那是这老头子自己的事儿，他依旧厉声重复着：“不想死的都下山去！立刻！都下去！”

这些仆役凶灵虽然战力不强，但并非凰山上那些手无缚鸡之力的平民凶灵，且它们数目惊人，又不畏疼痛，前仆后继地涌来，等众人陆续退到山脚处时，已经战死了十余名修士。

黄啸月当然也跟着退了下来，他也知道自己一个人，是绝不可能单独杀上峰顶的。

但他吹胡子冷笑道："墨宗师，这下可好，说要来蛟山的人是你，打到一半，让我们退下来的人也是你，你可真有能耐啊，眼下怎么办？要不你打头，我们跟着你灰溜溜地退出结界去？"

这个浑蛋前世给踏仙君提鞋都不配，杀了他都嫌手脏，这一世也就是因为墨燃不再是黑暗之主，而成了清清正正的一代宗师，所以才不能在大庭广众之下扇他耳刮子。

但墨燃可以选择根本不理他。

黄啸月正欲再言，忽见得前面涌起一阵滚滚烟云，竟是南宫驷骑着重新幻化出真身的妖狼瑙白金，疾风般驰来，他身后跟着数百儒风门高阶弟子，黄啸月乍一眼看去，惊道："啊呀，不得了啦！中计啦！"

墨燃眯起眼睛，心道：这老东西总算是反应过来了，知道这是徐霜林布下的埋伏，还不算笨得离谱。

然而黄啸月后半句就是："南宫驷！你好大的胆子！竟在蛟山纠集了儒风门余孽，想要对战其余门派吗？"

墨燃："……"

南宫驷伏低在妖狼之上，夺路疾奔，瑙白金快得像离弦之箭，将他身后那些追赶着的凶灵越甩越远。这时候，黄啸月才反应过来是自己误会了他，但黄啸月没有丝毫愧疚，反倒瞪大眼睛望着潮水一般朝他们步步逼近的凶灵，喉头滚动。

南宫驷冲入人群之中，从妖狼身上一跃而下，将箭囊塞到叶忘昔怀里，喘息道："箭还有剩的，先还你，你带着所有人，往后撤离。"

叶忘昔原本听到前半句，微微松了口气，但后半句又让她猛然抬起头，盯着南宫驷的脸："你要做什么？"

"一点小事。"

眼看儒风门高阶弟子越走越近，自己就要和这些百年前作古的儒风门英杰对战，一旁的黄啸月掌心盗汗，扭头破口大骂："南宫驷！你这个害人不浅的东西！和你爹一个样！你为什么要把这些怪物都引到我们这边来？想让我们替你杀敌吗？"

见南宫驷不看他，也不吭声，黄啸月极怒攻心，颤声道："好啊，我总算知道你打的什么算盘了——你是怕一个人上不去山顶，拿不到你老子给你留下来的珍宝，所以才引我们一行人到你这座破山头，替你开路吧！南宫驷！你好歹毒的心思！"

眼见他说话越来越过分，站在他旁边的薛正雍忍不住了，皱眉道："好了，黄道长，你少说两句。”

“少说？我凭什么要少说？”黄啸月根本不把下修界放在眼里，平日里大概还会冷静一些，顾及薛正雍的颜面，但危急关头，他哪里还有装模作样的心思，指着南宫驷就唾骂道，“果然是孽畜之子，虎狼之心！你居然利用那么多的名士豪杰来替你扫清路障！你哪里来的脸？”

南宫驷：“……”

黄啸月还不罢休，怒号道：“像你这样的人，本该一死以谢天下，但你居然从尸群里逃出来，还把这些畜生引到我们这里来，你——”

“啪！”

一个极为响亮的耳光，结结实实地掴在了黄啸月的脸上。

君子之风叶忘昔，仍然维持着她扇黄啸月耳光的姿势，微微发着抖，喘着气，目光狠戾，盯着跌倒在自己跟前的人。

“畜生。”

她声音沙哑地开口。

“我儒风门英雄冢前，岂容得你这匹夫口出秽语？！”

江东堂的人群起拔剑，纷纷指向叶忘昔，黄啸月座下的一个中年女修朝她竖眉娇喝道：“你这个男不男女不女的东西！你竟敢对长辈动手！你才是畜生！儒风门的走狗！”

她叫嚷着，居然就要冲上来收拾叶忘昔。墨燃正欲相帮，忽听得唰的一声藤鞭劲响，狠狠抽开空气。

一片耀眼金辉中，楚晚宁从人群中出来，手执天问，眯起凤目。

他背朝着叶忘昔，面对着江东堂。

“我说过。”他一字一顿道，“南宫驷是我的徒弟，诸位若不想通过天音阁审判，那么有任何东西想要指点，请先来我面前论个公道，或者论拳脚——”

死寂之中，他丢落最后半句话——

“奉陪到底。”

气氛一时间僵凝到极点。

江东堂进也不是，退也不是，退了，脸上无光，进了……他们真的能撼动北斗仙尊楚晚宁吗？更何况，他们真的应该和楚晚宁结下梁子，从此当死对头吗？

那边凶灵还在接近，越来越近……

有人忍不住了，大喊道：“都别争了吧！有什么出去再说！先想想办法啊！这该怎么办啊！”

“打吗？”

“直接就这么打吗？那为何还要退到山脚来？这和在山上打又有什么区别？”

对啊，墨燃也忍不住想，有什么区别？

他虽然明白南宫驷所作所为并不会是毫无目的的，作为南宫家族的最后传人，既然南宫驷让他们退到山脚，就必然心中有所打算。

他忍不住望向从刚才起就没有吭声的南宫驷，忽然发现那个男人的眼睛里闪烁着一种说不清道不明的光亮。

——一种令他不寒而栗的光亮。

“南宫！”

他喝了一声，但没有用，南宫驷一直在不出声地默念着一条禁咒，从黄啸月在指着他的鼻子唾骂的时候开始。

此时觉察，已经太迟了。

无数条藤蔓轰然破土而出，拔地而起，墨燃、叶忘昔、薛蒙……所有人，几乎同时被这柳藤缠绕住，紧接着被甩出结界外，甩出蛟山的范围。

叶忘昔悚然色变：“阿驷！你要做什么？！”

她想要再次闯进去，可是南宫驷抬手，猛地一挥——左右两个镇墓神步履沉重地站起，浑身石粉簌簌落下，它们分别抬起自己的左手和右手相抵，刹那间一道崭新的半透明结界笼罩了整个蛟山，阻断了所有人进山的道路。

南宫驷一个人立在结界前，面对着数千凶灵，背对着结界之外的所有人。

他说：“蛟山有藤，乃龙筋所化，能将万物拉入地下。但你们不能在里面。——只要身上没有淌着南宫家族的血，我一旦施展这个法阵，龙筋之藤就会不分敌我，把诸位统统拽入土中活埋。”

叶忘昔悲极而怒，怒极而喝：“南宫驷！你知不知道你是一个人？”她砸着捶着，却只能在结界外喊他，“南宫驷！”

“怎么就一个人了？”南宫驷侧过半张脸，“不是还有你吗？”

“……”

然后，他好像忽然想到了什么事，居然咧嘴笑了起来。

那笑容灿烂，儒风门灭门之后，很久没有出现在他脸上过，璀璨光华，飞扬桀骜，张狂炽烈，好像多少年的意气风发都回到了脸上，在一双明眸里，信马由缰。

南宫驷和多年前，他与叶忘昔二人第一次进试炼幻境时那样，侧着脸，提着剑，朝她笑道：“你们女孩子真是没用，到头来，还是要我保护你。”

说罢，他转过身，大步朝着那滚滚如潮的凶灵走去。

一步。

两步。

三步。

止。

南宫驷插剑入土，解开手上纱布，狠狠沿着锋锐的剑锋划下。

鲜血滚滚淌落，顺着剑身的血槽，流入蛟山湿润的泥土里。

南宫驷目光清凉，直视前方，毫无畏惧。

他不知道，这一刻，在站在结界外的墨燃眼里，他的身影正和前世死战不降的叶忘昔交叠，重合，最后他们形同一人，再难分离。

“血祭苍龙，得之筋骨。”南宫驷道，“阵开——！”

无数道树藤从已经皲裂的地下破土而出，霎时间泥沙俱下。那树藤和先前捆缚众人，把众人丢出去的完全不一样，那是一根根猩红色的藤，没有任何的树叶枝丫。甚至可以说，那就是一根根粗遒的血管，从蛟山深处拔地而起，瞬间攀附上每一个被珍珑局控制的凶灵。

南宫驷以一己之力，驱使千余根龙筋出土，刹那间就耗费了极大的灵力，他额头上渗出细汗，拄剑的手微微发着抖，手背上经脉根根暴突，旧伤崩裂，鲜血更是横流……

“沉之！”

他脸色煞白，颤抖地下了最终的命令。

那上千根龙筋便凶狠地把凶灵往地下拉，但那些凶灵显然也不会坐以待毙，都在竭力地嘶吼着，咆哮着，挣扎着。

南宫驷此时与龙筋共灵力，这上千凶灵在用力，在扭动，他就不得不压榨出更多的力量，通过鲜血献祭到地下，催使龙筋以更强悍的力道，把凶灵往下拉扯。

脚踝，小腿……大腿……

那漫山遍野的凶灵都在嗥叫，引颈长嘶，口角流涎。

南宫驷喘着气，大腿……依旧是大腿……

他可以感到自己的灵力几近枯竭，却还没有将凶灵都拉入地底，它们还在愤怒地扭动着身躯，用双手支撑着，想要挣脱出来。

再多一些，到腰……至少到腰……

这样才能解开结界，让外面的人进来，这样凶灵才不至于一下子挣脱，将局势瞬间扭转。

至少……

再多一点儿……

灵力耗尽，转至消耗透支灵核。

南宫驷只觉得心脏一阵钝痛，他原本就易暴走皲裂的灵核在胸腔微微发着抖，他咬紧了牙关，但血水还是顺着唇角流了下来。

再多一点儿。

腰……

很好，它们都极难动弹了，但还不是最稳固的，凶灵的力道会比活着的时候更大，埋到这里，还可能会暴起突破。

再多一点儿!

“喀喀——”灵核之力再度祭出，南宫驷只觉得一阵晕眩，支持不住跪于地面，一口血呕了出来，滴滴答答浸湿了黑色的土。

南宫驷摇摇晃晃地抬起眼皮，晃动的虚影里，他看见那些凶灵被发了狠的龙筋拖曳到了更深的地方，已埋到了他们的胸膛。

这些怪物暂时是动不了了。

南宫驷唇齿血红，笑了起来。

他听到叶忘昔在外面喊：“阿驷！够了！打开结界！你快打开结界！”

薛正雍也在喊：“快开结界啊，南宫！我们来帮你！”

“南宫，快开结界啊！开结界啊！”

喊的人渐渐多了起来，这世上，并非都是全无良心的人。

南宫驷笑着笑着，儒风门灭门之后受了那么多委屈都没有哭的他，忽然就在这时滚滚落泪。

他哽咽着，声音沙哑喃喃道：“我知道……就开了……就开了……”

他抬起颤抖的手，准备将阻拦众人的蛟山结界撤去。然而，地面却忽地一抖，随即开始微微震动——

南宫驷显然是觉察到了，他猛地一愣，继而抬起头，望着眼前的一幕，露出了难以置信的表情。

那些方才听从他的指令，把凶灵往大地深处拖曳的龙筋，忽然一根根松开，继而缠绕上那些凶灵的胸背，将它们又一个个地往上拔起……

“不可能……”南宫驷茫然道，“这不可能！”

蛟山怎么会不听从主人的命令?

哪怕是徐霜林下了相反的指令，这些龙筋也绝不可能再服从，因为对于沉眠于此的魔龙恶灵而言，南宫家族的后代都是一样的。

如果两个南宫后人，分别对蛟山下了相反的命令，蛟山只会停止目前的动作，谁都不帮，转为中立。

除非……

南宫驷陡然起了一层鸡皮疙瘩，他想到一个人。

这个念头让他浑身发抖，心脏的疼痛似乎更胜于前，他喘息着，缓缓抬头，沿着汉白玉阶，沿着密密麻麻的凶灵，往最上头看去。

一个英武威严，身材高大挺拔的男人，正沿着长阶，缓缓走下。

他披着华贵的锦袍，上头绣着蛟龙吞日月，云海翻波，每走一步，衣料上熔铸的金丝银线都会在月光下散发出如水一般的光泽，浮动潋滟。

他高挺的鼻梁上方，端端正正地绑着一道儒风门死者才会绑的绸带，遮住双眼，但那绸带不是青色的，而是黑色的，上面绣着的也不是仙鹤，而是一条焰电喷薄，指爪遒劲的苍龙。

南宫驷的脸色已经白得和纸一样，他盯着那个一步一步，从容步下台阶的男子，难以置信地瞪大了眼睛，呢喃："怎么……怎么可能……太掌门……"

月光自林叶中探出，照亮了男子刀劈斧削般英俊的轮廓分明的脸。

是他——

世上唯一能让蛟山违抗南宫家族后嗣命令，降服魔龙，将上古恶兽"鲧"镇压于塔下，开创了恢宏数百年第一仙门大派的那个人。

他是数百年前的天下第一大宗师，他是为度红尘苦难，在活着时就放弃飞升进入天界大门的第一人，他是儒风门初代掌门——

南宫长英！

蛟山生死战

虽然长英掌门是早已作古的人，但流传世间的众多绘卷上都有他的肖像，儒风门先贤堂更是供奉着初代掌门的威严玉雕，因此叶忘昔几乎是在瞬间就反应过来："阿驷，快打开结界！你打不过他的！"

当然打不过……

谁打得过？

恐怕如今修真界最强悍的宗师楚晚宁与之对战，也难有胜算。

南宫驷在发抖，但不是因为害怕，而是因为极其强烈的悲伤与愤怒——太掌门……徐霜林竟然把太掌门也做成了珍珑棋子！

疯了……

真的是疯了！

那是他们的先祖，是儒风门的魂，是儒风门的根脉，是百年来代代弟子、后嗣尊崇的神祇。

他是南宫长英啊！

南宫驷脖颈处青筋暴突跳动，他发出一声扭曲至极的咆哮，犹如虎啸山林："徐霜林！……不，南宫絮！你给我出来！！出来！！！"

余音如兀鹫盘绕，久久不散。

没有人应答他，徐霜林当然不会出来。

唯一有反应的，只是双眼被帛带蒙住的南宫长英，他微微偏过脸，苍白的手指滑动剑鞘，陪葬的宝剑出匣，龙光漫照。

他提着剑，缓缓又走下来一步。

而与此同时，南宫驷则往后退了一步，喃喃道："太掌门……"

南宫长英步履沉稳，剑尖点在玉阶上，发出刺耳的刮擦声。他的双目被遮，且这种帛带是死后以法术系上的，无法摘落，因此他并不能看清面前的路，只能依靠着声音和气味，判断南宫驷的位置。

"汝乃何人？"

忽然间，一个低沉缥缈的嗓音响起。

竟是南宫长英在说话！

“为何擅闯此地？”

听到数百年前的先祖开口说话，即便只是作为一枚珍珑棋子，也是极为震撼的。

南宫驷咽下唾沫，说道：“太掌门，我……”

“……”

他突然松开扶着的长剑，跪地叩首：“晚辈不肖，儒风门第七代嫡传，南宫驷拜上。”

“第七代……驷……”南宫长英的遗躯迟缓而麻木地重复着这几个字，而后摇了摇头，提剑而上，只说了一个字，“杀。”

兵刃相接！

南宫驷与他一击之下，只觉得手臂酸麻，先辈的力道大得惊人，一张惨白的脸逼近，呵气成冰。

“擅闯者，杀之。”

“太掌门！”

剑花缭乱，剑势凌厉惊人，铁刃与铁刃叮叮当当的碰撞下，花火四溅，疾光片雪。

薛正雍一拳捶在结界上，栗然道：“疯了吗？怎么打得过？”

谁不知道南宫长英骁勇？相传他的力量惊人，哪怕不用武器，单手也能将岩石击为碎片。

对付他？

恐怕十个南宫驷都不够自己祖宗捏来玩的。

南宫驷头脑几乎一片空白，他怎么也想不到自己有一天，居然会和儒风门的初代掌门在蛟山对招。这第一击双剑碰撞之下，他猛地被击退到十尺开外，若非及时拄剑于地，恐怕此刻他已经跪在了荒草堆里。

南宫长英举起自己的宝剑，再度缓缓逼近。

他低沉地重复着指令：“杀……”

此刻在结界外，薛正雍恼恨地不断捶击着结界，姜曦眉心紧蹙，抿唇一言不发，马庄主则干脆捂住了眼睛，“哎哟，啊呀”地不敢看，黄啸月则暗自心惊且庆幸——幸好当初自己没有抓到南宫驷，要是真的捆了南宫驷单独来蛟山，这会儿面对儒风门初代掌门的人，恐怕就是自己了。

只有楚晚宁眼睛一眨不眨地紧盯着南宫长英的举动，他觉得不对劲儿，真的很不对劲儿。

南宫长英是什么人？

只消看他降服的两只恶兽，一只是魔龙，一只则是鲧，都是上古邪兽，就知这个人的灵力有多可怕。哪怕此时他的魂魄早已离体，存留世间的不过是个躯壳，许多法术都无法施展，但是格斗显然并不受到影响。

那么南宫长英的格斗术凶悍到什么程度？

东极飞花岛附近，有一个儒风门大肆炫耀的遗迹——一个岛中湖。

这个湖说大不大，说小不小，且是死水，并无瑰丽景象，绕着它不紧不慢地走一圈，大约需要半个时辰。

然而谁都知道，这里原来并不是一个湖，而是一座小丘陵，是当年南宫长英与鲧鏖战时，几次鲧都借着这座丘陵掩护避闪，南宫长英一连数十记重拳落在山石上，最后一拳，竟将百丈高的顽石击碎，小丘陵土崩瓦解，山崩地裂，从此雨积成潭，才有了后世这个湖泊。

所以不是楚晚宁看低南宫驷，他只是觉得，在南宫长英第一剑与南宫驷对上的时候，南宫驷就该飞出百尺外，绝不可能还有爬起来的机会。

这凶灵有蹊跷。

楚晚宁的目光像雪亮的刀片刮过南宫长英的每一寸。

忽然间，他锋锐的目光一凝，落在了南宫长英提剑的那只手上，他顿了顿，脑中刹那间擦亮一团花火，他猛地意识到究竟是哪里不对了——

那边，南宫驷正费力地拄着剑，摇摇晃晃地站稳了身子，他和他养的狼犬一样，能败，但绝不会逃。他用衣袖狠狠拭了唇角的血，正欲再战，忽听得身后一个熟悉的声音说道：“往他左边打，他的左臂经脉都被挑断了。”

“楚宗师？”

“别走神。”楚晚宁立在结界外，一双褐色眸子盯着两个人拆招，“就算南宫长英断了左臂，也不能掉以轻心。”

听到楚晚宁这么说，周围的几个掌门把视线都落在了长英的左臂上，果然发觉这凶灵的左臂绵软无力，薛正雍惊道：“长英掌门死后居然被挑断了经脉？！谁做的？”

没有人答话。

但如叶忘昔这般熟悉南宫长英生平的人，已经明白过来。

谁做的？这世上有谁会挑断他的经脉，又有谁能挑断他的经脉？

正在与南宫长英交手的南宫驷紧盯着自己先祖的脸庞，与先贤堂玉雕分毫不差，就好像南宫长英还活在世上，从来没有死亡。

如果他真的还活着，如果他真的没有死，如果这几百年的岁月一笔勾销，那么自己这一刻，是不是正在接受第一代掌门的考验和指教？

“瑙白金！过来！”南宫驷的知觉渐渐回到身体里，他厉声喝来妖狼，翻身跨上，紧盯长英掌门的左臂，以极快的速度进行攻击。

眼前闪过幼年的一幕。

他站在先贤堂的宏伟玉雕前，歪头看着初代掌门的塑像。

小孩子的视角总是奇怪的，他忽然扭头对容嫣说："阿娘，这个雕像，没有做好呢。"

"怎么没做好了？"容嫣拖着华贵的衣袍，以帕掩口，轻轻咳嗽着，踱到孩子身边，仰头看着长英掌门的塑像，"不是很好吗？纤毫毕现，栩栩如生。"

"听不懂……"

容嫣叹了口气，她是个急性子，恨不能把别人要花二十年习得的学问，在两年里就塞进自己儿子的脑袋里："就是雕得很像活人，每个细节都很生动。这两个词上回不是都教过你了吗？"

南宫驷撇了撇嘴，说："可是雕错了呀。"

"何错之有？"

"阿娘你看。"他指着初代掌门的左臂，又指了指右臂，"左胳膊比右胳膊粗了一圈儿，我瞧了好久啦，肯定雕得有粗有细，一点儿都不对称，错啦错啦！"

他说着，还举起自己的两只胳膊给容嫣看，认真地给自己母亲讲道理："我的手臂就是两边一样粗的，阿娘的也是，爹爹的也是……所以这个雕错啦，让工匠来重新塑一个吧！"

"原来驷儿是这个意思。"容嫣摇了摇头，说道，"这个并非工匠之错，而是太掌门原本左右臂膀就有些差别。"

"为什么？是天生的吗？"

"自然不会是天生的。"容嫣说，"太掌门惯用左手，他左臂的力量比右臂的大得多，日久天长，渐渐地左臂就会变得比右臂粗壮遒劲。所以说，雕这个塑像的工匠非但没有弄错，反而用心得很，注意到了细微之处。"

"铮——"

两柄长刃对上，南宫驷和南宫长英脸挨得极近，隔着星火飞溅的武器，咬牙对抗。

失去惯用左手的南宫长英，对阵伤痕累累竭尽全力的南宫驷。这是一场肉搏之战。

薛正雍有了个令自己倒抽一口凉气的想法："他左臂的经脉，莫不是……莫不是他自己断去的？！"

其实不只薛正雍，在结界外观战的很多人，心中也渐渐有了这样的猜测。

儒风门自高阶弟子起，落葬之后，双眼均需以帛带施加灵力蒙住，为的只是"乘鹤遨游，目极云天"吗？

有没有可能是南宫长英多少预料到了人世百年，沧桑变幻？

所以，他在创立儒风门的时候，就已经想到了儒风门的末日，他之所以蒙住每一位下葬弟子的眼，为的就是令其不能发挥出最强悍的战力，不能为祸人间。

所以，陪他纵横一生的神武不在棺内，他拿的只是一把长剑。

所以，他在临死之前，断去了自己左臂全部的经脉，哪怕日后真的有不义之徒，拿着他的躯壳兴风作浪，也无法得到他全部的战力。

但真相终归是不得而知了。

十几个回合下来，打得正激烈，南宫驷忽瞥见太掌门的眉心微蹙，喃喃着："南宫……驷……第七代……"

结界外头，墨燃凝神盯着南宫长英的一举一动。作为踏仙君，他和在场所有正派人士所观察的点都不同，他能精准地觉察到一些没玩过珍珑棋局的人很难立刻发现的东西。

在墨燃看来，这凶灵和其余那些显然不同，它似乎一直在挣扎，想拾回生前的意识。

这也是墨燃之前所忧心的——珍珑棋局虽然是三大禁术之一，但世上绝无一个法术是十全十美的，如果一个人意志力特别强，那么施术者就必须源源不断地对其施加灵力，以压制棋子的反抗。

一旦施术者灵力供给不够了，珍珑棋子就会暴走失控，有时甚至会反噬施术者，这也是为什么珍珑棋局历代掌控者里，有不少人忽然罹患恶疾而死，或者直接经脉逆行暴毙。

墨燃面目沉炽，目光追随着南宫长英而动。

他几乎可以断定，徐霜林做不到完全掌控南宫长英。

"砰！"

猛的一声闷响让墨燃抚在结界上的五指捏紧，经脉突出。

实力相差还是太大了。

在场的每个人都看得清楚，哪怕南宫长英自断主臂，强削力道，宗师依旧是宗师，哪怕拔掉了锋锐爪牙，这个空荡荡的躯壳，依旧可以和梅含雪、薛蒙这种水平的小辈打成平手。

真想要压制住他，恐怕还是得让掌门、长老这个层次的人出招。

但是掌门、长老都进不去，结界封落，里头是南宫家族的领地，他们谁贸然闯进都会导致蛟山之灵暴起，反而会帮倒忙。

这是儒风门的内战，无人可以插手。

如果是元气饱满的南宫驷，大概真的能靠一己之力，摆平面前这个躯壳，但是他先前受的苦已经太多了。又是一次重击，南宫驷原本可以顺利闪过，然而拽着瑙白金的颈环翻身上背时，却因手掌伤口撕裂，一时脱力，没有拉住。

“呜嗷——”

瑙白金发出一声悲鸣，南宫驷手中的佩剑被打落击飞，铮地滚落到了结界边缘。

墨燃看到，那剑柄上已染透了南宫驷掌心渗出的鲜血……

“阿驷！不要打了！你出来吧！我们再想想办法！”叶忘昔朝他不住地呼喊。

人总是这样，叶忘昔自己是不会求饶的，但南宫驷是她的软肋。

她在哭，不停地哭。

墨燃前世都没有见过她这样哭泣，她这会儿真的有些姑娘家的影子了，南宫柳和南宫絮两兄弟出于私心，在她脸上死死嵌了一张刚毅冰冷的面具。

她觉得自己这辈子都摘不下这张面具，但却在看到那染满血的佩剑的刹那间，灰飞烟灭。

“阿驷……”

这一击太重了，南宫驷咬着牙，汗珠涔涔，不吭气地想要硬撑着从地上爬起来，但是一道寒光闪过，雪亮的利刃映照他的侧颜。

南宫驷微微喘息着，抬起一张与南宫长英略微相似的脸，隔着明晃晃的剑光，仰头瞪着自己的先祖。

南宫长英的剑已经悬在了他的正上方。

结界内外，霎时间一片死寂。

蛟山灵核碎

墨燃的手在暗处捏紧，他的心跳如战鼓，太阳穴处的经脉隐约抽动着，他盯着眼前这剑拔弩张的一切，内心有个疯狂的念头在嘶吼——南宫长英随时会要了南宫驷的性命。而他真的要这样站着吗？他真的能这样心安理得地站着吗？！

他在发抖，他备受煎熬，但幸好没有人瞧见他的异样，结界内的生死一线已如细沙吸水，聚拢了所有的目光。

利剑随时都会染血。

万木萧瑟，墨燃握住了袖中的暗器，指腹在锋锐的袖箭边缘摩挲着，他想做一件事，但那件事让他的恐惧像野草一样疯长……

忽然间，南宫长英的身躯颤抖了一下。

这下颤抖太明显了，谁都看得清楚。

薛正雍惊道："怎么了？！"

南宫长英看不到南宫驷具体的方位，他举剑的位置其实有些偏。但是南宫驷不能出声，一点声音，一点风的异样流动都能让南宫长英有所反应。

他苍白着脸，倔强地盯着先祖的面庞，抿了抿唇，唇角是未干的血。

"你是……南宫……驷？"

这回别说薛正雍了，许多站在前头听到这句话的人，都打了个寒噤。

——南宫长英有意识？！

墨燃的脸色也陡变，他袖中寒光一闪，那支即将派上用场的暗箭被他收了回去。他的背脊已被冷汗浸透，心怦怦狂跳。

好险……差一点儿自己就要暴露……

他为自己不必出手而感到侥幸，但随即又因自己生起的这种侥幸而感到不安和恶心。

在蛟山前，他前世与今生两个魂灵在龙争虎斗，不住地撕咬纠缠，鲜血淋漓，血肉模糊。

他不知道自己还能支撑多久。

"南宫……驷……第七……"

结界内，南宫长英高悬的剑在偏移。

一点点地，一寸寸地……

薛正雍惊愕至极："他真的有意识？"

不、不是有意识。

是在恢复意识，恢复这个躯壳里残存的意识。

墨燃知道，躲在蛟山某个角落的徐霜林，就像个拙劣的傀儡戏艺人，从没有操控过这样繁复庞大的傀儡，他快要撑不住了。

南宫长英即将挣脱他的——

"唰！"

墨燃还未来得及想完，一声穿透皮肉的闷响，令他头皮发麻，瞳孔陡缩。

刹那间——

几许无声，忽然间一声扭曲到极致的嘶喊在耳畔炸响，一剑霜寒，直刺鼓膜："阿驷！"

"叶姑娘！"

"叶忘昔！！"

左右钳制住双目赤红神情几近疯狂的叶忘昔，唯恐她做出什么过激的事情，但是人们很快就发现不过多此一举，她能做出什么呢？她不是南宫家族的人，即使是主人家的左膀右臂，在蛟山面前，也不过是个外人。

她根本进不去。

南宫长英的剑无情地洞穿了南宫驷的肩背，若是他双目能视，只怕此刻已经在南宫驷胸口开了个森寒透风的窟窿。

南宫驷僵了一下，似乎想说什么，但长英随即拔剑，倒在地上的南宫驷哇地吐出了一大口血，连支撑自己都再难做到，挣扎几次，最后颓然倒在了泥中。

不知道徐霜林做了什么，或许是捐出了灵核之力，又或许是以全部意识去死死地控制南宫长英。

这个原本快要恢复神识的躯壳，忽然又变成了杀伐决断的傀儡，他提着剑，那细细剑槽里不断有鲜血留下，于地面滴滴答答，激着月光，汇聚成一小摊阴晴不定的暗黑。

南宫驷再次想从地上爬起，但失败了，他在泥泞里，勉强只抬起了一张脸。

墨燃睫毛发颤，闭上了眼睛。

他宁愿南宫驷不要让人看到这张脸，一张原本骄傲、飞扬，从来干净、英俊的脸庞，此刻只有血和泥，几乎看不清五官，狼狈到足以让任何一个尚有良知的人感到悲凉。

尽管南宫驷的眼睛里并没有悲凉。

他眼里仍是火，仍有光。

南宫长英想要再补一剑，但一道白光扑杀而来，和他缠斗在一起，瑙白金嘶吼着，嗥叫着，杀气腾腾，不管不顾。

“阿驷……”

叶忘昔已近崩溃，而南宫驷并不看她，他只盯着姜曦不住地看，唇一开一合。

他此刻并不能发出太响的声音，但姜曦明白唇语，他负着手，一双褐色的眼睛一眨不眨地盯着南宫驷双唇的翕动。

南宫驷说完了。

姜曦道：“好……我知道。”

“呜呜呜……”

砰的又是一声钝响，瑙白金被南宫长英单手击飞，它掉落的动静远比自己主人的大，庞硕的雪白色身躯摔砸在树木林叶间，压垮了一大片枝叶。紧接着它的灵力便也支持不住，“噗”地原地起了一团烟雾，烟雾还未散去，里头踉踉跄跄冲出一只毛茸茸的白色奶狗，还不到人手掌大，竭尽全力地咬住了南宫长英的衣摆。

那是瑙白金的幼体原形。

南宫驷转头，低声咳道：“走，快走。”

“嗷嗷呜呜呜！！”瑙白金不走。

但它的这一点力道，咬在南宫长英身上，就如泥牛入海，一去不回，南宫长英根本懒得理它，他动了动手指，蛟山地动山摇，那些先前被南宫驷捆缚住的成百上千个凶灵，都被藤蔓瞬间拔出了地面。

力拔山兮。

摧枯拉朽。

南宫驷眼中闪着激烈的光泽，他竟也把手狠狠按在地上，刹那间，胸口剧痛，灵核粉碎！

他用自己修炼了二十余年的灵核，二十余年寒冬酷暑修炼的心血，孤注一掷且永不回头地含血低喝道：“沉之！”

崩裂。

他能清清楚楚地感受到心里，那个与他相伴二十年的核心，瞬间崩裂了。

很轻，像是风过春湖，吹起的波纹。

很重，像是山河破碎，滚落的土石。

最后都化作齑粉。

那一瞬间，南宫驷模糊地感到一丝宽慰，原来灵核力竭破碎，是这种滋味。

虽然疼，但也并不是撕心裂肺的。

那，阿娘死的时候，应当没有受太多的苦吧？

只在须臾，就都没有了。

恶龙之灵竟真的因为他的献祭而微微颤抖，那些原本将要松开的血藤忽地又合拢，紧紧攀附住那些将要破出的凶灵。南宫长英略微扬起下巴，低沉地“嗯”了一声，而后一步步走到南宫驷面前，站住。

南宫驷此时一步都走不动了，失去了灵核，他与普通人毫无分别。

他甚至连自己的佩剑都不能再召回。

他喘息着，仰着脸，眼里倒映着月光，也倒映着南宫长英逆着光的脸庞。

“太掌门……”

南宫长英蒙眼的缎带在寒风里猎猎飘飞，他原地站了一会儿，手指尖又动了动，但蛟山之灵因为南宫驷灵核的献祭，一时间对于原主人的指令不能马上反应，因此那些血藤还是毫无动静，甚至缓缓拽着暴动的凶灵，继续往地底沉。

但是南宫驷知道，快支撑不住了。

只要南宫长英有心下狠劲儿去命令，蛟山最终听从的绝对还是第一任主人的指示，他并不能改变这一切。

虽然并不能改变，但是他仍旧会付出这样的代价去做，尽其力而为之。

无愧于心。

结界外，墨燃咬紧了唇，袖箭又在指尖了，他脸庞的线条绷到极致，他的手在衣袍之下微微颤抖。

结界内，南宫驷说：“太掌门……对不住，我还是……什么……什么都没有做到……”

先祖的佩剑又举了起来，南宫驷正欲缓缓合上眼眸。

忽然，就在他即将引颈就戮的那一瞬，他看到南宫长英咯咯地转动脖颈，艰难地从牙槽缝里挤出一句话：“你……叫作……南宫……驷？”

南宫驷蓦地一凛，声音沙哑道：“太掌门？你……你有意识吗？你……你能明白我的话吗？！”

后面的句子墨燃已经听不清了，但所有人都能看到南宫长英手下的动作忽然缓了下来，并且嘴唇微微启合，显然是正在和南宫驷说话。

“我……不应……与你……斗……”

南宫长英的剑仍悬着，但是他喉咙里却断断续续地发出轻微的声音。

“我心中尚存……往昔记忆……我死前，曾忧心后世会有异变……”他刚刚恢复神识，言语并不清晰，声音沙哑道，“不承想……果有今日。”

南宫长英顿了顿，又继续：“南宫……驷，一会儿……在我……在我念完咒诀后……你立刻……把弓箭取走……我……”

弓箭？什么弓箭？

南宫驷脑中嗡嗡作响，一时没有反应过来，但南宫长英已长剑一转，唰地与地面刮擦而过，发出龙吟般的长啸。紧接着他往后掠了数尺，衣袂飘飞，形如谪仙。

南宫长英颤抖着，此刻勉强使唇舌摆脱施术者控制的他，每讲一个字，都要损耗极大的力量。

“穿、云，召、来。”

他几乎是一字一顿地说完这句话，蛟山腹地忽然发出一声清越长吟，南宫驷面前的土地轰然裂开，滚滚下落的泥沙之中，一把深蓝色角弓不住鸣响，映亮了漫漫长夜。

众人悚然，即便楚晚宁这般沉冷之人，都微微色变。

传说中儒风门初代掌门的随葬神武——

穿云！

“快……拿走！”南宫长英声音沙哑道，他剧烈地颤抖着，好像在与看不见的蛛丝引线对抗，竭力不让自己上前去拿起神弓穿云，“穿云之箭，可焚血肉之躯……烧。”

南宫驷其实已经明白了他的意思，但这刺激实在是太大了，他难以置信，所以他干涩地开口问：“烧什么？”

“我！”南宫长英忽然怒而暴喝。

“太掌门！”

“别让我的躯壳……做出……我生前……最痛恨的……事情。”南宫长英长身玉立，衣袂萧飒，落下百年后的最后一个字，“烧。”

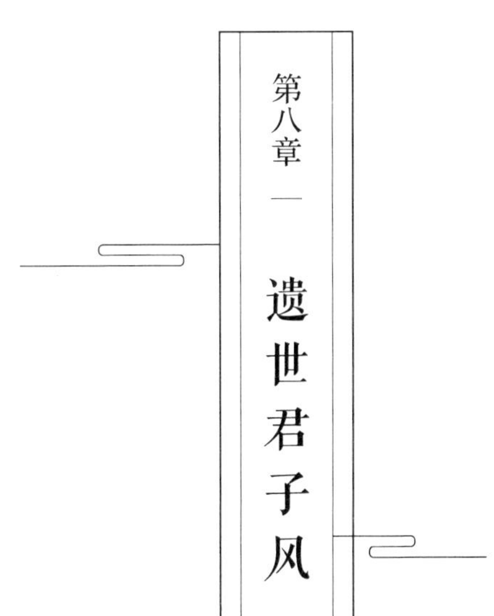

第八章 — 遗世君子风

蛟山残躯焚

修真界千来以来，英豪辈出，而如今能列在“仙君谱”上的，只有十个人，南宫长英是其中之一。

从前，墨燃并不以为然，他曾经用一根小指头就碾碎了儒风七十二城，他只觉得这仙城里窝藏着数以百计的废物脓包，刀还未架到脖子上就开始喊疼，剑还没劈下去就开始求饶。

正如前世子叶忘昔临死前所说的，煌煌儒风七十城，竟无一个是男儿。

在墨燃眼里，儒风门是一盘散沙，而聚拢了这一盘散沙的南宫长英，又能是什么了不起的人物？

血迹斑驳，百年基业在瞬间被后来者夷为平地。当年的踏仙君拾级而上，他脸上没有任何表情，推开了先贤堂的大门——

他披着及地的黑色斗篷，穿过挂着儒风门历代掌门、长老肖像的长廊，最终停在了先贤堂的尽头。

踏仙君仰起脸，斗篷加身，兜帽之下，瞧不清他一整张脸，只能看到他苍白的下巴，凌厉嚣张，微微抬起，用审度的姿态，打量着那尊比真人更高的雕像。

那是尊由白玉灵石所雕的塑像，雕的是一位宽袍广袖的年轻仙君，凭虚御风，持弓而立，匠人工笔遒劲，巧夺天工，用鲽晶石镶嵌眼珠，浣晶砂涂抹衣冠，泛着血腥味的晨曦从雕像后的镂花天窗洒落，令他瞧上去就像沐浸着九天神光的谪仙。

踏仙君兜帽下的那半张脸，忽然展露笑容，露出森森白齿，甜蜜酒窝。

他整理衣冠，长作一揖，而后抬起那张清俊的脸庞，笑盈盈地说：“久仰啦，南宫仙长。”

雕像自然不会说话，只有那双黑色晶石流泻着光泽，像是在凝视着来人。

踏仙君当真是无聊极了，没人理睬他，他也依旧能自得其乐地做戏良久：“晚辈墨微雨，今日有幸拜会，南宫仙长当真好神气啊。”

他嘻嘻哈哈，热热闹闹地一个人讲了很久，活人对着雕像发神经。

"我见过了你的玄玄玄玄……"他掰着手指，然后叹了口气，"算不清了，谁知道是你的第几代子孙，见过了你的不知道第几代外甥，你座下的不知道第几代徒弟。"

然后他粲然一笑："不过如今他们都成了我的刀下鬼啦，所以仙长您若还未投胎，大约也已经见过他们了。"

"可惜没有瞧见您的玄玄玄玄玄孙子。那家伙在城破之前就逃啦，我也不知道是死是活，多少有些遗憾。"

他又开开心心，装模作样地与那雕像亲昵至极地聊了一会儿天，然后道："对了，我听说南宫仙长当年也是一代人杰，众望所归，走到哪里都有人誓死效忠追随，甚至还有拥护仙长称帝的。"

墨燃笑眯眯地道："那岂不就和我今日一样威风？所以我来这趟，前头说的都是废话，我只是有个疑问——不知南宫仙长当年为何拒而不登基呢？"

他顿了顿，又往前走了几步，这时候他的视线落在了南宫长英雕塑后面立着的警言碑上，其实这块碑那么大，他一早就瞧见了，只是一直刻意略过。

石碑上的文字是南宫长英九十六岁那年，用剑凿刻下的，当初朴实无华，但后来又被子嗣添了金粉荧彩，如今瞧来倒是熠熠生辉，字字千金。

墨燃盯着看了一会儿，笑道："哦，我明白了。'贪怨诳杀淫盗掠，是我儒风君子七不可为'，仙长真是好风骨。"

他负手而立，继续道："仙长皓白一世，清誉加身，又对后世谆谆教诲，至死方休，但我很好奇，仙长有没有料想过有朝一日，儒风门会变成今天这个局面。"

他说到这里，抿了抿唇，似乎在想一个合适的措辞来形容，而后他想到了，于是他拊掌笑道："一窝硕鼠？"

他说完，哈哈笑了起来，笑容痛快又恣意，纯澈又邪狞，久久回荡在空寂肃穆的先贤堂，声如裂帛，像要撕碎那一幅幅微微随风摆动的画卷，撕碎历代儒风门英杰的肖像……

那笑声最后停在了南宫长英冰冷的雕塑前，戛然而止。

墨燃不再笑了，他收敛了笑容，面上缓缓地凝起一层冰。

他漆黑的眼睛盯着对面的前朝先贤，盯着当年那个与他一样，可以号令天下，踏尽诸仙的人。

好像时空在此交会，两个时代的第一仙君在岁月的洪流里对峙着。

最后，墨燃轻声说："南宫长英，你的儒风门是一潭脏水，我不信你会干净。"

他蓦地挥袖转身，大步走出先贤堂，忽然起了一阵狂风，吹落了斗篷的兜帽，终于露出踏仙君那张近乎疯狂的脸。

他有着世上首屈一指的英俊容貌，是当之无愧的美男子，可这张脸上，却盘踞着世间无二的凶狠毒辣眼神，犹如食腐兀鹫。

黑色的衣袍犹如浓云翻墨，沿着长阶滚滚而下。

他是人间的厉鬼，红尘的修罗，他举目望去，到处是儒风门弟子的遗骸，踏仙君不接受降兵，除了那个姓宋的女人尚可留着，其余人，赶尽杀绝。

那一刻，墨燃心中生起残忍至极的快意，他看着天边绚烂的朝霞，旭日刺破云层，一道刺眼的金光照在他血色浅淡的脸上。

他闭上眼睛，深吸了一口气，手在袖中捏紧，因为狂喜与激动而微微战栗。

他原是那样一个命如草芥之人，年幼时曾在沂州地界讨食要饭，曾亲眼见到母亲活活饿死，连个裹尸的草席都没有。那时候他请求一个儒风门的修士给她置办一副棺材，最薄、最差的就好，但是那个人对他不无讥谑地说了一句话——

那个修士说："什么人就该配什么棺，命中三尺，你难求一丈。"

他没有办法，于是想把母亲就地掩埋，但沂州管制森严，最近的一个乱葬岗在岱城之外，翻过两座小丘才能抵达。

他就拖着母亲的尸体，一路受着嫌恶的、鄙薄的、惊讶的、同情的目光，但是没有人帮他，他走了十四天，一个小孩拖着一具女人的尸体，十四天。

十四天。一个愿意帮助他的人都没有。

他一开始还会跪在路边，恳求过路君子、马夫、农人，用木板车带他和阿娘一程。

可是谁会愿意把一具素不相识的尸体往自己的车上放呢？

后来他也不恳求了，只是咬着牙，拖拽着母亲，一步一步地走着。

尸体僵硬了，又软化，腐烂了，过路人无不对他退避三尺，掩鼻走开。

第十四天，他终于走到了乱葬岗。

他身上已经没有活人的气味了，臭味弥漫到了他的骨髓里。

他没有镐，就用手在乱葬岗下刨了一个浅浅的坑——他实在没有力气挖一个深坑了，他把阿娘拖到坑里，然后呆呆坐在旁边。

过了很久，他木僵地说："阿娘，我该把你埋掉啦。"

他就开始掬土，才掬了一抔，撒在了娘亲的胸口。他崩溃了，痛哭起来。

真奇怪，他以为眼泪都早就已经流干了。

"不不不，埋了就见不到了、埋了就见不到了。"他又爬到坑里，伏在阿娘的尸体上号啕，眼泪簌簌滚落。等到情绪稍缓，他就又去掬土，可那泥土像是有某种可以打开人泪腺的气味，他又溃不成军了。

"怎么都烂成这样……都烂成这样了啊……

"为什么连个席子都没有……

"阿娘……阿娘……"

他拿脸去蹭她，他没有嫌弃她脏、她臭。

他伏在她怀里痛哭流涕，哽哽咽咽撕心裂肺，声音像是从喉管里染着鲜血挖出来的。

乱葬岗回荡着他的哀鸣，那声音扭曲嘶哑，含混不清，有时候像是人的哭声，但更多时候却像是幼兽失去母亲后的哀鸣。

"阿娘……阿娘！

"来个人啊……有没有人……来个人把我也埋了吧……把我也埋了吧……"

转眼，二十年过去了。

墨燃回到沂州，站在儒风门碧瓦飞甍的山巅琼楼上，立在尸山血海前。

当年那个满身脏臭的幼崽已变得皮毛鲜亮，獠牙锋锐，他再次睁开眼睛，瞳仁里闪动着疯狂而激越的光华。

今天他站在这里，谁还敢跟他说命中三尺，你难求一丈？

荒唐！他要十丈，百丈，要千丈万丈！

他要他们——要这尘世间每一个人——都跪下来，膝头蹭着地，把他的千丈万丈百万丈跪着呈上来——

踏尽诸仙，为尊天下！！！

他进过了先贤堂，见过了南宫长英，越发确定了自己的欲望与野心，是的，踏尽诸仙，为尊天下，什么都可以握在掌心里，什么都能拿捏住把握住。

他再也不会是当年那个抚尸痛哭的孩子了，他再也不会让喜爱的人在他面前死去，在他面前腐烂、肌肤生白骨、昔颜朽成泥。

再也不会了。

百年之后，他也将成为南宫长英那样的天神，受人供奉，高山仰止，白玉为身金粉篆字。

不，他会比南宫长英更好，他的死生之巅，会远胜当初的儒风门，而他这个修真界的第一位君王，也会比南宫长英那个拿不起放不下的伪君子更叫人叹服、更叫人称颂。

罪孽？

他不信南宫长英没有罪孽，能缔造出儒风门这种怪物的人，怎么可能会是个舍生取义，一身正气的浩然君子？

不就是"贪怨诳杀淫盗掠，是我儒风君子七不可为"吗？漂亮话谁不会说？他墨微雨死前，大可以找人替他想出些精彩绝伦，令人交口称赞的醒世恒言，大可以找溜须拍马之徒替他撰写史书，过往黑暗一笔勾销，从此他踏仙君也是"心系苍生万民、一举霸业宏图"的圣明之主。

当真好极了。

没有什么结局，会比这个更好了。

“贪怨诳杀淫盗掠……是我……儒风君子……七……不可为……”

一声微弱的呢喃却如惊雷，炸响耳畔。

墨燃蓦地从回忆的泥淖中抽身，但他眼前还是一片星火凌乱，他抬头望向结界内，已被南宫驷用穿云之箭洞穿胸膛的南宫长英。

——和当年那尊玉雕一模一样的脸。

有人在惊呼：“南宫驷都伤成那样了，怎么拉得动穿云弓？！”

“那弓是早就备下的吗？！”

“瞧啊，弓上有附着的灵力……不是南宫驷的！是……是……”

没有人说下去。

但众人都心知肚明。

那是南宫长英的。

能拉动穿云神弓之人，唯有南宫长英。

那弓箭上，有南宫长英死前留下的最后一道灵流。

烈火在南宫长英的胸口迅速蔓延，穿云之箭扎在他的心房，火势瞬间扩散到了全身——

但躯壳是毫无痛觉的，南宫长英的躯壳在火焰之中显得那样挺拔，面容显得那样安详平静，甚至是从容不迫的。

墨燃听到旁边薛正雍喃喃道：“他早就预料到了？……他……他早就预料到会有这样一天了吗？”

不……

不会是早就预料到的，这不过是巧合。

墨燃觳觫，瞳孔拧成两道细缝——

这只是巧合！

可是他又如何能够说服自己？能挣脱珍珑棋子的掌控、早已断了的经脉，甚至埋藏在蛟山之中，不曾随葬的神武穿云，还有穿云上注满了灵力的弓箭。

——若非精心安排，又怎能做到这步田地？

他踉跄着后退了一步。

他曾以为他们是一样的，他曾以为这世上所有传奇的英豪，都不过生了一双可以遮天的手，可以把一生的污渍擦拭干净，穿上干干净净的寿衣，留下一片洁白。他以为南宫长英和他所见到的儒风门一样，都不过是徒有其表，戴着张人皮面具的恶兽！

他错了吗？

他看着被熊熊烈火包裹着的南宫长英——数百年前，那个与他一样，灵力惊人，有通天彻地之能的仙长。

他错了吗？

什么都淹没不掉罪孽，写得再冠冕堂皇也会留下无法自圆其说的瑕疵，悠悠之口从来堵不住。

南宫长英是至善之人，拒不称霸，亦不飞升——他曾以为那不过是权力巅峰之人对自己的粉饰与掩藏。

他错了吗……

什么都埋藏不了真相，就像沉积一冬的雪会消融，苍茫白色褪尽之后，大地露出沟壑纵横的脸庞，所有皱纹里藏纳的污垢都无处可逃，阳光照下来，它们都在白昼里嘶声尖叫。

他……错了吗……

墨燃缓缓摇头，紧盯着南宫长英，南宫长英也已抬起了脸庞，他依旧蒙着那绣有腾龙纹饰的黑色绸带，没有人可以瞧见他的眼睛。

可是不知是不是自己的错觉，墨燃觉得南宫长英似乎在笑，那黑色的绸带之下有笑纹漫出，火烧不尽，水涤不掉，什么都遮不住那浅浅的笑痕，他在一片火海中，在热烈的光芒里，安静地立着。

如果可以，他也想自私一回，留下这一具残身，常伴青山翠柏，后世英豪。

人间太美了，谁都不想走。

可是他亦清楚有时候不走不行，所以早已有过计较打算，断筋藏弓，未免日后躯壳为人所用，为虎作伥。

人间太美了，有花就够了，不该染上血。

“太掌门……”南宫驷握着穿云神弓，跪在地上，火光映亮了他年轻的脸，也映亮了他脸上的泪痕，“晚辈不肖……”

穿云之火烧去了南宫长英体内的珍珑黑子，他快要被烧成灰烬了，整个躯壳都在火光中越来越淡。

完全得归自由的南宫长英，问了南宫驷一句话：“儒风门建立，已过了多少年？”

他不过是个躯壳，魂魄已不在了。

留存的记忆与意识并不多，所以要问，也只能问这样简单的事情。

南宫驷不敢怠慢，哽咽着答：“儒风门建立，已历四百二十一年。”

南宫长英歪了歪头，这下他连唇角都有笑意了。

他说：“好久。”

那声音渺然，像穿过山林泠泠的风，散落无踪。

“我原以为，两百年就会结束了。”南宫长英的嗓音温和宽厚，流过蛟山草叶，“世间万物均有寿数，寿数到了，非人力可续之。何况衰老终有一日会被年轻所取代，破旧终有一日会被崭新所取代。什么东西用久了，都会变脏、变旧，有人将其丢弃，将其推翻，这是好事。驷儿不必自责。”

南宫驷蓦地抬起头，他因失血过多，面色已如纸一般白，他嗓音微颤：“太掌门！”

“其实儒风门存世多久，并不在于门派建立几年，保有多少门徒——”南宫长英的身影几乎已经淡得看不到了，声音也越来越悠远，“而在于这世上仍有人谨记‘贪怨诳杀淫盗掠，是我儒风君子七不可为’。”

他说着，衣袖轻拂，刹那间蛟山草木震动，藤蔓四起，将那些即将摆脱钳制的躯壳，统统沉入了大地深处。

“记而行之，薪火已承。”

说完这句话，南宫长英的身躯便在烈火中蓦然分崩离析，化作点点流萤齑粉，金红星光，飘散在茫茫山林之间。

躯壳已消，而余音未散。

结界内，南宫驷早已泣不成声，结界外，叶忘昔跪了下来。她跪了，陆陆续续有其他人跪下来，一世长英，南宫仙长——

生前死后，都是豪杰。

蛟山堕为奴

偌大的蛟山恢复平静，血藤消失了，被珍珑棋子操控的凶灵也都沉入了大地深处。南宫长英最后对蛟龙之灵下的是死命令，哪怕是他的后代，也无法再行逆改。

月白风清，照着满地狼藉。

南宫驷手中的穿云弓也在射出最后一箭后，因为失去了南宫长英的灵力，而渐渐变得暗淡无光，最终封沉。他滴血于地，几乎是在结界解开的一瞬间，叶忘昔就奔了过去，跪在他身旁："你不要动，不要乱动。"她的嗓音是颤抖的，"我替你疗伤……"

"算了吧，本来还能活蹦乱跳，被你治一下，我大概就要去见太掌门了。"南宫驷轻轻咳嗽着，推开叶忘昔，黑眸子望向姜曦，"姜掌门，还是劳烦你……"

姜曦颔首道："我来。"

他是药宗之主，他愿意施以援手，自然是旁人所不能及的。

姜曦玉白色的手指尖搭在南宫驷的腕上，几乎是刚一碰到，他的瞳仁就微微缩小，而后一语不发，与南宫驷对视着。

他能清楚地感觉到，南宫驷的灵核已经粉碎。从此之后，和寻常人也就没有什么区别，再也不能施展法术、动用灵力了。

这件事南宫驷自己不可能不清楚，但叶忘昔就在身边，于是他看着姜曦，微不可察地轻轻摇了摇头。

"怎么样？姜掌门，阿驷他怎么样？"

"……"

姜曦沉默着将手撤回，而后从乾坤袋中取出一个浅绛瓷瓶，交到叶忘昔手中："无甚大碍。所受创伤，都不在要害处，姑娘可以放心。这个药粉你且收着，每日敷于患处，最多十日，也就痊愈了。"

姜曦说完，又将灵力凝于指端，接连点过南宫驷身上几处穴位，最后掌心覆盖于剑创处，血不一会儿便止住了。做完这一切，姜曦起身，对众人道："此地不宜久留，或恐生变，上山吧。"

他转身离去，身后叶忘昔和南宫驷的对话却依旧飘落到了耳中。

他听到南宫驷低声对叶忘昔道："都说了没事，过几天就好了，你还哭什么？唉，怎么就变得这么没用，好啦好啦，不就那么一些小伤吗……"

姜曦闭了闭眼睛。

他想到方才在结界内，南宫驷以为自己命悬一线时，对他所说的那几句唇语。他叹息着，率众踏上了通往宗祠天宫的长长白玉阶。

从山脚到山顶还需经过三道关卡，都得以南宫家族的鲜血涂抹，才能顺利通过。不过南宫驷此刻倒是不需要再割破手指滴血了，他已是一身的伤，随便点一点都能驱散结界迷障。

一路向上，再未遇阻。

当南宫驷把鲜血抹在白玉雕龙的龙眼上时，最后一道沉重的封石巨门缓慢而庄重地沉入地底，蛟山山巅的天宫便赫然展现在了众人面前。

那是一座仙气缭绕的神宫，宫门外有一片茂密的树林，他们此刻就站在树林外，隔着花藤缤纷，流水淙淙，可以看到一座通天的长阶遥遥向上，修足了九千九百九十级，台阶是那么高，以至于最上面的宗祠恍如卧于云端，只能瞧见缥缈虚影，在月色的浸润下散发着莹莹华光，如广寒宫，似凌霄殿，不知天上人间。

几乎所有人乍一眼见到这座宗祠，都被它的壮阔雄伟以及鬼斧神工震撼到了，而后才是愤怒、嫉妒、贪婪、垂涎……各种感受涌上心头。

其中最令人无语的是马庄主。

他一拍额头，哀叫一声："我的妈呀，这么长的台阶，这蛟山上又不能御剑，用脚走得走到什么时候？这又是一座山啊！"

黄啸月则笑道："老夫不怀恶意，只是开个玩笑——依老夫看，南宫长英仙长果然不必飞升，他都能造出这样的天宫了，在人间和在天上，又有什么分别呢？"

忽听得有人冷冷地道："儒风门天宫，始建于第三代掌门南宫誉，历两代之手，竣工于第五任掌门南宫贤之手。这座天宫，与南宫长英并无关系。"

黄啸月："……"

他回过头，对上的是楚晚宁极其寒凉的一张脸，墨燃一看这张脸就知道楚晚宁差不多忍到极限了，只要再添把火，当年彩蝶镇天问抽人的旧事，恐怕就能重演。

楚晚宁冷冰冰地说："和黄仙长一样，我也没有任何恶意地奉劝一句，书未读通透前，最好先学会谨言慎行。"

黄啸月素来要颜面，当着众晚辈，被楚晚宁这样不留情面地点破，一时极为难堪，嗫嚅正待说出反击的话来，忽听得姜曦道：“黄啸月，南宫仙长的清誉岂容你玩笑？”

姜曦说话，地位和立场不言而喻，黄啸月刹那间面如土色，但还是强作镇定地干笑两声：“姜掌门何必当真呢，老夫都说了，不怀恶意……”

“我难道要因为你说了不怀恶意，就纵容你的恶意吗？”姜曦冷冷转动眼珠，斜睨着黄啸月，他连正眼都不想给他，“我难道要因为你的衰老，就忍耐你的愚昧无知吗？”

“……”楚宗师是宗师，但说到底，他只有本事，没有实权。但姜曦不一样，如今是孤月夜咳嗽一声，修真界都要跟着抖三抖，黄啸月冷汗涔涔，顿时不敢再多言。

姜曦一拂衣袖，冷然进了树林，朝着树林尽头的长阶走去。其余掌门都或是鄙夷或是同情地瞥了一眼黄啸月，当然也有彻底无视黄啸月的，纷纷跟上离开了。无悲寺的方丈还叹了句“阿弥陀佛”，如果不是情况所迫，墨燃大约真的能笑出声来。

他们走在林中，但是没走几步，南宫驷就“嗯”了一声。

姜曦问：“怎么了？”

“橘子树……”南宫驷环顾周围，到处都是橘树，开着洁白的橘子花，“怎么会是橘树？这里原来栽种的都是龙女灵木啊。”

“看那边！”他话音未落，忽有个眼尖的小修士指着远处的泉眼低声道，“那儿有个人！”

众人循着他的手指望去，果然看到叮叮咚咚的山泉旁，一棵枝繁叶茂的橘子树下，一个男人背对着他们坐着，正埋头倒腾着什么。

薛正雍皱眉道：“是人是鬼？”

墨燃道：“我去看看。”

他的轻功极好，疾掠过去不过转瞬，轻巧无声地就隐匿在了附近的树林中，而后谨慎地绕过去，绕到侧面。

他怔住了。

因为他看清了那个男人的脸。

那是南宫驷的父亲，儒风门的末代掌门。

——南宫柳。

怎么回事？南宫柳不是被喂下了凌迟果吗？！原本应该历经三百六十五日的凌迟酷刑而死，可他为什么此刻看上去皮肉完整，老神在在，甚至心情很好，正坐在清澈的泉眼旁边……

洗一筐橘子？？

清泉漾开一轮一轮波光，银色的明月磨碎在泉水中，照着南宫柳的脸庞，他带着一种近乎做梦般的神情，哼着小曲，将洗过的橘子一个个沥水，而后放到旁边的背篓里。

“弱冠年华最是好，轻蹄快马，看尽天涯花。”

南宫柳轻轻地哼唱着，衣袖高卷，两只胳膊都浸在清水里，胳膊完好无损，并没有吞服了凌迟果之人会有的斑驳伤疤。

墨燃眉心拧成一个“川”字，他能清楚地感知到南宫柳身上的不对劲，这个人显然已经被做成了珍珑棋子，并且跟坟冢里的那些躯壳不一样，南宫柳显然保留了很大一部分自己的意识，光看他的行动举止，和一个正正常常的活人并没有太大分别。

“怎么样？”

薛正雍见墨燃很快去而复返，立刻焦急地问道。

墨燃先是看了一眼南宫驷，而后低声说：“是南宫柳。”

在场有不少人都与南宫柳有仇，当场便有修士刷地拔剑：“那个畜生！我这就去杀了他！”

南宫驷目光黯淡，面色焦灰，垂头闷声不响。

墨燃道：“有蹊跷，这个南宫柳显然也是被珍珑棋局控住了，但奇怪的是他身上没有半点儿吞服过凌迟果的疤痕，我觉得还是不要贸然惊动他比较好。”

楚晚宁思忖后问：“凌迟果的功效，能消除吗？”

这种问题孤月夜最擅长，寒鳞圣手道：“可以是可以，就是比较麻烦。我觉得徐霜林不至于给他塞了个凌迟果，然后又大费周章地帮他把诅咒解开，这样做完全没有意义。”

姜曦道：“不管怎样，南宫柳在这里，徐霜林应当就在宗祠里，这次我们总算没有再白跑一趟。”

他正这样说着，余光却忽然瞥见远处有个影子在晃动，姜曦转头，其他人循着他的目光看过去，瞧见儒风门的前任掌门背着满满一筐橘子，从树林里走了出来，他手里还拄着根芒杖，当当点着地，步履轻快，等他离得近了，就可以看到他脸上居然还挂着粲笑。

南宫驷原本都已经下定决心不去看的，可是最终还是没能忍住，他抬头望了一眼自己的父亲，睫毛便如风中之絮，簌簌抖动——他说不出自己此刻是什么感受，恨、心疼，还是别的？

他不知道，他想移开目光，可那个身影却像鱼钩，钩住了就再不可能松开。

这个时候，忽有按捺不住的人暴喝一声：“南宫柳！今日便叫你血债血偿！”

“嗖”的一声，羽箭离弦，直取南宫柳的后脑。

其他人要阻止已经来不及，但所幸那人箭术不佳，偏了些，这支啸叫着的长箭便径直刺入南宫柳身后的背篓里，扎穿了好几个浑圆的橘子。

顿时有不少人都在心中暗骂，但此刻再计较是哪个傻子放的冷箭已经毫无意义，重要的是南宫柳已经觉察到了他们的存在，缓缓将头转了过来。

看到了山林间站了那么多人，南宫柳先是愣了一下，然后就朝他们走来，脸上依旧是那种虚无缥缈的色彩。

他越走越近，很多修士已经将腰间佩剑亮出了数寸，一双双眼睛都极为戒备地盯着他，南宫柳在这上千道目光的逼视下，似乎终于感到了一些压力。他有些迟钝地停下脚步，在摇曳的树影间站定。

“诸位……”

他一开口，死寂就被打破，顿时有好几十个人没有忍住，下意识上前一步，有几个人连剑都整个出鞘了。

南宫柳却忽然展颜笑了，这张笑脸，站在阵列前端的几位掌门都很熟悉，这就是南宫柳曾经面对大家时那种谄媚又热情的笑容。

踏雪宫宫主一愣：“这……”

几位掌门面面相觑，都觉得这枚棋子实在太诡异了，不知道葫芦里卖的是什么药，而此时，就见得南宫柳掸了掸左右衣袖，把袖子都撸下来，而后居然双膝跪地，朝成百上千个修士磕了个恭恭敬敬的响头。

“啊呀，奴才南宫柳，这厢有礼，诸位贵客远道而来，有失远迎、有失远迎——”

随着他磕头的动作，他背后满箩筐的橘子骨碌碌地滚出来了大半，全部撒在了周围。

南宫柳磕完了头，又跪在地上，毫不害臊地放下背篓去拾那些橘子，在一众人目瞪口呆的注视之下，把橘子又整理好，而后搓手笑道：“诸位贵客，可是要去见陛下呀？”

陛下？！

墨燃瞬间起了一身鸡皮疙瘩，毕竟他被人这样称呼了近十年，听到“陛下”二字，竟还习惯性地感到是在叫自己。

而另外几位掌门则一头雾水，你看看我，我看看你，薛正雍甚至苦笑一声，居然一时没人接得上话。

南宫柳见大家不理他，有些疑惑地挠了挠头，又小心翼翼地问了一句：“嘿嘿，诸位贵客，可是要去见陛下呀？”

姜曦：“……”

南宫柳有些气馁，但还是重复着问：“诸位贵客，可是要去见陛下呀？”

“……”

“诸位贵——”

墨燃不动声色地问他：“陛下是谁？”

“陛下就是陛下。”南宫柳见终于有人理他了，显得很高兴，说道，“你们要见陛下的话，得一直往上走，不过他很忙，可不一定有工夫搭理你们，他有天下大事要打理呢。”

薛正雍终于憋不住了，饶是这样剑拔弩张的气氛，他还是忍不住哈哈大笑起来：“天下大事？哈哈，什么天下大事？管着一个山头的死人，跟自己下下棋，玩玩提线傀儡，这也叫天下大事？哈哈哈……徐霜林这个人，他也太……太逗了。”

墨燃眉宇之间则隐约笼着一层不安的阴翳，他接着问：“意思是他此刻就在天宫里，虽然很忙碌，但我们可以去见他，对吗？”

“对呀。”南宫柳道，“你们当然可以去见他，如果他闭门谢客，你们在城里等着就好，陛下忙完了，自己就会出来的。不说了不说了，我也要到上头去了，上头的橘子又吃完了，得快些补上，不然一会儿陛下该生气啦。”

他说着，径自就去了，留得众人面面相觑。

“怎么办？”

“上去吗？”

“会不会有诈啊……”

但墨燃已一马当先地飞掠而上，步履迅疾，很快就把一个人晃晃悠悠背着橘子往上爬的南宫柳抛在了后头，也把其他人都抛在了后头。

他最终喘着气，率先抵达天宫，站在正殿大门前，仰起头，这才发觉这座宫殿究竟有多壮阔磅礴。仅是两扇宫门便有参天蔽日之势，上面阴刻着从黄泉到碧落的浮雕，大门左边是腾龙吞日，右边是火凰吐月，日月交辉，华光熠熠，龙身鳞甲缝隙以纯金填铸，气势惊人，凤翎尾梢均镶珠玑，迤逦曳地。宫顶梁椽悬有鲸油青铜千叶灯，灯火万年不熄灭，在这千万道烛火的映照之下，这座通天门更是金碧相射，锦绣流光。

墨燃本以为这道门极沉重，开启甚难，然而手指触上门面，只是轻轻一碰，随着轰隆隆的雷霆闷响，龙凤天门竟是不消他再用一分力气，缓缓向内缩去……

而就在看清天宫前殿的一瞬间，墨燃整个人震惊呆立在了原处。

这……这究竟是怎样的一个诡谲景象？！

蛟山梦魇起

他走在天宫前殿长长的中轴步道上，脚下每一块砖石都光可鉴人，剔透如薄冰，映照着他的身影。

当。当。当。

一步一步，脚步声在空荡荡的大殿内孤寂地回响。

但是墨燃并不孤寂，他并不是一个人，他此刻站在望不见尽头的儒风门宗祠前殿的步道中央，两边密密麻麻的全是人，男人，女人，老的，幼的，一张张神色各异的脸。

他站在中间，这里俨然就是一座小小的城池，在他的左手边，儒风门的亡灵，对不起徐霜林的那些人，都成了卑贱之人，以各种刑法处死，而后又复生，复生又处死。而右手边则歌舞升平，自在逍遥。

他甚至看到了罗纤纤，那应该不是真正的她，而是别的受黑子操控，和金成池那些蛟人一样。

罗纤纤绾起发髻，此刻正和丈夫陈伯寰在一起，两个人瞧上去安逸又悠闲。

他还看到了陈员外的小女儿，正坐在自己的哥哥与嫂子身边，笑吟吟地和他们说着话。而罗纤纤则依偎着陈伯寰，听到有趣处，便以袖掩嘴，弯着眉眼笑得粲然。

这般景象美好梦幻，却看得墨燃背后阵阵发凉。

他在这条长长的走道里踱步，一半地狱，一半天堂，善恶被分得很清晰，左边是欢声笑语，右边是苦痛呻吟。

他往前走，好像在水与火、光与影中穿行。他往左看，百蝶纷飞花团锦簇，一道水流自梁柱后面淙淙淌出，里头淌着的是清冽的酒，酒河旁边，有人在悠闲地看书，有人在吟诗作赋，孩童嬉笑，女子醉卧理云鬓。

他往右看，鼎镬滚烫，烈火烹油，一具具扭动着的肉身被浇上滚油，被拔舌穿心，人们互相诅咒，互相撕咬，眼里闪动着野兽般的寒光。

他还看到了无悲寺的前任方丈，就是那个一手谋划了灵山大会黑幕的老和尚。那老和尚被三个人围绕着，每个人手里都拿着把生锈的小钝刀，正分别割老和尚的脸、双腿和胸膛，一刀又一刀，伤口很快又复原，于是周而复始，那老和尚在不住惨叫着，但发出的只是意义不明的咆哮——那条造谣的舌头早已被硬生生扯掉了。

墨燃越往前走，越觉得不寒而栗。

他甚至都不想往两边看了，哭，笑，怒，喜。

左边有女人在柔声念着：“生和死，孤寒命。有情人叫不出情人应……”

右边有女人在被恶狗撕咬，尖声啸叫。

他的余光一半看到光明，一半见到黑暗，这些光明和黑暗都是那样绝对，就像棋盘上的棋子，黑白对垒，正邪清晰。

墨燃只觉得头疼欲裂。

他站在中间，干脆停下脚步，阖上眼睛，不愿再去看这一幕幕九天与炼狱交融的情形。

他在原处，等着脚步没他快的大部队赶来。

“落叶惊残梦，闲步芳尘数落红……”

“不！不要再这样对我了！求求你！救我……救我……”

但两边的声音不绝如缕，如同箭镞，入木三分。

他听到罗纤纤温柔地对自己丈夫说：“陈郎，院里头的橘子花都开了呢，我领你去看看，好不好？”

他听到江东堂的前掌门戚氏状若癫狂地大笑着：“通奸？哈哈哈……对，我就是与南宫柳通奸！我就是个荡妇、娼妇，我就是一个淫妇、毒妇——我杀了自己的丈夫，我要当掌门——哈哈哈，你们都来看看我的真面目啊、啊，哈哈哈……”

很多东西集在一起。

活人，死人。

真实抑或幻境？

是黑还是白，是善还是恶？

周围的声音渐渐如潮汐，起伏中他似乎看到有两条巨龙破水而出，月光照着它们森寒湿润的鳞甲。

那是两条恶龙吗？

不，那是自己的两个魂灵。

又争斗了，它们咆哮，喷吐着龙息狠狠撕咬碰撞在一起。

地动山摇。

墨燃受不了这种疯狂吵闹，他捂住耳朵，却仍堵不住两边纷繁杂乱的声音，终于他忍无可忍，要抬手落下噤声咒。

他猛地睁开双眼。

周围的景象都消失了。

墨燃悚然。

他愣在原地——怎么了？周围的景象，怎么就都消失了？

他在哪里？

为什么到处都是一片黑，无边无际的黑……

是徐霜林设下的幻术吗？

墨燃环顾四周，什么都没有，只有黑暗。

他走了几步，试探着喊："师尊？

"薛蒙？

"有人来了吗？"

谁都没有应答他，黑，死寂般的黑。

饶是见过了无数风浪，这样的黑还是令人悚然，他往前走，胳膊上直起鸡皮疙瘩，他往前走……

忽然，他看见在前方很遥远的地方亮起了一道微弱的白光，那似乎是出口。

他往那个地方走去。

周围忽然有人影显现，一张张脸并不是那么清楚，但是他听到那些人的呓语，他们潮水一般向他跪下。

那些人在颂赞，嗓音低沉，隆隆汇聚成河——

"恭祝踏仙帝君，寿与天齐。"

踏仙帝君？

不……不！

他觳觫、他颤抖，他不寒而栗，他往前竭尽全力地奔去，可是好像有千万双手从四面八方涌过来，要将他抓住。

"陛下——"

"踏仙君泽被万世。"

"寿祚无尽，福禄未央。"

墨燃竟是被逼得有些疯狂了，他极力挣开那一双双无形的手，他朝着那一线光亮跑去："不、不是我……走开……都走开！"

"踏仙君……"

可那些声音如影随形，挥之不去，墨燃觉得徐霜林网罗了鬼界的冤魂恶灵，此时此刻它们倾巢而出，要缉拿他这个脱逃的厉鬼。

"陛下为何要走？"

"帝君、帝君……"

墨燃脚下踉跄，眼中闪着狂炽的光，他想走，可是怨灵困着他，他被逼被困，无路可逃，于是他蓦地暴怒了，愤然扭头，忽然拔剑挥斥，将那些虚影都劈斩成破碎的黑暗。

他面目如狼似豹，几近狰狞。

“滚！”他吼道，“都给本座滚！都滚！”

话音方落，脸色惨然。

他听到周围有人在喃喃，在窃笑：“本座？”

“他说本座……对……他在说本座……”

“帝君，我们哪里错了呢？你自己心里应当清楚你是谁，你是从何而来的，你逃不掉。”

墨燃提着剑后退，摇着头：“不、不是的……不是这样……”

那些被他斩碎的黑烟重新聚拢成形，有一团模糊的影子在他面前款款落下，朝他步步逼来。

那影子柔声说：“不是怎样？”

“我不是踏仙君！”

“你如何就不是踏仙君了？”声音缥缈而柔软，像夏日轻纱幔帐里袅袅升起的薄烟，“你当然是，冤有头债有主，只有你，你逃不掉……”

“可是结束了！”墨燃紧盯着那团黑影，“结束了！踏仙君早已死在了通天塔前，他进了坟冢与我无关！我只是……我只是……”

那影子轻轻笑了，花蕊般娇嫩：“你只是什么？”

墨燃：“……”

“你只是一个归来的魂魄？”它问道，“只是存了一段记忆的肉身？你只是一个活在踏仙君阴影之下的无辜生命？还是……你只是一场梦呢？”

如果说方才还是愤怒与恐惧，这句话一出，墨燃的情绪便如坚冰，周身的血液都凝固了。

他几乎是有些茫然的，没有反应过来，嗫嚅着想说话，可是半天都说不出完整的句子来，后来他开口，嗓音发涩，挖空了喉管也只挖出了一个残破的字：“梦？”

“你一直觉得你已复生，但谁能说得准？你以为的，就定然是真实的吗？此刻真实的究竟是你还是我？”那模糊的烟雾在他周围环绕，越聚越清晰，“你说你死在了通天塔下，可你如今明明活生生地站在这里……你真的死去了吗？”

墨燃瞪着那一团黑影。

他不再颤抖了，他只觉得冷，如坠冰窟，一脚踏进了万丈深渊。

好冷。他真的死去了吗？

巫山殿的凄寒仿佛仍浸在骨髓里，十大门派举兵起义的火光犹如长蛇从山脚一路咝咝蜿蜒要咬断他的脖颈。

薛蒙好像刚刚还站在他面前，一无所有，含着泪，无不狠绝地说：“墨燃，把我的师尊还给我。”

他真的死去了吗？

他记得自己服下毒药，剧毒穿心裂肺，他踉跄地来到通天塔前，用最后的力气爬进了掘好的坟冢里，躺在了棺木中。

海棠开得很温柔，淡淡芳菲，天光云影共徘徊。

他合上眼睛……

“然后你睁开眼。你回到了自己十六岁那一年，回到一切都尚能挽回的时候，对不对？”

那个黑影像是能看穿他的心，低声笑着呢喃。

“你回来了，死生之巅没有覆灭，儒风门虽第二次化作焦土，但不是你干的，叶忘昔没有死，师明净也没有死，你知道了楚晚宁为你做的一切，浪子回头，成了墨宗师，你以为自己解脱了，如今你是义军之首，是清正道长，是上山缉拿恶霸魁首徐霜林的一代青年英杰——”

几许死寂。

随着猛烈的心跳，墨燃脖颈的血管在突突地耸动。

那个黑影没有面目，但它在逼视着他，他知道它在逼视着他。

“你想得美。”

冷剑穿心，毒牙刺颈。

墨燃能听到绝望在自己体内蔓延，毒素一般，和三十二岁那年他服下的致命剧毒一样，扩散着……浸入肝胆……浸入心脏……

“你根本就没有复生，都死了，所有人都死了，薛蒙还活着，但是他恨极了你。”那个黑影说，“现在梦醒了，睁眼吧，踏仙君，你，依然是黑暗之主。”

“不……”墨燃听到有人在说话，那声音是如此无力，破碎，好像被击溃了无数次又黏合起来，然后他惊异地发现，道出这种声音的人居然是他自己，“不是的……”

他驱策每一寸骨缝每一滴血液里的勇气，睁着双目，眼神里有着一鼓作气的疯狂——

“你撒谎！绝无可能！绝无可能！！”

他聚剑挥斩，狂怒地喘息着。

那团黑烟又散去了。

但它的声音却没散，它在低沉地笑着：“撒谎？可是陛下，你不如低头看看，你手里握着的，究竟是什么。”

蛟山君又归

他猛地低头——

血液几乎倒流，脑中嗡嗡作响，他看到了……不归。

握在他手里的居然是百战之刃，神武不归！

那漆黑的陌刀阴鸷地横在这片夜色当中，刀柄细长，硬劲，唐刀制式，无鞘，与剑极为相似。

镶嵌着一轮金环的刀柄处，有两个极具风骨的字——

不归。

碧野朱桥，当年事。

年复一年，君不归。

墨燃如遭雷殛，他瞳仁里的光细如针尖，他脸上的颜色比死人更苍白、比厉鬼更狰狞。

“不……不……不是……不要！”

他几乎是绝望地把不归掷落在地，可是神武与他连心，自动归于腰际。

“不是的！”墨燃歇斯底里，尝试着召唤见鬼，他要那一段赤红的柳藤，他召唤了一遍又一遍，可是见鬼不来。

没有见鬼，没有那段藤鞭。

只有不归陪着他。

“如今你信了吗？”那阴魂不散的黑影又聚拢了，这次聚拢得比先前更快，它很快有了形状，四肢、腰、脑袋……

墨燃不肯信。

他不肯信。

他不再理会那团黑烟，他往亮着光的尽头奔去。

这是徐霜林布下的幻境……这只是一个幻境而已……

去那束光所在的地方，一切就都结束了。

他往那边，夺路狂奔。

可是胳膊再一次被紧紧握住。

墨燃不愿再理会，他把它甩开，怒喝着："滚开！滚开！什么是真的？你能比我清楚什么是真的？我知道什么是真的！他待我好，是真的！他没有死，是真的！他与我这些年经历过的事情，如何会是假的？！金成池桃花源鬼界彩蝶镇我们——"

那个声音柔柔地打断他，几乎是叹息般："阿燃，待你好的那个人是我，你怎么就不记得了？"

他蓦地回首，看到那黑雾已聚化成形，一张脸艳若芙蕖，媚不胜收，当真是人间绝色，她温柔地依偎过来，满头珠翠，披着成亲时那件鲜红华服。

"旭映峰，我走不动了，是你背我上去的。你让我莫要唤你陛下，从今往后只唤作你阿燃，你都忘了吗？"

她的笑容柔若蔼草，可是手上的力道却大得惊人。

墨燃猛地挣脱开，这绝不是宋秋桐，他的手腕已被掐得青紫，他继续往前、往前……那白色光芒越来越近……

他冥冥中似乎知道那是出路。

到那边……只要到那边……

他听到宋秋桐在他身后笑着说："陛下，你要上哪里去？楚晚宁已经死了，被你活活害死的，你真的要去那边吗？"

"……"

"那边是……"

他没有听清，他挣脱了那些虚影、那些索命的厉鬼的钳制。他发足狂奔，他把她的声音抛至脑后，那洁白的天光在他眼前越来越亮，越来越大，他像是个在海底快要溺死的人，竭尽全力地蹬着双足，朝着海面那晃动破碎的光影游去。

忽然——

他扎进了那片盛大的白光里，黑暗消失了。

他喘息着，脚下发虚，不住地喘着气，如同刚刚从水面冒头的人，贪婪地呼吸着，他一时间适应不了这样的强光，他抬起胳膊遮挡住自己的眼睛，过了好一会儿，他听到鸟的啁啾啼鸣，闻到西府海棠的淡淡芬芳。

他慢慢睁开眼睛。

——他在哪里？

他第一眼看到的是繁茂的海棠树，满枝薄红绚烂，犹如织锦霞光。

不是在儒风门的宗祠天宫。

这场幻境……仍没有结束吗？

但他的内心已分崩离析，他忽然并没有那么确定自己到底是谁，哪里是梦，哪里又是真实。

他坐起来，一朵原本落在他鼻尖的海棠残花飘零于膝头。

——坐起来?

他这才发现自己方才居然是躺着的，就好像刚刚做完一场噩梦，他环顾四周，是死生之巅的通天塔前，而他自己，则坐在一副黑漆漆的敞开着的棺材里。

刹那间，墨燃连指尖都好像凉透了。

他在原处愣了好一会儿，而后蓦地起来，踉跄着爬出棺材，他看到棺木前立着一块碑，上面没有一个字，倒是摆着一碗抄手，几碟子小炒，都是他最爱吃的食物。他盯着那些东西和那副棺材。

不……

不。

噩梦没有结束。

他掉进了一场更深的噩梦里，或者说，他如今竟是清醒的。

那团黑影所说的话，难道竟是真的?

他真的只是服了毒药，在通天塔前躺下，做了一个很长很长的梦而已吗?梦里的一切，都是……

他没敢接着想，他疯了一般爬起来，径直朝着死生之巅的南峰跑去。

可是和他记忆中临死之前不一样，他记得自己当年明明是把所有人都斥散的。但是他跑到一半，有一行宫人冲出来，为首的那个是侍奉了他多年的刘老，他捧着个盒子，皱纹遍布的脸庞上满是欣喜："陛下，复生仙药，找来啦！这就是复生仙药啊！"

他蓦地停住脚步。

左右都跪下来恭贺他，刘老也跪下来，一双枯瘦的手呈起锦盒，颤巍巍地递给墨燃，声音沙哑道："仙药啊，陛下一直在求的仙药，总算打动了天神，这一颗就是了……"

墨燃愣怔道："不是……我、我不是都赶你们下山了吗?"

众仆面如土色，连连叩首，刘老也极为惊恐："陛下为何要赶我们走?可是老奴有何处侍奉不周?老奴——"

"十大门派呢?"

刘老一头雾水，茫然抬头："什么十大门派?陛下，你怎么了?"

墨燃知道说不清，便拉他到通天塔前去看，他一出密林就指着塔前的坟冢："你看看那边，我刚刚就睡在那里，我——"

他转头，却发现自己的棺材和坟冢都已经不见了。

那里只立着两座孤零零的皇后和妃子的坟冢，上面歪七扭八地写着他狗爬似的字。

墨燃："……"

刘老忧心忡忡地："陛下，你怎么了？"

"我……"墨燃怔忡地盯着那两座坟冢，意识已经很混乱了，有一刻他可以清晰地意识到这一切都是假的，可是下一刻他又觉得真实和幻境交织，他竟也分不清自己身在何处，今夕何年。

刘老叹息着说："陛下忧思太深，做梦了吧？"

"不是梦……"墨燃喃喃，但随即又摇头，苍白着脸，"不，这当然是梦……"他语无伦次颠来倒去地说了很久，而后倏地扭过脸，盯着刘老，"那复生的药呢？"

刘老便把盒子呈上来。

他没去接那个盒子，径直把它打开了，里头有一颗莹白如玉的丹丸，散发着温润的光泽。

他颤抖地将它拿起，喉结滚动，而后往红莲水榭的方向走去。

可是刘老忽然拉住他，墨燃蓦地回首，他的神经已绷到极致，即将断掉，他问："怎么了？"

方才还和颜悦色的刘老，忽然沉下了脸，眼睛里闪动着诡谲的光泽，阴气沉沉地说："陛下，可是走错了方向？"

"什么走错了方向……"

"陛下该去的地方，是招魂台。"刘老慢慢地说，那些仆厮也都缓缓围了上来，将墨燃团团围住，慢慢逼近，"陛下一直以来，朝思暮想的，难道不是要复活您的师兄师明净吗？"

"我……"

"如今复生仙药在手，陛下为何弃招魂台于不顾，反而往红莲水榭跑？"刘老幽幽道，"陛下为了这复生之法，杀害千万人，踏平儒风门，让天下哀鸿遍野，血流成河，难道陛下做尽这一切，最后居然要违背初衷，转而把这丹药喂入另外一人口中吗？"

墨燃心乱如麻，紧紧攥着那颗仙药，说："你不明白。"

"陛下必须去招魂台，不得去红莲水榭。"所有的人眼里都闪着可怕的光芒，鬼怪一般的脸，他们围着他，重复着，"陛下必须去招魂台，不得去红莲水榭！"

墨燃将仙药死死护住，脸色苍白，说："都给我让开。"

"陛下必须去招魂台——"

"让开！"

他抽出不归，握着那冰凉的刀柄，那些人似乎是瑟缩了一下，而后眼瞳变得像蛇一样狭长，一个个都露出了扭曲的笑脸。

“你会遭报应的……”

“你以为你能改变什么？”

“言而无信。”

“朝三暮四。”

“呵，这种薄情寡义之人怎配拥有仙药？”

“抢回来！夺回来！”

墨燃护着仙药，猛地斩开一条血路，往死生之巅的南峰奔去。不管这是幻境还是真实，他知道楚晚宁在那里……无论是生是死，他都要去到那里，他要在楚晚宁身边才能心安。

他跑进了红莲水榭的结界里。

刘老和其他人都被挡在了结界外。

他回头看了他们一眼，而后关上了碧色竹扉，他不想再看到多余的人，这里是红莲水榭，只当有他自己，还有……

“师尊？”

他因吃惊而微微睁大了眼眸，他看到楚晚宁正站在一株海棠树下，束着高马尾，戴着金属手套，神情专注地调试着一副快要完工的夜游神机甲。起风了，淡粉色的花瓣簌簌吹落，初雪般落在阶前，桌上，温柔如涟漪。

墨燃眼尾泛起湿红，刹那已哽咽。

“师尊……”

楚晚宁听到他的声音，抬起头来，因为忙碌，楚晚宁还咬着一把小锉刀，看到他，微微诧异，把锉刀拿下，这才直起身子，朝他点了点头：“你怎么来了？”

蛟山莫相离

墨燃没有答话，他答不出话来，走上前，不由分说地抱住楚晚宁。

“你怎么了？”

怀里是微凉的衣衫和温热的躯体。

“怎么就哭了？”

他不知道是幻境，还是真实。

但是红莲水榭里，没有楚晚宁冰冷躺着的躯体，他的师尊还活着，还在忧心着夜游神的关节不够灵活，考虑应当刷桐油还是上清漆。

这似乎就够了。

他一时竟沉溺于此，不想再醒来。

“这样就好了，师尊，如今你在我身边，这样就好了。”

他与楚晚宁一道将那机甲完工，天色已经晚了，他留在红莲水榭，听楚晚宁说着话。他与楚晚宁说着话，贪恋着那每一个字，每一段音。

“这里的机关要再施一遍强化咒。”

“好……”

“凤羽晶石嵌在这里。”

“嗯。”

“最后再刷桐油，先把它晾在这张桌上。”

“好，我都知道……”

他们忙碌着，最后楚晚宁看了看西沉的残阳，说：“天已暗了，我去给你煮一碗粥吧，你替我把最后一道漆上了好吗？”

墨燃应了，哪怕是在梦中，他也贪恋那一点点楚晚宁给他烹煮的温柔。

楚晚宁转身走了，他坐在石桌前独自等待。

枝头的花开得正好，洁白的花瓣纷纷扬扬落了下来，落在摆着就快完工的夜游神的桌上，然后，那些洁白缓缓融化了……

等等……融化了？

墨燃猛地惊醒。

他忽然发现，不知从什么时候起，天空中落下的已不是花瓣，而是鹅毛般的大雪，那雪下得是那么盛大，好像要把余下的生命都交付于此。

天色无声无息地暗下来，明明是花开得正好的季节，雪夜却突然降临了。

他在雪夜里，等着楚晚宁给他的那一碗粥。

可是他忽然有种可怕的预感，他觉得楚晚宁好像不会再回来了——在这大雪纷飞的长夜里，他其实等不到楚晚宁给他端来的最后一口温热。

“晚宁……”

他开始惶惶。

“楚晚宁！”

回不来了……

等不到了……

“楚晚宁！！”

他仓皇地从石桌前起身，腿已等到麻了他也不管，就这么踉跄地冲出去。

一夜风吹散，万点雪飘零，昨夜那满枝灿烂的海棠竟然已在他不知不觉间全部化作了凄寒长夜的朔雪，大雪铺满了台阶与桌椅，他推门冲进屋，屋内书案上摆着一个做好的百戏盒子，正是楚晚宁曾在后山赠予他的那一个，而金属手套和锉刀就丢在旁边，好像楚晚宁刚刚离去，好像楚晚宁随时都会回来。

“晚宁？晚宁！”

他看着这一切，忽觉心脏剧痛，就好像有什么被生生挖出来了那样疼。他疾走狂奔，但哪里都不见楚晚宁，他发了疯般地踏着雪在红莲水榭里奔走，寻找，但他一直绕开莲池，潜意识里他就不敢去莲池，他不敢去……

可他最终还是失魂落魄地走了过去。

——赤着脚，踩在冰冰凉凉的青石板路上。

他在离莲池还有好长一段距离的地方便站住了，从苍白的脚趾一路往上看，最后能瞧见的是一张了无人色的脸。

他茫茫然睁大双眼，遥遥望到莲池里躺着的那个男人，和前世自己临死前最后两年，几乎每天都会望见的那样。

躺在藕花深处，身躯不曾腐朽，衣冠干干净净，和活着的时候又有什么区别？

——有什么区别！！！

他一步步走过去。

近了。

更近了。

只要再往前，来到池边，就能看清他的每一根睫毛，死后也好像微微蹙着的剑眉，不再舒展的凤眼。

可他却彷徨地跪了下来。

膝盖磕在石板上，他跪着蜷着，战栗了好一会儿，忽然想到还有刘老交给他的可以起死回生的仙药，于是欣喜若狂，手指颤抖蜷曲，翻找着乾坤袋，他把里面的东西一件件掏出来。

“仙药……仙药……我要那个能起死回生的仙药……仙药呢？仙药呢？！”

他把整个乾坤袋翻了个底朝天，连针线缝隙间都不肯放过，一寸寸地摸过去。

可是没有。

仙药不见了，仙药不在里面。

抑或方才撞见刘老，得到仙药，那也是一场梦？

不对，这都是梦，是一场接一场的……

他崩溃，他的意识混乱、分崩离析，他绝望地抬手磨蹭着自己的脸颊和眼睛，喃喃着：“不对，有的……我明明放在里面的……仙药……有仙药的……有的……有的……”

他又一次疯狂地找起来，就那样跪在楚晚宁的尸身前歇斯底里地找寻起来，他眼中跃动着可怖的辉光，可声音却越来越哽咽，越来越绝望，他最后俯身大哭起来。

“我放进去的！我放进去的！！”

他一掌拂开面前乱七八糟的杂物，瓷瓶叮叮当当地滚落，甚至破碎，他在一片残块破落中跪爬着往前蹭去，碎片扎进了他的皮肉，他不管，朝莲池里躺着的那个人爬过去。

他最后将楚晚宁从池中抱出来，将这具冰冷的躯体紧紧抱在怀里。

——那是他前生一直想做，却从来没有做过的事情。

他抱着楚晚宁的尸身，大雪仍在缠绵地下着，天色一层层地亮起来，但与他们无关，他抱着楚晚宁的尸体哭。

“师尊……求求你……理理我……求求你……”

那一瞬间，他的身影和曾经在乱葬岗上，抱着母亲腐烂掉的身子崩溃号啕，恳求过路君子将他与母亲一同埋葬的孤儿，交叠在一起。

那一年，他只有五岁。一个五岁的孩子发誓再也不要见到至亲至爱的人在他面前肌骨腐烂，零落成泥。

一晃眼，那么多年过去了，三十二岁的踏仙君抱着他师尊的尸体，时而癫狂长笑，时而抚尸痛哭。

那是一具与生前别无二致的躯体，他做到了，他可以让死者如生人，这尸体的皮肤之下甚至好像都还有淡淡血色，安详得像是沉睡。

这一次他没有恳求任何人把他和楚晚宁一同深埋地底。

但踏仙君把自己活埋了，在楚晚宁死后的那一天，他喝了一坛梨花白，后来每一天，他都在一座名为红莲水榭的活死人墓里，醉生梦死。从那一天起，他已把自己埋葬。

“师尊，你理理我……”

“墨燃！”

“你……理理我……”

他模糊听到有人在唤他，熟悉的声音。周围又黑了，他于是像濒临溺死的人抓住一块浮木，有人向他伸出手来，他哽咽着，紧紧攥住那个人：“你不要走，我什么恶事坏事都不做了，再也不惹你生气……”

他闻到淡淡的花香，是海棠的香气。

“我有起死回生的仙药，可是我……我也不知道为什么，我找不到了……我找不到了，但是你能不能不要走，求你了……”他不管不顾地循着那温热身躯所在的地方，抱住，“求你了，我宁愿……”

“我宁愿死的人是我。”

“墨燃！快醒醒！”

可他醒不来，痛苦比海更深，他快要溺死了，他醒不来。

他喉头哽咽着，紧紧抱住了那个呼唤着他的人，睫间竟是湿润了：“我宁愿死的人是我，师尊……”

“狗东西！你要做什么啊！喂！”

忽然一个人冲过来，拽住了他，然后周围一团混乱，有人往他唇齿之间灌了一泓冰凉的水。

墨燃忽地浑身发冷，那水凉得像千年玄冰，几乎要把他的肺腑都冻住。

他猛地睁眼！

“……”

首先映入眼帘的是姜曦那张阴郁的脸，手里还拿着一只青碧色玉瓶，显然方才给他灌的就是瓶子里的东西。

“我……”

他一开口，就发觉声音沙哑，一时说不出更多的话。

而后他环顾四周，发现自己又回到了儒风门宗祠天宫，冷汗已浸湿了重重衣衫，周围一圈人都神情古怪地瞧着他，尤其是薛蒙，脸色青一阵白一阵，非常不好看。

自己则躺在楚晚宁膝头，双手紧紧抓着楚晚宁，楚晚宁原本端肃恭谨的衣衫，已被他在梦里拉扯得一片凌乱。

墨燃："……"

他没有……他没有说什么不该说的话吧？

楚晚宁的脸色也不好看，但他还算镇定，道："为什么一个人往前跑得那么快？"

"师尊，我……我方才……"

"你被魇住了。"姜曦把玉瓶收好，又站起来，垂眸道，"歇息一下，我给你喂的是破梦寒水，你会觉得很冷，过一盏茶工夫就好。"

墨燃还没有从那一层层可怖的梦境里缓过神来，他的眼神仍有些混乱，过了好久，才喃喃着说："魇住了？……可是我一直很小心，并没有……并没有觉察到任何术法痕迹……"

姜曦有些乖戾地露出锋芒："术法？那种愚蠢的东西算什么？"

在场众人："……"

"天下最狠戾，最杀人于无形的，你以为是术法？"这位药宗掌门眯着眼睛，振袖鄙薄道，"错得离谱。这天下最厉害的，是药。"

"这天宫里，提前熏过一种迷香，叫作'十九层之狱'，这种香料无色无味，却能令人闻之生出幻觉，陷于生平最大的恐惧之中。"姜曦说到这里，顿了顿，而后打量着墨燃，"恐惧越深，陷得越深。我之前也救过几个被十九层之狱魇住的人，给他们服了四到五滴破梦寒水，他们也就醒了——但你知道你喝了多少吗？"

"多少……"

姜曦似乎有些不悦，说："大半瓶。够救一百余人的量，才把你的意识唤回来……我竟有些好奇了，墨宗师，你年纪轻轻，为何会有如此之深的恐惧，你到底在怕什么？"

蛟山并肩行

墨燃不吭声了。

若非这一场大梦，他竟不知自己内心深处藏着这样触目惊心的恐惧，恐惧楚晚宁的死亡，恐惧这一生，其实只不过是自己的黄粱一梦。

他垂下头，不知是破梦寒水起的作用，还是别的缘由。

他觉得冷，冷得发抖。

楚晚宁缓缓起身，坐得有些久了，腿脚酸麻。

薛蒙下意识地要扶他，但是师昧已伸出手，轻声道："师尊，你缓一缓。"

垂落睫毛，楚晚宁不多说话，也不解释，只将原本就已散乱的外袍除下，白衣哗地招展，飘然落在了墨燃肩头。

"披着，等药的寒气消了，再还我。"

墨燃也不敢多去看他，低声道："是，师尊。"

其他人都在仔细查看着殿内景象，或者查看是否还有暗器机关，就都散了。薛正雍问了墨燃几句，见侄儿无恙，拍了拍他的肩，也往众掌门所在的地方大步走去。

薛蒙却没有走，等众人远去，他倏地俯身，左右看了看，而后压低声音，怒道："你方才究竟梦见了什么？"

墨燃："……"

薛蒙咬牙："问你话呢。"

"都不过是梦而已。"

"那都是你心里头想的东西！"薛蒙眼中的光都有些乱了，"你在想什么？你是不是……你是不是……"

"我梦到我杀了人。"墨燃因为彻骨的寒冷，而微微发着抖，嘴唇也是青白的，"梦到我杀了师尊。"

薛蒙惊愕至极："你——"

"其他没有了……"

薛蒙嗫嚅，似乎是想再问什么，可听墨燃方才的话不像是谎言，可他说他梦见杀了师尊……

药劲逐渐散了，墨燃缓缓从地上站起来，薛蒙犹豫了一会儿，还是搀住了他。

墨燃道："多谢。"

而后他看着前头走着的那些修士："其他人还有被熏香迷倒的吗？"

"没有了，只有你，你跑得太快。"薛蒙仍旧心事重重，但情绪没有最初那么激烈，"我们在进殿的瞬间，姜曦就觉察到了这里点过那个什么十八个鬼的香。"

"不是十八个鬼……是十九层之狱。"

"反正就是这个东西，名字不重要。"薛蒙道，"他做了驱散，我们再进来，也就没事了。"他顿了顿，忽然想起了什么，又道，"不过这也是赶巧，要是方才再出点乱子，可就麻烦了。"

"什么意思？"

"你走得快，没有看到。我们在来天宫的路上，南宫柳背着的藤筐里忽然蹿出了好几条毒蛇，不少人避闪不及被咬到了，那些人都在原处歇息，不能乱动。那蛇毒毒性剧烈，姜曦本来让我们先走，自己留在那边替他们解毒，解完之后再跟上来……如果真是这样，恐怕所有抵达天宫的人都要中招了。"薛蒙道，"他就那么一瓶破梦寒水，真救不醒这么多人。"

墨燃隐约觉得不对劲儿，问道："那他为什么后来没有留在那边替大家解毒？"

"他有个小徒弟说他会解毒，所以姜曦就留了他徒弟在那里，自己跟我们先上来了。"

墨燃的眉头便皱得更深了。

他目光逐着孤月夜那一行人的背影，在人群中逡巡一圈，却没有找到那个想找的身影。

如果姜曦的那个徒弟不会解这种蛇毒，那么要留在原处的人无疑只剩下两个，一个是姜曦，还有一个是华碧楠。

"华碧楠呢？"

薛蒙愣了一下："你怀疑寒鳞圣手？"

"只是一问。"

"没什么好怀疑的，华碧楠自己都被咬了，正在下面打坐呢。不过他体内的毒本来就多，说是自己调息一会儿就好了，等下就上来与我们会合。"

墨燃的神情更阴郁了。

寒鳞圣手受伤，无法动弹，那么能疗伤的就只剩下姜曦。多亏姜曦座下还有个徒弟正巧会解这种蛇毒，如果没有这个人，那么此时此刻姜曦恐怕还在下面给受伤的修士解毒。

等他再上来，这天宫里，又会是怎样的一番景象？一瓶破梦寒水，还能挽回局面吗？

“薛蒙。”

“嗯？”

“留心华碧楠。”

这句话方落，他们忽感到地面猛然一震，而后遥遥一声龙吟划破天际，自殿外传来。

有人已如惊弓之鸟，悚然道：“怎么回事？刚刚那个动静是什么？”

一个胆子较大的修士道：“我去看看。”

他快步掠到殿门口，朝下面看去，也朝天上看了一圈，然后回头道：“没事，应该只是这座山偶尔会有的一些声响，毕竟是蛟龙恶灵所化的。”

他说完，正准备往回走。

可就在这时，他的脚踝猛地被什么东西抓住了。他一低头，瞧见一只惨白的手。他一时没有反应过来，还愣在远处。

薛正雍眼尖，已在远处大喝道：“小心！！”

但已经来不及了，一个凶灵腾空跃起，裹着儒风门的鹤氅，绸带蒙目，一剑就稳准狠地刺穿了那名修士的胸膛。

“我……”那修士茫然地睁大眼睛，抬手下意识地摸过戳出来的长剑，而后噗地吐出了一大口鲜血，扑通栽倒在地，再也不动了。

几许死寂，地面又隆隆地震了起来。众人一齐往殿门外望去，只见一道道粗遒的龙筋拔地而起，穿云而上，每根龙筋都托举绑缚着一个凶灵，遥看去犹如在半空中聚成一片密密麻麻的蜂群，随时准备冲进殿内将众人捣成肉泥。

马庄主惊叫捂眼：“天哪、天哪，要死啦、要死啦。”

薛正雍被这商贾气得吐血，一巴掌拍在他后脑让他闭嘴，而后朝众人大声喝道：“快去关殿门！都快去把殿门堵死！别让它们冲进来！”

他说着自己一马当先，迎着那个摇摇晃晃提着滴血长剑走来的凶灵，挥出折扇将其击出殿外，一脚踹下滚滚长阶，而后抓起一边的灵石大门，吼着要将它推上。

但那门也不知是怎么回事，从外面推起来方便，从里面关却重如磐石。薛正雍青筋暴突，可力道却如泥牛入海，眼见着那群凶灵被龙筋越举越近，薛正雍怒骂道：“怎么回事？南宫长英方才不是把它们都封印了吗？这狗屁蛟龙不听话！跟自己主子对着干啊！”

墨燃和薛蒙也立刻奔至薛正雍旁边搭手，南宫驷道：“没用的！这两块灵石是我太爷爷让四千个脚夫运来的，光凭你们绝不可能推动。”

黄啸月都要气得冒烟了，在旁边咒骂道："你太爷爷可真有能耐！"

但南宫驷根本不理他，南宫驷对正在门口极力抵挡儒风门成群凶灵的一群人道："从里面关殿门要去尽头扣动机关才行，你们先挡一阵子，我去开机关。"

薛正雍一把铁扇舞成黑影，甩过去扇飞三四个已经逼近的凶灵，黑血立刻落在"薛郎甚美"四个字上，这些凶灵也真是勇夫，滚下台阶了立刻又爬起来，继续往前冲。

薛正雍扭头道："快点！越来越多了……这到底是怎么回事？"

墨燃召出见鬼，他知道殿门是最后一道防线，干脆冲出去在长阶上与那群凶灵厮杀起来。但长阶细窄，他无法施展全力，更要当心不要踩空落下九天，因此打起来十分费力。

他一鞭子扫落一排要爬上来的凶灵，但周遭却有更多凶灵被腥臭的龙筋从遥远的地面托举上来，到最后他几乎腹背受敌，深陷凶灵群不得脱身。

不过墨燃也没打算立刻脱身，这些死尸是闻着人气儿往上涌的，他站在这里就是一个最近的靶子，几乎所有凶灵都一股脑儿往他这个方向来。

马庄主瑟瑟发抖地躲在姜曦后面，这时候感慨一句："哎呀，墨宗师真是大义凛然，好气魄呀、好气魄呀。"

姜曦气不过，扭头道："你除了做生意能不能派点别的用场？"

"我会的都是需要花时日去钻研的东西，法阵啊，技巧啊，武器装配啊什么的，短兵相接我真的不擅长……"马庄主对上姜曦寒凉的眼神，噎了一下，扭捏半晌，试探道，"要不……我给你们喝个彩？"

姜曦："……"

不过这家伙说得也没错，各门派各有所长，各有所短，眼下这种血战堵人的事情，冲上去还能保命的也就那么些人，其他人过去都是送死，就连姜曦也不能靠近，药粉对凶灵无用。

薛蒙持龙城立于殿门口，双目紧盯着浮沉在那一片鹤麾里的黑色身影，眼见着一道血藤拔地而起，托着一个儒风门高阶弟子朝着墨燃直扑过去。薛蒙再也忍不住，掣剑而上，唰地斩断了那凶灵的胳膊，紧接着与墨燃背靠着背，又一剑斩断了那扭动着的龙筋。

薛正雍失声道："蒙儿！快回来！"

"没事！我和他一起！"

"他"指的是谁，不言而喻。

墨燃侧过脸，对薛蒙道："你快回去，这里有我就好，你作第二道防线，我撑不住了你再——"

"闭嘴！"薛蒙手中龙城嗡鸣，他没好气道，"你是灵山第一，还是我是灵山第一？你是死生之巅少主，还是我是死生之巅少主？你厉害，还是我厉害？”

“……”

墨燃胸腔一热，不再说话，专心致志地与薛蒙背靠背而战，迎四方暴起的凶灵。

这时，忽听见两边石门轰然耸动，缓缓向着中间合拢，薛正雍大喜，忙道：“好好好，动了！门要关了，你们俩，快回来！往这边靠过来！”

墨燃和薛蒙两人配合，见鬼的红光与龙城的红光左右舞成影，只听得铮铮当当，多少凶灵跌落九霄，龙筋喷血断裂。

他们慢慢往大门方向靠拢，大门也在一点点地合拢。

薛蒙道：“你先进去。”

墨燃道：“一起进去。”

“……”

“走啊！还愣着干什么！”

薛正雍在里面急道：“快啊！快回来！”

墨燃一把拽起薛蒙的衣襟，薛蒙怒道：“你松手！别来跟我逞这个英雄，你——”

“谁跟你逞英雄？走了！”墨燃说着，一手拽着薛蒙，一脚踩在石阶之上，反手狠狠甩落见鬼，击退一群将要冲上来的凶灵，而后和薛蒙一起往大门方向掠去。

门才关了大半，其实根本不急，墨燃将薛蒙扔给薛正雍，自己背靠着殿门，持着星火爆裂的藤鞭迎风而立，眉眼沉炽，慢慢后退。

忽然间，那两块正在合拢的巨石停了下来。

薛蒙惊道：“怎么不动了？”

他回头，见南宫驷脸色苍白，从足有十个成年男子合抱的天宫石柱后出来，极其阴郁地说：“机关的中轴被毁坏了，门关到一半，锁链就断裂，接不回去。”

南宫驷说完，抬起了手，那伤痕累累的手掌心，有半截青铜锁扣，正簌簌晃动着。

蛟山并肩战

薛蒙一口血要被噎住了，墨燃却没有那么多闲工夫跟他置气，在听到这句话的时候就返回凶灵之中，作第一道防线。

楚晚宁方才一直在帮着南宫驷调试那个明显有人动过手脚的机关，这时见墨燃在前面苦战，立刻飞掠到了殿门旁，厉声道：“墨燃，回来！”

“师尊……”

楚晚宁劈落一道金色结界，结界光起，猛地把凶灵斥开数丈，紧接着他在长阶、殿前、石门缝隙这三个地方分别落了三道守护结界，而后一把将墨燃拽回来。

“你先停手。”

墨燃心焦道：“在蛟山境内师尊的结界撑不了太久！师尊这是何必！”

楚晚宁目如青霜紫电，他咬牙，狠推了墨燃一把，将墨燃推回殿内：“你一身都是伤了还去送死，回去打坐！师明净！”

“师尊，我在。”

楚晚宁凌空狠狠点了点墨燃：“替他疗伤。”

师昧颔首：“是，师尊。”

墨燃按住师昧伸过来的手，对着已经背过身的楚晚宁道：“都是皮外伤而已，师尊，你的结界在这里最多能支持一炷香的工夫，还会耗费掉你极大的灵力，你……”

楚晚宁头也不回，立在天光里：“那我就撑这一炷香的工夫。”

墨燃还想再说话，却被师昧拉住了，师昧微凉的手触上他的皮肤，替他卷起衣袖，施法疗伤，墨燃对上他的眼神，他无声地朝墨燃摇了摇头，而后垂眸，专注于自己的法术。

楚晚宁道：“薛蒙。”

“在，师尊。”

“我支撑不住了，你就上。不要硬撑，觉得有些力不从心了，就换尊主上。”

薛正雍忙道：“好，轮着来会比较好。”

楚晚宁源源不断地把自己的灵力往三层结界上输送着，又道：“另有一件事劳烦尊主。”

“你说。”

楚晚宁咬牙切齿道：“问那群躲在后面的废物，除了踏雪宫和孤月夜那些不擅长短兵相接的，能打的都让他们过来！”

“那要是他们不过来呢？”

楚晚宁道：“那就殿门攻破，坐着等死。你看他们过不过来。”

薛正雍颠颠儿地过去了，南宫驷阴沉着脸盯着自己手上的半截锁扣，不知如何是好，也不知道为什么初代掌门下的禁令会忽然之间被打破。

照理，只要是南宫长英下的命令，无论是谁都不可能再对恶蛟之灵进行更改了，怎么会突然这样……

薛正雍让能应对的人去前面应对，叶忘昔说：“我来。”

南宫驷立时回过了神，拉住她：“你一个姑娘家，怎么能——”

叶忘昔却盯着江东堂那群唯唯诺诺，顾左右而言他的弟子，冷冷道：“儒风门就算只有两个人，也都不是贪生怕死之徒。”

先前讥嘲她女儿之身还要出头的那几个中年女修，此时倒是不吭声了，都把视线落在别的地方，不去看叶忘昔的脸。

就这样，薛正雍集结了一些人，忽然愣了一下：“含雪？你怎么也……不不不，你又不擅长这种事情，你回去。”

梅含雪今日看来也是清清冷冷的，说道：“伯父放心，我心中有数，不会儿戏。”

薛正雍望了望踏雪宫宫主，见人家宫主没异议，便没办法，只得让梅含雪也进了这群人里。

姜曦皱眉道：“就这样一直抵挡着吗？留一些适合短兵相接的人，分拨去后殿看看情况会比较好。”

薛正雍道：“先应对一阵子，看看能不能把机关修好，一起去是上策，实在修不好，那就只能分两拨，一拨抵挡，一拨去后殿查看情况。”

姜曦道：“如此也好……可是谁会修机关？”

这个时候，一只手颤巍巍地举起，刚刚还被姜曦骂的马壮壮庄主探出了个脑袋，弱弱道：“这个，这个修机关的技术活儿，我、我觉得我还是能尝试一番的。”

姜曦又是好气又是好笑：“那你还不快去？”

马壮壮便拉着南宫驷，跌跌撞撞地去了。薛正雍也领着迎战的队伍离开。

姜曦回过头，环顾这个被一分为二、化归成炼狱与九天的大殿，陷入了深思当中。

他的视线扫过那些还在原处说笑、谈天，还有在另一边备受酷刑的珍珑棋子，最后目光落在了一直呆呆蹲在一筐橘子旁的南宫柳身上。

他觉得很奇怪。

为什么南宫柳也好，这个大殿里的其他棋子也好，都没有和外面的凶灵一样暴走，起来杀人？

如果徐霜林此刻操控了殿内这些珍珑棋子，也开始攻击，他们注定会捉襟见肘，陷入内外交困之局。

他为什么不做？不想做？还是……做不到呢？

姜曦意外，墨燃却一点都不意外。

他能清楚地感知到殿中的珍珑棋子全都完整地保留了生前的脾气、执念甚至是记忆，跟外头那些用“共心之阵”操控的凶灵完全不一样，打个不恰当的比喻，外面的那些凶灵就是提线木偶，而里面的这些却个个都是有独立脾性的。

徐霜林不操纵这些棋子，显然只有一个缘由——他的灵力已经到极限了。

“楚宗师，搭把手！”

忽然一声微弱的轻唤从石阶下头传来，楚晚宁举目望去，见华碧楠率引着十来个修士，正极为艰难地从石阶上突围。

他们先前被毒蛇咬了，在原地休整，没有想到竟然遭遇了凶灵群的第二次“暴走”，二十来个修士瞬间损失一半，此刻挣扎拼命，都已身负重伤。楚晚宁立刻抬手，再落一层结界，在他们周遭笼下防护罩，而后甩出天问，将围着他们厮杀的凶灵斥退。

“过来！”

楚晚宁朝华碧楠伸手。

墨燃却蓦地心生警觉，顾不得师昧上药只上到一半，立刻起身相阻：“师尊当心！”

但华碧楠却并无异状，他颤抖着握住楚晚宁伸出来的手，被楚晚宁拽至身后更强劲的防护结界里，楚晚宁回头道：“来几个人帮忙！”

这些幸存的人一个个被拉了回来，架到大殿中，他们全都呻吟着，喘息着，面上俱是血污，神情极其痛苦狰狞。

姜曦领着孤月夜一众弟子上前，在华碧楠面前俯下身，面露难得的焦急之色：“怎么伤这么重……”

“我尚无恙，尊主还是先去看看其他人。”华碧楠靠在梁柱上，他的斗笠和面纱都已经被划破了，衣袍也染满了血迹。姜曦要给他把脉，被他抬手阻止，“没事，不过是小伤，倒是尊主的那位小徒……喀喀，他、他伤得太重，尊主快去给他疗伤吧，不必管我……”

这群人的伤都很重，有的人甚至整条腿都已经被绞断了，比起他们，还能完整说话的华碧楠受的确实是轻伤。

姜曦低声咒骂，又望了华碧楠一眼，转身去帮其他人疗伤。

华碧楠颤抖着从乾坤袋里摸索出一瓶止血药粉，正要往自己伤处撒，忽然一只手伸过来拿了他手中的瓷瓶，墨燃道："我帮你。"

"不必……"

墨燃眼神深幽，望着他："撒个药粉而已，举手之劳。"

华碧楠夺过瓷瓶，低声道："我不习惯别人碰我。更何况你根本不是疗愈修士，添乱。"

"那我帮你吧。"

"师昧？"墨燃侧过头，见师昧已手脚麻利地放下了医囊，华碧楠看到医囊，就撇了撇嘴，不再吭声，也不反抗了。

师昧铺开银针布包，低声道："圣手前辈，晚辈或有不周，先请见谅。"

华碧楠："……"

他伤得重，直接上止血咒无用，必须先以灵针截堵，只见寒光骤起，光芒闪过，师昧的眼眸闪着银针的光辉，眨眼间已落十余针。

"前辈的面纱和斗笠……"

寒鳞圣手眼底闪过一丝阴郁，但也知道有几个穴位一定要扎于面部，便神情戾戾地说："我自己摘。"

染着鲜血的面纱和斗笠落下，露出寒鳞圣手从不示人的脸。

那是一张极其古怪的脸庞，上半张还算清秀，但从鼻梁往下，就都是扭曲烧伤的，犹如某种棘皮动物。

华碧楠抬起头，目光中隐隐透着些恨意与讥诮："怎么着？墨宗师还不走，留在这里，好看？"

"抱歉……"

华碧楠在他身后冷笑："早让你别杵在这里了，是你自己不听，这时候你嘴上说着'抱歉'，心里不知在想什么呢——大抵是在想'这寒鳞圣手长得可真是奇丑无比'，呵呵。"

墨燃摇了摇头，不便再说什么，离开了。

马庄主还在折腾那个断裂的锁扣，而天宫门前，楚晚宁的灵力已近枯竭，他侧身朝薛蒙道："薛蒙，接手！"

薛蒙立刻心领神会，提刀迎上，他们俩的交接极为顺利，甚至没有一个凶灵来得及在替换的瞬间挤进来。

楚晚宁一撤结界，就不由得往后退了一步，墨燃见他脸色苍白，觉得无比心疼："师尊，你还好吗？"

"无妨。"楚晚宁轻轻咳嗽，"多耗了一些灵力而已。"

但墨燃却知道楚晚宁的灵核原本就很脆弱，多耗灵力对别人而言或许不是什么大事，可是对于楚晚宁而言……

墨燃闭了闭眼睛。

前世，他们师徒二人正邪相悖，分崩离析，楚晚宁便是在那一战中因为耗尽了灵力，灵核瞬间粉碎，从此变得与凡人无异，甚至身子还较凡人更为虚弱。

怎么会无妨……

墨燃心中难受，他眼眶微红，沉默着把楚晚宁方才给他的衣服披回对方肩头。

他搀扶着楚晚宁到旁边，特地找了个人少安静些的地方，然后与楚晚宁一同坐下。

"让我看看。"楚晚宁抬起手，让墨燃将脸庞抬起来，脸颊和鼻梁都有伤口，"疼吗？"

墨燃摇了摇头，凝视着楚晚宁的脸庞，望着那个明明自己都已嘴唇青白了，却还是关心着他的人。

他觉得很疼。

不是伤口。

是心。

他终于也学会了楚晚宁式的谎言，说："不疼。"

"不疼你发什么抖？"

他不吭声，不能吭声，于是楚晚宁便误会他果然还是因为疼痛而颤抖，楚晚宁指尖萦绕起淡碧色的华光，墨燃瞳孔猝然收拢，一把攥住了楚晚宁要触上他脸颊的手："你疯了？还用灵力？！"

"这一点点不算什么。"楚晚宁说，"不过是最微小的疗愈咒而已，止疼的。"

楚晚宁的指尖碰上他的伤疤。

止疼的。

但他心如刀割，凌迟车裂，大抵如此。

墨燃自然知道这不过是一点点的灵力，犹如沧海一粟，楚晚宁几乎把所有的灵力给了众人，分给他的只有那么一点点。

前世，他因为楚晚宁总给世人太多，而给自己太少，所以对楚晚宁心生怨怼。

可是那时候的他不知道，其实，楚晚宁给他的一点一滴，虽然少得可怜，但都是楚晚宁所剩下的，所仅有的，最后的东西了。

"好了！修好了修好了！"

忽然有马庄主手下的修士急匆匆跑到门口，两颊涨得通红，大声喊道："快准备撤回，要关门了！马上就准备关门了！"

这时候抵御凶灵的人已经换作了梅含雪，薛蒙退下来之后也受了伤，但伤势不重，他自己拿纱布裹了裹也就差不多了，他一边咬着纱布带子给自己打结，一边看梅含雪退敌。

说来也奇怪，他记得梅含雪明明是水系与木系的灵核，但不知道为何居然施展出了火系招数。他一个人，一把断水卧箜篌，指尖铮铮，面目冰冷，出手的却是火红色的屏障烈焰，将企图靠近的凶灵统统逼退。

"关门了！梅公子！"

梅含雪让卧箜篌悬空，一步步随着自己后退，退到门边时，薛蒙忽然发现不对，扭头道："能不能再把门打开点？这琴太宽了，进不——"

"不用。"

梅含雪冰冷简洁地打断了薛蒙的话，倏地把箜篌收于乐匣内，失去了琴声灵火镇压，刹那间一群凶灵一拥而上，薛蒙知他不擅长近身作战，神色骤变，拔了龙城就要往外冲去帮忙。

岂料人还没过去，就看到银光一闪，梅含雪掌中不知何时出现了一把银色佩剑，端的是剑气凛然吹毛断发，只见得他剑舞成影，而后掠地而退，猛地将剑掷出，在大门即将封闭之前，他抬手，厉声道："朔风，回来！"

那佩剑化作一道雪亮光影，从缝隙间嗖地穿进来，梅含雪蓦地接住，臂挽剑花，佩剑归于身侧。

天宫大门，轰然闭合。

外头传来闷闷声响，是凶灵和龙筋砸在门上的声音，但是好像隔了很远很远传来，南宫家大兴土木铸造的宫门，并不是那么容易攻破的。

众人长舒一口气，有好几个没有见过大世面的上修界弟子，都直接腿一软跪在了地上，甚至有没出息的，还哀叫道："妈呀……这都是什么事儿啊……"

断后的梅含雪也微微地松了口气，但他松一口气的样子实在与平日并无明显不同，要不是薛蒙一直在旁边盯着他，恐怕也不会发现他微微启了嘴唇，轻吐了一口气。

忽然发现旁边两道瘆人的目光，梅含雪转头："怎么……为什么看我？"

薛蒙喉咙有些干："你这把剑……"

梅含雪侧身瞥了一眼流淌着银光的长剑："朔风。"

薛蒙脸上阴晴不定了好一会儿，开口道："你什么时候会使剑了？不对不对，应该问，你什么时候有神武了？"

"一直有。"

薛蒙愕然道："那你灵山大会的时候为什么不用？"

梅含雪沉默一会儿，说："不想用。"

薛蒙很不解，甚至有些愤怒："你是看不起我们吗？你拿出神武，指不定你就是第……第二？"

梅含雪转动眼珠，那素来冰冷的眼睛里似乎有些嘲讽，他就那么看了因为愤怒而微微涨红了脸颊的薛蒙好一会儿，而后说："第三名很好，第一……"他抿了抿唇，擦着薛蒙走过去，一句话轻描淡写地落在薛蒙耳边。

"第一太傻了。"

蛟山惊魂变

薛蒙原地杵着呆愣了好一会儿，才猛地缓过劲儿来，朝着梅含雪大怒道："狗玩意儿，你说谁傻？"

薛正雍拉他："蒙儿！"

"这个人说我傻！"

"好了好了，你听错了，含雪明明什么都没说啊。"

"那是因为他在我耳边压低了声音说的！！"

这边吵吵嚷嚷，那边姜曦正在清点伤员，查看局势。查看完毕后姜曦让所有人都在原处休整片刻，该疗伤的疗伤，该打坐的打坐。没办法，最凶猛的战力都消耗了很多，如同弓还未拉满，箭镞已磨钝，这样贸然继续往前走，若是再有惊变，恐怕应对不了。

吩咐完这些，姜曦走到南宫驷旁边："南宫，我有些事要问你。"

"姜掌门请讲。"

姜曦没说话，而是先看了叶忘昔一眼。

南宫驷道："她不用回避。"

"还是回避一下比较好。"姜曦说着，目光垂落，停在南宫驷心口处，那是南宫驷灵核的位置。

待叶忘昔走后，姜曦在南宫驷旁边坐下。"你的灵核怎么办？打算瞒着？"

南宫驷的眼神黯淡了一下："我还不知道怎么跟她说。"

"你怕她会因此嫌弃你？其实你想多了，叶姑娘并非——"

"没有。"南宫驷打断了姜曦的话，"我不怕她会嫌弃我。我只是怕她会难过。"

姜曦沉默一会儿，似乎被南宫驷骨子里莫名其妙的高傲刺到，嗤笑："你倒真是自信。"

"姜掌门言错。我不是自信，是信她。"

姜曦听他语气颇硬，便淡淡道："你如今虎落平阳，却还用这种口吻跟我说话，就不怕我以后会找你麻烦？"

"你不会。"

姜曦顿了一下："这是信我？"

"一路上来，我也知道了姜掌门是个什么样的人。"南宫驷说，"所以之前以为自己命当断绝时，我才会对你说那些话。"

姜曦盯着南宫驷，直到南宫驷提起这件事，他才把目光转开了，"如今你还活着，那些话还作数吗？"

"作数。"南宫驷说，"等打败了徐霜林，我自会与众人言明。"

姜曦便不说话了，过了好一会儿，他才道："南宫驷，很遗憾不能看到儒风门在你手上发扬光大，不然，你也算是个可以一较高低的对手。"

南宫驷答得很平静，但也隐隐地有他的傲骨："掌门还是言错。儒风门最好的东西，我已有幸学到了。"

姜曦很少有不反驳别人的时候，也很少有不冷嘲热讽的时候，更少有佩服或者是赞同别人的时候。但他这次缄默了良久都没有再试图反驳南宫驷的话，最后道："不说这个了，问你个更重要的事情。"

"我知道掌门要问什么……"南宫驷抚摸着箭囊里卧着的瑙白金，妖狼受伤了，额头一块蹭破了皮毛，还在渗血，"但是，为什么蛟山会突然失控，违背太掌门的意愿，这实非我所知。我也觉得不可能。"

姜曦道："没有半点儿蛛丝马迹？你再想想看，儒风门有没有什么秘闻，是关于这座山的？"

南宫驷摇头道："没有。南宫家族世世代代都知道蛟山听从家族子嗣的命令，但是排在第一位的一定是长英先祖。"

"绝对没有别人？"

"绝对没有。蛟龙的魂魄认的第一个主人就是太掌门，绝不会改变。"

姜曦眼中阴晴不定，一张脸因陷入僵局而越发戾气深重："徐霜林究竟怎么做到的？"

"我也想不明白。"南宫驷忽然顿了一下，姜曦以为他想到了什么，扭头去看他，结果发现他直勾勾地望着远处的一个人，顺着目光瞧过去，姜曦看到了在剥橘子吃的南宫柳。

南宫驷一直试图不去看自己被做成棋子的父亲，可是这一眼触碰到，他的神情还是立刻不可遏制地变得极为痛苦。姜曦其实也是和徐霜林、薛正雍一般岁数的人，只是因为修炼的心法不同，所以他看起来依旧年轻英俊。但这与他的心态无关，他的心态其实早没有那么风华正茂了，他看着南宫驷，一时间竟心生不忍，说："别看了。"

"……"

"别再看了。"

南宫驷似乎花尽了残存的力气，才把目光从父亲身上移开。他垂落眼帘的时候，肩膀竟似微微颤抖，最后他把脸埋进掌心里，却掩盖不住嗓子里的哽咽。

他声音嘶哑地喃喃，试图岔开话题："我也想不明白徐霜林是怎么做到的，那可是太掌门驯服的魔龙啊……"肩膀却越颤越厉害。

姜曦一直僵硬着，面目一直很寡淡，但他最后伸出手，拍了拍南宫驷的肩。他似乎是想安慰南宫驷两句，可是他从来都没有安慰过人，最后只干巴巴道："没关系，人各有命，你与你父亲虽然闹到了如今这个局面，但是也还有过父子一场。你看我，天命之年，无子嗣。想开点。"

说完南宫驷当然没有理他，他自己也觉得干巴巴，说了好像比没说还糟糕。

姜曦起身，略有尴尬："我去别的地方看看，你歇息一会儿，等会儿就该继续往前了。"

"……"

"对了，前面是什么地方？"

南宫驷闷声道："龙魂池。"

"做什么用的？"

"那是祭祀恶龙之灵的血池。"南宫驷道，"恶龙的元神就沉睡于池内，每年儒风门的人都要祭拜它。"

姜曦听了就有些皱眉头，最后他说："但愿那边别再出什么状况。"

众人在这前殿休整了小半个时辰，伤员和灵力损耗过多的人都在疗愈修士的帮助之下，渐渐恢复过来。

姜曦左右打量着两边被徐霜林做出来的"善"与"恶"，两种极端，眉心皱得越发紧。这种全无战力的东西，徐霜林拿来做什么？摆着好看吗？

听被做成棋子的南宫柳一口一个"陛下"，似乎是徐霜林把自己当作了帝王，而把这些分成黑白善恶的傀儡，当作了自己的臣民？

他一路走马观花，最后来到南宫柳面前。南宫柳正坐在自己的竹筐上面，慢吞吞地剥橘子。

姜曦顿了片刻，忽然俯身，不死心地问了句之前已经问过他的话："你能带我们去陛下那里吗？"

南宫柳依旧是和先前一样的答案："陛下有陛下的事情要做，怎么能说见就见呢？"

姜曦拂袖不悦道："一点用都没有，废物脓包就是废物脓包，无论是活着还是被做成了棋子，都是废物脓包。"

南宫柳被他骂了，苟且地缩了缩脖子，一副很懦弱的样子抱住自己的竹筐，过了一会儿，居然号啕大哭了起来："你怎么那么凶？我没用就是没用啊，我本来就是个废物脓包，你凶我又能怎样？”

他哭号得响亮，引得众人纷纷侧目。

楚晚宁这个时候也调息打坐得差不多了，皱皱眉头：“这个南宫柳好奇怪。”

墨燃问：“怎么？”

“我说不上来。”楚晚宁道，“我感觉这个人是南宫柳没错，但就是很不对劲，好像不是我所知道的南宫柳。”

墨燃就盯着那边看，姜曦正面色铁青地瞪着南宫柳，而南宫柳抽抽噎噎，时不时还拿两只手委屈兮兮地揉眼睛。

墨燃瞧着他的举动，确实觉得不对劲，说不出的违和，好像见到个长着中年人脑袋的孩童，令人直起鸡皮疙瘩。忽然，墨燃愣了一下，喃喃道：“孩童……”

“什么？”

墨燃倏忽转头，问道：“师尊，你有没有觉得，他这样子很像一个小孩子？”他说着又侧身瞧了南宫柳一会儿，见南宫柳居然开始拿衣袖擤鼻涕，便道，“还是个只有五六岁的小孩子……”

他这样一说，楚晚宁再看，果然如此。南宫柳虽然还是四十来岁的相貌，但是一举一动之间，都无不透露痴傻幼稚。

楚晚宁喃喃道：“难道徐霜林对他做了什么，让他的神识记忆，只保留到了五六岁？”

墨燃道：“师尊等着，我去试试。”

“你要怎么试？”

墨燃不答，他在众目睽睽之下，走到南宫柳身边，捡起一个橘子递给他，试探着说：“别哭了，吃个橘子吧。”

“我不吃，我已经吃过了，这是献给陛下的。”

墨燃便把橘子又放回筐子里，问道：“陛下是谁？”

姜曦道：“有什么用？这句话我不是早就审过他了。”

果然，南宫柳道：“陛下……陛下就是陛下啊，还能是谁。”

墨燃并不气馁，而是接着问了他第二句话：“好，陛下就是陛下，你这么忠心且懂事，陛下知道了，定会十分高兴。对啦，我一直都在问你关于陛下的事情，还没问问你呢，小兄弟，你叫什么名字？”

黄啸月在旁边看得不耐烦，冷笑两声正欲说话，姜曦却拦住了他，摇了摇头。姜曦也隐隐觉出不对劲来了。

抱着一筐橘子的南宫柳望了墨燃一会儿，才有些怯懦地说：“我叫南宫柳。”

墨燃笑眯眯地摸了摸南宫柳的头，不动声色地问：“认识一下，我叫墨燃，我今年二十二岁了，你呢？”

“我……我五岁……”

一时间，鸦雀无声。

南宫柳那一嗓子回答虽然不响，但周围人都在安静地往这里看，所以他这声战战兢兢的“我五岁”，犹如惊雷破空，在这大殿内炸响。

几乎所有人都惊呆了。如果不是情况紧急，只怕在场许多人都要哈哈大笑，笑得眼泪直流——五岁？五岁？

倒回三年前，要他们相信天下第一门派的掌门，居然会瑟缩在一筐橘子旁，嘟囔着“我五岁了”，这些人大概宁愿信母猪会上树。

可南宫柳此刻确实清清楚楚地道出了这个句子，一群人都听傻了，愣愣地杵在原地，你看看我，我看看你，都不知道这究竟是什么情况。

姜曦上前一步，厉声问道：“你每日都在这宫里做什么？”

南宫柳连忙往墨燃身后缩，拽着墨燃衣袖道：“大哥哥，我不要跟他说话，这个叔叔好凶……”

姜曦：“……”

南宫柳比他岁数还大，做梦他都想不到有一天南宫柳会管他叫叔叔。

墨燃也有些扛不住，如果真是个五岁的小孩子倒还好，他还受用，可是此时拉住他的，却是个眼尾满是褶子的男人。墨燃嘴角抽搐，咳嗽两声宽慰道：“好好，你不用理他，那我来问问你，你每日都在这宫里做什么呢？”

姜曦瞪大了眼睛——他此时都有些佩服墨燃了，可以啊这小子，这都能忍？

“我每天就摘橘子啊，摘了橘子洗干净，然后给陛下背上来，等他出来吃。”南宫柳道，“陛下他最喜欢吃橘子了，一天能吃掉一整筐呢。这山脚下原来长着的都是一种只开花不结果的树，陛下说没意思，就全都换成橘子树了，我也觉得橘子树好，果子甜丝丝的。”

他絮絮叨叨地念叨着，忽然眼神有些黯淡：“可惜陛下这些天身子总是不太好，摘了一筐，他只能吃掉一半……”

姜曦抓住了关键：“陛下最近身体不好？”

南宫柳倒是很记仇，撇着嘴，鼓着腮帮道：“讨厌，我不和你说话。”

姜曦忍了片刻，没忍住，迅速扭过头，拿帕巾捂了自己的口鼻。

黄啸月关切地问：“姜掌门这是怎么了？”

“别跟我说话。”姜曦嫌恶地皱着眉头，再也不肯去看蹲在那边撇嘴的巨型孩童南宫柳，“我有点儿恶心。”

墨燃道：“陛下身体怎么不好了？”

“就是……就是总是咳嗽，咳出来的都是血，他又很瘦，那么瘦也不肯吃饭，他身上有好多地方都烂啦……”南宫柳说着说着，眼泪滴滴答答像断了线的珠子，又哀戚地哭了起来，“我好担心他，要是他不在了，我该怎么办？以后就再也没有人陪我玩，跟我说话，喂我吃橘子啦。”

“他……他还喂你吃橘子？”

可是就上回儒风门所见，南宫柳和徐霜林这两个兄弟之间简直有血海深仇，徐霜林没继续拿凌迟果活片儿了自己哥哥已经是个奇迹了，还喂橘子？

想象都想象不出来。

姜曦则陷入了沉吟：“身上的很多地方都烂了……”

薛正雍道：“听上去好像是珍珑棋局的反噬？”

墨燃也很清楚这一点，三大禁术之珍珑棋局，如果施术者灵力不够充沛，强行操纵棋子太多次数的话，身体就会慢慢溃烂。

他前世刚开始修炼的时候，也烂过，从脚趾开始，那个时候怕被楚晚宁发觉，他就再没敢轻举妄动，后来发明出了共心之阵，才得以继续。再到后来，他成为踏仙君，灵力丰沛雄浑，不需要共心之阵也可以驾驭千军万马，但是那个坏死的左脚小脚趾，却是再也无法复原了。

墨燃不由得觉得奇怪。外头那些凶灵，显然都是用共心之阵操纵的，唯有这大殿内能自由活动的凶灵，才完全由徐霜林的灵力掌控。既然徐霜林支撑不了那么多棋子，又为什么要做这得不偿失之事？

困在这里想再多也是无用，姜曦道：“往前吧。”

通往龙魂池的大门也需要机关打开，这个机关倒是没有被毁，启动后镶嵌着七星法阵的前殿后门立刻发出轰隆隆的闷响，石门缩到墙内，儒风门宗祠天宫的中殿在众人面前缓缓展露出了自己的样貌。

那是一个六边形的密闭宫室，四壁湿冷潮湿，天顶处有一条粗遒的腾龙浮雕，筋骨分明，双目怒睁，这巨龙口中衔着一盏油灯，里头点着的不知是什么油，烧出来的光竟是幽蓝幽蓝的。

在殿堂的正中央，有一个翻滚着血红色浮沫的池子，正往外冒着腾腾热气。

南宫驷道：“这就是龙魂池，魔龙的元神被封印在这个血池里。”

有人想要靠近了细看，南宫驷道：“别多看，这个池子邪气很重，要是盯着它看久了，神志是会涣散的，快走吧。”

一行人在南宫驷的带领下依次从血池旁边走过，步入中殿之后的回廊，虽然这里暗无天日，没有任何参照物，但墨燃能感到他们一直在上坡。

这段路大约走了有一炷香的辰光，然后南宫驷停下了脚步，他面前是一扇比前头都窄小，但是镶满了珠宝华饰的门。

“这扇门打开之后，再走一段路，就是甬道的出口了。”南宫驷道，“出去之后是天宫的最后一块地方，叫作招魂台，徐霜林应当就在招魂台上。”

黄啸月忽然问道：“儒风门天宫就这几个去处？前殿、龙血池，还有招魂台？”

“不错。”

“难道就没有什么密室吗？”他一时性急，差点儿说成了藏宝密室，幸好及时反应过来，“我是说，徐霜林也可能会在密室里。”

南宫驷意味深长地看了他一眼，那样的目光实在让黄啸月有些惴惴。最后南宫驷说：“先去招魂台看了再说吧。”

打开这最后一道门，又需要南宫家族的鲜血，南宫驷将自己的血液抹在了石门龙纹的眼珠子处，门上的机关咔咔转动而后听到一声幽幽的叹息。

黄啸月悚然：“谁在说话？！”

随即又指着南宫驷道：“你小子不会在使诈吧？请君入瓮？”

南宫驷漠然道：“黄道长若是信不过我，现在出去也还来得及，坐在大殿等着吧。”

黄啸月当然不肯，但他进去之前留了个心眼儿——这一路走来，他发现但凡重要的门槛都需要南宫家族的血才能打开，传说中的那个藏宝密室想必也是如此。于是黄啸月在进门之前，手有意无意地在龙眼上抹了一把，偷偷沾了些南宫驷的鲜血……

忽然间，空寂的声音在这漆黑的甬道里响起——

“所来者，何人？”

黄啸月做贼心虚，惊得几乎跳起，其他人也都纷纷左顾右盼，南宫驷道：“所来者，儒风门第七代，南宫驷。”

“惘离……恭迎……主人……”

这句话之后，归于寂静。

“惘离是那条魔龙的名字。”南宫驷对姜曦道，“姜掌门，请吧。”

姜曦看了看前方甬道，百余尺开外的地方，透出白色的光亮，想必那边就是招魂台了，姜曦往前走了几步，忽然间大地又猛地震了一下，那个空灵的声音便再一次响了起来。

“惘离，恭迎……主……人……”

“这条龙怎么回事？”姜曦皱了皱眉，“同一句话它说两遍？”

但南宫驷的脸色已经变了，他立刻转头去看招魂台的方向，那里光影忽然微微闪动，他还没来得及看清，耳中却已听到了嗞嗞的吐芯声，紧接着天光处涌进了一股洪流。

南宫驷瞳孔猝然收拢，厉声喝道：“跑！！”

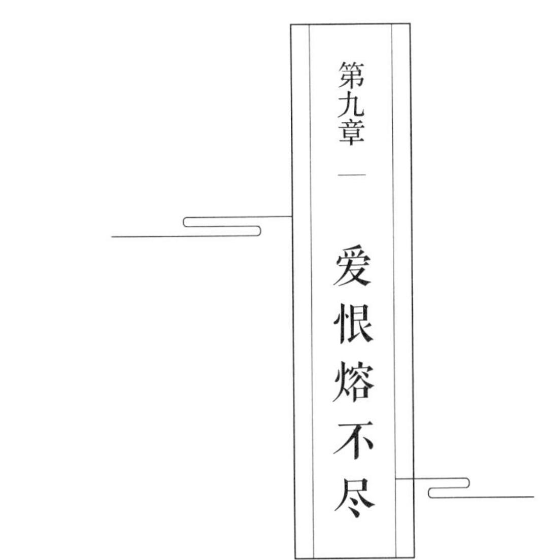

第九章 — 爱恨熔不尽

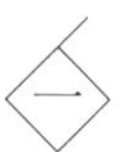

蛟山逍遥游

朝他们疯狂涌来的哪里是洪流，分明是汇聚成流的毒蛇！

狭小的甬道内霎时乱作一片，你推我我挤你，一瞬间光是被踩死踏死的就不在少数，姜曦将南宫驷往前一推："你先走，这里我来应对。"

他说着，袖中已撒出莹莹粉末，蛇群闻到这粉末气息，俱是身形凝顿，蜷在原处不敢往前。

姜曦朝前头怒喝道："都冷静些，快往中殿回撤，别挤！"

他镇住蛇潮，然后快步赶上大部队，退到石门前时发现南宫驷在那里查看着腾龙浮雕，他问南宫驷："到底怎么回事？"

"魔龙肯定是被控制了。"南宫驷道，"我想回去查看一下龙魂池的情况。"

他说着就要走，姜曦一把抓住他："后面那蛇群怎么办？我没带太多的驱散粉，药效散了之后它们肯定又都会涌过来。"

站在一旁的叶忘昔道："我来。"

她自幼在儒风门暗城受教，因此比其他人都更擅长在黑暗窄小处单兵对战，南宫驷虽不想让她留下，但叶忘昔神情坚决，且除了她之外确实也没有更合适的选择，所以最后南宫驷只得拍了拍她的肩。

"这里太黑了，我知道你不喜欢，守一会儿，我马上就回来。"

姜曦与南宫驷是最后出甬道的，一出来，黄啸月就猛扑上前，那架势凶狠，当真不是个须发尽白的老头子所该有的模样。

"南宫驷！你还敢说不是你搞鬼？"

南宫驷隐忍许久，此刻终于也绷到了极限，他怒喝："若是我搞鬼，你现在还能好端端地站在这里吗？走开，别挡道！"

黄啸月先是一惊，而后点着他的鼻子："看啊、看啊，假面撕下来了吧？狐狸尾巴露出来了吧？一直装孙子，如今到了你的地界，连嗓门都大了起来，你以为你还是那个叱咤风云的儒风门嫡子吗？怎敢如此气焰嚣张！"

"黄啸月。"

忍到极限的人除了南宫驷，还有另一个人。

姜曦实在是眼里揉不得沙子，他上齿碰下齿，森然开口：“你别以为我不知道你咄咄逼人，到底是想做什么。”

黄啸月手蓦地一收，脸色已变，但还是强作镇定：“姜掌门或许无法体会老夫的心情，我与儒风门有杀弟之仇，我……”

“我确实无法体会黄道长的心情。”姜曦转动眼珠，冷冷望着他，“我对儒风门的宝藏密室，实在半点儿兴趣也没有。”

他的目光就像两把出鞘利刃，黄啸月猛地往后退了两步，呆呆地看着姜曦，嘴唇开开合合，却如涸辙之鲋，半句话也说不出口。

姜曦道：“南宫，你去查吧。”

然而龙魂池就那么一方池子，四壁空荡，一览无余，仔细观察了好几圈，也没有发现什么异状，南宫驷摇了摇头，说：“我去前殿再看看。”

前殿的陈设就要复杂得多，何况还有那么多珍珑棋子，南宫柳先前被留在殿内，南宫驷进去的时候，他正抱着那筐橘子呼呼大睡。

他在他父亲面前立了一会儿，眼神茫然又空洞，只是眼眶不由自主红了。他不敢再久站，也没有去唤醒被做成棋子的爹爹，而是一枚枚棋子看过来，希望能得到一点点线索。

方才众人都在前殿时，他没有什么闲心细瞧，只知道这里被分成了“极乐”和“炼狱”两部分。此刻一个个傀儡打量过来，却发现了不少故人的身影，他看到了与徐霜林关系素来不睦的四叔深陷“炼狱”，被架在一膛子炉火上烤，看到三生别院里的那几个侍女正在“极乐”之地，扑萤捕蝶……

他甚至还看到了自己的爷爷。

但是南宫驷并没有太多时间可以用来感受悲伤，因为他忽然觉得自己即将看到一个人，一个……

然后他听到了。

在那潮水般的喃喃呓语中，他听到了。

一声颤抖着的，轻若蚊吟的——

“驷儿……”

南宫驷如五雷轰顶，未及回头，泪水已濡湿眼眶。

他转过身，朦胧水雾之中，他只看到了一个模糊的天青色身影，他向那身影仓皇奔去，声音沙哑地喊着：“阿娘！阿娘！！”

眼泪潸然，落下了，他便瞧清了。

在“极乐”界，娉婷立着一个人，正是南宫驷的娘亲容嫣。和南宫长英一样，这个女人也有着极其强悍的定力，再加上徐霜林保留了大殿棋子的心性，所以哪怕南宫驷已和幼时大不相同，但她凭残躯一具，竟也能在南宫驷进到她视野后，认出他来。

她向南宫驷颤抖地、极其艰难地伸出木僵的手指："驷……儿……"

容嫣穿着的衣裳，正是南宫驷最后见她一面时所着的那件。他跪在她面前，竟好像一夕之间，回到了当年，儒风门那个看似再寻常不过的夜晚。母亲去到孩子的书房找他，窗外月正圆。

南宫驷跪在她跟前，仰头看着她，有很多话想说，但最后说出口的，却是一句颤抖的："阿娘……举世誉之而不加劝，举世非之而不加沮……"

时光就此倒错。

昔日严厉的母亲立于轩窗边，蹙着秀眉问："举世非之而不加沮，上一句是什么？"

稚子支吾着，却怎么也答不上来。

后来她离去得太突然，他跪在她黑沉沉的棺椁前时，依旧无法把母亲生前让他诵背的最后一卷经文完完整整地背出。

这一句"举世誉之而不加劝，举世非之而不加沮"，隔着十余年榛榛莽莽的岁月，终于尘埃落定。

他跪在她跟前，依旧是和月夜别离时同样的姿态，他们的身影与当年终于重合，只是当初满心怨怼，如今却已痛断肝肠，而那时的云鬓花颜，此刻也终究成了他人棋子。

容嫣抚摸着南宫驷的鬓发、脸颊，最后攥住了他血迹斑驳的手，颤抖着阖上双眼。

"驷儿，娘如今躯壳被控，如俎上之肉，随时都会再失去意识……但是驷儿，你要信……娘这些话，都是真心的……都是娘临走时想着的，娘虽恨极了你伯父如此作为……但娘也感激他……"

"阿娘……"

"若不是他……将我制成棋子，我又如何能再见你一面……跟……跟你说……"容嫣僵直而缓慢地俯身，发着抖，伸出手，然后将南宫驷紧紧地拥进怀里。

"阿娘临走前，最后悔的就是……"她哽咽了，却不是因为要被徐霜林再一次掌控，她将她的孩子拥抱得那么紧，颤声说，"我最后悔的就是，从来都没有、从来都没有这样好好地抱过你。我从来都没有这样抱过你……驷儿……"

"阿娘也是爱你的。"

南宫驷已泣不成声："我知道……我都知道的，娘，我早就知道了。"

忽然间，大地又开始震动了，容嫣蓦地一凛，睁开双眸，喃喃道："惘离的血契要撕裂了……"

“什么？”

“惘离的血契要撕裂了！我在这里，我每天都看得到！”容嫣忽然紧张起来，“驷儿，你不能有事，我要去阻止他……我要去阻止南宫絮……”

南宫驷擦着泪，拉住她：“阿娘，你在这里看到了什么？什么血契要撕裂了？”

“你听着。”容嫣顿了顿，眼瞳收缩，一时间似乎又要受制于人，但她竟是紧咬牙根，凭着意念，生生挡住了珍珑黑子的掌控，“你听着，南宫絮他搜罗了五把神武，这五把神武饱饮了万人血，它们合力，就能斩断魔龙和南宫家族之间的纽带。”

“斩断纽带？！”

“不错，龙筋，是第一个被切断的。”

南宫驷悚然：“所以外头那些忽然暴起的凶灵，其实是因为龙筋被切断，所以才摆脱了控制？”

“正是如此。”容嫣沙哑道，“第二个，是龙鳞。”

南宫驷蓦地想到了方才遇到的那些毒蛇，应当都是龙鳞所化。

“第三个，是龙尾。”

南宫驷失色道：“刚刚的那一下震动，是龙尾的纽带断了吗？！”

“不错，而后是龙首，最后是龙身。”容嫣道，“一旦南宫絮用第五把神武施术成功，整座蛟山都会失去掌控……再也……再也不会认太掌门为主……”

她的神情又痛苦起来了，她一时说不出更多的话，徐霜林似乎已觉察到了她的行为，正在极力地侵吞她的肉身。

容嫣低声哀号，纤长苍白的手指紧紧埋入发髻之间：“不……不……”

“阿娘！”

“驷……驷儿……”

他的声音让她猛地又惊醒，她犹如濒临渴死的人得到甘泉，紧紧攥住他，神情竟有些惶然无助。

那是他在她脸上从未见过的。

南宫驷心如刀割，他将她拥到怀里，以前他还是孩子，阿娘总是很清冷，很严肃，极少拥抱他。

如今他终于可以护着阿娘了。

虽然只不过一场镜花水月，只不过一个躯壳里，藏着些许生前的意识，连魂魄都不再有。

也够了。

容嫣佝偻着身子，在南宫驷怀里微微发着抖，过了好久，她才又抬起脸来，脸上已尽是作为珍珑棋子流出的血泪。

南宫驷喉间苦涩，抬手去帮她擦拭，可是怎么擦都是脏的，怎么擦，那些血迹都擦不掉，他痛苦地闭上眼睛。

容嫣道：“我能感觉到他……他已经觉察了我……我时候不多了……听着，他斩断血契，为的……为的就是能和魔龙重新订契，到那个时候……啊！！”

她意识模糊，难以继续。

但南宫驷已经恍然明白过来，他脸上最后一点血色也消失了：“到那个时候，惘离只听他一个人的命令，我们在蛟山就——一个都逃不过？！”

“绝不能如此……”

“绝不能如此！”

母子俩竟异口同声。

南宫驷低头去看母亲：“阿娘可知该怎么做？”

“南宫絮修炼不到家……”容嫣脸色闪过一丝寒意，“他……他根本镇不住珍珑棋子……所以竟生反噬，我也因此……能反知其内心一二……我知道该怎么做——你听我的。”

容嫣攥着南宫驷的手臂，目光一寸一寸扫过去，最后却落在了她的丈夫身上。

因为刚刚大地震动，南宫柳被震醒了，正抱着自己的那筐橘子，迷迷茫茫地环顾四周，一副不知所措的样子。

她紧盯着他，犹如鹰隼盯着穴中之蛇。

“得死一个人。”朱唇启合，容嫣道，“驷儿，你去杀了他。”

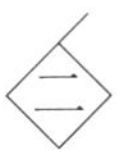

蛟山君子诺

南宫驷悚然："阿娘？"

"魔龙之契，唯有靠南宫家鲜血活祭，方可加固。"容嫣道，"只有你，或者他。所以当然是他……他已是一枚棋子，行尸走肉……更何况，他凭什么苟活着？他为夫不忠，为父不严，为君不尊，他枉配为人。谁知道南宫絮为何一念之仁解了他的凌迟果之诅，只让他做个傻子？！"

南宫驷怔忡地僵在原处，似乎他也成了一枚棋子，僵硬的，难以动弹的。

"驷儿，为娘身不由己，难以动手。如今只有你……只有你能将他投入龙魂池，鲜血入池……他一条……一条贱命，便能换众人平安，也算他……死后积德了！"

他还未有反应，忽地听到龙魂池那边有人在大喊："怎么回事？这些甲壳虫是哪里来的？"

甲壳虫……

随即那个殿内便传来了此起彼伏的惨叫声，还有薛正雍、姜曦等人的喝令声。容嫣焦急道："尽快，龙尾的血契已经断了，还有最后两条纽带，等完全解开了，就算把他丢到血池里，也是于事无补了。"

南宫驷被她当头喝醒。

"有什么好犹豫的？！"容嫣道，"是他四处为孽，害得儒风门到今天地步，驷儿！你快醒醒吧！没有别的选择了，你——"

她忽然哑然失声。

紧接着，她的眼仁微微上翻，瞳孔急剧收缩，徐霜林似乎终于忍受不能，以最狠戾的灵力控住了她。

容嫣再也没有了自己的意识。

她脸上重新出现了做梦般的神情，她缓缓起身，朝着"极乐"那一边走去，回到她一开始待着的那个不起眼的位置，眼神放空，低声喃喃着："驷儿……告诉阿娘，举世毁之而不加沮，前一句，是什么呢？"

南宫驷在发抖。

他跪在地上发抖，他没有被任何东西所控，可是他觉得天罗地网，哪里都没有出路。

举世誉之而不加劝，举世毁之而不加沮。

这是他阿娘希望他做到的，好难。

真的好难。

小时候背晦涩难懂的《逍遥游》也好，令他十箭必须命中九次红心也罢，都是太难太难的事情。

如今，她跟他说，要用他父亲的血去加固蛟山的血契。

他听着外头那哀哀惨叫，只听声音都知道苏醒的龙尾变成的甲虫会有多可怕，他又想起叶忘昔，还在黑暗里独自迎战蛇潮，等着他尽快查明一切回去的叶忘昔。

“驷儿……”身后是母亲的喃喃。

他缓缓抽出长剑，朝着南宫柳走去。

恨。

怎么会不恨？

他看着这个男人——

怎么会不恨他？

活挖了母亲的心脏，私通江东堂掌门，坑害碧潭庄李庄主，让儒风门毁于一旦，留下一堆烂摊子，臭名昭著，让他与叶忘昔惶惶然不可终日，无家可归，犹如丧家之犬，他怎能不恨他！！

佩剑举起，雪光映亮了南宫柳的面目。

那张不再年轻的脸上，带着几分稚子才会有的安详与平静。

南宫柳看着南宫驷，于是南宫驷的手抖了，他别过头去，说：“你起来。”

“你是谁？为什么要我起来？我要坐在这里，我要等陛下……”

“什么陛下！”南宫驷朝他怒喝，心脏突突跳动，血管里血流奔涌，“那是你弟弟！出息呢，南宫柳！那是你弟弟！！”

“是弟弟也是陛下啊。”南宫柳被惊着了，又缩成一团，“你不要这么凶，你……你……你为什么哭呀？”

我哭了吗？

南宫驷怔愣地想。

我……我哭了吗？

苦咸的泪水滚滚滑落，和佩剑一起跌落在地上。

南宫驷倏忽跪于地，号啕。

为什么会这样？

他是恨他的，他以为自己真的能恨到逼迫着父亲随自己到龙魂池，重铸蛟山与惘离的血契。

他为什么不能恨？就是眼前这个人害得自己无家可归，家破人亡，他凭什么不恨？

可是……

可是真的下不去手啊。

当剑光照亮这个人的脸庞时，当他看到这个人眼角的皱纹时，他想到的，竟然是——

自己还很小很小的时候，在啸月草场跌跌撞撞地追着瑙白金跑。

他腿脚不稳，最后跌倒了。

容嫣站在他面前，对哇哇大哭的他说："自己站起来。"

好疼。

可是真的疼，他挣扎了，也努力了，但却站不起来。

他伸出手，恳求娘亲抱他一次，拉他一把。

但是容嫣没有伸手，一直都没有伸手。

最后是另一只温暖的大手，将小小的他从地上拉起，抱到怀里，阳光洒下来，他看到一张脸。

一张年轻的，敦和的，好好先生般，总是慈爱和气的脸。

"哎呀，我们驷儿偶尔也是要人扶一下的啊。"这个人摸着他细软的头发，眼神很温柔，"要是都自己爬起来了，还要爹娘做什么呢？"

那是南宫驷记忆之初，对自己父亲最早的印象。

在这个幽旷的，满是活死人的大殿，唯一的活人蹒跚着，跌跌撞撞地靠着自己爬了起来。

他爬起来，可是很快又跪下了。

他朝容嫣所在的方向，遥遥长磕了三个响头，然后再次起来，转身欲走。

忽然，衣袖被扯住。

扯住他的人，居然是南宫柳。

"……"

南宫柳从筐里摸出一个橘子，递到他手里，想了想，又剥了一瓣，直接递到了他的唇边。

"别哭啦，虽然不知道你要去做什么，但是橘子是甜的，特别好吃。我采来的，你尝尝吧。"

南宫驷不想吃，可是那瓣橘子就在唇边，南宫柳递给他，就像小时候无数次喂他吃东西那样。

酸甜的汁水在唇齿间散开，南宫驷狠狠抹了抹眼泪，终于下定决心掷落长剑，转身大步走出了前殿。

他来到了混战一片的龙魂池边。

那龙尾化作的甲虫太凶狠了，已经有很多的修士战死，地上血流成河。由于虫子太小，楚晚宁、姜曦等大宗师一个人也只能护住身后不多的人，场面一片冗杂，犹如在沸汤内。

没有人注意到南宫驷进来。

他走进殿内。

几个时辰前，他失去了灵核，以为自己从此要沦为凡人，庸碌一生。

此刻却忽觉得，原来命运知他心高，虽不厚于他，却在最后，也不薄于他。

唯一亏欠的……

他的目光落到了通往招魂台的甬洞处。

叶忘昔。

南宫驷忽然展颜笑了。

幸好，到头来也没有来得及跟她说谢谢，谢谢她不离不弃，谢谢她矢志不渝。幸好没有来得及跟她说，他终于读懂了她的好、她的情意，愿意从此一直和她在一起。

要不然平白无故地连累人家姑娘，那就……

扑通。

那就怎样呢？

他没有想完，若是再想，大概就再也没有勇气。他没有想完，于是滚沸的血池将他吞没，他没有想完，便化作骨骸，化为灰烬。

他生前所来得及做的最后一件事，是把腰间的箭囊解开，将母亲一针一线绣给他的箭囊，以及里头那只在嗷呜乱叫的妖狼瑙白金抛到了池边。

南宫驷觉得自己在化为灰烬的那一瞬间，好像仍是有意识的，但是不痛，他好像清清楚楚地听到了箭囊安全落在地面的声音，瑙白金呜呜的叫声，似乎还听到楚晚宁喊了他的名字，极少有的从容尽失。

他想应。

他想应一声——

师尊……

我认你的。

我怎么会不认你？

其实我都记得，那一年花树下，磕落拜师之礼。

但是你不肯要我啊。

我也有我的自尊自傲，怕你看不上我的根骨，所以一直佯作当时年岁太小，业已淡忘。

后来你愿意认我了，但是我也怕连累你……

现在好了。

我有师尊，我给阿娘背了《逍遥游》，叶忘昔和瑙白金都没事。

对了，没想到临死之前，还能吃到一瓣橘子。

是那个人……亲手剥的……

和小时候常常喂我吃的那种橘子是一个滋味。

好甜……

南宫驷的魂灵倏忽散落，什么都淡去了，一切都成了前尘幻影，往事旧梦，都过去了。

归于血契。

龙魂池忽然迸射出耀眼的光芒，那光芒所及之处，龙吟剑啸，摧枯拉朽，将所有的龙尾甲虫，龙鳞滑蛇，将外头狰狞托举着凶灵的龙筋，纷纷击碎为灰烬齑粉。

叶忘昔浑身浴血从甬洞里冲出来的时候，瞧见的就是南宫驷最后落入池中的一瞬身影，看到龙光漫照的血池，还有所有望着血池的修士，池边呜咽无助的瑙白金，俯身抱住瑙白金的楚晚宁……

她的佩剑当啷一声掉在地上。

“阿驷！！”

声嘶力竭，几乎震裂穹苍！

此时的叶忘昔已满身伤痕，她摇摇晃晃地往前走了几步，还没有来得及走到血池边，甚至还没有来得及落泪，那惨重的伤与疯狂的情绪终于击垮了她。蛇毒在她身上蔓延，她骨血冰冷，浑身发冷。

“阿驷……”

她一步步踉跄着奔过去，嘴唇青紫，翕动着，哽咽着，泪水潸然滑落。但她再也支撑不住了，重重地摔于冰冷的砖面。

眼前阵阵昏黑，可她还在用血迹斑驳的手指扒着地面，试图往前爬着挪着。

明明知道已经来不及了。

明明亲眼看到南宫驷纵身跃入了龙魂池。

明明一切都已经结束了。

可是不甘心啊，怎么能甘心……怎么能甘心！！

好像只要死咬住坚持着爬到池边，就能让那人归来，好像只要再执着一时片刻，南宫驷就还能回到她的身边。

他说过的。

在蛇窟前，他明明答应过的——

他说，这里太黑了，我知道你不喜欢，你坚持一会儿，我很快就回来。

眼泪滚滚而落。

她便坚持着，银牙咬碎也坚持着，那样一点点地、昏沉沉地匍匐着、痉挛着，爬到已经归于止息的龙魂池边。

我来了。

你呢？

眼前很黑，周围很冷，是不是又有厉鬼要来，是不是又有毒蛇要犯，你能不能像从前一样，一纸灵符镇落，威风凛凛地回过头来。

再跟我说一句："跟我走吧，我保护你。"

"南宫驷……阿驷……"她哽咽着，终成号啕，放声大哭，"你回来啊！君子一言，驷马难追，你要守诺，你回来啊！"

可那哭声并未持续太久。猛烈的毒素与创伤终于侵吞了她，她失去意识前，最后做的事情，是伸出手，触上了龙魂池的池壁，仿佛这样就能捉住池中人的衣摆，将他留在身边。

本来一切都要变好了啊……阿驷的灵核暴虐可以想办法遏止，大家也都没有再那么记恨他们了……本来……就快要熬出头了。

可是黑暗又来，这一次，对她而言，或许再也没有天明。

"阿驷……"

叶忘昔呢喃着，终于缓缓合上了眼睛。

魔龙的恶灵终于被镇压，南宫驷以血肉之躯献祭，加固了即将破碎的纽带，而融入了南宫驷魂魄的龙血池，徐霜林再难毁坏。

都结束了。

蛟山不再有一草一木能被徐霜林动用，南宫驷没有南宫长英那般通天彻地的本事，但最后却是他削去了徐霜林最锋利的爪牙。

所有人都没有说话，只能听到先前负伤的人细微的呻吟。

龙血池的光芒渐渐散去，墨燃走到楚晚宁身边。楚晚宁低着头，阖着眼，抱着瑙白金的那只手苍白冰冷，因为隐忍，皮肤下淡青色的血管微微凸出。

"师尊……"

楚晚宁什么都没有说，只是把瑙白金放到了叶忘昔身旁，连同南宫驷的箭囊一起。

他起身，眼里有水汽，但望向通往招魂台的甬道时，那水汽就凝成了冰霜。

他一言不发，手中天问流淌着金光，他走向那漆黑的甬道。

墨燃跟着他，死生之巅的弟子都沉默着跟上。

没有人问，也没有人说话。

打头阵意味着什么，他们心里都清楚明白，但是他们一个个都跟上，没有人退缩。而后是踏雪宫、孤月夜……

姜曦进甬道前，点了几名疗愈和镇守的弟子，说："你们留在这里，好生照顾伤员，尤其是叶姑娘。这些没死的要是再丢了性命，回去一整年的俸禄灵石，全都扣光。"

"是，掌门。"

通往招魂台的门已经被打开了，这一路损兵折将，他们来到了儒风门宗祠天宫的最后一块地方——

终于到了，祭祀招魂之地。

招魂台。

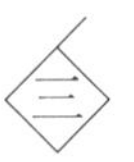

蛟山笑我癫

楚晚宁是第一个走出甬道的，与甬道内的窄小不同，他迈出最后一级石阶，映入眼帘的是偌大的一片空旷高台，举目竟难望见尽头，犹如一方浮沉于九霄之上的净土。

此时一轮皓月当空，高台四野孑然，寸草不生，举目望去，但见凄风阵阵，云影朦胧，而高台中心的地方，坐着一个人。

徐霜林。

后面的人陆续都出来了，却都在看到徐霜林的瞬间陷入了怔愣，薛正雍更是惊道："怎么……这是……这是怎么回事？"

另有人倒抽一口凉气，悄声道："天哪，怎么会这样？"

"他到底是死是活？"

墨燃朝他走过去，离得越近，眼前的一幕就越是令人汗毛倒竖，砭骨森寒——徐霜林盘腿坐于地面，闭着眼睛。他身体的右半边已经腐烂了，根本看不出人形，身上不断地涌出脓血和黑水，恶臭逼人。而在他前后左右，分别插着五把凶煞之气极重的神武。

墨燃的指尖不由得蜷了蜷——他看到了不归。

不归正深深刺于地面，淡绿色的辉光从地上一路攀缘，最后和其他四把武器的光芒汇聚成流，涌入徐霜林的心腔，将徐霜林一张嶙峋消瘦的脸照得阴晴不定，明暗闪烁。

而在徐霜林身后，有一团黑漆漆的烟霭在盘旋扭动，似乎是某种即将聚化成形的法阵。

其他人陆续跟了过来。

黄啸月不可置信地喃喃道："这个是……这个是武魂之术？"

薛蒙不知道什么是武魂之术，刚想问父亲，一扭头却看到薛正雍脸色煞白。显然，他根本不相信居然有人会动用这种法术。

"这到底是什么？"

不知道武魂之术的显然不只薛蒙一个人，另外有小辈在轻声问着。

楚晚宁盯着徐霜林的脸，说："武魂之术，就是把自己的魂魄献给染满了鲜血的神武，与神武订下契约，发誓死后自己的灵魂被神武的武器器灵撕碎吞噬，成为淬炼神武的祭品。"

"活祭武器？"薛蒙愕然，"为什么要这么做？"

"因为他的灵力不够。"楚晚宁道，"这是可以迅速且大幅提高自己实力的方法。他把魂魄献给神武，而神武，把自己的力量借给他。"

正说话间，忽然听到一声幽幽的叹息。

几乎所有人都禁不住退后一步，薛蒙龙城出鞘，紧紧盯着徐霜林的脸。

徐霜林缓慢地睁开眼睛，月光下，他抬起脸，一半还如寻常，一半却已是一摊臭恶的泥浆。

"楚宗师……诸君，你们还是寻来了啊。"

他一只手支撑在地面，摇摇晃晃地站起了身，他的目光扫过一张张或是警惕，或是恶心，或是畏惧的脸。

他不在意，尚正常的那只眼睛转动着，里头甚至透着一种恶意的捉弄和邪气。但他扫了一圈，又扫了一圈，没有发现那个人的存在，脸上那种笑吟吟的恶意，便凝冻且消失了。

徐霜林厉声低喝道："叶忘昔呢？！"

薛蒙怒道："你也配提她的名字？"

"你们把她怎么了？！"

薛蒙更怒："你管得着吗？你这种没心没肺，没血没肉的人，你还有什么面目去挂念叶忘昔？"

"挂念？"这个词似乎把徐霜林给激着了，他先是一愣，而后眯起眼睛，似乎慢慢平静了下来，"不，我怎么会挂念？真是可笑……"

姜曦森然道："与他废话那么多做什么？杀了他！"

说着右手抬起，雪凰佩剑现于掌心，就要朝徐霜林斩落，岂料一道黑影快如闪电，竟生生将他的攻势隔断。

姜曦眉峰一抬，咬牙切齿道："墨宗师为何阻我？"

"我有话要问他！"墨燃说着转过身，眼中闪动着复杂的光亮，他抿了抿唇，原本似乎想再多说几句，但最后吐出来的，只有四个字，"你同伙呢？"

徐霜林慢悠悠地——他居然都这样了，还能慢悠悠地——蹭了蹭自己的脚趾。

于是墨燃注意到他今天又没有穿鞋。

"都说了是我的同伙。"徐霜林露出森森白齿，笑了起来，那半边脸的笑容看上去竟还是粲然的，带着一丝嘲讽，"那么你们应当知道我绝不会说。我徐某人，这点江湖义气还是懂的，诸位英雄豪杰、君子好汉，你们就别多费这一份心了。”

他特意看了墨燃手中的见鬼一眼，又道：“别的审问方法也不必用，大不了手起刀落，割去自己的舌头——我总有办法不说真话。”

薛蒙显得很错愕：“你、你这样的人，居然还好意思说什么江湖义气……”

“奇怪了，我为什么不能说江湖义气？”徐霜林道，“朋友相帮，兄友弟恭，师慈徒孝，善者安享清宁，恶者得到惩戒，这本就是世道该有的样子。你以为这个道理，就只有你们这些人能懂吗？”

薛蒙被他厚如城墙的脸皮惊得瞠目结舌，指着他道：“兄友弟恭？师慈徒孝？你？”

徐霜林慢条斯理道：“是啊，如何？”

“你还要脸吗？和兄弟手足相残的人是你，怂恿南宫柳吃掉罗枫华灵核的人也是你，坏事你都做尽了，你居然……你居然还能这么理直气壮地说——这就是世道该有的样子？”

面对薛蒙一连串的质问，徐霜林咧嘴笑了笑，不置可否，而是忽然问了句：“小兄弟今年贵庚？”

“你问这个做什么？”

“你不告诉我也罢。”徐霜林上下打量他一番，说道，“我看你也就是二十岁上下。二十岁的人啊，总是一腔热血，满眼纯真，趾高气扬地站在天地之间，觉得世上没有什么是自己做不到的。”

他顿了顿，粲笑道：“真是再好不过的年纪了。”

地上神武的光辉在源源不断地流淌，继续给他强悍的灵力，他拿这种灵力维持着自己对成千上万珍珑棋子的操纵，对抗着棋子的反噬，但饶是这样，他身上的肌肤还是在以肉眼可见的速度一点一点地溃烂。

徐霜林不以为意，他似乎看不到自己正在被煞气吞噬的身体，他来回在身后那个盘旋的法阵前踱步：“二十岁……你知道我跟你差不多大年纪的时候，在做什么？”

“你还能在做什么？”薛蒙义愤填膺道，“你做的那点破事谁不清楚？你褫夺掌教指环，代替你哥哥当了儒风门的掌门，短短两个月之内，你就连杀了两位上修界的尊主，后来有人找你去讨要说法，而你把他们的眼睛统统挖了出来——不义、不仁、闭耳塞听，你全占了！如果我和你一样，在二十岁的时候干出这些事情，那我宁愿在十二岁的时候就暴毙而亡！”

薛正雍见他激动，恐他惹了徐霜林的注意，吃不了兜着走，低声提点道：“蒙儿，你少说几句。”

“别呀。”殊不知这句话被徐霜林听见了，他笑嘻嘻地摆了摆手，“接着说，为什么少说几句？”

薛蒙见他居然还笑，脸上那神情就跟看个鹦鹉在架子上拍打羽翼唱歌似的，满是玩味，不禁热血上头，恼羞成怒道：“你……你当真是恬不知耻！无药可救！”

“有什么恬不知耻的？你说的那些，本就不算什么。”徐霜林道，“你说我褫夺掌教指环——自古高位，有能者居之。我哥哥那个废物，什么都不会，靠着三寸不烂之舌，居然也能混得风生水起，没有和他实际较量过的人，都以为他是个数一数二的人物，称我们是儒风双公子——灵力术法不相伯仲——你们不觉得很可笑吗？”

“我，和他？”徐霜林拍着额头嗤笑，“别逗了，从小我拿一只手就能敌得过他四足并用，要我跟他并驾齐驱？我终日苦修的时候，他只知道在他老娘怀里撒娇剥橘子吃！我冬练三九，夏练三伏，他春天不是读书天，夏日炎炎正好眠！后来我为了在灵山大会求个实至名归，他却背后使阴讨了个坐享其成！再后来呢？你们给苦练的人扣上剽取之名，却给他封了个‘天下第一俊杰’的好名声，这公平吗？”

薛蒙犹豫一下，但仍坚持道：“那你也不至于做到这个地步……”

“废话！站着说话不腰疼，空口大义指责别人都容易得很，轮到自己就全都变成另一张嘴脸，灵山大会这种事情，换你你能忍吗？！”

薛蒙冷不防被他反将一军，倒是愣住了。

换他，他能忍吗？

“会场上几百个人指着你，说你不知羞耻，名次与掌声全是他的，留给你的只有一辈子都洗刷不尽的冤罪，你的勤修苦练，在他的舌灿莲花跟前溃不成军——这就是公平？”

“我……”

见薛蒙怔忡着说不出话来，徐霜林冷笑：“再说我杀那两个掌门的事情。他们两个人，一个成天敲着木鱼，南无阿弥陀佛念得比谁都好听，另一个威风凛凛，刚正不阿的君子名声天下皆知，但他们却为了一己私利，面无表情地把我推下深渊万丈。试问诸君，我凭什么要饶其狗命？”

在场那两个门派的人一听他这样说先代掌门，脸上都是青一阵紫一阵，想辩驳，却又说不出任何抑扬顿挫的句子来，最后是无悲寺的玄镜大师轻叹一口气，闭目合十道：“冤冤相报，何时了啊……”

“对啊，都说何时了，都恨不得把冤仇给了结，可凭什么是我？”徐霜林一字一句说得愤怒，但脸上却依旧是笑着的，云淡风轻，甚至有些讥嘲，“我扇你一巴掌，然后说冤冤相报何时了，不让你扇回来，你愿意吗，秃驴？”

有人恼怒道：“南宫絮，你嘴巴放干净点！怎可对前辈这样说话！”

“我也是你前辈呢。”徐霜林笑道，“小乖乖，你的嘴巴也给我放干净点儿。”

“……”

黄啸月捻须道：“南宫絮……”

话还没说完，对方就做了个“打住”的手势，扯了扯一半健全，一半腐烂的嘴角：“商量下，你能不能叫我徐霜林？我不喜欢‘南宫絮’这个名字。”

黄啸月一拂衣袖：“阁下就算要讨个公道，杀了那两位掌门，也早该偿清了，后来挖去那么多人的眼珠，又有什么道理？”

徐霜林欣然自若道：“从前我跟你们讲道理。但没人听我的。”

他顿了顿，“嘿嘿”笑了起来：“后来呢，老子成了一个疯子，你们却要拉着疯子论个黑白分明，你们这些正人君子啊……有趣。”他拍起巴掌来，“真是太有趣了。”

站在旁边一直没有说话的墨燃，此时忽然问了一句：“所以，你自己就要求个公平，对吗？”

“……”徐霜林的目光一寸寸上移，移到了墨燃脸上。

他们两个在料峭风寒的石台上对视着。

在墨燃眼中，徐霜林的影子渐渐模糊，他看到的仿佛不是眼前这个肢体腐烂苟延残喘的男人。

他透过徐霜林，看到了另一个影子，头戴珠玑旒冕，身着黑金黼黻华袍，他看到了踏仙君，看到了前世的自己。

“我们来的路上遇到了南宫柳，他管你叫陛下，你给自己封了神。”墨燃道，“你成了这个天宫里的帝君，执掌着审判的权力。你说什么是对的，什么就是对的，你说什么是错的，什么便错到离谱，生杀予夺都由你，这就是你的公平？”

徐霜林沉默片刻，而后冷笑。

于是墨燃看到“踏仙君”在冷笑，苍白英俊的脸上覆满讥嘲。

“是又如何？你也看到了，曾经我也信尔等正人君子，信所谓世间公平，可结果怎么样？”

他顿了顿，在神武之阵前来回踱步，眼睛里闪动着激越的光：“是你们，把懦夫奉作英雄，把英雄踩在脚下。是你们，把努力当作粪土，把茅厕修成神坛。是你们，把谄媚看为友善，把傲骨看作架子——你们做尽了恶事把我踩到泥潭里！然后跟我说，我哪怕受了再多罪过，哪怕兄弟阋墙饱受栽赃，哪怕衣不蔽体受尽屈辱——那也是我自己的事情，再怎么样也不该把怨气发泄到无辜之人身上——哈，简直笑话！”

墨燃看到“踏仙君”的冷笑越来越夸张，逐渐变为狞笑。

“千夫所指的不是你，背负莫须有罪名的不是你，你当然可以说尽人间漂亮话！而我，我不过是在以我自己的方式，求个天下有道而已。”

“天下有道……”墨燃立在踏仙君的对面，他问，“为了你自己的天下有道，杀了多少人。你自封为帝，脚下是累累白骨，滚滚鲜血，你难道就不曾有过一星半点儿的忏悔吗？”

“有什么可忏悔的。我杀了他们，但我自会给他们一次复生的机会，他们都会成为我麾下的棋子，从此所作所为皆由我所掌控，从此黑白一清二楚，善恶泾渭分明，这才是人间公道。”

墨燃沉默一会儿，说：“看来，你是真的把自己当作丈量人间的尺子了。”

“我就是这把尺子。”

徐霜林猎猎立在风里。

他是众人眼里的南宫絮。

——墨燃眼里的踏仙君。

他说：“你看看前殿，你竟不觉得漂亮？良善之人个个安居乐业，丑恶之人受烈火焚身，鼎镬烹炸。谁捅过别人刀子，就让他引颈就戮补回来，一笔笔账算得清清楚楚，血债血偿，难道有错吗？”

墨燃：“你可真看得起自个儿。”

然后他听到“踏仙君”回答：“我为什么要看不起自己？在我看来，这便是最好的因果报应了。”

一时再无人说话。

众人大抵都因徐霜林这一番疯狂言论而震惊。

他们来之前，很多人都觉得徐霜林做这一切，大概是为了权力，为了私仇，诸如此类。

他们谁都没有想到，徐霜林竟觉得自己做的一切都是对的，为了公平公道。

但这世上，谁又能做那把最公平的尺子呢？就连神明后嗣天音阁都未必能做到。

墨燃站在原处，过了一会儿，他的内心总算恢复了一些平静，他望着与自己对峙的“踏仙君”。

旒冕消失了，英俊的脸庞凹陷下去，变得焦黑。

他眨了眨眼，面前的人是徐霜林，不是踏仙君。只因徐霜林与前世自己的作为太过相似，他竟生出一种隔着时空，与自己遥遥对话的错觉。

“好，那我是不是可以理解为，大殿内的棋子，你哪怕灵力供给不足，也要让他们保留生前心智，你在这个天宫建了你自己的邦域，从此你是神是佛，是帝君陛下，你把世间一分为二，善归善道，恶归恶道，这就是你想要的公平？”

他说着这一段话。

与此同时，他脑海中犹如疾风片雪，飞快地掠过许多与徐霜林有关的记忆残片。

——前世，为了救回叶忘昔，一念之差，死于剑下的徐霜林。

站在三生别院里，赤着脚，笑嘻嘻逗弄着鹦鹉的徐霜林。

金成池边，向自己兄长讨要一片橘子聊作奖赏的徐霜林。

蛟山的橘子树，心智回到幼年纯澈时的南宫柳，无间地狱里被抢回的罗枫华……一桩桩一件件串在一起，山呼海啸般涌进他的思绪里。

墨燃抬起黑沉沉的眼睛，那眼睛里既无嘲讽，也无鄙夷，他只是那样安静地望着徐霜林："我说得对吗，南宫絮？"

"叫我徐霜……"

"不，你就叫南宫絮。"墨燃一步步上前，他看着那个肌骨溃烂的男人，他知道在场不会有人比自己更清楚南宫絮此时此刻所想，他们都曾是被逼上绝路的人，前世的踏仙君，这世的徐霜林，一样的。

他洞若观火，他紧盯着徐霜林脸上最细微的变化不曾错放。

他停下脚步，忽然垂眸。

"天那么冷，地上那么凉。"墨燃轻声道，"南宫絮，你为什么不穿鞋？"

徐霜林脸上的笑容一下子僵住了，但他很快便将闪烁的眼神重新冻得固若金汤："我不穿，我愿——"

"你是不是很喜欢叶忘昔问你这句话？"

"……"

"那天我去三生别院，第一次见到你，你就没有穿鞋子。"墨燃道，"是她后来叮嘱你让你穿上去，你脸上那种心满意足，恐怕你自己都没有觉察。"

墨燃凝视着徐霜林的脸庞。

那是他在飞花岛，看着对岸沂州熊熊业火，滚滚浓烟时，心里就在揣测的答案。

"南宫絮，你一直希望有个人注意到你光着的脚，希望有个人跟你说——"

一直笑吟吟的徐霜林脸上忽然闪过一丝恐惧，他竟往后退了一步，鼻梁上皱，面皮狰狞："你闭嘴。"

墨燃自然不会闭嘴，他看着徐霜林，原本只是揣测的东西，在徐霜林突然激烈的反应中，化为真实。

墨燃看着他，觉得自己看到的不是徐霜林，而是前世那个在黑暗困顿中无处脱身的自己。

"把鞋穿上吧，地上凉。"

倏地如猎豹跃起，光影攒动神武铮鸣，徐霜林陡然暴怒扑上去拽住了墨燃的衣襟，那只正常的人手和那只腥臭的鬼爪同时攥住他，徐霜林眼里充满了血丝，他咬牙切齿道：“给我闭嘴！你给我闭嘴！”

“好，我闭嘴前，再多说一句。”

“别说！”徐霜林近乎是有些绝望的，他犹如被拔去了逆鳞的龙，血流如注，“别说……”

“叶忘昔，当真像极了罗枫华。”

这一声轻描淡写，却在瞬间抽空了徐霜林所有的力气。

他哑然，茫然立于地。

周围一些曾经见过罗枫华，也见过叶忘昔的人都是一愣，他们在脑海里回想着这两个截然不同的人，没有亲缘，甚至在滚滚红尘中，一个都已死去了，另一个才出生……可是提点之下，他们才忽然惊觉——啊，果真是如此。

叶忘昔的一举一动，一招一式，甚至是性格脾气，语态神情，都和当年徐霜林的授业恩师罗枫华如出一辙。

徐霜林蓦地撤回了攥着墨燃的那双手，指爪狞扭，他把脸埋进掌心里，肩膀微微颤抖。

薛蒙喃喃道：“他……他是在哭吗？”

哭？

不会的。

徐霜林埋首于掌，良久，他肩膀的抖动越来越明显，指缝里漏出扭曲诡谲的轻笑：“哈……”那笑涟漪般扩大，他忽然放下双手不无疯狂地大笑起来，“哈哈哈……像？简直无稽之谈！墨宗师，你见过罗枫华吗？你也就是在鬼界之门开启的时候，见过了他的魂灵一眼，就凭这一眼，你说他们像？你未免也太自信了。”

“既然你自己提了鬼界之门，提了罗枫华的尸骸，”墨燃道，“那么我问一句，他在哪里？”

徐霜林眼神狠戾，笑容蓦地拧紧：“什么他在哪里？”

“你的邦域之中，善恶惩戒，或沉或荣，都由你掌控。但你连南宫柳，最后都没有舍得动手杀掉，你还解了他的凌迟果诅咒——我不知道这是为什么，不过，既然他在，罗枫华没有理由会被你舍弃。你灵力不支，要把魂魄献给神武，但金成池桃花源我与你交手数次，知道你实力不至于衰微至此。”

徐霜林：“……”

“之所以撑不住了，除了珍珑棋局使用太过，还有一个原因，那也是你这些年在苦苦修行的第二门禁术。”

墨燃顿了顿，那一刀终于刺落：“你的复生之术，终于把罗枫华从鬼界救回来了吗？”

话音未落，徐霜林已面如死灰，他正准备说什么，忽然间，他背后一直在流转的那个黑漆漆的法阵腾起了一道白烟。

薛正雍百经沙场，反应最快：“不好，那法阵后头还有东西！”

蛟山永难忘

众人的武器已唰唰亮出，薛正雍将薛蒙护在自己身后，面色极差："蒙儿你别过去，你在爹后面好好站着！"

方才众人看到神武之阵，自然不会想到要去打破，因为神武之阵一旦旁人破了，徐霜林灵力迅速委顿，很可能马上就会死去，而他们还有话要问他。

谁都没有料到徐霜林居然在神武之阵的下方，还藏着一个法阵。

那会是个什么法阵?

是用来逃生的空间裂缝，还是鱼死网破的凶悍血咒?

楚晚宁抬手，在众人和那个法阵之间落下一道屏障。

南宫驷当着他的面死去，他不想再看到有更多年轻的修士命殒于前。

楚晚宁道："都当心，不要冒进。"

天色陡暗，云气聚合，原本高悬的明月被翻墨般的浓云所遮蔽，霎时间飞沙走石，乱尘迷眼。

徐霜林一袭洁白单衣，站在卷地忽起的狂风中，忽地朝他们咧了咧嘴："多谢听我闲言碎语那么久，谢了谢了，诸位，法阵开啦。"

他说话间，那只枯烂的鬼爪反手一指，那黑色的法阵犹如腾云踏浪的飞龙，疯狂涌入他的掌心之中，这一层法阵被收回之后，露出下面那道流淌着五彩华光的法阵。

薛蒙惊道："这是什么阵？"

"是复生之阵吗？"这是薛正雍扭头问无悲寺的玄镜大师的，但大师摇了摇头："我派虽有怀罪通晓复生一道，但他从不在人前施展，因此老僧并不知晓。"

众人都紧盯着那个法阵，一个个都似拉到极致的弓弦，他们伺伏着徐霜林的丁点儿举动，空气安静到了极致，唯有烈风呼啸而过时的诡谲声响。

他们是一锅看似平静，其实烧到极热的油。

只消一滴水——

"是魔魂阵！！"

忽然一声暴喝。

石破天惊，翻沸炸响。

是寒鳞圣手华碧楠第一眼认出了法阵，他大喝道："魔魂阵！！徐霜林这是要召出罗枫华的魔魂，与我们同归于尽！快！绝不能让法阵成形！！"

听到"魔魂阵"三个字，几乎所有人都乱了阵脚，他们都知道那是一种仅次于三大禁术的邪门秘法，是一种药宗邪术，作为天下第一药宗大师，寒鳞圣手所言绝不会错。

同样是擅长用药的人，姜曦从小就对"魔魂阵"三个字如雷贯耳，因此他比寻常人反应更快，几乎是一个抢身就掠到法阵前，银凰掣出，灵力爆满，狠狠向结界中心击去！

"铮！"

刀剑碰撞，花火四溅，徐霜林竟在那一瞬间迅速闪现于魔魂阵前，拔刀格挡住了姜曦的武器，眼中寒光凛冽。

"我余生所求皆在于此，你别想再靠近半步。"

姜曦暴怒："你余生所求，就是鱼死网破吗？"

徐霜林咬牙道："一派胡言！"他擎着剑的手在不住颤抖，青筋暴突，脸颊涨得通红。

姜曦道："你已遍体鳞伤，就算用魔魂阵又能怎样？多拉几个陪葬？"

"什么魔魂阵？什么陪葬？！你睁大眼睛给我看看清楚，这哪里——"

"唰！"

就在姜曦钳制住徐霜林的时候，不知由哪里射来一支灌注着灵力的羽箭，朝着两个人身后的结界极速刺杀而去。

"不要！"

一直以来都老神在在的徐霜林，在今晚第一次发出了悚然至极的惨叫："住手！！"

几乎就是在他这分神的瞬间，徐霜林被姜曦落剑劈中，他痛得猛然跪落在地，但眼神疯狂而绝望，看的却不是自己被斩断皮肉露出白骨的胳膊，他目眦尽裂，朝的却是法阵方向。

他脸上还溅着点点血污，眼珠子暴突着，嘴唇不住哆嗦。

那样的恐惧神情，无论是在昔日的南宫絮脸上，还是在后来的徐霜林脸上，都没有出现过。

他颤抖着，掌心维持着打出灵力的姿势。

这一击，他几乎是用尽了全力，只为将那支冷箭阻于法阵前。

他成功了。

徐霜林喘息着，被姜曦砍伤的胳膊不住往外涌着鲜血，嘴角更是不住地渗出血沫子，但他看到那支羽箭被成功阻挡，碎裂在他的灵力之下时，他青白的嘴唇抖动着，竟挤出一丝笑来。

这时候，墨燃听到师昧在自己身边轻声喃喃了一句：“这……这不是魔魂阵啊。”

他这句话被黄啸月听见了，黄啸月捻须冷哼道：“小小年纪，你也不害臊？寒鳞圣手说是魔魂阵还能有错？”

师昧却坚决地摇了摇头：“魔魂阵不是这样的。”

“我说你这人，是药宗圣手眼睛毒，还是你眼睛毒？”

师昧正欲再说，墨燃却按住他。

“师昧，别跟这老头多废话。”墨燃道，“你可确信这不是魔魂阵？”

“只是像而已，但绝对不是，魔魂阵是有鱼鳞光泽的，这个法阵上虽然有光，但却是连贯的，不是片状。”

这时，法阵之前的姜曦怒道：“南宫絮，你葫芦里卖的究竟是什么药？！”

徐霜林根本不理睬他，那法阵散发出耀眼的光华，他拖着残损不堪的身子，一路来到法阵前，鲜血滴滴答答淌了一地。

他脸上的笑容却越来越明显，法阵的华光照亮了他的面庞，竟生出了些意气风发的味道，一瞬间恍若裘马少年。

他喃喃道：“就快了……”

抬起手，轻触上法阵的表面，指端落下，涟漪泛起。

他像是即将见到一个失散了多年的故友，阔别许久的亲人，狰狞的伤和腐烂的肉身都不能阻止他的快慰。

他眼睛明亮，不住念叨着：“就快了……就快了，还差一点点儿……”

周围涌动的狂风忽然止息，浓云散去，圆月当空。徐霜林满怀希望地睁大眼睛，他又在抖，但这次不是因为恐惧，而是因为不可遏制的激动。

“师父……”

众人发现法阵之中忽然金光浮动，而后浮露出一颗晶莹的灵核，结界不断地向灵核中心输送着光华，千丝万缕，渐渐凝化成人形——

“是罗枫华？”

“是罗枫华！”

死去多年的罗枫华便就这样出现在儒风门的招魂台上！那流淌着金光的法阵里浮现一株开着花的橘子树，白色的花瓣纷纷扬扬飘落，罗枫华一身儒风门的天青色鹤氅，正坐在树下，闭目弹着箜篌。

他还是一个虚影，模糊不清，镜花水月般的景象。唯有那颗从地府得来的再生灵核是真实的，在那具虚无的躯体之下散发着光芒。

“潭间落花三四点，岸上弦鸣一两声。”

轻轻淡淡的男子嗓音，宠辱不惊地从灵核中心传来。

花树下的罗枫华在信手弹着箜篌，轻声唱着一首蜀中的曲调。

“弱冠年华最是好，轻蹄快马，看尽天涯花……”

忽有一个沙哑的声音和罗枫华虚无缥缈的声音糅合在一起，竟是徐霜林在迎合相唱，那嗓音哽咽，太难听了，犹如破锣，犹如烂铁，却还是那样固执，那样旁若无人地应和着。

“这、这就是魔魂？”薛正雍愣怔着，“这到底是怎么回事？”

与他怀着相同疑虑的显然不止一个人，就连姜曦也眉头微皱起，抿唇不言，眼里似有疑虑。

金光浮动，罗枫华慢慢聚化成形，眉眼、鼻梁、嘴唇越来越清晰，在这岑远安详的歌声里，华碧楠忽然喊道：“快！魔魂就要成形了！！”

师昧一路上都很低调，大抵知道自己身轻言微，也不怎么说话，这时候却忽然扭头朝华碧楠大声说：“圣手前辈言错，这不是魔魂！是……”

是复生之阵。

墨燃心里已然明了。

对，师昧说得没有错，这不是魔魂阵，这是复生之阵啊！

但一群人聚在一起，大家会信一个寂寂无名的小修士，还是信一个威名赫赫的药宗圣手？华碧楠一说魔魂要成形了，师昧再怎么反驳，对于大多数人而言，都是自己保命要紧。当即一道翻飞的暗青色黑影极速掠过他们身边，未及徐霜林反应，那黑影就将注满了灵力的一把匕首狠狠朝着法阵刺了下去。

“不！！”

那一击猛地击碎了罗枫华的灵核，结界的金光闪烁片刻，刹那间肆意流散，土崩瓦解。

“不！不要！师尊！师尊！！”

徐霜林蓦地爬起，怒吼着将那人凌空击倒，飞出尺许开外。那是个在危急关头听从华碧楠指示的孤月夜修士，他蓦地呕出了一大口血——徐霜林这一击用了十成十的狠戾劲，哪怕他如今是强弩之末，那人也被他打得倒地不起，蜷在地面不住呻吟，很快就没了气息。

可已经晚了。

这个修士的死并不能改变什么。

徐霜林费尽心机，从鬼界夺回的罗枫华鬼体灵核，已经裂开了一大道口子，他一路爬到罗枫华跟前，试图拉住罗枫华的衣摆，但是聚成的人形已经开始散了，罗枫华的衣摆在他手中，便如指间沙，篮中水，怎么也握不住。

“师尊……师尊……”

他先是这样喊。

而后近趋疯狂，眼中闪着狰狞抖动的光。

“罗枫华！罗枫华！！”

没有用。

无论他怎么喊，怎么称呼——

罗枫华的残影都在迅速地消散，到最后，化作万点荧光，吹入风中……

什么都不剩了。

徐霜林呆呆地跪在原处，直挺挺地，整个人都显得很僵硬。

他不动。

不哭。

也不再喊了。

招魂台上，凛冽风中，一颗皲裂了的灵核失去光芒，跌落于地，暗淡无色。

那些原本要聚合成罗枫华的法阵灵流，此时就如千万柳絮，在不断地飘摇飞旋，星星点点，浮浮沉沉。

徐霜林跪在这一片灰飞烟灭的幻梦里。

过了很久，他似是喃喃呓语，又似是自嘲浅笑，道了一句：“弱冠年华最是好，轻蹄快马，看尽天涯花。”

多好的曲子。

他小时候，常常听罗枫华唱起。

满眼的灵絮都成了过往的岁月，他在那片片飘飞的金色柳絮里，看到了幼年时第一次见到自己师父时的场景——

那时候他和哥哥都还年幼，父亲带他们来到儒风书院前，那时正值秋日，书院里有一棵苍然的老橘树，树上累着沉甸甸的果实。果树下，两个男人正在交谈，一个其貌不扬，神情浅淡，放在人群里很快就会被淹没的长相。

另一个却是英姿飒爽，器宇轩昂。

父亲带他们走过去，说：“快见过你们的师父。”

他哥哥立刻抢着拜下，对那个气度不凡的男子说道：“小徒南宫柳，拜见师尊。”

那男子摆了摆手，道：“我只是来向罗先生请教一些学问，并不是你们的师父，两位小公子，你们认错人了。”

父亲也笑着，把他们领向那个看上去并没有什么出彩之处的男人，说道：“这才是你们的师尊，罗枫华仙长。”

他仰起头，正对上罗枫华有些腼腆的微笑，那时候罗枫华原本就年轻，一紧张，就显得更稚嫩了，一双滚圆圆的眼睛里映着两个小徒的倒影，脸颊微微发红。老掌门拉过他的手，跟他说："仙长，我这两个孩子脾性差得很远，适合的修行路子可能也不太一样，往后还要请你多多担待，因材施教啦。"

罗枫华手里正攥着个橘子，他似乎努力要拾掇出一个师长该有的威严来，可是不停转动揉搓着那只橘子的手，却暴露了他的青涩与赧然。

南宫柳是个鬼精灵，立刻上去甜滋滋地喊："罗师父、罗师父。"

罗枫华的脸立刻红得透底，连耳朵尖都被血色侵占，他摆摆手："我……不、不用这么客气，我也是初为人师，什么都还不懂……往后还请两位小公子多多指教，我……"

他"我"了半天，不知道该说些什么，徐霜林清清楚楚地记得那天沂州的阳光洒落，这个与其说是"师父"，不如说像"小哥哥"的罗枫华，站在结满橘子的树下，站在天光里。

他的耳缘薄薄的，逆光一照，能看到皮肉下淡青色的血管，单薄的耳廓，被映成晶莹剔透的橙黄色。

徐霜林于是跟罗枫华说了生平第一句话。

"罗仙长，今年满二十岁了吗？"

这原本是一句嘲讽，连旁边立着的父亲都听出来了，可是罗枫华却偏偏听不出，他居然笑了笑，很是诚恳地回答："没有满，我今年十七岁。"

"……"

徐霜林动了动嘴皮子，想说什么，但最后还是没说，干脆甩手走人。

他父亲将他拉回来，拉到一个角落，严厉道："絮儿怎可只看年岁论本事？"

"他比我们大不了多少。"

"先前给你请的王仙长，你又嫌人家年纪大！"

"可不是年纪大吗？"徐霜林翻了个白眼，"九十七岁，我看他都快成仙了。"

"十七岁也不行，九十七岁也不行，你到底要怎么样？"

徐霜林懒洋洋道："爹，你能别两次找人，中间差个八十岁吗？"

老掌门来了火气，又被儿子说得尴尬，咬牙切齿半天，最后道："他本事虽然不是最大的，但涉猎甚广，博学多闻，术法拳脚都称上流，总之你老老实实跟着他学，一年之后你要是还不满意，我们再换！"

好说歹说半天，两人从角落里出来了，回到书院前的时候，徐霜林看到自己哥哥居然和罗枫华相谈甚欢，看哥哥脸上的神情，好像和这位罗师父已经相识了十余年似的。

不过这也不算太奇怪，毕竟南宫柳有个能耐，那就是只要他愿意，和谁都能倾盖如故。

倒是罗枫华，举止间仍有些惴惴和拘谨，他抬眸看见徐霜林来了，那种惴惴和拘谨就变得越发明显。

他看着徐霜林一脸不耐，在父亲的拉扯之下来到自己面前。

他犹豫了一会儿，几乎是用最拙劣的，犹如小孩子似的方式，讨好这个乖张任性的小徒弟——

他递给了徐霜林那个自己一直攥着没吃的橘子。

徐霜林："……"

"很甜的，你尝尝。"

那个十七岁的小师父看起来无措又慌张，甚至显得有些可怜。

徐霜林这才注意到他衣服边角上，甚至还打着一个针脚平齐的补丁。

这么穷？

能谋得儒风门双公子的师尊一职，难怪要忐忑不安，眼巴巴地求他了。

"我不喜欢吃橘子。"徐霜林道，"既然罗师父要赖在这里不走，那么这就是我请罗师父记住的第一件事情。"

"絮儿！"

老掌门待要指责，罗枫华摆了摆手，很快地又将橘子收了回去，说道："没关系，没关系，尊主不必在意。"

"唉，我这孩子没礼貌，一点儿都不知道尊师重道，让仙长受委屈了。"

"没关系。"罗枫华展颜笑了，重新看向徐霜林，眼神温润友好，还有些小心翼翼，"其实，拜不拜师也没有关系，我有些不多不少的学识，你跟我学着就好，不用一定认我当师父。"

老掌门忙道："那怎么行……"

"名头都是虚的。"罗枫华脸颊红红的，有些不安地挠了挠头，"其实我也觉得自己太年轻了……"他转过头，对徐霜林道，"如果小公子介意，以后就叫我名字吧。"

徐霜林静静地望了罗枫华一会儿，忽然嗤笑出声，就在罗枫华这个可怜的老实人被他弄得稀里糊涂，越发尴尬的时候，他却整顿衣冠，端端正正地朝他行了个礼，而后抬起脸。

橘树清香，光影攒动。

徐霜林笑了，眉宇飞扬跋扈，嘴角略有傲慢与邪气，但他那时毕竟还年轻，笑起来的时候，天然带着一丝蜜桃般的稚嫩清甜。

说得也是，名头都是虚的。

所以，叫对方什么，他又何必那么在意呢？

于是徐霜林懒洋洋地、慢条斯理地唤了他一声："师尊。"

橘树叶子簌簌，满地斑驳流曳。

起风了。

罢了，也就是凑合着拜了个师父，一年半载，也就该找下一家了，他这样想。

那时候的徐霜林是真的以为，一切如旧，稀松平常，而这一天，也不过就是他人生中，再普通不过的日子。

蛟山昔日言

一晃两年过去了。

两年后的秋日，徐霜林躺在儒风门大殿的屋顶上，眯着眼睛看着满天红霞，嘴里叼一根狗尾巴草。

这大殿顶上很少有人会上去，原本是他独处之地，但此刻他身边一左一右，分别坐着两个人。

一个是他的哥哥南宫柳，还有一个是那位与他们岁数相差不多的罗师父。

徐霜林觉得自己有时很像是某些龇牙咧嘴的兽类，轻易不允许别人进犯他的领地，所以他也不知道为什么，从什么时候起，自己会愿意带这两个人上至屋脊，陪他一起发呆、看云，看蜻蜓低飞，柳絮飘至高处去。

“柳儿！絮儿！你们在哪里？”

廊庑之下传来父亲焦急又略带恼怒的声音。

“真是的，每次让他们帮着打扫庭院，都跑得比兔子还快，这俩小崽子。”

“啊呀。”南宫柳悄悄地从檐角边探出一个脑袋，露一双眼，看着自己爹爹急匆匆地走过去，然后又把脑袋缩回来，“哈哈，走了。”

“老头也笨。”徐霜林懒洋洋地架着腿，睥睨之态，“从来不知道上屋顶找我们。”

倒是罗枫华有些不安：“我们这样会不会不太好……唉，要不，一会儿你们就下去吧，别让尊主着急了。”

“有什么关系？反正天塌下来，都有我俩顶着呢。”南宫柳朝他扮了个鬼脸，“担心啥，阿絮，你说对吧？”

徐霜林没说对也没说错，把嘴里的狗尾巴草吐出来，伸了个懒腰，坐直身体：“给我瓜子。”

南宫柳就把自己带上来的瓜子倒了一大半在他手里，徐霜林一边慢条斯理地嗑着，一边乜斜着眼睛，有些好笑地看罗枫华惴惴不安。

他啐掉粘在唇上的一片儿瓜子皮，笑道：“师尊害怕？”

“我只是觉得这样不太好……”

“有什么不太好的。”徐霜林说，“老头要是怪罪你，我就给他脸色看。”

罗枫华：“……”

徐霜林又朝罗枫华伸手：“橘子给我一个。”

“你不是不爱吃吗……”

徐霜林眉头拧起：“啰里啰唆的，你给不给？不给提着你的脚踝，把你扔下去。”

他哥就来做好好先生：“阿絮，跟师尊说话别总那么凶巴巴。”

“师尊啥呀，都叫给外人听的。”徐霜林道，“哪有师尊会跟徒弟一起偷摸上屋顶嗑瓜子儿？”

罗枫华被他说得很是不好意思，慢慢低下了头。

徐霜林就爱看他这样子，每次瞧见了，都有种恶霸欺凌弱小的快感，他瞅着罗枫华瞧了一会儿，倏忽咧嘴，露出一口森森白牙。

“师尊哥哥，徒儿说得对吗？”

师尊哥哥是徐霜林突发奇想捏造出来的叫法，恭敬里带着亲昵，亲昵里藏着捉弄，于是罗枫华显得很急，也很难过：“不、不要这样叫我。”

“称呼只是一个形式而已。这是师尊哥哥自己说的。”

罗枫华：“……”

逗完了他，徐霜林又伸手，再次死乞白赖地讨要：“橘子。”

“你不喜欢，我只带了一个，是给阿柳的。”

徐霜林便瞪大了眼睛，不过不是瞪罗枫华，而是扭头瞪自己的哥哥。

南宫柳正在往嘴里塞糕点，蓦地噎住，含混不清地摆手道：“那啥，我今天也不是特别想吃橘子，师尊，你就给他吧。”

罗枫华想了想，说：“你们一人一半吧。”

他说着，就把橘子在袖子上擦了擦，然后剥去皮，想要公平地掰成两半，可还是分得一边大，一边小。

于是罗枫华就显得有些苦恼。

大约是因为他清贫无依的出身，总会为这样无关痛痒的小事而苦恼。

“唉……”

“大的给我。”徐霜林倒是毫不客气，金刀大马地就拿过了橘子，替试图一碗水端平的罗枫华做出抉择，“小的给他。”

罗枫华说：“你不要总是欺负你哥……”

话还没说完，嘴里就被塞了一瓣儿汁水鲜美的橘子，他愕然睁大了圆滚滚的双眼，茫然又懵懂地望着徐霜林。

“说什么呢。”徐霜林嗤笑道，他态度吊儿郎当，眼神却很温和，“我的这一半，还要跟师尊哥哥再分啊。”

南宫柳也凑过来，接过另外一半橘子，数了数瓣数，又分出来几瓣，分别递给了徐霜林和罗枫华。

这位后来的儒风门掌门嘿嘿笑着，漫天晚霞之下，他细软的头发犹如蒲绒，微微遮落额前。徐霜林好笑地望着他：“你干吗？”

“有橘子一起吃啊。”

他又把瓜子、糕点、果脯分作三堆。

“有点心一块儿尝。”

“你们……你们真是……”罗枫华似乎是想要拾掇起自己一星半点儿的威严，可是徐霜林也好，南宫柳也好，他们似乎都对此毫无感觉，而是有些亲切，又有些顽劣地瞧着他。

罗枫华在这种友善的眼神里既觉得开心，又觉得荒唐，半天才喃喃道：“真是胡闹……”

南宫柳道：“不胡闹不胡闹，胡闹也是三个人一起胡闹。”

徐霜林听了，终于噗地乐出了声，单手撑着屋脊，另一手抚额笑道：“好啊，那咱们仨，以后就有橘子一块儿吃，有点心一块儿尝。”

他顿了顿，举目看着儒风门屋舍俨然的壮丽景象，咧了咧嘴：“有屋顶，一块儿爬。”

景象闪过。

还是那一年，元宵灯会。

徐霜林赤着脚，嘴里叼着一片叶，正懒洋洋地在儒风门主步道上走着，时不时指指点点：“那个灯笼再挂高一点，说你呢，你挂那么低干啥玩意儿？腿短换一个人上去。”

背后忽然传来一个焦急的声音：“阿絮，你等等。”

徐霜林回头，瞧见罗枫华提了一双鞋过来，眉心蹙着，说道：“你怎么又不穿鞋就到处跑？”

“这条路都是炼气石，不穿鞋，好吸收灵力啊。”

“天那么冷，这么点灵力算什么？快穿上吧，你看你，脚趾都冻红了。”

“啧，你这个人啰里啰唆好麻烦啊。”

可话虽这么说着，徐霜林还是慢吞吞地把鞋子穿上了，不穿规矩，随意趿拉着，而后乜着眼，问罗枫华：“怎么着，闲下来了？要不要跟我去外头逛逛灯市？”

“阿柳的课业还没写完，我得抽完了他再……”

话音没落，就被徐霜林打断。

他扬了扬下巴，眼神矜傲：“我哥那个蠢材，你要盯着他写，那整个元宵晚上就耗着吧，别过了。”

罗枫华就好脾气地笑道：“不过就不过，我也不怎么喜欢热闹。”

徐霜林瞪着他，瞪了一会儿，忽然怒气冲冲地两脚把趿着的鞋子一蹬，踹飞老远，罗枫华愕然道：“你怎么了？”

“不穿，不穿！滚滚滚。”

“穿鞋啊，冷的。”

“不穿！滚！”

“你生气了？”

徐霜林就一脸嫌恶：“我生气？我有什么气好生气的？你和我哥，你们俩是蠢材和穷鬼，凑一起过节再好不过。走了，别搭理我。”

他说罢挥了挥手，大大咧咧地往前行去。

其实那个时候，他挺希望罗枫华能追过来的。

哪怕脚冻得通红，也满不在乎。

他就是要把俩脚丫子的鞋都踹了，等着有人在后面唤住他，着急上火大惊小怪地跟他说，要着凉啦。

徐霜林满怀期待地走着。

可是等了一会儿，罗枫华没有追上来，也没有喊他。

他顿了顿，就不由得放慢了脚步。

直到走出百米开外，再走就要到城门口了，还是没有人喊他。他捏了捏手指关节，心道，罢了，反正自己从小就没有什么玩伴，多少年元宵灯火都是独自逛的，有什么大不了的。

他步下台阶。

一级。

两级。

他终于回头，鼻梁高皱，变了面目，忍不住吼道：“罗枫华！”

罗枫华其实没走，站在原地，鞋子已经拾回来了，正左右为难着，不知道该怎么办。这时候听到徐霜林的一声暴喝，犹如当头一棒，猛地回神过来，睁大了圆眼睛，茫然道：“啊……”

“……”

算了。

真是服了他了。

于是那一年元宵节，他和徐霜林一起，陪在南宫柳旁边。

南宫柳苦恼至极地对着术法卷轴死记硬背，翻着白眼诵道：“心口下一寸五分，为巨阙穴、为心幕，遇打则人事不省，当向右边肺腑穴下……下……下那啥来着？”他挠头道，“又不记得了。”

“笨！笨死你算了！！”

徐霜林就拿竹简敲他哥的脑门，满脸的戾气：“下半分，用臂拳打去即醒，若醒后不愈，则一百余日必死。脐上水分穴，属小肠胃二经，重伤二十八日死。……第九遍了！你怎么没给蠢死？！”

南宫柳显得很沮丧，趴在桌上，长叹一口气，然而抬起眼帘，吹了吹自己额前落着的一缕细软头发。

“我也觉得我自己很笨啊……要是跟你一样聪明就好了。”

“不可能。”徐霜林斩钉截铁道，“做梦吧。”

暖帘子一掀一落，方才出去煮元宵的罗枫华回来了。

他披着厚斗篷，漆黑的发间和卷起的眼睫上都落着点点细雪，炉火映照之下，一张平平无奇的脸倒也生出些耐看的味道来。

就好像迎春细小，落雪则艳。

“背了好久了，吃点元宵吧，歇息一会儿吧。”

罗枫华把木托盘端过来，三碗元宵，一人一碗。

南宫柳欢呼一声，立刻冲到案前，正欲伸手，却被身后之人拽住。

徐霜林阴沉着脸：“急什么啊，没规矩，谢谢呢？”

南宫柳咋了咋舌，似乎有些诧异自己这位最没规矩的弟弟，居然在这一节上会跟自己蹬鼻子上脸。

“干吗？”

见弟弟有些危险地眯起眼睛，南宫柳连连摆手，顺带还买了个乖，衣袖一掸，行了个大礼，仰头开玩笑道：“小奴谢过主子恩赐啦！”

罗枫华：“……”

徐霜林看这家伙淘气，觉得又是好气又是好笑，想也知道这人大概又是从哪个话本里学来的，便道：“行了，吃点心吧。”

罗枫华搓了搓冻得有些木僵发红的手，放到嘴边呵了呵，徐霜林替他解了斗篷，他便有些受宠若惊：“啊，不必麻烦。”

徐霜林懒得理他，不咸不淡地问：“外头下雪了？”

“嗯，刚下，不知道今晚堆不堆得起来，第二天可以打雪仗。”

“师尊……”这时候突如其来的称呼绝不是恭敬，而是嘲笑，“你都多大了？”

罗枫华便笑，睫毛软软的，徐霜林看着不由得心底温柔，但惊觉这份温柔时，他又没来由地觉得恼羞成怒，他急匆匆地寻找着任何可以宣泄的理由。罗枫华果然没让他失望，很快就找到了，于是点着斗篷上一个补丁嫌弃道：“你很穷吗？来儒风门都那么久了，这件破烂怎么还不扔？穿到外头别人以为我们欺负你，你是不是傻啊？！”

罗枫华就立刻忐忑起来：“这个，这个就算破了，补一补也还是能穿的，想到下修界还有那么多人在受难，我就没有办法吃好喝好啊，置办一件斗篷的钱，可以买十来张灵符，赠予需要的人。多好啊。”

“……”徐霜林手指仍戳在补丁上，怒气冲冲地瞪他。

罗枫华小心翼翼地寻求着自己这位高徒的认同：“你不觉得吗？”

“我觉得你有病！穷病！”

但话虽这么说，还是把斗篷挂回了架上。

三个人围着暖炉，吃着汤圆。

元宵花灯是看不成了，但这年纪相若的三个少年人，凑在一起倒也有说有聊，不觉得枯燥。

窗外下着雪，冰霜覆盖在红色的窗棂边沿，晶莹剔透。

屋内柴火噼啪，映得满室如春。

后来喝了点酒，气氛就更好，罗枫华甚至拗不过他们，便接过了南宫柳拿来的箜篌，脸颊红红的，有些醉意，拨弄三两声，唱了一曲家乡小调。

“潭间落花三四点，岸上弦鸣一两声。弱冠年华最是好，轻蹄快马，看尽天涯花……”

“师尊师尊，这个好听，你教教我，叫什么？”

“《少年游》。”罗枫华温和道，“是蜀中短歌，我觉得很应景。”

南宫柳仰头便笑，他的笑容一向热络过头，总有些谄媚之气，但喝多了酒，竟也有了几分率真爽朗：“哈哈哈，《少年游》好听，我们可不就是少年裘马，意气风发吗？”

徐霜林抱臂冷哼：“一本书背了九遍都背不下来，哪个少年有你这么蠢。”

“哎呀，人各有短，人各有长嘛。”南宫柳笑眯眯，居然也有精气神去反驳自己的弟弟，“你虽然是天纵之才，但我或许也有我自己的禀赋呀。”

“你喝多了……”

罗枫华也笑，端起酒盏，说道：“望你们一生都是弱冠年华，各凭所长，做一世君子。”

南宫柳便拊掌，勾着自己弟弟的肩膀，惹得徐霜林浑身不自在，推开他，南宫柳不以为意，哈哈大笑道：“师尊这样一说，我忽然想起来，咱们虽然不放河灯，但愿望总要许的，都许个愿吧。”

徐霜林便抽了抽嘴角：“我觉得许愿这种事情挺恶心的。”

罗枫华说：“写纸上吧，写完了，丢进火里，也会成真。”

他们最后还是各自写下了愿望。罗枫华写的是什么，自是不必多说，他方才祝酒的时候，就已经讲过了。

南宫柳有读书障碍，喜欢边写边念：“望……吃好喝好，有大出息，和睦，团圆。”

徐霜林被恶心得不行，但恶心里又夹杂着一些说不清道不明的微妙情绪。

他是庶子，在家里从来没有太多的人会关注他。

是罗枫华来了之后，他才有了伴，他和南宫柳，还有师尊三个人，常常会一起玩耍，一起修行。

与其说罗枫华是他的师父，不如说是他人生中第一位挚友。

因为有罗枫华在，他甚至不再那么妒恨兄长一无是处却因嫡子身份博尽关注。他们朝夕相处着，倒也能瞧出些南宫柳身上的可爱来。

“阿絮写了什么？”

徐霜林不答，把自己团好的纸随意丢到了火塘里。

心愿很快就被光明与炽热吞没，溅起的火花映着他的眼。

“什么都没写，白纸。”

罗枫华和南宫柳便大失所望，露出失落的表情。

徐霜林便露齿而笑，笑容邪气里又有些甜腻，带着种捉弄人之后兀自生出的扬扬自得。

骗你们的。

那纸团里的字迹工工整整、端端正正、一笔一画，认认真真，写的是——

望，罗枫华、南宫絮、南宫柳三人，能一生为亲为友，橘子一起吃，糕点一起分，屋顶一起爬。

从弱冠年华，到鬓生白发。

蛟山一场空

儒风门的招魂台上，徐霜林看着夜色里点点飘零的金色流光，忽觉像极了那一年元宵雪夜，他投入炉膛的纸团。

瞬间烧成了灰，只有点点星火仍在，隔着岁月，将他烫伤。

望，罗枫华、南宫絮、南宫柳三人——

能一生为亲为友……

但人间早已没了南宫絮，如今立在这里的是徐霜林，是疯子，是恶魔，是从地狱深处爬回来向世间一切正人君子索命的徐霜林。

再没有南宫絮了。

他就像他的名字一样，飘零无依，沉浮于苍茫天地间。

岁月碾过，岩峦也分筋挫骨。

何况是这一片渺小柳絮。

那么多年过去了，柳树苍老，枫华凋零，飘絮游游荡荡，看尽的不是天涯花，是漫山遍野的血，铺天盖地的恨。

可是为什么，还是不由自主地把罗枫华当年教过他的东西，都不遗余力地教给了叶忘昔？为什么见到真正的君子善人，还会忍不住心生恻隐，不能再下狠手？

为什么……

为什么会哭？

徐霜林跪在招魂台上，终于失声号啕起来，眼泪顺着他丑恶的、扭曲的脸庞不住往下淌落，他摩挲着揣住罗枫华的灵核，终于哭得声音暗哑，撕心裂肺，仿佛每一寸声音都是从喉咙里和血挖出。

“师尊……罗枫华……”

他机关算尽，饱含着疯狂与仇恨，扭曲与渴望，用一生做的局——

就这么毁了吗？

他想到灵山论剑之后，他满心怨怼，以致后来父亲传位于南宫柳，他心生不甘，怒而夺位——

他还记得父亲病中那种衰老而惨白的脸，难以置信地瞪着他看。

“这个掌门之位是我的。”他的手扼在父亲的咽喉处，一点一点收紧，神情冷漠而狠戾，眼底闪动着精光，“儒风门百年基业，父亲若不想毁，自当由我受之。您年岁已高，可歇落了。”

“絮儿……”

他闭上眼睛，没有再容许父亲说下去，手上经络暴突，只听得透心凉的“咔嚓”一声，那是喉管断裂的异响。

他摘下儒风门的指环，贴在唇边。

扳指冰冷，却也冷不过他的脸。

“我不过只是想要一个公道，你们不给我，我便自己来夺。父亲，九泉之下，你不必恨我。”

转身而出。

回忆里场景变化。

那是他篡位夺权后的第一个晚上，仆侍在清扫着大战之后满地的血污，父亲已死，南宫柳一家也被关在了水牢里，所有试图反抗他的人都得到了镇压，诸事皆定，他一时竟也不知道该做什么。

他在院子里生了一个炉子，自顾自地烹茶喝。院中只有他一个人，他摩挲着大拇指上那枚熠熠流光的掌门指环。

从此他就是儒风门的尊主了。

灵山大会那些算计他的外人自然是不必多说，找机会都要剁碎杀光，但他不知道该怎么摆置他的大哥，更不知道该怎么处置罗枫华。

暮色渐深，金鸦西沉。

眼见着天色渐黑了，徐霜林终于下定决心，去水牢里见一见被羁押的兄长，还有师父。

他带了几个随从，走到半路，最后一丝阳光被黑夜吞没，他打了个寒噤，忽然觉得身子有点冷，头，也有点晕。

“尊主，怎么了？”

挥开要来搀扶他的仆奴，徐霜林道：“无妨，突然想起有件事没有处理得当，我先回大殿一趟，你们不必跟来。”

他压抑着越来越明显的痛楚，将斗篷的兜帽戴上，大步朝着儒风门正殿走去。最后实在撑不住了，饶是他再能忍，也经不住跑了一段路，猛地推门进去，而后将殿门重重关严。

“尊主？”

“你们站在门口守着，不许进来，不得妄动，若有异状，随时报我。”

给守卫这样吩咐下去之后，徐霜林喘着气，踉跄着来到大殿深处，猛地摘下了自己的兜帽，他低头一看，发现自己的皮肉已尽数皲裂，过眼处都是狰狞疮疤。

他第一反应是他的父亲诅咒他。

随即又觉得不可能，那老头子早已病入膏肓，连施展法术的力气都没有，怎么能神不知鬼不觉地做出这样的事情来。

那是怎么回事？

太痛了，筋骨断裂，皮肉狰狞，他在窗边不住地痉挛发抖，指节苍白扭曲，趴在地上抓出道道红痕。

真的太痛了……

他不敢喊，也不敢叫医官，局势未稳，他作为叛军之主，怎可露出半寸软肋来。

他不住地在大殿里低喘，呻吟，痛得满地打滚，抽搐。蹬着踹着，剧痛之下无意扯下一方帷幕，落在了他身上。

窗外的月光被遮住了。

他陡然间感到疼痛骤缓，冷汗涔涔，缩在幕布下面大口大口地喘气，过了一会儿，以为痛楚已经过去了，便又扯落幕布，坐直身子，想要站起来。

谁知道月色一照，竟又是皮开肉绽，痛彻筋骨。

徐霜林这才猛地意识到自己或许并不能照到月亮。于是他踉跄着爬起，挣扎着把窗户合严，躲到了大殿中最昏暗的地方，伸手不见五指。

他的呼吸渐渐平静下来。

痛楚消失了，那鲜血直流的皮肉也以肉眼可见的速度愈合。

徐霜林心感蹊跷，于是披严实了斗篷，一点皮肉都不外露，赶去了藏书阁，翻翻找找大半夜，才在祖父的书箧中找到了一卷往事记载——

原来，儒风门初代掌门南宫长英，曾经与鲧大战，虽最后战胜恶兽，将其镇于金鼓塔下，但是却中了鲧的恶诅。

那上古恶兽属阴，与黑夜与月光息息相关，它便诅咒儒风门历代掌门，只要照见月光，就会皮肉撕裂，痛到钻心剜骨。

而每个月圆之夜，阴气最盛，哪怕不照月光，躲在最暗处，也会备感煎熬。

所以数百年来，这一直都是儒风门最大的机密，历代掌门都对此讳莫如深，唯恐有人乘虚而入，哪怕是亲生儿子，不到最后一刻，也是不会透露真相的。

真是讽刺。

他大费周章，得到的竟是一个受过恶诅的权位？

第二日，徐霜林来到了水牢里。

南宫柳和其妻容嫣都被关在里头，另一个暗室羁押的则是罗枫华。

他没有去看罗枫华，而是先来到了兄长的监牢内。

“阿絮！阿絮！你这是要做什么？你这是要做什么啊……”一见他，南宫柳就极激动，可是手脚都被咒印封住，他根本动弹不得，只能跪在地上，朝着弟弟直流眼泪，“你疯了吗？为了一个掌门尊位，你至于做到这个地步吗？”

一夜折磨，徐霜林面色仍有虚弱，他冷冷笑道：“我只是拿回我应得的东西而已。”

“……”

“你夺我剑法，毁我声名，我才二十岁，南宫柳。”他顿了顿，眼神冰冷，“我才二十岁，你就让我看到了碌碌无为虚度终生。”

他慢慢走过去，袍缘委地，而后俯下身，盯着兄长的面孔。

“南宫柳，像你这样的废物，都有权力的野心，都想要出人头地，那我呢？”他慢慢地说，“我比你勤勉，比你天赋异禀，我什么都比过了你，唯独比不过你这口舌。”

他捏起南宫柳的下巴，双指用力，撬开对方紧闭的嘴。

他盯着那里面那条滑腻腻、黏糊糊的淡红色东西看。

“真是柄杀人不见血的利器，割了吧。”

南宫柳惊恐得睁大眼，却因为嘴被卡着，说不出话，只能呜呜地哀号，涎水不住地往下流。

“不割？”徐霜林嗤笑，“不割舌头也可以。看在你我好歹兄弟一场，痛痛快快杀了你，也算我手下留情。”

他甫一松手，南宫柳就号啕大哭起来：“别杀我！别杀我！不，不就是灵山大会那件事吗？你、你带我出去，我当着全天下的面，我……我还你一个公道！”

“迟了。”徐霜林掏出一块雪白的帕，擦着自己的手，淡淡瞥了他一眼，“如今你说什么，天下人都只会当你是迫于我的施压，才勉强承认的。你泼在我身上的污水，再也涤不清了。”

南宫柳还没来得及说话，就听到旁边一个女子锋利如刀的声音。

“南宫絮！知是你受了委屈在先，但你如今做的这又算是什么？杀了自己父亲，褫夺掌门戒指，如今又要弑兄，你……你怎会心狠至此？”

“哦，容师姐啊。”徐霜林微微一笑，“你要不说话，我都忘了你在这里。”

容嫣虽受咒法钳制，也是跪着的，但她的神情很倔，眼中虽含泪水，却无软弱：“我当初……我当初真是看错了你。”

“你看不看错我又能怎样？”徐霜林笑吟吟，“当初赠我香囊的人是你，后来嫁给南宫柳的人也是你，是你负我在先，嫂嫂，如今你又有何颜面跟我提当年旧事？总不会想跟我说，你是身不由己，是他强迫你的吧？”

容嫣面色一白，似是有话欲说，但最终还是咬着下唇，缓缓合上了眼睛。

泪水顺着她的脸颊淌落。

刀已经在手上了，泛着寒光。

“不……不……阿絮，有什么都可以说，什么我都可以和你谈……不要杀我……求求你，不要杀我……”

“你会不会弄错了自己的位置？”徐霜林擦拭着刀身，嘴角仍有着那邪气的微笑，“南宫柳，如今我是掌门，你是囚奴，你手里一无所有，还想跟我谈条件？拿什么当筹码，你的一条狗命吗？”

“我可以给你当牛做马！可以……可以结草衔环，我、我什么都愿意做！只要你愿意，容师姐也可以还给你！”

容嫣猛地睁开双眼，倏忽扭头，极是愤怒：“南宫柳！”

南宫柳吓得抖如筛糠，根本不理妻子，只是朝自己弟弟呜咽道：“只要你放过我……求你放过我……”

“得了吧。”徐霜林懒洋洋地，拿刀柄拍了拍他的脸，“你以为你舔过的橘子，我还会再碰吗？”

“那我还可以——我还可以——”南宫柳搜肠刮肚，却是什么都想不出来，唯有眼泪鼻涕一个劲儿地流，最后他放声大哭道，“阿絮，我们曾经说过，有糕点一起分，有屋顶一块儿爬的……我们一起修行，一起跟师尊过元宵，学弹琴，那些日子，你都……你都忘了吗？”

徐霜林面色微沉，最终却只是冷笑不答，刀已提起，半晌，挥斩而落。

“啊！！”

“等一下！！”

寒刃在离南宫柳脖颈咫尺的地方悬住了，其实徐霜林不确定，就算没有这两声呼喝，自己的刀能否再往前挥动数寸。

但他面上神色不变，仍是淡淡地：“又怎么了？二位遗言可真多啊。”

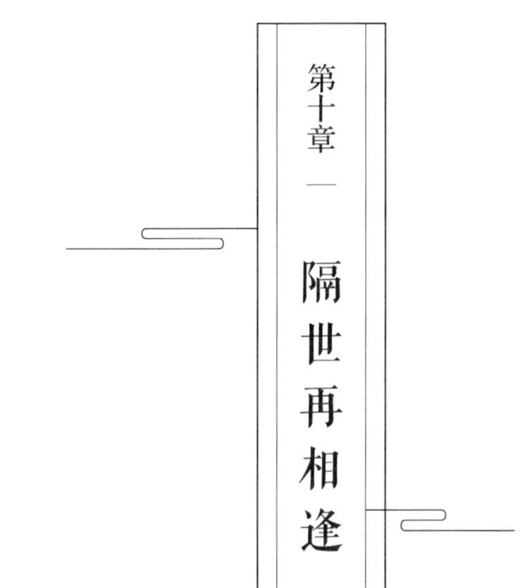

第十章 — 隔世再相逢

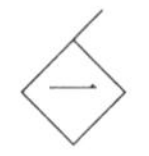

蛟山从此浊

容嫣不去看自己的丈夫，而是睁着湿润的杏目，挺直腰背，哽咽道："看在昔日情分上，你可否容我，将孩子生下？"

"……"徐霜林的目光慢慢下移，落在了容嫣的小腹上，乍一看并无异样，但仔细瞧来，却已是微微隆起了。

容嫣长跪不起，面目却是清冷的。

"求你。"

"……"

"父亲有罪，无可辩驳。但南宫絮，我想求你，饶自己的侄儿一命。"

徐霜林盯着这个女人看了一会儿，只觉得可笑极了。

饶她肚子里的孽种？那个还未成形的一摊烂肉，不管是侄子还是侄女，跟他又有什么干系？

可阴狠之间，他忽地想起了昨晚的彻骨之痛。徐霜林略一凝顿，忽然意识到这竟是太好不过的一件事情——儒风门的掌门只能在老掌门过世之后，由少主继承，或是通过篡逆强夺。其他的，退位让贤也好，隐退旁听也好，都是无用的。

所以让位给南宫柳，已是毫无可能了，但是百年之后，他却可以传位给南宫柳的孩子，让那个孩子尝一尝坐在这位置上的痛苦，岂不是一桩美事。

父债子偿，真是再好不过了。

他一时心情舒畅，眉梢嘴角竟生粲笑，而后不及二人反应，就掷刀转身，大笑着走出了牢门。

他后来没有杀死南宫柳，也没有杀掉容嫣，而是将他们软禁在一方小院里，打算等孩子降生，就立刻敕封他为下一任掌门，与自己订下血契。

恐怕到时候普天之下，还要称颂他大仁大量，不计前嫌吧？

但他没能等到那一天。

他继位不久后，犯下累累暴行，一时在门派内外积怨甚深，后来有城主对他心怀怨恨，便趁他不备，偷放出了南宫柳与罗枫华二人。

罗枫华不知背后隐情，只以为他是为了掌门高位才做出这种种丧心病狂之事，加上南宫柳巧舌如簧，便越发心灰意冷。于是便与南宫柳携手夺位，欲将徐霜林赶下还没坐热的掌门宝座。

那天晚上，儒风门内战，死伤百人，战火之中，罗枫华第一个找到了在啸月校场里避难的徐霜林。

那天是月圆之夜，徐霜林剧痛难当，浑身是血，伏在林叶之中，犹如一条被生生扒去了皮的蛇，露出来的都是鲜红色的肉。

罗枫华见到他时，以为他是被战乱中的法咒所伤，心中虽有怨，却因昔日爱徒形容凄惨，而不禁心生恻隐。

徐霜林在林木中瑟瑟地抬起脸，露出一丝惨笑："你来了。"

"……"

"我和他相争，你们最后总是帮着他的。"

罗枫华道："这一次是你做得太过了。天禅大师是你杀的吗？"

"不错。"

"林道长呢？"

"他该死。"

"那你父亲呢……"

静默片刻，徐霜林说："他不公，他信我为贼，他自找的。"

罗枫华闭上眼睛，睫毛有些湿润了："你……你怎会走到如此境地……"

"呵。"徐霜林森然笑道，"只允许他人负我，不允许我负别人？只允许他人在我身上捅刀子，不允许我拔剑相还，这就是你所谓的君子之道？"

罗枫华脸上的神情极是破碎，原地摇晃一会儿，他走到徐霜林跟前，还没开口，眼泪倒是先淌下来了。

"哭什么？有什么好哭的？"徐霜林没来由地着恼，"要杀要剐，悉听尊便，何必在我面前假惺惺地掉几滴眼泪，反正在你眼里，在老头子眼里，在所有人眼里，那个废物脓包，永远都比我重要！"

罗枫华摇了摇头，他没有说话，抬起手，念下了禁咒。

"我禁了你从小跟我一起学过的法咒。"罗枫华道，"从此以后，南宫絮，你我，再也不是师徒。"

"……"徐霜林但觉椎心之痛，稣的恶诅，当真是痛彻心扉。

他在原处缓了一会儿，亦是狠倔："别自作多情了，我从来都没有把你当作师父。"

罗枫华愣怔地看着他，良久，似乎想要再说些什么，可是背后却传来喧哗之声，兵戎逼近，刀光剑影。

南宫柳赶了过来："师尊！"

他见徐霜林和罗枫华在说话，心猛地虚了，立刻焦急道："师尊，他说什么你都别听他的！都是他在骗你！"

徐霜林便"嘿嘿"地笑了。

自己这位兄长，总是这么天真可爱。

他以为自己还会苦兮兮地拉着罗枫华的衣摆，解释事情始末、因果原委？不会了。

对于他而言，人生如棋，一着落下，内心先前的百转千回，风起云涌，都不再重要，重要的只有结果。

杀了的人就是杀了，染过的血就是染了。

他洗不清，也不想替自己洗。

罗枫华也绝不会宽恕他。

什么都不必再说。

他扶着旁边的树木，踉跄站起。

月光照在他的脸上，皮肉寸寸绽开，血腥狰狞。

南宫柳和周围修士见状，都不由得倒退了一步，有人误会了，愕然道："这、这是罗道长下的手？千刀万剐啊……这也太狠了……"

徐霜林咧嘴一笑，露出一口森森白牙。

他盯着林木外自己的弟弟一眼，忽然觉得并不想就这样轻易错放了这对师徒。于是他扭头对罗枫华说："让他们滚开，我有件事，临死前，想亲口告诉你。我只想跟你一个人说。"

他扶着松木，缓缓挪动着，和罗枫华来到一个阴暗的地方。

月光被茂密的浓荫所遮蔽，徐霜林的脸色便跟着稍缓，皲裂的皮肤也一点一点地开始愈合，虽然还有很多细小的疤，但已没有方才那么恐怖了。

徐霜林没有回头，背对着罗枫华，先是问了句："你一个人，随我孤身到这里，就不怕我杀了你？"

"你不会。"

"……"

"如果你要杀我，或者要杀阿柳，一年前你就可以动手了。"

徐霜林蓦地回头，眼中闪动着激越扭曲的光："可笑，你以为你很懂我？！"

罗枫华猛然对上他的脸，睁大了眼睛："你的疤……"

"没有刚才那么可怕了，对不对？"

徐霜林嗤笑起来。

"你以为这是什么？法咒？凌迟果？"

他慢慢地抬起手，掌心里，捏着一枚闪着幽光的指环，他上下嘴皮子碰在一起，不无讥嘲且恶意地说："这枚指环附灵，在你和南宫柳把我从掌门高位赶下来的时候，它就自己从我大拇指上掉落了，它知道我已不是儒风门的正主。但是，举兵谋篡的首领有两个，所以它不知道它该认谁。"

"你夺阿柳的位置，自当归还于他。"

徐霜林咧嘴而笑："我的确是这么想的。"

他把指环塞到罗枫华手里，末了还郑重其事地拍了两下，道："拿好了，拿稳了，一会儿你出去，就把这个好东西送给他，记着千万要亲手帮他戴上。他才是这个门派货真价实的尊主。"

他顿了顿，盯着罗枫华那张隐忍着痛楚的脸。

而后他俯身，压低了嗓音，在罗枫华耳边说："接下来，我要告诉你一个秘密。你不要怕，这秘密没什么阴暗的，一段英雄往事，仅此而已。"

他就慢慢地、低沉地把南宫长英降伏了鲧，而鲧附着诅咒于儒风门世代尊主这件事情，一五一十，饱含恶意地浸润在齿间，淬成毒牙，扎进罗枫华的皮肉里。

他看到罗枫华的脸色越来越难看，那双圆滚滚的眸子越睁越大。

他看到罗枫华被他抵在树上，微微发着抖。

他觉得痛快极了。

哈。

你不是宠他吗？

你们……一个两个，不都把嫡出的南宫柳当个宝吗？

我要你亲手把毒药送到他的手上。

徐霜林嘴角慢慢扩开，继而咧出一个猞猁的笑般阴狠诡谲的笑，他抬手，摸了摸罗枫华的脸颊："师尊，故事讲完了。你出去吧。"他顿了顿，神情更是粲然，"去拜谒儒风门，第六代掌门——南宫柳，去吧。"

那天他浑身是血，御剑逃离了儒风门，游荡飘零了半宿，精力耗尽，落在了蜀中彩蝶镇。

他遇到了一个小女孩，坐在院子里。

那小丫头见他受了伤，浑身是血，吓得脸色发白，直打哆嗦，但还是从屋子里倒了满满的一碗水递给他喝。他喝着水，盯着她看，然后也不知道是怎么了，忽然就觉得那女孩与他的挚友、他的恩师、他的死敌长得那样相似，她的眼睛像极了罗枫华。

他见那院子里的橘树结满果实，忽然心生一念，极其想吃，可是那小女孩一言一语之间，满是迂腐酸臭味，张口君子闭口君子，惹得他好生厌倦，仿佛看到罗枫华那个可笑的东西在真真切切地说："望你们一生都是弱冠年华，各凭所长，做一世君子。"

一世君子。

——真是太可笑了。

他摇落了满枝的橘子，又把橘树砍了，而后扬长而去，留那小姑娘在院里号啕大哭，但他仍不解气，那晚上又滥杀了好几个村民，手起刀落，与"君子"二字越远，他便觉得越痛快。

而后他离去了，打算隐姓埋名，就此了却残生。

可他却在那时候，在茶馆里听说了罗枫华篡位，成为儒风门一代尊主的消息。

往来的茶客都在说："唉，想不到啊，这可真是知人知面不知心。"

"可怜南宫柳这次举兵谋反，没想到却是为他人做了嫁衣。"

"他该恨死他师父了吧？"

"这罗枫华可真是利欲熏心，不是东西。"

徐霜林坐在油腻腻的小桌前，端着一盏要送到唇边的茶，却一直没有去喝，就那么怔忡地听着。

他眼前一阵阵发黑，竟是地转天旋。

但他说什么也没有想到，最后罗枫华会做出那样的抉择。

宁愿背负误会、恨意，宁愿被千夫所指，万人唾弃。

宁愿自己身受恶诅，每个月圆之夜生不如死，直到此生了结。

罗枫华都不可能把这一把利剑，亲手捅进自己徒弟的心窝里。

终究棋差一着。

"嗒嗒嗒。"

脚步声缓缓响起。

徐霜林从回忆里脱身，他睁开眼睛，模糊的视野里，出现了一个年轻男人的脸。

空寂的招魂台上，墨燃走到他面前，半跪下来，注视着他。

那一瞬间，徐霜林觉得这个年轻人的眼神很奇怪，那里面藏的东西太多了，并不像是个二十岁出头的青年。

墨燃道："南宫絮……你谋划这一切，是想要让他复生？"

"不用你管。"

"你留下南宫柳，复活罗枫华，蛟山之上从此再也没有闲人可以进来，你要在此安度余生，我说得对不对？"

徐霜林厉声吼道："不用你管！！"

墨燃拾起地上那一颗残破的灵核，灵核里仍有光亮流淌。他说："你乔装易容，以徐霜林的身份回到南宫柳身边，教唆他再次发兵夺位，因为你不忍看到罗枫华受诅咒之苦，生不如死。”

“你凭什么揣度我心？”徐霜林双目赤红，里头闪动着湿润而狠戾的光亮，“你以为你什么都了解？！”

“我不了解。我只能猜。”墨燃道，“但我看你神情，便也觉得自己的猜测，并不会错得离谱。”

徐霜林将字句都在齿间咬碎，啐出四个字来：“后生狂妄。”

“都一样，你二十岁的时候，不也曾狂上了天？”墨燃安静地望着他，“南宫絮，那年你帮助你兄长重夺尊位，但你没有料想到他两次被谋篡，为了尊主之位已是心狠手辣，你没有料到他会在夺取罗枫华位置之后，斩草除根，将他诛杀。你根本没有料到他死。”

“你乱了心智，你不知所措。”他盯着徐霜林的脸。

他比任何人都明白那种绝望的心境。

他在读徐霜林的心，在读自己的心。

“绝望之中，你该怎么办？”

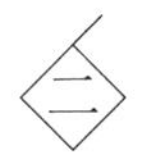

蛟山少年郎

如果是他，他该怎么办？

复生。他会想要让那个人复生。

墨燃看着在地上蜷缩成一团的徐霜林，低声说："你根本没有料到南宫柳会狠毒到直接杀死罗枫华，绝望之下，你干脆将计就计，说戒指上的诅咒是罗枫华留下的，怂恿南宫柳在盛怒之下按儒风门的规矩，将罗枫华投入血池，押至十八层地狱。"

"疯了吗？"一旁的薛蒙愣住了，"既然要罗枫华复生，他肯定是珍重这个人的。那为什么要把他推入十八层地狱？"

"因为魂魄一入炼狱，就无法超生。"墨燃望着他，眼神里竟有怜悯，"这样罗枫华就不会立刻投胎，你可以研习复生之术，让罗枫华回来，然后，建立一个理想之邦，一个以你为神明的，公平公正的地方。"

徐霜林："……"

几许沉默，这个面目溃烂了大半的人倏地笑了，他盯着墨燃的脸："墨宗师，我到今日才发现，你竟是个疯子。"

他顿了顿，用极轻的嗓音说："因为只有疯子，才能懂我。"

言毕，他纵情大笑起来。

那笑声犹如羽翼斑秃的兀鹫，虽已垂垂老矣，却还凶狠执着地盘踞在陡崖峭壁之上，到死都不会露出一星半点儿的软弱。

墨燃闭了闭眼睛，亦是轻声对他说："南宫絮，你听着，复生之术这世上仍有人会，你若愿意，我便会尽最大的努力，去恳求无悲寺的怀罪大师，还与你师尊性命。"

"……"

他摊开掌心，把那残破的灵核递还给了徐霜林："但请你，告知我……"

他犹如试图捉住最后一根浮草，用以救命。

他眉心蹙着，在众人看不到的地方，眼里竟透着一丝无助。

"请你告诉我，一直在背后襄助你的人是谁。"墨燃说，"是谁告诉了你这样邪门的复生之术？是谁教会了你珍珑棋局？”

记忆与前世重合。

儒风门的滚滚烽烟里，徐霜林挡在叶忘昔身前，死于乱刀之下。

既然如此，前世的徐霜林到临死之前，定然还不曾有一个具体的谋划。但是这一世，一切都不一样了，徐霜林早早地在金成池布下了玄机，设计了桃花源惊变、彩蝶镇天裂，又在用活人祭祀的方法行不通之后，迅速改换手段，四处搜集神武，最终将罗枫华从炼狱之中拽出。

这样的复生之法，定然不是他自己想出来的。

“你想知道？”徐霜林眼中闪着不无恶意的精光，“我这一身技艺，确有人授，但是，我偏不愿意告诉你。”

“你宁愿到死，都做他的一枚棋子吗？”

“棋子？”徐霜林笑着，“你也想得太多了，他懂我，能明白我的心意，他与我是一样的人。墨宗师，你死心吧，我是绝不会告诉你他是谁的。你们大费周章跑上蛟山，心满意足将我逼上绝路，可那又怎样？”

“……”

“最后天下依旧会大乱，硝烟四起，战火纷飞。他依旧会把上修界、下修界夷为平地，化归焦土。而后，善人得偿，恶人得报，能人居高，庸人为奴。”徐霜林眼底的笑意越来越亮，“真是……再好不过的场面了。”

薛蒙闻之大怒：“什么善人得偿恶人得报！什么能人居高庸人为奴！别人是善是恶，是能是庸，就由你上下嘴皮子一碰说了算？你外头做成棋子的那些人……还有南宫长英……还有……还有……”

他偷偷看了一眼楚晚宁的脸色，不由得放低了声音：“还有南宫驷。”薛蒙显得很不忿，很冤屈，“他们愿意为你操控吗？他们就该死吗？”

“牺牲总是要的。”徐霜林淡淡看了他一眼，“薛公子，你到底还是太年轻了。”

他神情里透着一种恹恹，似乎并不是很愿意与薛蒙这样激烈性子的人多说话，他重新把头转向了墨燃。

“落入你们手中，要杀要剐随便吧。”他甚至是用一种轻描淡写的语气说，“我的乾坤袋里还有一个凌迟果，你们要觉得不解恨，喂我吃下也无所谓。”

他说着，冷冷嘲笑道：“反正，二十岁那一年，我早已被你们这些名门义士凌迟过了，不差再来这一回。”

黄啸月道：“谁凌迟过你了？张嘴说瞎话，简直无耻！”

但墨燃却清楚徐霜林的意思。

二十岁那一年的凌迟不在身体，而在魂灵。

南宫絮也曾潜心习术，也曾心怀良善，也曾听师尊叮嘱，要做一世君子，仗剑诛邪。而那一场灵山大会，却将他千刀万剐。

墨燃闭了闭眼睛，或许是见徐霜林凄惨，也活不了太久了，又或许是因为他与自己的前生太像，即便有仇有怨，在这一刻，他竟也有些于心不忍，他说：“罗枫华魂核仍在……你不若将那复生咒法再行施展，或许还能再见他一面。”

“再行施展？”徐霜林笑了，他饶有兴趣地看着自己手里的灵核，又看着自己因为灵力匮乏、正在迅速溃烂的皮肉，懒洋洋道，“我就要死了。我死了，世上就没有公平，他回来有什么用？还不是受罪，受你们这些大门派的欺凌。”

他说着，忽然眼色一沉，竟亲手捏碎了那枚魂核，碎片扎进掌心里，满手鲜血。

墨燃愕然。

薛蒙：“你疯了？！”

众人亦是茫然，有的目瞪口呆，有的面色灰败，有的满眼警觉，都盯着地上那个人不人、鬼不鬼的男子。

徐霜林谁也不理会，他望着罗枫华在这世上的最后一点痕迹，看着它彻底灰飞烟灭，终于大笑着哭了起来，满脸血泪纵横，笑得恐怖疯癫。

从今往后，谁也见不到谁，谁也恨不了谁，都成了土，成了灰，好极了、好极了。

他慢慢起身，摇摇晃晃地在众人的盯伺之下往前走，走到神武之阵前，那里头有一把武器，那便是箜篌。

他坐下，用枯焦腐烂的手指，拨动了几下琴弦。

珍珑棋局的反噬越来越严重，他的七窍开始流血，手指也开始灼烧，最终整个人都被劫火吞没，但他还是在火光中弹奏着。

他的神情似乎有些快慰，有些放松，可那些快慰和放松很快都不再能看出来，他的皮肉在迅速地萎缩，蜷曲，干瘪。

烈火欺天。

徐霜林散漫的嗓音从大火中传了出来，那声音恬淡从容，依旧桀骜不驯，仿佛再大的痛楚也左右不了他，再近的死亡也胁迫不了他。

“弱冠年华最是好，轻蹄快马，看尽天涯花……”

人群中有不少上了年纪的人，竟都在这疏懒潇洒，云淡风轻的小调里，恍然想起了当初灵山大会上的那个青年。

鹤氅青衣，眉目磊落。

那个青年从漆黑的甬道走出来，从记忆的荒原里走出来，信心十足地步入了赛场，携着他身经百战的佩剑，双手布满苦练剑术的老茧。

他是那样年轻，那样英俊，那样气华神流，甚至有些目中无人。他瞥过十大门派的尊主和山呼海啸的看客，忽然咧嘴一笑，笑容极是干净。这位二十岁出头的年轻人停下脚步，腰杆笔挺，对着洒满阳光的赛场，对着他眼里灿烂的未来，抱拳道："儒风门，南宫絮。今日首战，还请诸位前辈不吝赐教。"

终辜负，少年游。

良久之后，火光熄灭，招魂台上只留下了五把无主神武，还有一个尚未完全消失，正在空中盘旋扭动的复生之阵。

罗枫华也好，徐霜林也罢，都不在了。

薛正雍有些难以置信，茫然睁着眼睛，喃喃着："这就……都结束了吗？"

"阿弥陀佛，因果轮回，皆是报应。"无悲寺的玄镜大师闭目合十，长叹了一口气，"但愿世间所有仇怨，都归于尘土。"

薛蒙乜眼，心说，这老秃驴，一路上出力不多，倒是挺会打马后炮。

"接下来该怎么办？"他扭头问爹爹，"难道就那么下山吗？可是他还有一个同僚，我们都不知道那个人是谁。"

正说着话，忽然姜曦一声呼喝："当心！都退后！"

众人猛地顺着他的目光看去，只见得半空中那个复生之阵缩小到半个巴掌大的时候，凝顿须臾，居然以惊人的速度重新扩散开来，天空中犹如裂开一道疮口，里面涌出丝丝缕缕的扭曲黑气。

薛蒙惊道："怎么回事？徐霜林死了，这个复生之阵不该跟着一起消失吗？！"

姜曦捏了捏手指，盯着那阵眼看了片刻，低声咒骂道："不对、不对！这不是魔魂！也不是复生！我们也好，徐霜林也好，恐怕都被骗了！"

"什么？"薛蒙吃了一惊，"不是魔魂，也不是复生？那会是什么！"

姜曦恼道："是什么根本不重要，当务之急是不能让这个法阵完全成形。"

除他之外，另外几位高手亦是反应迅猛，电光石火之间，最不爱废话的楚晚宁已掣出天问，直击结界中心！岂料他虽一马当先，却有人紧随其后，人群中忽然掠出一个暗青色的影子，犹如猎豹扑杀，袖中闪动匕首寒光，朝着楚晚宁的后背猛地刺去，竟似要阻止他的行动。

"师尊！"

"师尊！！"

两声惊呼分别是薛蒙和师昧，但他们距离远，要出手相助已来不及。

"嗤"的一声。

是刀刃没入血肉的声音，薛蒙猛地闭上眼睛，再睁开时已是面无人色，他青白着脸朝那个方向看去。

他愣住了。

蛟山药宗斗

楚晚宁竟没有受伤，千钧一发间，是墨燃反应迅速，挡在了那个暗青色斗篷飘摆的身影前。那人的匕首已没入了他的肩膀，只留下一个盘踞着银色蛇纹的柄。墨燃肩头的衣服瞬间被鲜血染红，他压低眉峰，咬着牙槽，眼中闪动着泠泠锋芒。

那是鹰隼终于扑杀狡兔时的狠辣眼神。

“华宗师。”他蓦地攥紧了华碧楠还握着匕首的那只手，忍着痛楚，将短刃从自己血肉里噗地拔了出来，他额头有细细的冷汗，却咬牙嘲笑道，“你在背后偷袭我师尊，当我是死的吗？”

夜风吹过，拂动着华碧楠重新戴起来，遮住自己丑陋容貌的青纱，华碧楠沉默片刻，道：“墨宗师怀疑我多久了？”

“从你中了蛇毒，留在山腰开始。”

华碧楠轻笑：“唔……那也是没有办法的事情，毕竟我原本指望着在大殿内就放倒一批人呢。”

墨燃咬牙道：“你先前阻止徐霜林，又是为了什么？”

“不然呢？由着法阵变化，让他发觉自己辛苦布下的复生之阵竟是假的？那岂不麻烦大了。”

楚晚宁此时已将天问击落，直劈这个神秘的法阵中央，但一落之下，他惊觉那法阵灵气之强，竟非轻易所能遏制的。再回头见墨燃挡在自己身后，肩膀被华碧楠匕首所伤，他不由得急火攻心：“墨燃——”

“不必管我。”墨燃道，“毁去法阵要紧，这里有我守着。”

楚晚宁没有办法，那秘阵里流淌着一种他从未接触过的凶恶灵流，竟连曾经的彩蝶镇天裂都望尘莫及，他将自己的灵力源源不断地灌入天问之中，只能阻止这个法阵继续演化下去，却完全没有办法令它粉碎消失。

另一边，姜曦此时也蓦地明白过来了，但他说什么也不敢相信门下第一圣手居然背着自己另有所图，不由得脸色灰败，半晌才道：“华碧楠，你……”

华碧楠的手此刻正被墨燃紧捏着，他没有回头，听到姜曦的声音，倒是微微一笑：“掌门，不要轻举妄动。孤月夜有一条门训——凡事都要留个心眼儿，我自然也铭记于心，所以这一路走来，我找机会在许多人身上，都落了一只我精心饲育了多年的钻心虫。”

众人悚然色变，静默须臾，刹那间乱作一锅沸粥。

寒鳞圣手在他们身上放了虫子?

明明既不痛也不痒，甚至一点儿感觉都没有，但他们忽然就觉得全身都刺痒得厉害，仿佛每个犄角旮旯里都藏匿着一只能夺人性命的钻心虫。

“华碧楠，你这个疯子！”

“你好歹毒的心思！”

更有人急得哭了出来，满身地摩挲着：“在哪儿？在哪儿啊？我中了吗？我根本没有跟他有接触，我身上应该没有吧……”

还有人脾性刚直，最看不惯华碧楠这种下三烂的手段，便怒喝道：“姓华的！你别在这里妖言惑众，胡乱言语！在场那么多修士，都是各个门派数一数二的好手，你以为会怕你这种威胁吗？！”

言语未落，华碧楠轻轻挥了挥手。

那出言挑衅的男子忽然身形一摆，继而双目暴突，扼着自己的喉咙猛地栽倒在地，不住打滚，口中嚷着：“啊！啊——”

脓血迅速从他的鼻腔、眼睛里涌出来，他翻着白眼，剧烈抽搐痉挛，屎尿失禁流了满裆，散发出恶臭。他很快就不动了，瘫软在地，肌肤迅速失水下瘪，嘴还狰狞地张着，里面爬出来一只吸饱了人血的红虫，状若蜘蛛，但两边各有十条细腿。

这一惊变，让许多原本都还义愤填膺，要声讨华碧楠的人，都纷纷色变，俱是面色灰败，无声地瞪着眼前这一切。

“虫子虽小，却能在瞬间要了人的性命。”华碧楠和声温语道，“诸位若是不想重蹈儒风门一夕覆灭的惨案，最好还是站在原处，不要急，也不要闹，乖乖听我吩咐就好。尤其是孤月夜的人。”

他的视线落在姜曦身上，又往姜曦身后那群作淡碧色装束的药宗修士看了一圈，微笑道：“看在同出一门的情面上，华某做事，绝不会伤及你们。”

姜曦铁青着面庞：“华碧楠！你竟有如此狼子野心？”

“狼子野心不敢当。”华碧楠像是忽然想起了什么，对姜曦道，“对了，掌门，你身上也落了一只钻心虫呢，其他人修为浅薄，虫子索命只在眨眼之间，但掌门修为深厚，我想总能撑个十天半个月的。”

姜曦齿冷道：“孤月夜这十余年来未曾薄待于你，你所谋究竟为何！”

“我当然有我的目的，但我未必就得告诉诸位。”

他回头看了一眼楚晚宁，又看了一眼与自己对峙的墨燃，而后转过了脸。

"好了，诸位如今也闹不清楚谁身上有虫，谁身上没虫，但这一半可能，事关生死。我想你们要是足够聪明，也当清楚该站在谁这边。"

死寂。

而后人群中忽然响起了一个温润清冽的声音。

师昧站在薛蒙身边，说道："钻心虫趋火，只要诸位在手中引燃火咒或者火符，能看到皮肉下面有一个凸起游过的，那就是中了虫咒的，其余人便是安全的。"

寒鳞圣手蓦地眯起眼睛："师明净，你窃读我的经书？"

师昧的脸似乎有些红了，但那红晕并不明显，他是个不习惯成为众之焦点的人，如今被那么多人注视着，神情都有些僵硬。

"在下曾于师尊闭关那五年，求学孤月夜，并没有读前辈的经书，而是无意中发现过这种虫子，所以……所以做了些钻研……"

华碧楠怒道："窃人所得，你好不要脸！"

薛蒙竖着黑眉，立刻帮腔师昧："跟你这种两面三刀的人，有什么颜面可谈的？"说着便立刻照师昧所做，见自己皮肉之下并无异样，便喜形于色，拉着师昧道，"太好了，多亏你，你看，我身上没虫子！"

其他人见状也纷纷效仿，一时间招魂台上此起彼伏的都是"我没有"或者是"怎么办，我身上有钻心虫"。

华碧楠闭了闭眼眸，而后冷笑一声："就算能辨出哪些人有，哪些人没有，那又如何？那些中了虫蛊的人都给我听好了！都到我这边来，替我拿下楚晚宁，击败墨微雨。我自然不会薄待尔等，否则——"

他指了指地上那个受钻心虫噬咬而死的术士。

"有如此人。"

威慑之下，第一个倒戈的是孤月夜的一个女修，她在众目睽睽中掠到华碧楠身边，微微昂起头，神情竟似有些傲气。

墨燃也惊叹，做了叛徒的人，居然还有脸傲气。

"抱歉了，姜掌门。"她说，"我站在圣手这边，并非全是为了自保，乃是我素来仰慕圣手贤能，之所以在孤月夜求学，也都是慕他之名。今日且不说中没中蛊虫，哪怕没中，我也甘为圣手的马前卒。"

她说着，乜了一眼华碧楠，见华碧楠虽在与墨燃缠斗，脸上却笑眯眯的，显然对她的言语颇为满意，不由得心下大安，加力怂恿道："圣手前辈也已说了，看在师出同门的分上，他不会为难我们，诸位应当清楚该如何抉择。"

她等了一会儿，孤月夜却只来了三个修士，站到她旁边。

其他人则朝他们愤然怒视，横眉冷对。

那三个修士各有一番言辞："这些年姜掌门将孤月夜打理得越来越差了，江河日下，要不是冲着寒鳞圣手在，我早就离开了。"

"圣手有本事，我们只跟着有本事的人。"

有孤月夜的人受不了了，恼怒道："叛徒！你们可真说得出口！"

"就是！叛徒！"

"毫无气节，滚出孤月夜！"

没想到会有这么多人即便中了钻心虫也不肯就范，那女子一时间面色极为尴尬，但依旧涨红着脸，强自镇定道："不用你们说，我们早就不打算待在这破门派了。你们跟着姜曦，就是孤魂野鬼！"

她又转头，瞪着自己的前掌门。

"我凌璧苒，从此与孤月夜，与姜曦，一刀——"

"两断"还没来得及说出来，就被姜曦打断了。

姜曦面无表情，眼神极冷，睥睨她："别一刀了，你是谁？"

"我——我凌璧苒——"

"你这个名字每天在我跟前念上百遍我都记不住。"姜曦道，"滚吧。"

那女药宗极是羞恼，咬着下唇半晌，仍是愤愤不平："呵，想不到一派宗主，就是这种风度。"

"你今天才见我？"姜曦冷笑，"不过说起来，孤月夜门徒数千余人，我倒是第一次见你。说句实话，若不是今天这个场面，就凭你，可能这辈子都不会有机会与我言语。"

说罢已是衣袖拂落，一道香雾风起，姜曦竟已出手与华碧楠一方打了起来。

华碧楠眼前已有一个难缠至极的墨燃，此刻再来一个姜曦，显然吃不了兜着走，情急之下他催动一群钻心虫，在场所有身藏蛊虫的人立刻万蚁噬心，痛苦难当。

"啊——"

"救……救命！"

姜曦的身形也是一顿，但他不愧是孤月夜掌门，立刻在自己的数个要穴上点落，暂缓剧痛，依旧白着脸上去与墨燃同战华碧楠。

华碧楠也不傻，勾了勾手指，将那三个孤月夜叛投于他的人解开钻心蛊虫之痛，厉声道："应战。"

痛楚之下，有些心智本就不坚定的人看到归降华碧楠可免受此罪，纷纷涌过来，霎时间人群中竟有一小半跪落，朝华碧楠喊："求求圣手！解咒！我等愿效力于圣手！"

“受不了了，太痛了……求求华前辈……”

华碧楠便在激战之中微微一笑，朝眼神狠戾，与自己打得热火朝天的墨燃道：“所以，墨宗师，你看，这世上最厉害的终究还是药宗。”

他话音未落，姜曦已掣出雪凰，厉声道：“药宗二字，岂是你这种惯用下三烂手段的人配说的？”言毕又对墨燃道，“你去法阵前助你师尊一臂之力，这里有我挡着。”

华碧楠冷笑：“掌门今日是非要与我为敌了？”

“废话少说。”

“拖着中了蛊虫的身子，还要与我相斗。姜夜沉姜掌门，你是真的嫌活着命长。”

姜曦阴着脸：“命长命短岂是由你说了算的？今日若不阻你，恐毁天下药宗清正声名！”

说罢，两个擅长用毒用药的人已见招拆招，刀光剑影之间更有毒粉相抵，迷药相克。墨燃见姜曦并非无力抗衡，便立即转身赶去楚晚宁身边帮忙，谁知行到路半，十来个暗黄色的影子扑杀而来。

墨燃咬牙：“黄啸月——”

这些人正是黄啸月和江东堂的十余名高阶弟子。黄啸月宽袍大袖立于风中，捻须道：“墨宗师，钻心虫并非玩笑，人为刀俎，我为鱼肉，生死面前，只得与宗师为敌，得罪了。”

非但是他，更有其他门派的高手无法忍受这种痛苦，都朝这边逼杀而来。

此时招魂台上已是鱼龙混杂，一片混乱。

众门派的修士内讧，中了蛊虫的和没中蛊虫的，叛变的和没叛变的，在对峙搏斗。

一时间，姜曦与华碧楠全力对抗，墨燃作为挡在楚晚宁之前的最后一道防线，更是腹背受敌，与黄啸月等一群又一群修士缠斗，楚晚宁则倾尽灵流，与那个神秘法阵胶着对峙。

另一边，薛正雍和死生之巅的众人镇守在前线，不让更多叛军逼近正在封印那个神秘法阵的楚晚宁，师昧更是奔走在那些中了钻心虫而誓死不降的修士中间，试图替他们解开虫咒。

“好疼……杀了我吧，求求你杀了我吧！”师昧俯身抱起一个满地打滚的青年，那青年抓住他的手，号啕大哭，“真的太痛了，我不想降、我不想降，你杀了我吧！求求你，杀了我！杀了我！”

“忍一忍。”师昧一边劝慰他，一边将指尖搭在了他的脉门处。

“我受不了了——”

“你看着我，快看着我的眼睛。”

可是那青年根本听不进师昧的话，他手指紧紧攥着，整个人就像被捞出水面的鱼在不住扑腾抽搐，大口大口地喘气：“受不了了……”

师昧没有办法，便只得强行将他的脸扳过来，又抬手去掀他紧闭着的眼皮。这实在是很不容易，因为青年不断地踢打挣扎，在师昧胳膊上手背上挠出了一条条红印子。

“看我，你看着我！”

那人勉强被唤回了心智，气喘吁吁地转动眼珠，满眼是泪地望着师昧。师昧口中默念咒诀，紧紧盯着对方的眼睛。忽然间，那青年一个激灵，感到腰肋处有个东西在迅速攀上，很快就到了胸口、喉咙、嗓子眼。

“唠——”

他猛地翻身，随着一阵强烈的反胃感，哗地吐出一大摊呕吐物，腥臊刺鼻至极，里头一条红色的钻心虫正不住痉挛。

师昧凌空一点，立刻将那虫子裂作齑粉。

他倏地起身，大声道：“钻心虫可受瞳疗术掌控，可解！我可以帮你们解开！”

他四下奔走，焦急地喊着：“别打了！可以解开的，不要再自相残杀了，可以解的——可以解的啊！”

但是混战之中并没有太多人听他的，他的声音也并不响亮，很快就淹没在呼喝与号啕、爆炸与碰撞声中了。

姜曦却听到了师昧的呼喊，他一凛：瞳疗术？

就像很多虫子趋火趋光，有的毒虫没入身体之后，只要用相应的瞳疗术作为引导，它们就会跟飞蛾扑火一样，被诱出体外，蛊虫之毒就能解。

华碧楠显然也听到了，他暗骂一声，眼中闪动着凶煞的寒光。

“这一路上来，我杀死了孤月夜所有会瞳疗术的修士，没有想到破破烂烂的一个死生之巅，居然还有人会这种高阶药宗术法。当真是——”

他手中的刀与姜曦的雪凰猛地擦过，咯咯相撞，爆出点点星火。

华碧楠咬牙切齿道：“后生可畏！”

忽地撤了佩剑，整个人犹如蝙蝠一般后掠，朝着激战的人群之中跃去。

“不好！”姜曦猛地一惊，已看破华碧楠的意图，正要提气跟上，却因钻心虫发作，胸口一滞，哇地吐出了一大口鲜血，插剑半跪于地。

他浸润了鲜血的嘴唇一张一合，望着华碧楠远去的地方，想出声提醒其他人，可是却发不出更响的声音来：“当……心……”

师昧正在给踏雪宫中了蛊虫的修士解毒，那修士呕出了钻心虫后，果然不再感到椎心之痛，便起身帮着师昧大喊了起来。

“都别打了！来解蛊，可以解开的！”

薛蒙也在忙着劝架，他拽了十来个人往师昧那边走，不住嚷着：“好了好了，忍一忍，都不要叫痛了，马上就给你们解开，马上就给你们解开，我师弟那是什么人？本事一等一的，不比孤月夜的弟子差，我——”

薛蒙说着，去唤师昧，也就在他抬头的瞬间，话音断于唇齿。

“师昧！后面！！”

蛟山双目渺

几乎是声音扭曲的一声惨喝，薛蒙猛地向师昧那边扑去，但来不及了，华碧楠犹如阎罗降世，死神临天，自半空疾掠，猛地从后头掐住了师昧的脖子。

“师昧！”

“师明净！”

死生之巅的长老也好，薛蒙也好，纷纷闻之回首，华碧楠已带着师昧御剑临风，升到半空之中，在那一轮皓然当空的明月之下，冷眼看着下面乱作一团的众人。

薛蒙都快疯了，踩着龙城直追而上，却在半途被华碧楠甩出的杀人蜂逼得无可前行，应接不暇，只得又退回地面，踉跄落下。

华碧楠制着师昧的脖颈，那根戴着灵蛇指环的细长手指慢慢抚过对方的喉咙，忽然“铮”的一声，灵蛇指环上蹿出一道长刺，闪着凛凛寒光。

“瞳疗术极其难修。”华碧楠慢条斯理地说，“这位小友年纪轻轻，又非孤月夜门下徒，居然能使用得如此得心应手，想来也是天赋异禀。”

他这般举动，地面上打斗的诸人谁还能注意不到？

一时间薛正雍也好，墨燃也好，甚至连结界前的楚晚宁都清清楚楚地看见了师昧被华碧楠擒拿。

墨燃的瞳眸猝然收拢，盛怒焦急之下，见鬼猩红光起，竟是将黄啸月等十余人生生震退数丈，有几个倒霉的甚至直接被击下了招魂台断崖边，茫茫云海，掉下去连回声都不会有，就被吞没了。

“华碧楠！你放开他！”

师昧脸色苍白，低头看着墨燃，看着薛蒙。

他抿了抿嘴唇，最后说：“去帮师尊，不用管我。”

“师昧！”

楚晚宁在法阵前，亦是面如白纸，一双抵着阵眼的手不住痉挛颤抖，手背上青筋暴突，一颗心已悬至喉咙口。

师昧的目光转过来了，落在了他的身上，眼里竟有了一丝凄楚。

“师尊……”

“这么巧啊。”华碧楠愣了一下，随即微笑起来，“我这随手一抓，抓到的居然是楚宗师的徒弟吗？”

楚晚宁：“……”

“难怪小小年纪，便已学有所成了。”华碧楠倒是不吝赞誉，“这么好的徒弟，当师尊的，难道不心疼？”

“华碧楠，你若伤他，他日我定要你偿还！”

“言下之意就是今日宗师打算袖手旁观？”华碧楠微笑着，附耳对师昧道，“听到了吗，救你，还是封印法阵，他选择后者。”

师昧阖目，嘴唇微颤，却不作言语。

华碧楠朗声笑道：“这样一来，我倒真有些心疼这位小友了，拜了个师尊，倒是把大义看得比徒弟的性命更重要，师明净，你当真叫人怜悯。”

周遭是猎猎风声，良久无人作答。

许是因为命悬一线，师昧在这片岑寂中，缓缓睁开双目，他说：“师尊，对不起。”

“……”

“我知道……你们都记得，从前我因一己私欲，做过一些事情。那些事情，我至今仍不清楚是对是错……我其实不配当师尊的徒弟，很多时候，我都做不到舍生取义大义凛然……”

“师昧……”

高台之上，薛蒙听他这样说，不由得想到了楚晚宁身死那一夜，怀罪令他们前往鬼界救师，而师昧却略有踟蹰，没有很快答应。

而墨燃则想到了当年的那一碗抄手，想到了客栈里，师昧长作一揖，歉然告诉他，那一碗温柔，原是楚晚宁所做。

而楚晚宁呢？

楚晚宁想到的是金成池求剑前，师昧对于神武求而不可得的嗟叹。

除此之外，他却想不到更多的缺憾了。

师昧这个人，一直以来都是温柔的，是完美的，是乖顺的。他就像一场凛冬新落的大雪，洁白无垢，因此雪地上落一星半点儿的尘泥，开一枝半朵的梅花，都会显得格外惹眼，令人耿耿于怀。

他的错也好，他的犹豫也罢，他偶尔的一点自私，一点心眼儿，都是那么清晰可见，且难以忘怀。

但他本也是个再寻常不过的人啊，不是一尊石像、一幅绢画，他也有私情的。

可是从没有人真正了解过他。

对于薛蒙而言，师昧是友，他觉得这个友，理所应当跟在他后面，陪伴他，肯定他，扶持他。

对于曾经的墨燃而言，师昧是疼爱自己的师兄，他是圣洁的、宽容的、温暖的，毫无瑕疵。

对于楚晚宁而言，师昧是徒，他性格温和，平易近人，有着令自己羡慕与欣赏的宽容与隐忍。

这个时候，他们才忽然意识到，原来一直以来，师昧就这样默默当着薛蒙的挚友兼跟班，当着墨燃曾经的朱砂痣后来的蚊子血，当着楚晚宁座下最不起眼、最不出挑的徒弟。

他唯独没有当过的是他自己。

华碧楠冷冷笑着："你这是有遗言要说吗？"

"华碧楠，你放开他！"

"不要伤他！"

"不要伤他好说啊。"华碧楠道，"你们全都束手就擒，坐以待毙，我自然不会要他的性命。"

"……"

楚晚宁眼前的法阵时明时暗，显然那法阵已经到了存亡攸关时，是被封印还是爆裂成形，便在此一举了。他的手上力道未撤，但却在微微颤抖——

这不是鬼界天裂，取舍只在须臾之间，甚至来不及有更多的思索。

这是把刀架在他徒弟的脖子上，给他犹豫，给他亲眼看着，令他痛苦难当如芒在背。

华碧楠微微抬起下巴，轻笑道："怎么样，法阵开了，你们也可以再应战，但这一刀要是落下了，要再活过来，却是千难万难。宗师可想清楚了。"

就在这时，师昧说话了。

他声音不是很响，但依旧清晰可闻。

"其实，我不喜欢吃糖葫芦。"

"……"华碧楠低头盯着他，似乎一时不明白他的意思。

师昧没有哭，师昧竟是微微笑着的，看着地面上的挚友、旧人、师尊。

"我不喜欢吃糖葫芦，但是少主，你小时候总是让我帮着你吃，我最想修的其实是结界术，可惜师尊觉得我天赋不够，不肯授我太多，我……"他的目光落在了墨燃身上，"阿燃，我其实知道彩蝶镇天裂那天，你想说什么。"

墨燃蓦地愣住，茫茫然望着他。

师昧依旧笑容温柔且平和："可是后来师尊回来了……你再也没有把那句没说出口的话讲完。在酒楼上，我看到你们一起吃饭，我看你的眼神，就知道你不会再讲那后半句话了。”

墨燃：“……”

“我其实很羡慕少主，我也……我也很羡慕师尊。”师昧轻声道，“你们能不能不要因为我的羡慕，而觉得我讨厌……”

“我从来都没有觉得你讨厌啊！”薛蒙急得大喊，眼眶不由得红了，“我……我不知道你不喜欢糖葫芦，我是真的不知道……师昧！师昧！”

华碧楠却已不耐烦，他一把扼住师昧的脖颈，盯着楚晚宁，厉声道：“我数到三，你若不住手，我就毁了他！”

“不要！”薛蒙仓皇回首，朝楚晚宁焦急喊道，“师尊，先停手吧！不能看着师昧在我们眼前出事啊！停手吧！”

“一。”

楚晚宁手指尖的颤抖已从微不可察，到所有人都清晰可见。

他望着师昧，一贯凌厉的凤目对上了一贯柔润的桃花眼，凤目湿润了。

“二！”

“沙沙——”

便在这一瞬间，血花飞溅。

薛蒙和墨燃的喊声几乎已成利剑刺破穹苍：“师昧！！”

“不用数三了……”鲜血滴滴答答地淌了下来，师昧抬起手，掩住了自己的双眸。

他自始至终都没有哭过。

但此刻，眼中却有血涌出指缝，顺着他的脸颊潸然滑落。

他竟在华碧楠数到二的时候，就自己撞上了华碧楠悬在他面前的那一道寒刺，横抹而过。华碧楠一惊之下似要收手，尖刺偏了几寸，原本要抹到师昧脖子的尖刃擦着眼睛划了过去，刹那间，双目俱眇！

“玉衡座下，不曾有降，亦……不曾有……弱。”

“师昧！”

“师昧！！”

声裂云霄。

楚晚宁亦是心下大振，他原已倾力，此刻亲眼见到徒弟自毁眼眸，血流脸庞，不由得手上一软，那法阵竟在这转瞬间猛地反噬，裂缝中狂涌出一阵灵流骇浪，竟将他整个当胸击中，震出丈外。

楚晚宁猛地呛出了一口鲜血，却自顾不暇，反手要将那法阵再补上，却是再也来不及了。华碧楠一怔之下，哈哈大笑，一把拽起师昧的衣襟，将他拉起，眼中闪着欣喜的光芒。

“想不到你竟这么有用！这样看来，若是杀了你，反倒可惜了。”

“华碧楠，你要做什么？！”

华碧楠不答，只瞥了薛蒙一眼，而后又将目光转向正在迅速裂开的黑色神秘法阵，笑道：“这法阵合了那么多人的心力，总算是要开了。诸位道门翘楚，英杰好汉，此阵乃是华某生平第一次开启，聊作尝试，接下来会发生什么，我可并不清楚。”

他说着，驱剑迅速俯沉，带着师昧，朝招魂台的甬道口疾掠而下，消失于甬道前时，他朝众人抛落了最后一句话——

“你们就留在这里，好好玩玩吧，这蛟山宏伟，用来当埋骨之地，也不失于一桩美事。”

几乎就在同时，天空传来震耳欲聋的巨响，那法阵犹如泼染于宣纸上的墨，迅速洇开，竟在眨眼间吞噬了大半天空，连月亮都被掩盖在暗沉沉的黑色后头。

“怎么了？！”

“这到底是什么法阵？！”

“是鬼界天裂吗？”

“可是鬼界天裂不是这个颜色的！”

方才打得不可开交的众人此刻竟又成了一根绳上的蚂蚱，全都警觉地仰头看着那黑魆魆的天幕裂口。

这或许已不能叫作裂口了，招魂台上方，一大半的天穹都已皲裂，深不见底的黑暗处隐约传来沉闷而急促的震动。

黄啸月脸色蜡黄，鼻翼翕动：“这是……这后面有什么巨怪要出来吗？怎么会有这么大的动静？”

墨燃一马当先，手持见鬼立在最前面，忽然一道惊雷自夜幕划过。

轰隆隆——

天雷破空！

“裂开了！”

“后面有东西！有东西出来！”

“是厉鬼吗？！”

薛蒙见墨燃和楚晚宁离那黑暗裂缝太近，猛地擦了擦脸上的泪水，朝着自己的堂哥和自己的师尊就要跑过去，可他却被薛正雍拽住了，薛正雍把他紧紧拉到了自己身后。

“爹！”

“别过去，站在这里！”

“我不要！我要和师尊，要和我哥在一起！”

薛正雍眼神竟前所未有地凌厉，他不置可否：“你不要命了？你知不知道——”

剩下的话犹如枯枝断落，他愣怔着没有说下去。

薛蒙哭了。

几乎是号啕着地：“爹，我要去帮他们，师昧已经被带走，我不能再躲在你身后看他们任何一个人受伤了！求你了！！”

薛正雍还未应答，那漆黑的法阵中间嗞嗞冒着青烟和雷电，只见得那里面有一层滚滚烟云汹涌而来。

离得近了，竟发现那是一群身着黑衣，覆着假面的修士！

他们踩着佩剑，凭虚御风，自雷鸣电闪中从天而降，一群群一个个，看不出门派，也看不出来路。为首的男子披着绣着金丝银线的华贵斗篷，戴着兜帽，也用一张银灰色的狰狞面具覆盖住脸庞，负手立在空中，八方风动，云气聚合，纵是一言不发，都有着不可估量的腾腾煞气。

“这到底是什么？”

薛正雍惊呆了。

其他见过的世面少，更是一句话都说不出来，只茫然地望着天穹。

是鬼吗？

但是不对，没有这样的鬼。

从黑云之中御剑而出的人越来越多，几十人、几百人……最后乌泱泱立于云霄上，竟和地面上的修士数量不相伯仲，近千人！

薛正雍栗然，半晌聚气喝了一声：“阁下究竟是人是鬼？何不自报家门？！”

为首男子转动眼珠，目光落在薛正雍身上的时候，竟似有些意味深长。

“说话呀！你听得懂我们在讲什么吗？”薛蒙也跟着喊道。

男子没有多言，顿了顿，抬起一只苍白细长的手，凝顿于空中。

而后，一挥而落，言简意赅。

“杀。”

本座想换标题就换！任性！

刹那间那些黑衣覆面的修士从云端齐齐御剑俯冲，犹如争抢啄食的鸥鹭，朝着下面伤亡惨重的阵营袭去。

墨燃此时已经反应过来了，作为前世的踏仙君，这些人被珍珑棋子所掌控的气息实在太过明显，这些棋子做得精湛、完美、实力雄厚，和徐霜林做的那种半吊子的完全不同。

——绝不可能是他们的对手。

墨燃几乎是悚然回头，对那些完全没有领教过珍珑棋子真正厉害的人吼道："跑！！"

他紧紧攥住身边楚晚宁的手腕，又一把拽起跪坐在地上的姜曦，一路上推搡着众人，瞳孔急剧收缩着。

"跑啊！快离开这里！快离开招魂台！别留下！别打！打不过的！！"

不用他说太多遍，在第一枚棋子落地挥剑时，众人就惊觉了他那骇人的实力，纷纷朝着甬道处拥去。

跑在最前头是胆小如鼠的马庄主，他第一个赶至甬道的石门处，然后停住了。

后面的人一个接一个叠一个都跟着停下了脚步，东倒西歪撞在一起，有人怒吼道："怎么了？为什么停下来？！"

马庄主的声音带着明显的惊恐和哭腔，从漆黑甬道的最前方传来。

"关……关上了……"

"什么关上了？"

"华碧楠逃出去的时候，把石门关上了……"马庄主说着，脚一软，扑通一声绝望地跪坐于地，已满面是泪浑身抖如筛糠，"这是蛟山之石，一旦闭合，没有南宫家族的血液，是……肯定打不开的啊。"

有人急着道："南宫驷虽然不在了，但还有南宫柳啊！他那位被做成珍珑棋子的爹不是还在山上吗？他人呢？"

"在前殿，觉得他没用，根本就没有把他带过来……"

绝望弥漫了整个甬道，黑暗的气息简直浸透了他们的骨髓。

“怎么办啊？”

“出去硬拼吗？”

外头仍有不明所以的人在朝里面挤，还有更多挤不进来的人，就只能硬着头皮背靠出口，和天裂中出来的神秘棋子们大打出手。

昏暗中，黄啸月忽地大吼了一声：“让我过去！我能开这大门！”

他奋力把众人挤开，犹如一条洄游途中气势汹汹的鱼，一路闯至石门前。

马庄主抬起泪眼婆娑的脸，茫然道：“黄道长？”

“让开，让我来！”

“可你姓黄啊，你又不姓南宫……”

黄啸月不理会他，金刀大马闯来，他挥开宽袖，所幸他还留着一点南宫驷的鲜血，原是为了去偷开宝藏密室而偷偷存下的。他还特意给血迹施了点法咒，不让它立刻干涸凝结。

不过这法咒持续不了太久，此刻他也不禁庆幸这一切惊变的发生在转瞬之间，但愿这血还有用。

黄啸月拿自己那只枯瘦老手在断石上狠力按下。

甬道内果然传来了魔龙缥缈的声音：“所来者，何人？”

心跳怦怦。

黄啸月道：“儒风门第……第七代源血宗亲，南宫驷，拜上。”

凝顿片刻。

那魔龙声音沙哑道：“惘离……恭送……主人……”

“轰——”

石门降下，黄啸月第一个出了甬道，后头江东堂的弟子陆续跟上，马庄主连忙一骨碌儿爬起，举手仓皇道：“等等我！我出来，我出来，我——”

一把剑却抵在了他的胸口。

马庄主脸上一滞，愕然抬头：“黄道长，你这是做什么？”

黄啸月冷笑道：“方才中了钻心虫时，我与诸位的阵营就已对立。若是此刻放了你们出去，恐怕日后战乱平息，要找黄某算账的人会如蚁排衙，黄某老了，折腾不起。”

马庄主惊恐道：“不不不！你要做什么？你别乱来！有话好说！哎呀，寻什么仇呀，都是要做生意的，黄道长快放我们出去，桃柳山庄的货品以后给贵派统统半价——不，半价的半价！”

黄啸月那如枯木的老脸上露出一丝狰狞，他嘲讽道：“半价？得了儒风门蛟山的宝藏，天下财富怎可能还入得了我的眼？区区桃柳山庄而已，又算得了什么东西！”

说着他一夫当关，将马庄主狠狠一推。

马壮壮倒地，连带着后头挤在一团的众人皆东倒西歪摔作一团。

而他们挣扎着爬起来，所看到的最后一幕场景，便是黄啸月和江东堂诸人站在外头，黄啸月扣动落下封石的机关，他脸上闪动着贪婪、渴慕、幸灾乐祸……

他身后江东堂的一干人，更是一副小人得志的模样，有人甚至直言不讳："活该，让你们一路上狗眼看人低。"

"我们黄道长明明毫无过错，却被尔等宵小骂了一路，受尽委屈。他冒着性命危险留下来的鲜血，凭什么要帮衬尔等？"

轰！

石门再次封合。

这一次，甬道内陷入了无尽的黑暗与彷徨。

一片死寂。

绝望中，有终于崩溃了的女修掩面啜泣了起来，悲伤的情绪是会传染的，很快大多数人都心灰意冷，斗志大失，困在其中，既不能往前，也不想出去。

"姊姊……我还不想死……"

"师父……"

"阿爹，我们出去决一死战吧，也比困在这里要好啊。"

人语声嗡嗡作响。

这时候，忽然又有一个沉默了许久的声音，带着一丝颤抖和更多的决绝。

他说："我来。"

面色灰败的马庄主颤巍巍扭头，看到一束火光亮起，他微微睁大了眼，愕然道："墨宗师？"

墨燃掌着手中的焰火，火光映着他明暗不定的英俊脸庞，他走到封石前，站定。

"你、你也留了南宫驷的血？"

墨燃不答，他知道甬道口虽有人抵挡，但肯定支持不了太久，那些棋子很快就会杀进来。

他一路上山，在南宫驷面临危险时，曾许多次心头热血起，想要做这件事，但最后都没有做成。

他原以为自己受上天眷顾，此番亦能逃过众目睽睽，逃过命中一劫。

但此时腹背受敌，他知道自己终于别无选择。

再也无路可退了。

"墨宗师？"

他没有搭理马庄主，抽出了腰间佩着的银色短刀，于掌心，狠狠一抹。

刹那间，鲜血流了满掌。

这时候薛蒙也好，薛正雍也好，都已赶来了，楚晚宁也在，他们在墨燃身后停下。薛正雍嗓音里尽是茫然："燃儿，你这是做什么？没用的，蛟山只会听从南宫家族的命令，你流血也无济于事。"

墨燃不回头，他那只淌血的手在细微地颤抖。

终究，还是狠狠地拍在了封石之上。

触手冰寒，砭骨。

他闭上了眼睛。

魔龙惘离的悠远声音再一次回荡于这片黑暗里。

"来者，何人？"

喉头滚动。

墨燃在一众人的注视之下，在一片压抑至极的寂静中，低缓地，慢慢地回答——

"儒风门……第七代源血宗亲。"

薛蒙蓦地色变，踉跄着往后退了一步，不住摇头："什么……"

薛正雍的脸色比薛蒙的更难看，他虎目圆睁，瞪着墨燃高大挺拔的黑色背影，喃喃道："怎么可能？"

一字一顿，犹如尖刀。

明知会血流如注，一发不可收拾，也再无别的选择。

他轻声说完最后半句话："墨燃墨微雨，拜上。"

薛蒙嗓音嘶哑，赤着双目大喊道："不可能！！"

但是，门，终究还是开了。

惘离那薄烟般空灵的嗓音，却如一柄雪亮刺刀，刺入耳膜心腔。

"惘离……恭送……主人……"

"燃儿……"

薛正雍完全愣然，一句话都说不出来。

楚晚宁亦是心乱如麻，他及时搀住薛正雍，抬眼看着前面。

那石门轰隆，一寸，两寸，重新没入地底，外头龙魂池的橙色火光涌入了黑暗中，墨燃逆光立着，那光线将他的背影打磨得棱角模糊，近乎缥缈。

"墨燃！墨燃！你怎么能打开？什么儒风门第七代宗亲？怎么会这样？怎么会这样！"薛蒙竟似有些惶然与疯狂了，"你怎么会和南宫家有血缘？你明明是……你明明……"

墨燃顿了顿，他最后只在晃动不定的光影中，低声说了一句："大家先出去吧。"

"墨燃！！"

声嘶力竭。

有那么一瞬，墨燃偏了偏脸颊，似乎是想要回头说些什么的，但他终究还是什么也没说，没有停留，不再犹豫。他往前，光影随着他高大身形而攒动，最终消失在了甬道尽头。

在他之后，各大门派的人争相逃窜，来时气势汹汹，不可阻挡，去时满面惶惶，如漏网之鱼。

墨燃在这奔涌的洪流中，在这过江之鲫般的逃亡中，独自走着。

他没有回头，他不敢回头。

他看到了龙魂池大殿内的叶忘昔，他走过去，把尚未苏醒的她架起来，带她离开。

其实跳入龙魂池，以命献祭的人可以不是南宫驷，可以是他。

虽然那个时候，墨燃并不知道这样做可以保蛟山安稳，但是他其实并没有信心——

如果自己知道呢？真的就会代替南宫驷去赴死吗？

他已经活了两世，满身罪孽却能苟延残喘，但南宫驷才二十年华，人生的长路还未走到一半，就化作了尘烟，什么都不再剩下。

理智上他知道南宫驷远比他更值得留于世间，可是人，终究还是渴望活着。

忽闻身后有人惨叫：“那些怪物、那些怪物追来了！！”

“怎么可能？！”

墨燃蓦地转身。

断石已经在最后一拨人从甬道内出来时再次落下，那些棋子不可能打开，除非——

他的脸色苍白下去。

除非，那些棋子当中，也有人流着南宫家族的血。

万念之间，他回忆着刚才看到的黑色神秘天裂，忽地想到了第三门禁术——时空生死门。

墨燃只觉得一股强烈的寒意从脚底蔓延，顷刻缠遍全身。

难道出来的人竟是——

不、不可能。

绝无可能。

太荒谬了，哪怕前世，也没有人能做到这一步……谁能做到？！

恰好这时梅含雪退到他身边，墨燃把叶忘昔交给他，眼中闪动着狂乱的光，急匆匆朝着与众人相反的方向奔去。

“墨燃！”

“燃儿！”

洪流之中，薛蒙和薛正雍看到他，都在朝他喊，可是他不管不顾，他现在真的不知道该如何面对这两个人。

纸是包不住火的。

两世，都一样的。

忽然胳膊被人拽住，墨燃扭头：“师尊？！”

楚晚宁道：“你不能过去，那些人由我来抵挡。既然你能开启蛟山法阵，为保万无一失，你就应该和其他人待在一起，带他们顺利离开这里。”

“……”

“快去！”

言谈间，为首的那个黑衣男子已从容踱出了甬道口，在他身后，那些黑袍覆面的道士一一出现。

楚晚宁厉声道：“快啊！带他们走！”

别无选择。

墨燃哪怕心中有再多的不确定，不安定，终究也只能和所有人一起后撤，薛蒙不肯走，被薛正雍强拽着往前，龙魂池大殿内最终只剩下了楚晚宁一个人和那些越聚越多的神秘修士。

龙魂池熔流滚沸，橙黄色的光芒照彻了幽凉石壁。

楚晚宁孑然而立，天问焰电流窜，映着他一双刺刀般雪亮的眼。

他看着为首的神秘黑衣男子。

而那个男人，也隔着沉重的覆面，幽幽望着他。

男子静静立着，后头有人耐不住性子，欲抢先锋，喝道：“你一个人也敢挡着那么多人的去路？何其狂妄！来，我来领教领教你的高招！”

但人还没掠出一丈，却被黑衣男子猛地抬手擒住。

那人惊呼：“陛下？！”

黑衣男子没有理睬他，甚至连头都不曾扭转，他依旧盯着楚晚宁的脸，只是手上青筋暴突，听得“咔嚓”一声脆响，那个抢先锋的人，已被他生生扭断了脖颈，而后随意丢在了地上。

楚晚宁微微色变——

这个男人，竟连自己人都杀吗？

“你算什么东西，也配领教楚宗师的高招。”男人轻描淡写地，缓步朝着楚晚宁走来。

他身后，无人再敢动弹。

楚晚宁横过天问，厉声道：“阁下究竟是谁？”

男人听他这句话，脚步停了下来。

他在离楚晚宁不远不近的地方立着，眼中流泻着一种说不清道不明的古怪情绪，过了一会儿，他轻笑出声："暌违多年，想不到你我再次见面，你对本座说的第一句话，竟是这样不淡不咸的。"

"我何曾认识你……"

"哦，不认识吗？楚晚宁，你总是这样无情。"那男人再往前，这次他没有停下来。而楚晚宁素来狠倔，亦不可能后退。

所以男人径直走到了他跟前，近得极其危险极其唐突。

楚晚宁手上寒光起，抬掌劈落。

那么好的身手，迅如疾电，却被男人轻而易举地抓住了手腕。

"其实这一招，我已经领教了很多次。"男人低头，紧盯着楚晚宁的脸，将这张脸上所有的细节都映入眼底，目光近乎贪恋，"但你好像都忘了。"

楚晚宁被他这样盯着，只觉得汗毛倒竖。

他从不是个畏惧强者的人，但这个人眼睛里的东西太复杂也太狰狞了，仿佛藏着惊天动地的真相与秘密："你……究竟是谁？！"

"你要本座提醒你一下吗？"男人沉声道，他手上的力道极大，楚晚宁竟挣脱不开。

"第一次，你使这招，是我十六岁那年。你教我近身搏御，你跟我说这一击看似简单，却很难学，让我好好练，不要懈怠。"

楚晚宁蓦地睁大了眼睛，难以置信地望着他。

男人眼睛里有笑意，也有诡谲的幽光。

"第二次，你使这招，是在你我当年决战之时，我猝不及防，被你劈中，受了极重的伤。"

他攥着楚晚宁的手，不容拒绝地往自己心脏的地方按。

楚晚宁忽然发现这个男人，竟没有任何心跳。

——就像一具尸体。

"你……到底是什么人？"

"不要急。"他迤迤然，手上的力气却那么大，紧攥着楚晚宁的手腕。

楚晚宁便如被蝎蜇了一般，发了狠就要与他搏命。

男人却似熟知他一切的身法套路，轻而易举地拆了招，掠至他身后，在他耳根低沉地喃喃道："你说怎么办啊，楚晚宁。本座原是该来杀你，来毁你们的，可没想到过了那么多年，你变了，我也变了，可我看到你，闻到你身上的味道，本座还是想起了那些陈年旧事，一时竟不忍下手了。"

“你……你给我放手！！”楚晚宁怎么也没想到事情居然会变成这样，却死活也挣不开那人的钳制。

那人的束缚像天罗地网，像蛛丝粘连，缠着他，困住他。

众目睽睽之下，那人将他整个实力压制着，强迫地，霸道地，狰狞地，疯狂地。

“我杀了你！！”

男人似乎被逗乐了，倏忽一笑，松开手，楚晚宁杀心骤起，行动狠辣劲厉，是真的要将其一击毙命。

斗篷招展，他退得急，飘飘荡荡犹如纸鸢，稳稳落在了青砖石面。

但覆面却未能幸免，被楚晚宁劈作两半，掉下来，碎在了地上。

男人没有抬头，脸庞隐匿在兜帽的阴影之中。

他在这阴影中沉默片刻，然后叹息道：“你这动不动喊打喊杀的性子，总也改不了，到了哪里都一样。可是楚晚宁，楚宗师……”

黑衣男子抬了抬手，一道漆黑的劲风自后袭来。

他利落接住。

楚晚宁一眼瞥见，那竟是先前在轩辕会拍卖时出现过的神武陌刀，也是徐霜林收集到的五把百战凶刃之一。

男子摩挲着不归，慢条斯理，极尽恶毒的腔调。

“你真的，舍得杀我吗？”

他说完这句，蓦地抬头。

兜帽落下。

楚晚宁只觉兜头一盆冰水，彻骨冰寒身浸霜雪，脑中嗡嗡，竟是麻木一片……

阴冷的大殿内，那个黑衣男子眉目英俊，脸色苍白，笑容里包藏着邪气与一种说不清道不明的情绪，他是祸患也是妖孽，他咧了咧嘴，露出一口森森白牙。

“踏仙帝君，墨燃墨微雨。”

不归出鞘，霜寒照亮他黑得发紫的眼眸。

踏仙君笑容如厉鬼，如虎狼。

“请教师尊高招。”

蛟山帝君归

与此同时，在蛟山山脚，除了江东堂那批人不知所终，所有修士都已成功脱逃。在步出结界的那一刻，尽管知道还未脱离险境，但不少人都已气虚力竭，瘫软在地。

马壮壮翻着白眼趴在一块大石头上哀叫道："不行了不行了，受不了了，诸位朋友，快各自打道回府严加戒防吧，真的没力气再折腾了。"

姜曦道："那个神秘法阵和从法阵里出来的人都还没彻查清楚，现在回去？"

"那能怎么办？我们要是还有精力和他们对抗，也不至于逃得这么狼狈啊。"

玄镜大师也道："姜掌门，这一次还是听马庄主的吧，与其在此地负隅顽抗，落得一个英勇且凄惨的境地，不如回去重整旗鼓，再做准备。"

姜曦抿了抿唇不说话，看向死生之巅的人。但薛正雍和薛蒙神情都极为涣散，看着蛟山的主步道处，直到那滚滚尘烟中掠来一人。

"墨燃……"薛蒙喃喃道。

墨燃是最后一个出蛟山结界的，他蹙着漆黑的眉，扫了一眼众人，说道："是珍珑棋局，或许和第一禁术时空生死门有关，如果是这样，那里头出来的不知道会是什么人物，你们都快走，别在这里等死，保命要紧。"

他顿了顿，又对姜曦说："姜掌门，劳烦你把大家带到霖铃屿去，那里受玄武结界保护，可以抵御华碧楠一阵子。另外，贵派是药宗，中了钻心虫的人，也方便解开蛊毒。"

姜曦问："你呢？"

"师尊还在山上，你们走了，我就回去帮他，摆平这一切之后，再到贵派会合。"

姜曦良久没说话，到最后抬手抱臂，竟与墨燃作了一揖，说道："候君孤月夜，告辞。"

一行人伤的伤，累的累，残的残，准备跟着姜曦一同离开这是非之地。墨燃忽地又叫住了他。

"姜掌门！"

"墨宗师还有事？"

墨燃说："叶姑娘……"

"知道，姜某不会让人再伤她半分。"

墨燃这才放了心。姜曦他们走远了，但死生之巅的人却还没有动，薛正雍逡巡良久，上前拧着眉毛声音沙哑道："燃儿，这到底是怎么回事？"

墨燃看了看伯父，又看了看堂弟，心中陡生一阵酸楚，却强笑道："说来话长，是个故事。伯父，你领着薛蒙先走，之后我自会把事情原委都告知于你们。"

薛蒙却并不愿意等那么久，他心如火焚，说道："不是，你怎么会是儒风门的人？你一直都在死生之巅长大的，你——你——"

他"你"了半天，最后红着眼眶，竟是挤出了一句："你是我哥，没错吧？"

墨燃凝视着他。

薛蒙在战栗，尽管他极力克制了，却依旧在战栗。

他那副既茫然又悲伤的样子实在太可怜了，墨燃喉头酸涩，居然不知道该说什么才好。

最后他上前，拍了拍薛蒙的肩膀。

"我刚来死生之巅的时候，你都不愿意认我。"墨燃苦涩地笑了，他不敢再去看薛蒙圆睁着的水汽氤氲的眼睛。

那双眼睛太干净，太炽热了。

而他是脏的。

他怕。

薛蒙沉默半晌才开口，嗓音沙哑："给我句准话好吗……"

他攥紧龙城——那把墨燃给他晶石、为他镶嵌的弯刀。

他抓着它，像抓着救命的浮草。

只是短短一个晚上，他先后看到南宫驷投池殉龙，看到师昧双目俱毁生死不明，他看到墨燃洒下鲜血，打开了只有南宫家族的人才能打开的封印。

他喘不过气来，只觉得自己快要溺亡。

墨燃于心不忍："好……我给你这句准话。"

他握着薛蒙的肩膀，他已不清楚是谁在颤抖，是薛蒙还是他自己，但那已不再重要，他望着薛蒙的眼睛，一字一顿——

"你听着，我从来都不是儒风门的人。我这辈子，也不曾做过伤害死生之巅的事，若有可能，余生都愿为门派效力。"

薛蒙动了动嘴唇，似乎想说什么，但话还没说出口，眼泪却先滚了下来，他奋力咬住下唇，咬了一会儿，却崩溃了："师昧说我从来不懂他，其实……其实我也从来不懂你……我以前太任性了，从来没有替你们想过，我什么都不懂，什么都胡来……但是……但是……"

他顿了顿，泪水扑簌扑簌地往下落。

“但是我其实真的很在乎你们。我以后再也不骂你，再也不欺负师昧了……我想所有的事情都还和以前一样……只要事情都能变得和以前一样。”说到最后，他已是泣不成声，“哥，你别骗我……”

他这样，墨燃哪里还忍心再看下去，他将薛蒙推到薛正雍身边，嗓音低缓而湿润，像是破晓时分繁花上浓重的水露。

“听话，跟伯父走吧，等这边事情摆平了，我马上就来找你们。”

言罢，墨燃转身返回了蛟山结界，落下封印，再也没有回头。

龙魂池大殿内砖瓦残破，石柱倒伏，一场鏖战已过，唯余硝烟弥漫。踏仙君的陌刀架在楚晚宁的脖颈，用的力道狠了一点，刺目血色从皮肤下洇起，染在黑漆漆的刀刃上。

楚晚宁阖目，抿唇不言。

“师尊，这一场架，你打得未免太过心不在焉。”

“……”

“你不专心啊。”踏仙君将他从地上拽起来，抬了抬手指，陌刀不归瞬间隐匿，但他同时在楚晚宁身上落了最强的禁制咒，幽碧的流光将他牢牢捆缚，他捏着楚晚宁的下巴，强迫他抬起头来。

“告诉本座，你在想些什么！”

楚晚宁缓缓睁开眼睛，眼眸倒映处，是那张熟悉至极也陌生至极的脸。

他觉得栗然。

他知道这不是墨燃，可是这个人的一招一式都和墨燃如此相似，更可怖的是，他忽然发觉这张脸他好像在梦里见过。

曾经多少次在梦里看见的都好像是这张略显苍白与消瘦的脸，英俊里蛰伏着邪气，漆黑的眸子里看不到温情，只有凶戾，只有疯癫。

“其实就算你不说，本座也知道。”他缓声缓调地道，“师尊定是在想，我究竟是谁，我究竟在胡言乱语些什么，以及我究竟从何而来。”

他冰冷的指腹慢慢地滑过楚晚宁的脸颊。

“不急。这些……本座都可以慢慢地告诉你。顺便提一句——”他的目光下移，落在了楚晚宁的左手上。

“九歌和怀沙，你就别想着召唤了。本座早有提防，不会重蹈当年覆辙。”

听到他提及自己另外两把神武的名字，楚晚宁的脸色越发难看，他凤目虽阴沉，但里头却也流淌着迷惑。踏仙君大抵是被他这样倔强而茫然的神情取悦了，居然轻轻笑出声来。

他摸着楚晚宁的脸："怎么了，觉得我知道九歌和怀沙，你很意外？不过也难怪，本座在来之前就早已得到消息，对这个尘世还算了解。本座知道，这个时空的'我'，还未踏尽尸山血海，逼得你和他拔剑相向。'他'自然是没有见过那两把神武的。"

"这个尘世间的……你？"

踏仙君但笑不答。

楚晚宁忽然有种毛骨悚然的感觉，他觉得这个墨燃看着自己的神情，很像是在看一具尸体，一场幻梦，他的眼神过于赤裸，过于痴狂，里头攒动着茂盛的情绪，那种情绪如此广炽，以至于会将任何一个正常人逼疯。

"时空生死门。"他慢慢道，"这个禁术，师尊想必清楚得很。"

楚晚宁愕然。

"在另一个修真界，师尊，你已经死去很多年了。"

他看着楚晚宁越来越苍白的脸，看着最后一点血色在对方皮肤下消失。踏仙君望着他，眼中熠熠闪动着精光。

忽然犹如利剑出鞘，蛟龙破水。

这个人一直冷静的情绪似乎绷到了极致，他蓦地把楚晚宁揪起来，逐渐有些疯狂："对……就是这样，就是这张脸。"

"……"

"就是这张脸……我看着你这张脸，我看着你躺在红莲水榭，每日每夜……你脸上一点儿血气都没有，你尸身未腐，但再也不会说话，也不会睁眼，在那个修真界你早已死透了——你报复我！"

他猛喘一口气，眼中光芒炽盛。

绝望地，里头焰电汹涌，龙蛇飞舞。

"楚晚宁，我恨你。你留我一个人。"

他这样说着，却抬手紧紧攥住了他，将他的血肉紧握在自己掌心里。

活人的热血，活人的皮肤，活着的……楚晚宁……

好热。

像是火。

他被这一捧久违的温暖刺痛了，他喉咙里发出一声低沉的喟叹，他恨不能揉这活人的温热进骨血，入肺腑，从此生也好，死也罢，暖也好，冷也罢——

他都有伴有殉，不再形影相吊。

不不——

可是楚晚宁头皮发麻，眼前阵阵发黑，他不知道这究竟是怎么了，他不明白，谁死了？谁又留谁一个人？

龙魂池的殿门再一次开启了。

攒动的光影里，匆匆行来一人，那人焦急地唤着："师尊！"

百兵戒备，阻挡于前。

踏仙君听到这个声音，先是微怔，而后凉凉地笑："我道是谁，原来是'他'。"他散漫而慵懒地挥了挥手，对那些跟随他的棋子道，"都散了吧，没事，让他进来。"

墨燃一路上都在想珍珑棋子和时空生死门的事情，他觉得华碧楠绝不是最后一只手，如果这一切是华碧楠设计的，没有理由在招魂台前他这样坑害徐霜林，徐霜林会认不出他。

那么最后一只手，究竟会是谁？

珍珑棋局，时空生死门，不归，两个尘世扭曲在一起的古老传说，一桩桩一幕幕串在一起，他心中有了个疯狂的念头，这念头让他遍体生寒，但他不信，他一路疾奔，他不相信这一切会是真的。

——直到他闯进龙魂殿。

——直到，他看清那个人。

墨燃只觉得脑中"嗡"的一声，血一股脑儿全往颅内涌，他竟一时喘不过气来，嘴唇翕动，目眦尽裂。

不……

不！

这怎么会是真的？

殿中的那个男子，在众人簇拥之下，神情显得那么轻蔑、冷淡，眼神又是那么鄙薄、玩味。

他淡淡地注视着墨燃。

一样的眉眼、鼻梁、嘴唇，一样的脸庞、气韵、体魄。

差异只在毫厘之间，他像是在照镜子，又像是隔着岁月洪流，看到昨日那个犹如鬼魅，阴魂不散的自己。

踏仙君勾了勾嘴角，绽开血腥气极其浓郁的微笑。

他把楚晚宁揽在自己身前，手指尖在楚晚宁唇角轻点而过，施了个噤声咒，而后朝门口那个人笑道："唔，墨宗师，本座久闻宗师盛名，颇为好奇。而今时空生死门大开，你我终于得以一见。"

他顿了顿，眼闪幽光，森森白齿叩击着，敲出两个腥甜冰冷的字来。

"幸会。"

蛟山步穷途

“怎么……”墨燃往后退了一步，摇头喃喃，“怎么可能？竟真的是你……”

“不错，正是本座。”

踏仙君慢条斯理地端详着他，而后笑了笑：“唔……本来还想着你复生之后，大概就不记得太多前世的事了，但看你现在这样，好像都还很清楚？”

“……”

“而且瞧你的表情，你好像多少也猜到了本座的存在。这样的话，也不算太笨。”

墨燃嗫嚅，他有许多话要说，那些话龇牙咧嘴都要从喉咙口汹涌而出，但最后杀出重围的却是一声难以置信的怒喝：“可你分明死了！！”

“哦？”

“早在巫山殿你就服下了毒药，剧毒之王，绝无生还可能！你死在了通天塔前葬在了花树下，你已经死了！！”

踏仙君轻笑：“这理由不够充分啊。”

他说着，慢慢抬起眼帘，露出了个尖酸刻薄的微笑，他的眼神此刻就像猛禽的尖喙，要把墨宗师的躯壳啄碎，击穿。

“不如，本座来替你说一个吧？”他轻声缓语，有着把人玩弄于股掌的从容，轻笑道，“对，本座确实已经死了，最能证明本座已经晏驾的人，此刻就站在跟前。”

墨燃：“……”

“因为你就是本座逃出生天的魂灵。”踏仙君笑了起来，“最是仁善墨宗师，隔着滚滚红尘，都有人时常来告诉本座，你的那些……怎么说，英雄善举？”

他嗤地咧嘴。

“你可真是太有趣了，我原以为你不记得太多前世过往，所以才能装得这么像个没事人。但你居然都记得。”

“……”墨燃咬紧了后槽牙。

“唉，墨宗师啊，你难道以为只要沉默不言，就没有人会知道真相？你难道以为只要放下屠刀，就可以从头来过？最重要的是，你难道以为……”

踏仙君猛地下手更狠，扼着楚晚宁的脖颈，指甲深深陷入皮肉，掐得楚晚宁皮肤青紫，蹙眉含怒，却说不出一句话来。

“你难道以为，我的世间已没了火，我还会仁善至此，让你独享光明吗？”

“你不要动他！”

踏仙君嗤笑：“不要动他？你不觉得这句话由你来对本座说，很荒唐？”

他挟着楚晚宁，慢慢地，兜着圈子。

他和墨燃在对望着。

踏仙君在盯着墨宗师。

墨燃在盯着墨微雨。

前世在盯着今生。

踏仙君讥嘲他：“本座是怎么动他的，你难道不清楚？如今又来惺惺作态，当什么好人。”

“别说！”

“嗯？为什么别说？你难道觉得那些事情不有趣，不惬意？阔别多年，死生转瞬，你难道不觉得应该拿出来愉悦相谈一番吗？”

墨燃不住摇头，他的脸色恐怕比楚晚宁此刻的脸色更难看，他是愤怒也是无助的，是愧疚也是绝望的：“不要说。”

“哦，你就这么想让本座闭嘴？真有意思，我们英明仁善的墨宗师，此刻好像……”踏仙君斟酌一番，吐出了三个字，“很怕啊。”

墨燃已不能再等，他看着楚晚宁被踏仙君紧紧勒着，心中狂澜四起。他不知道该怎么办，只想阻绝眼前这个魔头的口舌，只想把所有的丑恶所有的过去都沉于地下，封于棺中。

见鬼光起，倏忽袭向踏仙君，红色的星火噼里啪啦，光焰比先前任何时候都更为凶煞狠绝。

避过攻击，踏仙君神情微变：“天问？”

不，问完他自己就已得出答案，这闪着红光的柳藤不是天问。

“你的新神武倒是很有趣……”踏仙君面色略显复杂，他盯着藤鞭看了须臾，再抬眼看墨燃时神色更冷上几分。

“既然这样的话……”

他说着飘然掠后，将楚晚宁交给身后一位手下，而后手一抬，召来不归：“来，跟本座对对招。本座倒是好奇，自己究竟是拿着不归的时候厉害，还是提着藤鞭的时候凶狠。”

说着，踏仙君的手指一寸寸拭过陌刀，不归碧光涌起，灵力淬至巅峰。

同时，墨宗师的手指一寸寸擦过柳藤，见鬼红光四溢，火焰燃至凶猛。

“火属性？”踏仙君嗤笑一声，“虽说我是木火双属性的灵核，但我分明记得自己更擅用的是木，而不是火。你缘何转了性子？”

墨燃缄默不答，他神情冷肃，紧抿着嘴唇，眼神中竟透着一丝凄厉。

那是站在悬崖边，摇摇欲坠之人的一双眼。

“铮！”

两个几乎一模一样的高挺身姿跃然而起，于半空中激烈对碰，扑杀缠斗。

见鬼和不归在无声地嘶吼，流窜出澎湃汹涌的灵流，犹如蛟龙遇上巨鲸，洪水劈向猛兽，霎时间龙魂殿砖石四溅，飞沙走石，他们激荡的狂流甚至掀起了龙血池的岩浆，一喷数丈高，淌落一地。

众人皆在足下附灵，不让流溢的岩浆烫到自己。

踏仙君和墨宗师也不例外，他二人一番激战不分伯仲，刀刃铮鸣，藤舞成风。黑色的影子扑向黑色的，血腥的眼睛盯上绝望的，一招一式尽是巅峰，焰电狂涌！

又是一声武器的尖锐啸叫，两人足尖一点，腾于半空，藤鞭与陌刀相碰，溅起的灵力流映着两张苍白的脸。

一个死而复生。

一个生莫若死。

力量抗衡间，踏仙君眸中涌起千堆雪，厉声喝道：“不归，淬灵！”

墨宗师则咬紧牙关，低缓阴鸷道：“见鬼，淬灵。”

刹那间他们自己的灵力狂涌入神武之中，两把神武各自大放华光，烈红与幽碧扑咬厮杀——最后只听得“砰”的爆裂之音，不归劈中了墨燃的肩膀，见鬼刺破了踏仙君的左臂。

两个人均是闷哼一声，一左一右，各自落于地面，喘息着，浑然不觉伤口疼痛，全部的注意在对方身上。他们犹如笼中缠斗的猛兽，不是你死，便是我活。

踏仙君目光幽暗：“你这使藤鞭的一招一式，跟他太像了。”

“他”指的自然是楚晚宁。

墨宗师不愿与踏仙君多纠缠，眼含杀伐：“你还不快滚？！”

“让本座滚？”踏仙君冷笑，“墨微雨，你有什么资格？披着羊皮久了，你该不会忘记自己嘴唇上还沾着羊血吧。”

话说不到一处，他们便再次腾起，绝杀交战。踏仙君疾掠而来，足下岩浆滚沸，火星四溅，但他的一招一式墨燃岂会不清楚，他犹如在看自己映在湖中的倒影，在踏仙君刀落前夕就已猛地撤后数丈，脚下亦是炎阳炽热，烈火流窜。

他们两个人进退之间，举手投足，俱是不出对方意料，眨眼间巅峰对决百余回合，竟是不相伯仲，谁也占不得谁便宜。

墨燃的额头已沁满细汗，踏仙君亦低沉喘息着，他们依旧在盘桓，盯伺，一圈圈一轮轮兜转着。

汗水渗到漆黑的眉宇之间，凝顿片刻，倏忽淌落。

墨燃咬牙低声道：“你做这一切，究竟是为了什么？”

“说过了，本座的天下已没了燧人氏，你也别痴心妄想着独吞这最后一捧火。”

墨燃蓦地愤怒：“那也是你的最后一捧火！！”

“但本座得不到。”踏仙君森然道，“何况你我之间有区别吗？本座满手血腥，你就干净？凭什么本座只能一个人在长夜里醉生梦死，你却能守着师昧，守着楚晚宁，守着你那个可笑的伯父与堂弟——凭什么是你？”

墨燃听他这么说，忽然怔了，半晌他说：“你得到过的。”

“……”

墨燃望着前世的自己，他一直在心里说，却一直没有道出口的话，便就这样喃喃吐露：“你得到过的，是你自己把他踩在脚下……是你亲手熄灭了他。”

踏仙君的神情忽然变得极其危险，他的鼻梁微微上皱，瞳水里似有恶蛟翻波，他是那么阴沉，以至于连自称都在浑然不觉间改变：“我毁了他？可笑。你又怎么清楚，不是他毁了我？”

“你根本不知道当年天裂的真相！”

“我不需要知道。”踏仙君森然道，“墨微雨，一切都已经迟了。我觉得这样挺好，只要他活着，留在我身边，能被我捏在掌中，他开心也好，不甘也罢，恨我也好，怨我也罢，都无所谓。”

他顿了顿：“我只要能看到他。”

墨燃的嗓音被愤怒与痛苦煎煮着，被遮天蔽日的愧意与战栗撕扯着，他微微颤抖：“你已经毁了他一次。你还要毁掉你自己，还要毁掉这个世界里的他……第二次吗……”

踏仙君倏地展颜，梨窝深深，他来回打量着墨燃。

然后他说：“有什么毁不毁的？你难道不是这么想的？这个人是死是活都没关系，只要能捏在手心，怎么样都可以。”

墨燃摇头，合了眼眸，声音沙哑道：“你错了。你不该这么对他，他……他是这世上待你最好的人。”

“好荒唐。”踏仙君的笑容蓦地拧紧了，“他是世上待我最好的人？那师昧呢？墨宗师，你不觉得自己很可笑？你合该关心的人分明是一直温柔待你、从不轻慢于你的师明净，你跟我说楚晚宁是世上最好的人？你知不知道自己在说什么？”

“不知道自己在说什么的人是你！”

他们近身相贴，灵力呲呲流窜对撞。

墨燃的眼眶是红的。

“他待你用尽真心，只是他很笨，许多事情……许多事情都那么傻傻地做了，他不跟你说。清醒吧，你在空荡荡的巫山殿时，想的人是谁？”

“……”踏仙君淡漠道，“但那又怎样。他永远替代不了师昧。”

墨燃一听他这样说，分明是前世的自己，却怒得热血上涌，颅内嗡嗡，他咬牙切齿道：“你不许辱他。”

踏仙君眯起眼睛：“怎么？”

“……”

他狭蹙的目光就像蛇。

“你如今这么护着他？”

两个人手上的力道和灵力都没有停，强悍的术法甚至让其他棋子无法支撑，有的人甚至已蜷缩于地。

踏仙君先是盯着墨燃看了一会儿，而后眼乜斜，落在了楚晚宁身上，而后他呢喃：“墨宗师，本座听闻在这个尘世间，师昧仍是好好活着的，但你就这样对他。”

墨燃一时间竟实在不知道该怎么跟这样一个从生死门里过来的，也不知道是如何还活着的家伙争辩。

他们两个人，一个像是疯狗，一个却如忠犬。

疯了的在龇牙咧嘴叫嚣嘲笑。

忠顺的则沉默而赧然，固执而坚定地与他对峙。

只是面对自己曾经铸下的滔天大错时，忠犬脸上那种不知所措的神情，其实真的可怜极了，也无助极了。

交锋缠斗之下，胜负却着实分不出来。

踏仙君逐渐有些腻了。

他忽然说：“好了，陪你戏耍够了。墨宗师，见真章吧。”

他说着，一挥手，先前听从他命令站在边沿袖手不动的那些珍珑棋子纷纷扑杀而上，墨燃霎时腹背受敌，竟是脱身不得。

“这便是你的真章？”

踏仙君退出激战圈，朝楚晚宁信步走去，边走还边回头冷笑道：“本座做的棋子，自然也是本座的战力，如何不算真章？”

墨燃看着他提着不归，拿染血的刀刃轻轻拍了拍楚晚宁的脸颊，而后抬手狠狠掐住楚晚宁的脸，不无甜腻地在和对方说着什么。

他再也无法忍受，盛怒之下，他竟忘了楚晚宁与不归之间似有某种联系，他喝道："不归！！"

那柄陌刀精光一闪，竟真的在踏仙君手掌中动摇起来。它似乎在犹豫也在挣扎。

它不知道自己该听从谁。

踏仙君微扬眉头，低头看着自己的刀："哦？你要听他的话吗？"

然而就是这一声，楚晚宁忽然感觉颅内裂痛。

曾经做过的那些梦，那些凌乱的碎片，犹如砂石滚滚，覆入脑海。

踏仙君觉察到他的异样，抬手解了他的噤声咒，道："你怎么了？"

楚晚宁不答，他已痛楚难当，整个头颅都像要裂开——

他看到遮天蔽日的骨殖灰烬，蟹青色的苍穹飘浮弥漫着死灰，一个黑衣大袖的男子站在天地之间，尸横遍野，生灵涂炭。

"师尊。"那个男人回头，是墨燃的脸，咧着嘴，笑得邪气。

他手里滑腻腻地捏着一个鲜红的东西。

定睛细看，是一颗扑腾扑腾，还在跳动的心脏。

"你终于来了，是要来阻止我吗？"

他手上微微用力，那颗心脏就在他手里爆裂开来，露出里头晶莹夺目的灵核，墨燃把灵核吸纳进了自己掌心。

他朝他走了过来，步步逼近。

"想不到你我师徒半生，到头来，还是逃不掉这一场对决。"

楚晚宁猛地闭上眼睛，额角青筋突突直跳，血流狂涌。

踏仙君觉得他神情不对，抬起指尖，触上他的脸颊，而后将他的下巴掰起："怎么了？疼？"

"……"楚晚宁在他指腹之下微微发着抖。

踏仙君便越发误会，蹙眉道："也没怎么伤着你，你怎么变得这么不经打？"

见楚晚宁还是不说话，他拧起眉毛，似乎想再说什么，但话未开口，就听得外头一声沉重的崩裂之音。

踏仙君略微色变："有人强行破了蛟山结界？"

他目如疾电，蓦地扭头。

但见一道杏黄色的影子飞掠而来，势头快得惊人，且路数诡谲阴森，飘忽犹如鬼魅。

眨眼间，楚晚宁竟已被那人夺于掌中。

墨燃道："师尊！"

踏仙君道："晚宁！"

“……”

两个同时呼喝出声的男人对望了一眼，彼此眼中都有嫌恶，但很快，墨燃和踏仙君都重新扭头，紧盯着浮掠于空中，袈裟翻飞的那个不速之客。

怀罪大师。

怀罪的脸色并不是那么好看，比起五年前，他形容枯槁了许多，但眼中的犀锐却不减半分，依旧犹如江海凝光，波涛翻涌。

墨燃心下一松，他不知道怀罪为何会突然出现于此，但这个人既然愿意施展复生之术救治楚晚宁，想来也不会对师尊不利。

但踏仙君不曾见过他，神情就显得很危险了：“好个小秃驴，从哪里钻出来的？也要跟本座为敌。”

怀罪瞥了他一眼，目光又落在了墨燃身上。

他似乎并没有因为两个墨微雨的同时出现而过于惊讶，在他脸上，此刻更多的不是惊，而是忧。

“墨施主。”怀罪袍袖一挥，这里人太多了，为了不让踏仙君也听到，他就以传音诀将这句话递到墨燃耳中，“我不可久留此地，你速来龙血山见我。”

他顿了顿，补上三个字：“必须快。”

说罢他就像来时那样，去如疾风，顷刻消失不见。这些珍珑棋子也好，蛟山的结界也好，竟似拦不住他。

甚至有那么一瞬间，墨燃看到分明有个修士已经拽住了他的胳膊，可下一刻怀罪的身形已远在殿门外，那修士手中什么都没有，只余一团冰凉空气。

踏仙君欲抢出追上，岂料这时天空中忽然传来一声尖锐哨响，他面色一凝，暗骂一声：“这个时候？”

哨声尖锐刺耳，他眉拧成“川”字，乜了墨燃一眼，虽有不甘，但手指还是凌空一点：“算你命大，下回自有你我交手的机会。”

他说罢率着滚滚如潮的棋子，迅速往招魂台方向撤去。

这场激战来得凶猛，去得也迅速。

一时间，怀罪消失了，踏仙君也消失了，龙魂殿里什么人都没有剩下，墨燃追出招魂台外，却见得踏仙君一跃而起，朝着那黑魆魆的法阵中心掠去，那些珍珑棋子紧随其后，一个接一个，顷刻间就被无边的黑暗吞噬殆尽。

而那法阵也在最后一拨修士进入之后，立刻皱缩扭曲，消散在了夜空之中，唯剩天边一弯蛾眉月，泛着丝缕猩红。

时空生死门关闭了。

墨燃站在朔风飞卷的招魂台上，看着无边夜色，看着满地狼藉，只觉阵阵寒凉，半晌都无法回神。这一切就像一场梦，可他知道不是的，他打心里头清楚，今天的所有，都只不过是个开端而已。

他……是死里脱生出来的。

有些事情不过早晚，再也无路可逃。

他曾经所犯下的滔天罪孽，如悬于头顶的利剑——

终于向他问罪，跟他索命。

他仿佛看到踏仙君那双狰狞到似乎泛着红光的眼，踏仙君狞笑道："赎罪？怎么赎罪？你和我是一样的。你永远也别想着洗清你身上的血。"

他看到前世的薛蒙在朝他撕心裂肺地吼喝着："墨微雨！我恨不能将你千刀万剐！生世轮回我都不会原谅你！"

他听到宋秋桐落入滚油的可怖声响与一瞬尖叫，他听到叶忘昔说煌煌儒风门七十城，竟无一个是男儿，他看到徐霜林挡在叶忘昔身前，脸上只有决绝与心焦——

"义父！！"

声如尖锥入耳。

血流如注。

最后，他在晃动的光影里在腥臭的往事里在昨日的梦魇里看到了一个人的身影。

洁白的，安宁的。

站在海棠树下，而后转过头，天光云影间，他微微笑了。

"墨燃。"

"……"

"是我薄你，死生不怨。"

他蓦地跪了下来，经历了整夜血战的他，此刻已是衣衫狼狈，浑身浴血。在那一弯青天明月的映照之下，他发了一会儿呆，随即犹如蝼蚁蜷曲，整个人都在地上弓着身子，呜咽战栗了起来。

"师尊……师尊……"

他哀号着，他哽咽着："不是这样的……那不是我……求求你们……求求你们……那不是我……

"我想回头啊，我想要重新来过，付出怎样的代价都可以，求你们了……

"我可以把自己的心掏出来，只要你们别让我顶着踏仙君的名号去死。

"我真的……真的再也不想当那个人了……求求你们……"

他想到了薛蒙，想到了师昧。

他想到了小时候薛蒙递来的那一串糖葫芦，趾高气扬地跟他说爱吃不吃。

他想到别离前薛蒙流泪攥着他衣襟，跟他说，哥，你别骗我。

他想到了少年时师昧端着热气腾腾的抄手来看他，跟他说，阿燃，我也没有双亲，以后我们就是一家人了，好不好。

他想到招魂台上师昧自抹双目，血泪流下，他说，其实你们从来都没有懂我。

然后他又想到了薛正雍，想到了王夫人。

想到前世他们是怎么死去的，想到薛蒙浸没在血海深仇里的脸庞。

他想到楚晚宁。

他蓦地哽咽了。

他的手指紧紧扒在地上，那么用力，指节磨破，皮开肉绽。

“怎么办……怎么办啊……”

他犹如被鞭打到皮开肉绽筋骨模糊的困兽，绝望而哀恸地低嗥着。

此时他才陡然明白，他之前觉得踏仙君是这个红尘多出来的人，那他呢？又何尝不是。他忽然不知道天地之大，哪里才是安宁的，他忽然不知道旧友仍在，谁又可以原谅他。

他是多出来的。

他蜷缩着，他颤抖着。

他哀号着，他抱紧自己。

犹如多年前在乱葬之地，在母亲腐烂的尸骨旁。

他流着泪，不知道走到哪里才能停下，不知道哪里才是自己的家。

这一刻他甚至比幼年时更凄惨——

他忽然并不那么确定，他，墨微雨，究竟是谁。

踏仙君，墨宗师。

南宫家族第七代血脉，死生之巅捡回的二公子。

十恶不赦的厉鬼魔头。

与人为善的清正宗师。

他忽然之间成了零落的碎片，每个碎片的棱角都是那么尖锐，足够把他凌迟千次万次将他毁于一旦刺得体无完肤。

死了。

活着。

他都是一个人。

“我不是踏仙君……”他喃喃着，冷。招魂台太冷了，每一寸肌骨都在颤抖，他闭上眼睛，眼泪潸然而落，他呜咽着，“我不是踏仙君……怎么办……我真的不知道该怎么办了……饶了我……饶了我……”

可是他该向谁求饶？是该向楚晚宁、前世的自己、死于自己手下的无数厉鬼冤魂，还是向那颠沛流离的命运？

谁都给不了他宽恕，谁都给不了。

他把脸埋入掌心，在这空寂无人的天地间，终于哽咽不成声。

“我到底……我到底还能做些什么啊……”

（未完待续）

图书在版编目（CIP）数据

海棠微雨共归途 . 4 / 肉包不吃肉著 . — 广州 : 广东旅游出版社 , 2023.7（2025.4 重印）
ISBN 978-7-5570-3034-6

Ⅰ . ①海… Ⅱ . ①肉… Ⅲ . ①长篇小说—中国—当代 Ⅳ . ① I247.5

中国国家版本馆 CIP 数据核字 (2023) 第 065987 号

海棠微雨共归途. 4
HAITANG WEIYU GONG GUITU. 4

出 版 人：刘志松
责任编辑：梅哲坤
责任技编：冼志良
责任校对：李瑞苑

广东旅游出版社出版发行
地址：广州市荔湾区沙面北街 71 号首、二层
邮编：510130
电话：020-87347732（总编室） 020-87348887（销售热线）
投稿邮箱：2026542779@qq.com
印刷：北京盛通印刷股份有限公司
（地址：北京市北京技术开发区经海三路 18 号）
开本：700 毫米 ×980 毫米 1/16
字数：454 千
印张：24.5
版次：2023 年 7 月第 1 版
印次：2025 年 4 月第 8 次印刷
定价：55.00 元